SAMANTHA VÉRANT
Meine Zutaten für das Glück

DIE AUTORIN

Samantha Vérant ist reiselustig, bekennende Weinliebhaberin und eine entschlossene, wenn auch gelegentlich unkonventionelle Hobbyköchin. Sie lebt im Südwesten Frankreichs, wo sie mit einem Wissenschaftler verheiratet ist, den sie 1989 kennenlernte (aber zwanzig Jahre lang ignorierte). Sie ist Stiefmutter von zwei großartigen Kindern und Adoptivmutter einer bezaubernden Katze. Wenn sie nicht gerade von der Provence in die Pyrenäen wandert oder mit neuen Rezepten experimentiert, gibt Samantha ihr Bestes, um die schwierigen Konjugationen der französischen Sprache aufzupolieren.

Besuchen Sie uns auch auf www.instagram.com/blanvalet.verlag und www.facebook.com/blanvalet.

Samantha Vérant

Meine Zutaten für das Glück

Roman

Ins Deutsche übertragen
von Antje Althans

blanvalet

Die Originalausgabe erschien unter dem Titel
»Sophie Valroux's Paris Stars« bei Berkley, New York, 2021.

Sollte diese Publikation Links auf Webseiten Dritter enthalten, so übernehmen wir für deren Inhalte keine Haftung, da wir uns diese nicht zu eigen machen, sondern lediglich auf deren Stand zum Zeitpunkt der Erstveröffentlichung verweisen.

Penguin Random House Verlagsgruppe FSC® N001967

1. Auflage 2022
Copyright der Originalausgabe © 2021 by Samantha Vérant
All rights reserved including the right of reproduction
in whole or in part in any form
This edition published by arrangement with Berkley,
an imprint of Penguin Publishing Group,
a division of Penguin Random House LLC.
Copyright © der deutschsprachigen Ausgabe 2022
by Blanvalet Verlag, in der Penguin Random House Verlagsgruppe GmbH,
Neumarkter Straße 28, 81673 München
Umschlaggestaltung: © www.buerosued.de
Umschlagmotive: Flora Press/Yvonne König; www.buerosued.de
LO · Herstellung: sam
Satz: Vornehm Mediengestaltung GmbH, München
Druck und Einband: GGP Media GmbH, Pößneck
Printed in Germany
ISBN: 978-3-7341-1006-1
www.blanvalet.de

ANMERKUNG DES VERLAGS

Die Rezepte in diesem Buch müssen
genau befolgt werden. Der Verleger ist für
etwaige allergische Reaktionen auf
Zutaten der Gerichte nicht verantwortlich.

Dies ist ein Roman. Alle Namen, Figuren und Ereignisse sind frei erfunden oder haben ausschließlich fiktiven Charakter. Jede Ähnlichkeit mit lebenden oder verstorbenen Personen, Unternehmen, Ereignissen oder Örtlichkeiten ist rein zufällig. Champvert ist ein fiktiver Ort, zu dem mich mein Leben in Südwestfrankreich inspiriert hat.

*Dieses Buch ist allen Chefköchinnen – in
professionellen Küchen und zu Hause – gewidmet,
die die kulinarische Welt mit wunderbaren
Gerichten aus den Angeln heben.*

I
FRÜHLING

Ich habe schon in sehr jungen Jahren Gedichte geschrieben.
Wissen Sie, Essen ist Sprache, und wenn ich mich ausdrücke,
geht es eigentlich darum zu verstehen, was Sprache ist,
und zu versuchen, das Gefühl daraus zu extrahieren.

DOMINIQUE CRENN
AUTORIN VON REBEL CHEF UND DIE
ERSTE CHEFKÖCHIN IN DEN USA,
DER VON MICHELIN DREI STERNE
VERLIEHEN WURDEN

1

Kopfüber in den Frühling

Zum ersten Mal seit Grand-mères Beerdigung zwei Wochen zuvor, war mein Herz nicht von Schmerz erfüllt, sondern von Zufriedenheit. Ich saß auf dem Fenstersitz in meinem Schlafzimmer, sah hinauf in den blauen Himmel und dachte darüber nach, wie sich mein Leben verändert hatte. Mein einst beschädigter Ruf als Köchin in New York war vollends wiederhergestellt, und jetzt war ich Sophie Valroux, Grand Chef und *maîtresse de maison* des Château de Champvert im Südwesten Frankreichs und nicht mehr die Saboteurin, der angelastet wurde, ihren ehemaligen New Yorker Arbeitgeber um einen Michelin-Stern gebracht zu haben. Mit Phillipa hatte ich eine neue beste Freundin gefunden, die mich auffing, wenn ich aus dem Gleichgewicht geriet. Und ich hatte die Liebe meines Jugendfreundes Rémi. Alles positive Veränderungen in meinem Leben – wenn man davon absah, dass Grand-mère gestorben war.

Um mich nicht von gelegentlichen Wellen der Trauer herunterziehen zu lassen, versuchte ich mich zu beschäftigen – mit dem Planen von Menüs und dem Ausprobieren von Rezepten. Da Regel Nummer eins lautete, dass in der

Küche nicht geweint wurde, hielt ich mich hauptsächlich dort auf.

Das Kochen hatte mir schon immer dabei geholfen, meine Gedanken zu ordnen und zur Ruhe zu kommen. Wenn ich Grand-mères Rezepte zubereitete, zum Beispiel Frühlingslamm mit einem frischen Pfefferminz-Chutney, und mir die Aromen in die Nase stiegen, konnte ich mit meinem Verlust abschließen und fühlte mich ihr näher. Beim Essen jedoch kam die Sehnsucht nach der Vergangenheit, nach den glücklichen Zeiten mit ihr. Aber ich musste meinen Schmerz hinter mir lassen, meine Tränen trocknen und nach vorne sehen. Wir würden bald eine Menge zu tun haben.

In zwei Tagen wollten wir die Tore des Château de Champvert nach der Winterpause öffnen. Die Gäste würden nur so hereinschwärmen, genau wie die Bienen in die *ruches* am hinteren Ende des Anwesens. Vom 3. Mai bis Ende Oktober waren wir ausgebucht, danach würde es etwas ruhiger werden, und Mitte Dezember schlossen wir unsere Pforten wieder. Doch zumindest das Libellules, das Vorzeigerestaurant des Châteaus, das ich leitete, war sonntags und montags nicht geöffnet, sodass ich etwas Freizeit hätte – mehr oder weniger. Irgendeine Herausforderung würde es immer zu bewältigen geben, das wusste ich, doch ich war schon einmal aus Schutt und Asche wiederauferstanden, und der Frühling bot die Chance für einen Neubeginn.

Ein Lächeln umspielte meine Lippen, als mein Blick vom Fenster weg auf Rémi fiel. Er schlief friedlich in meinem Bett, seine Brust hob und senkte sich. Ich trug sein Buttondown-Hemd, hielt den Kragen an meine Nase und atmete seinen waldigen Duft ein. Seine linke Hand tastete auf der Suche nach mir das Bett ab. Als ich leise lachte öffnete er seine Augen mit den dichten Wimpern und stützte sich auf die Ellbogen.

»Was machst du da drüben? Komm zurück ins Bett«, bat er blinzelnd.

Ich schwang betont langsam ein Bein vom Sims, strich meine langen Haare über meine Schulter nach vorn und lächelte. »Solltest du nicht zurück zu Lola gehen?«

Rémi sah auf seine Uhr. »Sie steht erst in einer halben Stunde auf. Wir haben noch zwanzig Minuten.«

»Um was zu tun?«, fragte ich unschuldig, dankbar darüber, dass Laetitia, Lolas Großmutter, nach Rémis Tochter sah, wenn er sich fortschlich, um schöne Stunden mit mir zu verbringen.

»Was wir wollen«, sagte er mit einem frechen Grinsen. »Komm hierher, Frau.«

»Hast du mich gerade Frau genannt?«

»*Alors*, du bist doch eine, und eine sehr schöne noch dazu.« Er hielt inne und musterte mich von oben bis unten. »Mein Hemd steht dir. Sogar sehr gut.«

Ich sprang vom Fenstersitz, rannte zum Bett und warf mich auf ihn. Rémi umfasste meinen Nacken und strich sanft über meinen Rücken. Unsere Münder verschmolzen miteinander, unser Atem synchronisierte sich – wurde heißer und schwerer, während ich mit meinen Beinen seine Hüfte umschlang. Rémis Zunge wurde mutiger, und ich seufzte, als er mir in die Haare griff und meinen Kopf sanft nach hinten zog. Ich liebte es, wenn er das tat – es war ein bisschen animalisch, aber heiß.

Unsere fiebrigen Blicke trafen sich. Seine Lippen strichen über meine Schlüsselbeine. »Weißt du, wie sehr ich dich begehre?«

»Ich begehre dich auch, aber ...«

»Du willst immer noch warten«, bemerkte er, ohne den Blick zu senken.

»Ja.«

Von leidenschaftlichen Küssen und Trockensex in äußerst hitzigen Momenten abgesehen, hatten wir unsere Beziehung noch nicht auf die körperliche Ebene gehoben. Vor Rémi hatte ich nur einen Freund gehabt, mit dem ich nicht gerade Liebe gemacht hatte. Eric war eher grob gewesen, er hatte sich nicht darum geschert, mir Lust zu bereiten. Außerdem hatte er mich mehrmals betrogen, weshalb ich mich von ihm getrennt hatte. Damals waren mir meine kulinarischen Ambitionen wichtiger gewesen als mein Seelenheil, doch im Rückblick wurde mir klar, dass er mich tief verletzt hatte, mir das Gefühl vermittelt hatte, als Frau wertlos zu sein.

Die Chemie zwischen mir und Rémi hingegen stimmte, aber wie bei einem Schokoladensoufflé musste das Timing perfekt sein – oder alles würde in sich zusammenfallen. Da ich aus meiner letzten Beziehung als gebranntes Kind hervorgegangen war, wollte ich nicht, dass Rémi und ich scheiterten, ich musste nur lernen, mich voll und ganz fallen zu lassen. Aber ich liebte es, in seinen Armen zu liegen, und verdammt, ich liebte seine Küsse.

»Du bringst mich noch um, Sophie«, sagte Rémi mit übertriebenem Stöhnen.

Ich gab ihm einen zärtlichen Kuss auf die Lippen und

flüsterte: »Ich könnte mir schlimmere Todesarten vorstellen.«

Er schlang die Arme um meine Taille, drehte mich auf den Rücken und legte sich auf mich. »Hm … langsame, schmerzhafte Todesarten«, murmelte er mit schelmisch funkelnden Augen. »Verbrennen am Marterpfahl. Lebendig begraben werden …«

»Siehst du«, sagte ich und fuhr mit den Händen über seine muskulöse Brust. »Du hast es ziemlich gut getroffen.«

»Stimmt.« Rémi rollte sich neben mich und seufzte frustriert. »Ich sollte zurück zu Lola gehen, bevor ich die Kontrolle ganz verliere. Sehen wir uns später?«

»Na klar«, erwiderte ich. »Heute Morgen ist die Mitarbeiterbesprechung.«

»Ich würde ja sagen, dass du mein Hemd behalten kannst«, meinte er. »Aber ich sollte wirklich nicht halb nackt auf dem Anwesen rumlaufen.«

Ich schlüpfte aus seinem Hemd, und er küsste mich auf die Schulter. »*Je t'aime*, Sophie.«

»*Je t'aime aussi.*«

Liebe. Es fühlte sich so gut an, es zu sagen, es zu fühlen. Bisher hatte ich Liebe nie richtig erlebt, nicht so. Mit einem weiteren Seufzer stieg Rémi aus dem Bett. Als ich ihm beim Anziehen zusah und mein Blick auf seinen muskulösen Oberkörper und seinen Waschbrettbauch fiel, fragte ich mich, wie um alles in der Welt ich mich beherrschen konnte.

Ich war gerade geduscht und fertig angezogen und saß wieder auf dem Fenstersitz, als Phillipa in ihrem unverkennbaren Spechtrhythmus an meine Tür klopfte. »Ich hab gesehen, dass Rémi sich auf den Heimweg gemacht hat, und dachte, die Luft ist rein.«

»Ich hatte gehofft, ein bisschen Zeit für mich zu haben«, erwiderte ich seufzend.

Lachend öffnete Phillipa die Tür einen Spaltbreit. »Du hast nie Zeit für *dich*. Und ich hab dich seit zwei Wochen kaum gesehen. Du bist immer mit *ihm* zusammen.«

»Willst du damit sagen, dass ich dir fehle?«

»Ja.«

»Du wirst mich schon bald satthaben«, prophezeite ich und musste daran denken, wie viel demnächst in der Küche zu tun war. »Ich würde die Beine in die Hand nehmen, solange es noch geht.«

»Ich werde dich niemals satthaben«, beteuerte Phillipa und kam in mein Zimmer geschlendert. Ein fröhliches Lächeln erhellte ihr Gesicht. Sie rollte einen Servierwagen mit einem Tablett mit Buttercroissants und Kaffee in einer Cafetière herein und stellte ihn neben mich. »Heute ist ein wunderschöner Tag. Kein Wölkchen am Himmel. Die Sonne scheint. Die Vögel zwitschern …«

»Und du bringst mir Frühstück. Danke.«

Phillipa zwinkerte mir zu. »Einen echten Schock kriegst du auch gleich. Die Kritik im *World Gourmand Magazine* wurde veröffentlicht. Ich wollte diejenige sein, von der du es erfährst.«

»Was? Wann waren die denn hier?«

»Anscheinend zum Soft Opening«, sagte sie.

Ich hatte plötzlich einen Kloß im Hals. Ich konnte nicht noch mehr schlechte Nachrichten vertragen. Ich versuchte, mich daran zu erinnern, was wir zur inoffiziellen Eröffnung vorbereitet hatten. Drunken Shrimps flambiert in Cognac, blitzten in meiner Erinnerung auf – wir hatten sie auf einer Pastete mit Tomatenstückchen, Avocado und Erdbeeren serviert, dazu ein cremiges Parmesan-Zitronen-Risotto. War das gut genug gewesen? Oder würde mich die Kritik auseinandernehmen? Ich wollte es gar nicht wissen und wechselte rasch das Thema.

Ich konzentrierte mich auf meine Freundin, die sich normalerweise nicht schminkte. An diesem Morgen jedoch hatte sie die Lippen in einem knalligen Pink nachgezogen und Mascara aufgelegt.

»Phillipa, trägst du etwa Make-up?«, fragte ich überrascht.

»Ähm … ja«, antwortete sie und zog ihre koboldartige Nase kraus. »Vielleicht trete ich mit meiner weiblichen Seite in Kontakt.«

»Für jemand Speziellen vielleicht?«, fragte ich und wackelte vielsagend mit den Augenbrauen.

»Vielleicht«, antwortete sie ausweichend. »Aber ich will es nicht verschreien.«

Ausnahmsweise einmal drehte sich das Gespräch nicht um Dinge, die das Château, das Ableben meiner Grandmère oder die Beziehung zwischen Rémi und mir betrafen. Es war schön, sich einmal auf etwas anderes zu konzentrieren.

»Ich will alle Einzelheiten«, beharrte ich.

»Die kriegst du auch, sobald ich selbst weiß, was da läuft. Wir hatten erst ein Date. Aber eins kann ich dir verraten. Sie ist supersüß und Konditorin.«

»Ahhhh.« Meine Neugier war geweckt. »Und wie war's?«

»Keine Fragen mehr, bis ich weiß, ob Marie …«

»Sie heißt Marie? Warum erfahre ich erst jetzt von ihr?«

Phillipa zuckte mit den Schultern. »Du warst mit anderen Dingen beschäftigt.«

»Stimmt«, gab ich zu, und mein schlechtes Gewissen meldete sich prompt.

Phillipa errötete und stand einen Moment lang schweigend da. »Aber wir sprachen über die Kritik.« Sie hielt mir eine Zeitung vor die Nase. »Willst du sie selbst lesen?«

»Nein, bitte sei so freundlich und lies vor«, erwiderte ich und sackte in mich zusammen. »Aber tu mir den Gefallen und erspar mir die schmutzigen Details.«

Vor Aufregung war ihr englischer Akzent auf einmal sehr ausgeprägt. »Die einst verleumdete Chefköchin Sophie Valroux ist dabei, sich in der kulinarischen Welt zu profilieren, und steigt auf wie ein perfektes Soufflé …«

»*Putain*«, fluchte ich und bohrte meine Fingernägel in meine Handflächen. »Kann ich meiner Vergangenheit jemals entkommen?«

»Ach, das bist du doch schon. Und bitte sag nicht *putain*. Das ist total vulgär«, ermahnte sie mich. »Es sei denn, du bist ein Dummkopf.«

Ich nahm ein Croissant vom Tablett, brach ein Stück ab und steckte es mir in den Mund. Krümel rieselten auf mein T-Shirt, während ich kaute. Eine Sache, die ich an Frankreich liebte, war, wie mir Brot und Feingebäck in butterhaltiger Güte auf der Zunge zergingen. Dazu noch Käse, und ich war im siebten Himmel.

»Das ist die New Yorkerin in mir. Und du klingst wie Jane«, sagte ich mit vollem Mund und meinte ihre Zwillingsschwester, die das genaue Gegenteil von ihr war. Manchmal fragte ich mich, ob sie überhaupt miteinander verwandt waren.

»Nun, dann schlage ich vor, dass du die New Yorkerin in dir zurückschickst. Der gute Teil ist jetzt hier, das reicht, und der Artikel ist der Beweis«, verkündete Phillipa und las weiter. »Die Aromen Südwestfrankreichs sind noch nie so lebendig geworden, so innovativ und mit Flair, in Anlehnung an klassische Rezepte dargeboten worden. Dieser weibliche Grand Chef verdient seinen Titel. Die entzückten Seufzer der Gäste dieses wunderbaren Restaurants, die man vernimmt, wenn sie einen Bissen der fabelhaften Kreationen genießen, belegen das. Noch nie habe ich so komplexe und dabei doch so simple Abfolgen von Geschmacksabstufungen gekostet wie bei Grand Chef Sophie Valroux, wobei jeder Gang den vorherigen ergänzt und wohlschmeckender ist als der zuvor.«

»Na, das ist nicht schlecht«, staunte ich, setzte mich wieder aufrecht hin und lächelte erleichtert. »Das ist sogar richtig gut. Aber du weißt ja, ohne dich hätte ich das nicht geschafft.«

»Danke«, sagte Phillipa und nickte begeistert. »Ich hab gehört, dass dieser Kritiker der strengste von allen ist.« Sie deutete mit dem Kopf auf das Tablett. »Jetzt iss aber, meine Liebe. Genieß diesen herrlichen Moment. Das ist der Beginn einer großartigen Saison.«

»Du trinkst keinen Kaffee mit mir?«

»Nee, ich hab vor der Besprechung noch was zu erledigen«, erklärte sie. »Das Frühstück war nur ein Vorwand, um die Kritik gemeinsam mit dir zu lesen.« Sie nahm Kurs auf die Tür und sagte, kurz bevor sie sie hinter sich schloss: »Bis gleich.«

Mit dem Kaffee in der Hand, saß ich auf dem Fenstersitz und betrachtete fasziniert die bauschigen weißen Wolken, die sich über den Himmel wälzten. Ein melancholisches Gefühl überkam mich. Ich wünschte, es wäre Grand-mère gewesen, die an die Tür geklopft hätte, um gemeinsam mit mir die Kritik zu lesen und mir für meine erste Saison, in der ich das Château als Grand Chef leiten würde, einen Rat oder eine Orientierungshilfe zu geben. Ich dachte an die Mühelosigkeit, mit der sie durch die Küche getänzelt war, wie leicht ihr die Bezeichnungen der fremden Zutaten über die Lippen gekommen waren, als spräche sie eine andere Sprache fließend. Als Kind hatte ich oft auf einem hohen Holzhocker gesessen, dessen Sitz auf den Rückseiten meiner Oberschenkel geriffelte Abdrücke hinterließ, und manchmal hatte sie mir die Augen verbunden und mir Gewürze unter die Nase gehalten.

»Sophie, *ma chérie*, riech das«, hatte sie dann gesagt. »Was riechst du?«

»Muskat.«

»Und hier?«

»Safran.«

Nachdem wir etliche Gewürze durchgegangen waren und ich die meisten erkannt hatte, hatte sie mir die Augenbinde abgerissen und mich in die Wangen gekniffen. »Eines Tages wirst du eine großartige Spitzenköchin«, hatte sie dann gesagt.

»*Merci*, Grand-mère«, hatte ich darauf immer strahlend geantwortet. »Eines Tages will ich genauso sein wie du.«

Und vielleicht war ich das jetzt. Ich hatte ihr Leben übernommen.

Wenige Wochen zuvor, nachdem die Société des Châteaux et Belles Demeures mich mit der Ehre des Grand Chef ausgezeichnet hatte, war ich zu Grand-mère ins Zimmer hinaufgerannt, hatte die Tür aufgerissen und ihr triumphierend die Tafel hingehalten. In ihren Augen hatten vor Stolz Tränen geglänzt, und sie hatte gesagt: »*Ma chérie*, ich wusste, dass du es schaffen würdest. Du musst Rémi beauftragen, meine Tafel am Eingangstor abzuhängen und dafür deine aufzuhängen.«

Sie war so stolz auf mich gewesen, hatte mich so sehr unterstützt. Doch jetzt war sie tot, und nichts, was ich sagen oder tun konnte, würde sie zurückbringen.

Bevor ich die Treppe hinunter zu der Mitarbeiterbesprechung in Grand-mères Büro ging, das jetzt, so schmerzlich es auch war, mir gehörte, schlich ich mich eine Etage höher zu ihrer Suite und blieb außer Atem vor der großen Holztür stehen, in die eine bourbonische Lilie geschnitzt war – ein Symbol der französischen Monarchie. Als ich endlich den Mut fasste, sie zu öffnen, knarrte sie gespenstisch. Wie meine Suite war auch ihr Wohnbereich nicht modern renoviert worden. Die Ausgestaltung in Blau- und Weißtönen war klassisch französisch, die Farbgebung in meinen Wohnräumen war von Grüntönen dominiert. Es war der gleiche Grundriss, die gleiche Raumaufteilung, doch es gab einen wesentlichen Unterschied, von dem mir ganz schwindlig wurde. Ich musste mich am Türrahmen festhalten, um nicht das Gleichgewicht zu verlieren.

Grand-mères Geruch – eine Mischung aus Chanel N°5, Lavendel, Muskat und Zimt hing noch in der Luft. Er stieg mir in die Nase, und zwar so intensiv, dass ich es nicht über mich brachte, ihre Wohnung zu betreten. Ich schlug die Tür wieder zu und begab mich nach unten, steuerte auf das eichengetäfelte Büro zu. Während ich mit dem Finger die Buchstaben auf Grand-mères Grand-Chef-Tafel an der Tür nachzeichnete, die vom Eingangstor entfernt und durch meine ersetzt worden war, riss mich ein Husten aus meinen Gedanken. Jane und Phillipa kamen auf mich zu, und wir betraten gemeinsam das Büro.

Jane, die Geschäftsführerin des Châteaus, Chefgärtnerin unseres riesigen Gewächshauses und merkwürdigerweise auch Imkerin, war immer wie aus dem Ei gepellt. Sie trug ihre blonden Haare in einer strengen Hochsteckfrisur, hatte eine Figur, für die die meisten Frauen töten würden, und trug stets Kitten-Heel-Absätze, wahrscheinlich sogar beim Imkern und Gärtnern.

»Bereit für den blanken Wahnsinn?«, fragte sie mich.

»Wie man nur sein kann«, sagte ich und schluckte.

»Wir schaffen das«, versicherte Phillipa mir und hielt mir die Hand zum Abklatschen hin.

»Ich schlag nicht ein«, sagte ich erschaudernd.

Sie brach in Gelächter aus. »Ich weiß. Ich will dich nur ärgern, Chefin.«

Jane grinste, was mich verunsicherte. Wenn Jane früher gelächelt hatte, hatte ich immer das Gefühl gehabt, dass etwas nicht stimmte, als führte sie etwas im Schilde – das konnte ich noch nicht ganz ablegen. Doch obwohl wir in der Vergangenheit unsere Differenzen gehabt hatten, wusste ich nicht, was ich ohne Jane hätte tun sollen.

Bevor ich über die Freundschaften nachdenken konnte, die ich mit Phillipa und Jane geschlossen hatte, kam der Rest der Belegschaft herein. Zuerst Gustave, unser Konditor und zugleich der Mann, der für das Mittagessen in unserem zweiten Restaurant, Le Papillon Sauvage (Der wilde Schmetterling), verantwortlich war. Obwohl er immer eine Flasche Pastis in der Hand hielt, war er ein Maestro in der Küche und bereitete abends die fantastischsten Desserts und tagsüber die saftigsten Brathähnchen und Holzofenpizzen zu. Unsere Gäste liebten ihn. Er war der Inbegriff eines Franzosen aus dem Südwesten, der stets übertrieben gestikulierte und karikaturhafte Mundgeräusche von sich gab. Er war der Grund dafür, dass das Papillon Sauvage von Michelin einen Bib Gourmand verliehen bekommen hatte. Das war nicht ganz dasselbe wie einen Stern zu bekommen, denn ein Bib blieb Restaurants vorbehalten, die außergewöhnliches Essen zu moderaten Preisen servierten. Im Le Papillon Sauvage konnte man für unter dreißig Euro speisen, Wein vom hauseigenen Weingut und Gustaves wahnsinniges Lachen inbegriffen.

Er reckte seine Pastis-Flasche in die Luft. »Möchte jemand?«

Sébastien, oder Séb, unser Tausendsassa in der Küche und der Jüngste der Crew, kam just in dem Moment hereingeschlendert. Seine dunkelbraunen Augen weiteten sich ungläubig. »Es ist erst neun Uhr morgens«, sagte er missbilligend.

»Pah«, entgegnete Gustave und kippte einen Schluck in sich hinein. »Das ist das Frühstück der Könige.«

Séb zuckte zusammen und lächelte spöttisch.

Die grauhaarige Grand-maman-Brigade, bestehend aus *les dames* Truffaut, Bouchon, Pélissier und Moreau, traf als Nächste ein. Ich hatte keine Ahnung, wie vier kleine Frauen es schafften, so viel Arbeit zu bewältigen, aber es war so. Nachdem sie *bises* getauscht hatten, die unvermeidlichen Wangenküsse, setzten sie sich wie immer auf die Couch und fingen fröhlich an zu tratschen.

Clothilde, die beste Freundin meiner Grand-mère, kam mit ihren hüpfenden roten Locken und ihren mit Marienkäfern übersäten Ballerinas in den Salon geklackert. Sie war in der Küche eine Wucht und kreierte mit Phillipa, Séb und mir die Gerichte für das Libellules. Sie kam zu mir gerannt, umklammerte meine Hände und sagte: »Dank dir, *ma petite puce*, werden wir dieses Jahr mehr als sonst zu tun haben. Ich bin so stolz auf dich.«

Mein kleiner Floh. Ich liebte es, wenn sie mich mit diesen Koseworten bedachte.

Clothildes Mann Bernard, der für die Weinproduktion des Châteaus zuständig war, kam zu mir gerannt und schwenkte mich durch die Luft. »Wir sind alle stolz auf dich, Sophie, und wir werden die beste Saison haben. Die Reben sehen sehr gut aus, einfach perfekt.«

»Das freut mich«, sagte ich. »Ich kann es nicht erwarten, die Ernte mitzuerleben.«

Meine Adoptivfamilie schwatzte fröhlich, sie überschüttete mich mit Lob, während das restliche Personal, namentlich der Zimmerservice und die Servicekräfte, eintrudelte. Rémi kreuzte als Letzter auf, flankiert von seinen zwei stattlichen Labradoren D'Artagnan und Aramis. Sie hechelten sabbernd und wälzten sich auf dem Boden.

Jane sah Rémi finster an. »Keine Tiere im Château.«

Er grinste. »Sie arbeiten auch hier. Oder hast du das vergessen?«

»Tun sie nicht.«

»Doch, ganz gewiss. Sie verscheuchen die *sangliers* und machen Jagd auf Trüffel. Eigentlich sollten sie ein Gehalt bekommen.«

Ich weiß nicht, warum Rémi solchen Spaß daran hatte, Jane zu provozieren, aber so war es. Was die Hunde und ihre Arbeit betraf, hatte er tatsächlich recht. Die Wildschweine auf dem Gelände jagten mir eine Heidenangst ein, weshalb ich nachts nie allein draußen herumlief, die Labradore vertrieben sie. Rémi zog herausfordernd eine Augenbraue hoch, und die Zimmermädchen brachen in Gelächter aus.

An seiner stoischen Miene und sarkastischen Antwort erkannte Jane, dass sie diesen Streit nicht gewinnen konnte. Also verdrehte sie theatralisch die Augen und schaltete in den Geschäftsführerinnenmodus.

»Meine Damen und Herren, ich danke Ihnen, dass Sie sich die Zeit für diese Besprechung nehmen. Wie Sie wissen, haben wir eine sehr, sehr arbeitsreiche Saison vor uns, sodass wir alle in Bestform sein müssen.« Sie fasste das Zimmerserviceteam ins Auge und lächelte einschüchternd. »Meine Damen, ich erwarte, dass alle Gästezimmer perfekt sind und nicht das kleinste Detail übersehen wird.«

Die Zimmermädchen nickten. »Ja, Madame«, sagten sie im Chor.

Jane wandte sich an mich. »Möchtest du noch das Wort an die Küchenbrigade und das Servicepersonal richten?«

Die Küche war der Ort, an dem ich meine Gefühle ordnete, an dem ich meine Leidenschaft gefunden hatte, an dem ich mich ausdrückte. Jetzt, wo ich mich außerhalb meiner Komfortzone befand und alle Blicke auf mich gerichtet waren, wiederholte ich schließlich die Worte, die Phillipa zuvor verwendet hatte.

»Wir schaffen das.«

Jane stieß mich an und flüsterte: »Das kannst du aber besser.«

Ich holte tief Luft. »Wie Jane schon sagte, nach den überragenden Presseberichten müssen wir unserem Ruf gerecht werden. Jedes Gericht muss unvergleichlich sein, kein Detail darf übersehen werden. Mir ist klar, dass wir alle unter großem Druck stehen, und wir betrauern noch immer den Verlust von Grand-mère Odette, aber gemeinsam bekommen wir das hin, als Familie.«

Bevor die Belegschaft in Tränen ausbrach, räusperte sich Jane. »Sind wir alle bereit, diese Saison zur besten zu machen, die das Château de Champvert je erlebt hat? Sind wir alle bereit, an die Arbeit zu gehen? Unser Bestes zu geben?« Beifall. Lächelnde Gesichter. Rémi formte mit den Lippen ein »Ich liebe dich« und verschwand mit den Hunden. »Dann legen wir mal los. Genau wie Sophie glaube ich an Sie. Wenn es irgendwelche Probleme gibt, kommen Sie bitte sofort zu mir«, sagte Jane.

Die Bediensteten schlüpften schwatzend aus der Tür und ließen Jane, Phillipa und mich im Büro allein. »Und was machen wir jetzt?«, fragte ich.

»Die Saison wird absolut fantastisch«, schwärmte Jane. »Das Château war nie komplett ausgebucht bis kurz vor dem Saisonende, jetzt aber schon, dank dir und der begeisterten Presse. Ein Traum wird wahr.«

Phillipa quietschte: »Allerdings.«

Über das ganze Gesicht strahlend, standen die Mädels vor mir und warteten auf eine Reaktion. Ich rang mir ein Lächeln ab.

»Klar«, sagte ich wehmütig und fragte mich nach meinen eigenen Träumen. »Wir werden eine fabelhafte Saison erleben. Ich bin so froh, euch beide an meiner Seite zu haben.«

Jane und Phillipa umarmten mich übertrieben aufgekratzt und tänzelten aus dem Zimmer.

Vor Champvert hatte ich nur einen Traum gehabt, und ein Château im Südwesten Frankreichs zu führen war nie ein Teil davon gewesen. Ich wollte eine der wenigen Spitzenköchinnen werden, die von Michelin mit den prestigeträchtigen Sternen ausgezeichnet wurden. Obwohl einen Stern zu erlangen viel Druck mit sich brachte, und davon hatte ich sowieso schon genug, wollte ich das einzige Ziel in meinem Leben nicht aufgeben, das mich so viele Jahre lang angetrieben hatte. Vor ihrem Tod hatte Grand-mère zu mir gesagt, dass ich meine Ziele auch hier in Champvert erreichen könnte. Ich fragte mich, ob das stimmte, denn aufgrund der Ereignisse in meiner Vergangenheit war ich ziemlich erschöpft und wartete stets auf die nächste Hiobsbotschaft. Ich wusste, dass ich im Besitz aller Zutaten war, um ein perfektes Leben zu gestalten, vielleicht mein eigenes kulinarisches Narrativ zu schreiben, doch irgendetwas fehlte, und zwar nicht nur meine Großmutter. Ein großer Teil von mir hatte das Gefühl, aus einem Traum erwacht zu sein, der nie mein eigener gewesen war, und als schlafwandelte ich in einer Geschichte, die ich nie selbst geschrieben hatte.

2

Papa weiß es am besten

Wohin ich mich auch wandte, Grand-mères Geist materialisierte sich in schemenhaften Erinnerungen, sang durch die Bäume zu mir, flüsterte aus jedem Winkel des Châteaus. In gewisser Weise war das sehr tröstlich – als wäre sie gar nicht *wirklich* tot. Meine Blicke huschten zu dem hochherrschaftlichen Gebäude mit seinen französischen Balkonen, dem Schieferdach, das in den wolkenlosen kornblumenblauen Himmel ragte, und blieben an Grand-mères Zimmer hängen. Ich wünschte, sie würde auf ihrem Fenstersitz thronen, zu mir herablächeln und winken. Aber natürlich war sie nicht da.

Statt mich in Selbstmitleid zu suhlen, zwang ich mich, meinen Schmerz beiseitezuschieben und mich auf alles Positive zu konzentrieren. Das hätte Grand-mère gewollt. Das wollte auch ich. Wenn es mit mir bergab ginge, träfe es auch das Château, und das durfte ich niemals zulassen. Es gab hier Menschen, die wegen ihrer Arbeit auf mich angewiesen waren, im Prinzip um zu überleben – und zwar das ganze Dorf Champvert.

Bevor mich bald die glühend heiße Küche mit Haut und Haaren verschlingen würde, schlenderte ich ziellos auf dem Gelände umher, um über dieses herrliche Universum nachzudenken, das meine Grand-mère erschaffen hatte, und es zu genießen. Ich wollte in der Wärme meines ersten Frühlings in Champvert schwelgen und atmete tief durch. Die rosa Pfingstrosen schienen über Nacht aufgeblüht zu sein, Bienenschwärme umschwirrten sie. Im Obstgarten zierten fluffige weiße Blüten die Kirschbäume. In der Ferne schimmerte der See, die schlanken Äste der Trauerweiden wehten in der warmen Frühlingsbrise. Ich hatte irgendwo gelesen, dass Trauerweiden Stärke repräsentierten und den größten Herausforderungen standhalten konnten. Solch ein Baum wollte ich sein, beharrlich und für alles gewappnet, selbst für einen Sturm.

Die Luft schwirrte vor Leben, Libellen, und Schmetterlinge tanzten am klaren blauen Himmel. Alles blühte auf und gedieh. Vielleicht sogar ich. Auch wenn es mir surreal erschien – dieses Land, dieses Château gehörten mir. Mein Leben entwickelte sich vielversprechend, auch meine Beziehung zu Rémi.

Am Tag vor meiner Abreise aus Champvert nach einem meiner Sommerbesuche hatten wir uns zum ersten Mal geküsst. Ich war dreizehn und er fünfzehn gewesen. Ich erinnerte mich noch an den Ausdruck in seinen karamellbraunen Augen – verträumt und schelmisch, genau wie an diesem Morgen. Wir hatten gerade im See gebadet und uns ausgestreckt unter einer der Trauerweiden, um uns zu trocknen. Ich wusste noch, dass er eine Zahnspange getragen und mich damit an der Lippe verletzt hatte.

Ich schloss die Augen und dachte an Rémis Körper, an sein kehliges Lachen und seinen Humor. Ich wusste, dass er die Hunde nur zu der Besprechung mitgebracht hatte, um Jane zu ärgern. Und der Witz über die langsamen, qualvollen Todesarten, den er am Morgen gerissen hatte, zauberte mir ein Lächeln auf die Lippen.

Rémi fuhr auf dem Mähtraktor vorbei. Er kümmerte sich um die vom Morgentau geküssten, ausgedehnten Rasenflächen. Sein mediterraner Teint hatte durch die Sonne schon die Farbe goldenen Honigs angenommen, was das Lächeln, das er mir zuwarf, noch strahlender machte. Ich wünschte mir, in seinen muskulösen Armen zu liegen, doch es war noch so viel zu erledigen, bis die ersten Gäste kamen. Außer dem Mähen weiter Flächen hügeligen Geländes musste Rémi noch die wie Lilien geformten Hecken stutzen, die Kiesauffahrt musste dringend geharkt, Blätter und Unkraut mussten entfernt werden – die Liste war lang. Trotzdem hielt er vor mir an und stellte den Motor aus.

»Ich würde dich morgen Abend gerne ausführen. Bist du frei?«, fragte er mit einem listigen Lächeln.

»Ich bin immer frei«, schnaubte ich verächtlich »Ich bin Amerikanerin.«

»Schon wieder dieser Scherz? Der ist uralt. Du bist auch Französin. Aber ich formuliere meine Frage um«, sagte er und blinzelte in die Sonne. »Hast du morgen Abend Zeit? Ich würde dich gern mitnehmen.«

»Soll das ein richtiges Date werden?«, fragte ich.

Er zwinkerte mir zu. »Ich hab in Toulouse etwas Besonderes für uns geplant.«

Ich schlug mir die Hände vor den Mund. »Dem Château eine Nacht entkommen, bevor der Wahnsinn beginnt? Ich bin sehr dafür. Was machen wir? Wohin gehen wir?«

31

»Das ist eine Überraschung«, sagte er geheimnisvoll.
»Ich hole dich um sieben ab.«

»Okay«, erwiderte ich und fragte mich, was er vorhatte.
»Warte! Was ist mit heute Abend? Ich dachte, du wolltest
rüberkommen.«

»Laetitia hat eine Verabredung. Sie hat schon den ganzen Morgen lächelnd vor sich hin gepfiffen«, erklärte er.
»Sie ist seit Jahren nicht mehr ausgegangen, deshalb habe
ich Lola einen Papa-*fille*-Abend versprochen. Wir machen
lustige Sachen, wie in Tutus herumzutänzeln, und veranstalten mit ihren Stofftieren eine Teeparty.«

»Der kleine Glückpilz«, sagte ich. Mir ging das Herz auf,
weil Rémi ein so guter Vater war. Mir kam eine Idee. Ich
legte den Kopf schief. »Kann ich kurz vorbeikommen und
euch besuchen?«

»Das würde ihr gefallen«, sagte er mit einem breiten
Grinsen. »Aber bring lieber die Zutaten für eine *chocolat
chaud* mit.«

»Das kann ich machen«, sagte ich und brach in Gelächter aus.

Bevor er weiterfuhr, reichte er mir einen Strauß Maiglöckchen, deren kleine Blüten in der leichten Brise tanzten. Ich hielt sie mir an die Nase und atmete die frischen,
süßen Düfte des Frühlings ein.

»Wofür sind die?«

»Heute ist der 1. Mai oder Tag der Arbeit, in Frankreich *la fête du travail*. Da ist es Tradition, seinen Liebsten
muguets zu schenken, verbunden mit dem Wunsch für ein
erfolgreiches Jahr und Glück.« Er hielt inne und strich sich
die Haare aus den Augen. »*Je t'aime*, Sophie. *Très fort.*«

»*Merci* für die Blumen«, bedankte ich mich. »Ich liebe dich auch.«

Ich stand mit einem dümmlich verliebten Grinsen im Gesicht da, bis Rémi den Motor wieder anwarf und davonfuhr.

Ich überließ Rémi seinem Schicksal und ging hinunter zum Fluss, wo die Elstern schimpften. Die Vögel waren zwar nervig, aber auch schön mit ihren in Schwarz, Weiß und Saphirblau schimmernden Federn. Ich setzte mich ans Ufer, hielt die Hand ins kalte Wasser und beobachtete, wie die Libellen über die Oberfläche schwirrten.

Dieses Land gehörte mir. Und es war wunderschön. Mehr als wunderschön, es war magisch. Aber das Château mit seinen zwei Restaurants zu führen würde ein Kraftakt werden – körperlich und seelisch. Ich schloss die Augen und betete, dass ich es schaffte. Das Letzte, was ich brauchte, war ein neuer emotionaler Zusammenbruch. Es war ein langer, steiniger Weg gewesen, mich von ganz unten wieder hochzukämpfen, ich wollte ihn nicht noch einmal gehen. Ich roch an dem Maiglöckchenstrauß und dachte an das Glück und an Rémi – den umwerfenden, romantischen Rémi.

Ein Rascheln drang an meine Ohren. Ich warf einen Blick über meine Schulter und war überrascht, meinen Vater den Weg zum Fluss herunterschlendern zu sehen. Jean-Marc trug eine kurze Khakihose und ein schwarzes Polohemd und hielt einen Rechen und einen Strauß Maiglöckchen in den Händen. Er lächelte breit, als er mich sah, was ihn um Jahre jünger wirken ließ und nicht so wetter-

gegerbt wie einige Wochen zuvor, als ich ihn kennengelernt hatte. Als er mir beim Sonntagslunch aufgefallen war,
hatte ich Rémi angestupst. »Wer ist der Mann, der mich so
anstarrt?«, hatte ich gefragt. »Clothilde und Bernard wirken nicht gerade begeistert, ihn zu sehen.«

»Ach«, hatte er gesagt. »Der? Das ist Jean-Marc Bourret.«

»Hätte es nicht *meine* Entscheidung sein sollen, ihn zu
treffen?«, hatte ich gefragt.

Rémi hatte Jean-Marc ausgerechnet an dem Tag eingeladen, an dem das Château von der Société überprüft
worden war. Ein Teil von mir war immer noch verärgert
darüber, da ein Treffen zwischen mir und meinem Vater
meine Entscheidung gewesen wäre, doch der andere Teil
war ihm dankbar.

»Hoffentlich störe ich nicht«, sagte Jean-Marc mit
leuchtenden Augen.

»Nein, das ist eine angenehme Störung.«

Jean-Marc überreichte mir die Blumen. »Wie ich sehe,
hast du schon welche«, stellte er fest. »Aber Glück kann
man nie genug haben.«

Ich lächelte, während ich versuchte, das besagte schwer
fassbare Gefühl einzufangen und es festzuhalten. Wenn
ich irgendetwas wollte, dann glücklich sein, und meinen
Vater zu sehen machte mir Freude.

»*Merci*«, sagte ich. »Ich freue mich sehr, dich zu sehen.
Nach allem, was war, hatten wir noch nicht viel Zeit, uns zu
unterhalten. Was führt dich zum Château?«

»Rémi hat mich angerufen. Er braucht Unterstützung
bei den Eröffnungsvorbereitungen.« Er hielt den Rechen
hoch. »Ich kümmere mich um das Gestrüpp im Wald.«

Ich umfing meine Knie und verbarg meine Überraschung. Obwohl es mich aufheiterte, meinen Vater zu sehen, war das wieder etwas, das Rémi ohne mein Wissen veranlasst hatte. Ich schüttelte meine Verärgerung schnell ab.

»Hoffentlich bezahlt er dich gut«, sagte ich.

Jean-Marc zuckte zusammen. »Bezahlen?«, wehrte er ab. »Ich mache das umsonst. Ich will dir helfen, wie und wo ich nur kann.« Er sackte in sich zusammen. »Ich würde nie auch nur einen Cent von dir nehmen, Sophie. Ich will wiedergutmachen, dass ich all die Jahre nicht für dich da war ...«

Ich bereute es sofort, das Thema Geld angeschnitten zu haben. Ich wusste, dass er nicht auf Geld aus war. Das hatte er bei unserem ersten Treffen deutlich gemacht, nachdem er mir erzählt hatte, dass meine Grand-mère ihn bestochen hatte, damit er sich von meiner Mutter fernhielt. In der Hoffnung, für mich und meine Mutter sorgen zu können, hatte er nur einen Scheck eingelöst, aber meine Mutter hatte ihn sitzen lassen, als sie mit mir nach New York gezogen war. Er war für sie nicht gut genug gewesen, weshalb sie jeden Kontakt zu ihm abgebrochen hatte. Jean-Marc mochte mir in meiner Kindheit keine Vaterfigur gewesen sein, doch jetzt stand er vor mir und bot mir die Gelegenheit, das Puzzle meines Lebens zu vervollständigen.

»Du hattest nicht gerade die Wahl«, beschwichtigte ich ihn. »Was ich dir sagte, habe ich ernst gemeint. Ich möchte dich wirklich kennenlernen. Vielleicht ist das ein bisschen eigennützig von mir, aber du bist der einzige leibliche Verwandte, der mir noch bleibt.«

Jean-Marc setzte sich neben mich. In seinen Augen

glänzten Tränen. Er nahm meine Hand und drückte sie sanft. »Du bist auch meine einzige Verwandte. Und du bist nicht eigennützig. Du hast mich in dein Leben gelassen und mich damit zum glücklichsten Menschen der Welt gemacht. Aber warum sitzt du allein hier draußen, Sophie?«

»Ich denke nur nach«, erklärte ich.

»Über deine Grand-mère?«

»Ja«, seufzte ich. »Und über den ganzen Druck, das Château ohne sie zu leiten. Ich fürchte, ich könnte unter der Last zusammenbrechen.«

»Wenn es einen Menschen auf der Welt gibt, der Herausforderungen gewachsen ist, dann du.«

»Da bin ich mir nicht so sicher«, sagte ich zweifelnd.

»Ich schon.«

»Warum?«, fragte ich.

»Sieh doch, was du in der kurzen Zeit hier schon erreicht hast. Du bist ein Grand Chef. Die Medien singen ein Loblied auf dich …«

Ich setzte mich aufrecht hin und machte vor Überraschung große Augen. »Du hast das alles verfolgt?«

»*Bien sûr*, ich bin wirklich stolz auf dich.« Er zog sein Handy aus der Tasche. »Ich hab ein Google Alert auf deinen Namen erstellt.«

Dank unseres erfolgreichen Soft Openings und eines Artikels in der *New York Times*, die wie viele andere Zeitungen darauf angesprungen war, dass ich einen überwiegend von Frauen geführten Betrieb leitete, fand sich das Château im Zentrum eines riesigen Medienrummels wieder. Wenn man der Presse glaubte, war ich steinreich, blutjung und ein wunderschönes Porzellanpüppchen – eins, das aus den Flammen der Zerstörung wiederauferstanden war und durch nichts zerbrochen werden konnte.

Doch trotz aller begeisterter Kritiken war mein Selbstvertrauen wacklig. Ich hatte mir diese Anerkennung nicht allein verdient, mir war das alles in den Schoß gefallen, und nach dem Tod meiner Großmutter hatte ich auch noch das Château geerbt. Ich musste mich noch bewähren.

»Die Latte hängt ganz schön hoch«, erwiderte ich seufzend und zupfte an den Blüten der Maiglöckchen. »Der Druck steigt, und wir haben die Tore noch nicht einmal für die Öffentlichkeit geöffnet.«

Jean-Marc hielt meine Hand fest und hinderte mich so daran, meine Blumensträuße zu zerdrücken. »*Et alors*, Sophie, du bist von Menschen umgeben, die dich gernhaben und denen dein Erfolg wichtig ist. Wenn der Druck zu groß wird, sag es uns einfach. Wir sind für dich da. Du musst es nicht allein mit der Welt aufnehmen. Bitte uns um Hilfe.«

Durch die Blätter der Bäume schimmerte Licht und erhellte unsere Gesichter. Vielleicht hatte Jean-Marc recht. Ich war viel zu lange unabhängig gewesen und hatte an der Idee festgehalten, dass Abhängigkeit von anderen ein Zeichen von Schwäche war und dass ich niemanden brauchte, der mich unterstütze. Aber ich wollte nicht verzweifelt wirken oder, Gott bewahre, hilfsbedürftig.

»Wahrscheinlich hast du recht«, räumte ich ein. »Aber genug von mir. Ich will mehr von dir hören.«

Er räusperte sich. »Ich fürchte, ich bin nicht sehr interessant.«

»Für mich schon«, widersprach ich. »Du bist mein Papa. Und ich will alles über dich wissen.«

Jean-Marcs Schultern bebten. »Hast du mich gerade Papa genannt?«

Dieses Thema hatten wir bisher ausgespart, und ich fragte mich, ob ich mit meiner amerikanischen Forschheit zu direkt war. Aber er war mein Vater – auch wenn ich ihn kaum kannte, und ich wollte ihn wirklich kennenlernen. Es war ja nicht seine Schuld, dass er in meinem Leben bisher keine Rolle gespielt hatte, sondern die meiner Mutter.

Ich atmete tief durch. »Ja, ich habe dich Papa genannt«, erklärte ich. »Weil du das bist.«

Obwohl der Frühling uns beiden die Chance bot, ganz von vorn anzufangen, schweiften meine Gedanken für einen kurzen Moment zu meinem alten Leben in New York, wo ich kein Château zu leiten gehabt hatte. Dan O'Shea, Chefkoch des Cendrillon NY, hatte mir eine Stelle als Chef de Cuisine angeboten, was ich mir seit Jahren gewünscht hatte, doch ich hatte ihm abgesagt. Ich wollte meine eigene Geschichte erzählen, nach meinen eigenen Sternen greifen, vielleicht sogar hier in Champvert. Und wäre ich nicht in Frankreich geblieben, hätte ich meinen Vater nie kennengelernt, und ich wollte – nein, ich musste – ihn in mein Leben lassen.

»Erzähl mir mehr von dir«, bat ich ihn.

Tränen liefen über Jean-Marcs Wangen. Er schluckte. »Wo soll ich anfangen?«

»Ganz am Anfang«, sagte ich und drückte seine Hand.

Gegen halb sechs spazierte ich zu Rémis Haus, das am hinteren Ende der Schlossanlage gelegen war. Es war ein zweigeschossiges bäuerliches Steinhaus und fühlte sich eher wie ein Zuhause an als das gewaltige Château. Ich klopfte an die Tür, und Lola machte mir auf. Sie trug ein weißes T-Shirt und ein rosa Tülltutu mit Strasssteinen. Das Sonnenlicht ließ ihr dunkelblondes Haar schimmern. Ihre haselnussbraunen Augen mit den goldenen Flecken darin wurden groß. »Tatie Sophie«, quietschte sie. »Bekomme ich eine *chocolat chaud?*«

Ich lachte und zog an ihren Rattenschwänzchen. »Da wirst du deinen Papa fragen müssen.«

»Du darfst eine haben«, rief Rémi aus der Küche. »Wenn du versprichst, heute Abend deinen Brokkoli zu essen.«

Lola rümpfte ihr Näschen. »Iiih.«

»Sophie, steh nicht nur rum«, meinte Rémi. »Komm rein. Ich muss nur was fertig machen. Ich bin gleich bei euch.«

Ich tat wie mir geheißen und schloss die Tür. Lola nahm meine Hand in ihr kleines Patschhändchen und zog mich zur Couch. Rémi hatte sein Haus vor ein paar Jahren umgebaut und den Wohnraum zur Küche hin geöffnet. Wie die Außenmauern waren die Wände aus Stein, im Essbereich stand ein großer Mahagonitisch. Rémis Hunde saßen auf ihrer Decke, überall lagen Spielsachen und Puppen, über die ich vorsichtig hinwegstieg. Auf dem Kaminsims stand ein Foto von Anaïs, Lolas Mutter, und ich dachte daran, was Lolas Großmutter Laetitia mir anvertraut hatte.

»Ich habe dir damals erzählt, dass Rémi kaum gelächelt hat. Doch dann bist du nach Champvert zurückgekommen. Ich habe euch zwei zusammen gesehen. Und ich glaube, er bringt dich auch zum Lächeln«, hatte sie gesagt. »Ich glaube, ich habe dir auch anvertraut, dass Rémi und Anaïs sich zwar nicht geliebt, aber für Lola das Richtige getan haben.«

Wie Lola hatte auch ich meine Mutter verloren, aber Anaïs war bei Lolas Geburt gestorben und nicht durch Selbstmord. Ich erschauderte gerade bei der schmerzlichen Erinnerung daran, wie ich meine Mutter aufgefunden hatte, als Rémi sich zu uns gesellte. Er trug ein winziges violettes Tutu über seiner Jeans, und ich brach in Gelächter aus.

Er zuckte mit den Schultern und warf einen Blick zu Lola. »Was soll ich dazu sagen? Heute ist Vater-Tochter-Tanztag.«

Lola kroch auf dem Boden herum und sammelte ihre Puppen zusammen, sie hatte sich so viele auf ihre kleinen Ärmchen geladen, dass ich Angst hatte, dass sie gleich umfiel.

»Ich finde es sexy, dass du so ein toller Papa bist«, sagte ich. Doch dann runzelte ich die Stirn. »Apropos Väter, ich hab noch ein Hühnchen mit dir zu rupfen.«

»Ich verstehe nicht.«

Ich verschränkte die Arme vor der Brust. »Du hast meinen Vater hierher eingeladen, ohne es mir zu sagen.«

»Ich brauchte Hilfe in den Außenanlagen. Da hab ich ihn angerufen. Er hatte Zeit. Das ist kein großes Ding.«

Ich nahm Haltung an.

»Für *mich* ist es das aber«, sagte ich bewusst leise. »Könntest du mir beim nächsten Mal bitte vorher Bescheid sagen?«

»*D'accord*«, erwiderte er. Okay.

Lola unterbrach unser Gespräch und ließ ihre Puppen vor meine Füße plumpsen. Sie hielt mir eine Bürste hin.

»Soll ich dir die Haare bürsten?«, fragte ich und gab mir alle Mühe, meine Verärgerung beiseitezuschieben.

Doch sein Aufzug machte es einem schwer, sich lange über seine Einmischung aufzuregen, vor allem als er ein paar merkwürdige Pirouetten drehte und darauf einen albernen Sprung folgen ließ. Und ich hatte mich gefreut, meinen Vater zu treffen. Wir hatten ein tolles Gespräch geführt.

Lola schüttelte so heftig den Kopf, dass ihre Zöpfchen hüpften. »*Non*, mach mich so hübsch wie dich. Und dann bekomme ich eine *chocolat chaud*, ja?«

»Klar«, versprach ich und klopfte auffordernd auf den Platz neben mir. »Setz dich hierher.« Mein Blick huschte zu Rémi, während Lola auf die Couch kletterte und mir die Bürste reichte. »Ich habe den Kakao vergessen, Rémi«, erklärte ich, während ich Lolas Zöpfe löste. »Im Trockenlager in meiner Küche ist welcher. Kannst du ihn holen?«

Er nickte. »Kommst du mit dem Zwerg klar?«

»Natürlich«, antwortete ich.

Obwohl ich noch nie mit ihr allein gewesen war, war ich mir ziemlich sicher, dass ich das schaffen würde. Sie war so süß, wie sie mit ihren drei Jahren ein Kinderlied vor sich hin summte und kicherte.

Ohne das Tutu abzulegen, machte sich Rémi auf den Weg, und nachdem ich Lolas Locken gebürstet hatte, begab sie sich daran, meine Frisörin zu werden.

»Hübsch, hübsch, hübsch«, murmelte sie vor sich hin.

Zu meiner Überraschung waren ihre Bürstenstriche sanft, sie zerrte und riss nicht an meinen Haaren.

Ich dachte an die Zeit, als ich für meine Mutter hatte sorgen müssen, als ich ihr die Haare hatte bürsten und für sie hatte kochen müssen, und wie sie, wenn sie mir die Haare bürstete, sie mir fast von der Kopfhaut gerissen hätte. Was für eine Mutter würde ich sein? Meine hatte mir die absolut schlimmste Version vorgelebt. Und ich hatte den Kakao vergessen.

Lola legte die Bürste weg und nahm mein Gesicht in ihre Patschhände. »Hübsch«, sagte sie wieder mit einem breiten Grinsen, und mir zersprang fast das Herz.

»Du bist auch sehr hübsch«, sagte ich.

Sie krabbelte auf meinen Schoß, und ich atmete ihren Erdbeerduft ein.

Obwohl Lola und ich einen süßen Moment teilten, versetzte mich die Vorstellung, mit siebenundzwanzig Jahren von jetzt auf gleich zur Mutterfigur zu werden, in Angst und Schrecken. Ich kannte mich nur in der Küche aus. Ich konnte Gemüse in Scheiben schneiden wie eine Weltmeisterin, hatte aber noch nie eine Windel gewechselt. Während ich Lola an mich drückte, fiel mein Blick auf das Foto von Anaïs, auf ihre dunklen Augen, und ich dachte an sie, an meine Mutter und an Grand-mère. Manchmal verschwanden Menschen einfach. Ich wehrte mich gegen solch schreckliche Gedanken. Wenn Lola und ich uns annäherten, ich zu ihrer Ersatzmutter würde und mir etwas zustieße, läge Lolas Leben in Trümmern. Und noch schlimmer: Was, wenn Rémi etwas passierte?

3

Eine ganz neue Jane

Manchmal schlich sich der Schmerz an mich heran, überrumpelte mich und machte es mir schwer zu funktionieren. Am nächsten Tag, als Phillipa und ich die Menüs für die kommende Woche planten, zog sich mein Magen so fest zusammen, dass ich keine Luft mehr bekam. Grand-mères Mohnblumenschürze hing zu ihrem Gedenken an einem Küchenhaken, nachdem ich sie eine Weile versteckt hatte, um den Geruch meiner Großmutter möglichst lange zu bewahren. Ich musste mich auf dem Zubereitungstisch abstützen, um nicht das Gleichgewicht zu verlieren.

»Alles okay, Sophie?«, fragte Phillipa. »Du bist geistig abwesend. Und du hältst ein Messer in der Hand.«

»Ja, mir geht's gut«, beteuerte ich, richtete mich wieder auf und rang mir ein Lächeln ab. »Machen wir weiter und probieren dein neues Rezept aus. Ich will es ein bisschen aufpeppen.«

Phillipa nickte, vielleicht ein wenig zu enthusiastisch. »Schon kapiert. Diese Lektion hab ich bei deiner Grand-mère gelernt. Rezepte sind nur Leitlinien. Wie möchtest du die Zitronenhähnchen-Tajine denn verändern?«

43

Hoffnung stieg in mir auf. Ich hatte die Chance, meine kulinarische Geschichte zu schreiben, doch ich würde es langsam angehen lassen, eine Zutat und eine Anweisung nach der anderen. Bis ich meinen festen Platz in dieser Küche gefunden hatte, schaffte ich auch nicht mehr.

»Wir werden Grand-mères Rezept nicht allzu sehr verändern«, sagte ich und schielte nach ihrer Schürze. »Ich hatte mir überlegt, zusätzlich zu der Petersilie und dem Knoblauch etwas von der ungarischen Paprika hinzuzufügen, die wir bestellt haben, um ein wenig Schärfe hineinzubringen. Und vielleicht noch etwas anderes?«

»Ich hab jetzt schon Hunger«, schwärmte Phillipa und leckte sich die Lippen. »Jammerschade, dass Steinpilze keine Saison haben. Sie wären eine super Ergänzung gewesen.«

Steinpilze, die wunderbaren Pilze, die glücklicherweise reichlich auf dem Anwesen wuchsen, würden erst ab Ende August reif sein. Wir führten einen so genannten »Vom Garten auf den Tisch«-Betrieb. Das bedeutete, dass wir nur Gerichte aus frischen Zutaten servierten, die Saison hatten oder im Gewächshaus angebaut werden konnten – an meinem Zufluchtsort, an dem ich neue Energie tankte, den Duft der Tomatenpflanzen an meinen Händen roch und meine Gedanken ordnete, die ständig von dem ein oder anderen Problem durcheinandergewirbelt wurden.

»Wie wär's mit Lauch?«, schlug Phillipa vor. »Wir haben Unmengen davon. Ja, ja, ja, ich weiß, wir haben Mai, und die Saison dafür endet vermeintlich im April, aber die Lauchstangen wachsen uns praktisch aus den Ohren und sind das ganze Jahr über auf dem Markt erhältlich.« Sie hielt inne. »Der Lauch wird Geschmack und Schärfe hineinbringen, und zwar dezent und süß.«

»Fabelhafte Idee«, lobte ich sie. »Ich bin begeistert. Und du hast so recht, wir müssen den Lauch verwerden, bevor er vergammelt. Nichts wird verschwendet, nicht auf diesem Land, nicht in dieser Küche.«

Mein Blick huschte zum Küchenfenster und entdeckte eine große blaue Libelle, die in die Höhe schnellte und Sturzflüge machte, aber nie abstürzte. Diese wunderschönen Insekten waren der Grund, aus dem meine Großmutter ihr Restaurant Les Libellules genannt hatte. Ich wusste, dass diese Libelle nicht genau die war, die Grand-mère inspiriert hatte, doch ein Teil von mir wollte glauben, dass dieses herrliche Geschöpf, dessen schillernde Flügel im Sonnenlicht glänzten, ihren Geist verkörperte, und der verrückte Gedanke, dass sie nach mir sah, stärkte mein Selbstvertrauen.

Phillipa stupste mich an. »Sophie, du driftest wieder ab.«

Ich deutete aufs Fenster. »Sie ist da.«

»Ich sehe sie auch«, pflichtete Phillipa mir bei.

»Also bin ich nicht verrückt?«

Phillipa lachte. »Vielleicht ein kleines bisschen. Aber auf gute Art und Weise. Meistens.«

»Haha«, sagte ich und schwenkte mein Messer.

Ich fuhr fort, Tomaten, Zucchini und Auberginen in Scheiben zu schneiden und meine Version einer Tian Provençal vorzubereiten (ein Gericht, das die Leute oft mit Ratatouille verwechselten), als Jane in die Küche stolziert kam. Sie sah umwerfend aus, obwohl sie ihre Imkerklamotten trug. Doch als sie ihren Imkerhut abnahm und ihn auf den Zubereitungstisch legte, sah ich, dass ihre Haare ein einziges Durcheinander waren. Sie trug oft Hüte, von denen keiner je zu mir passen würde, und es war schön, sie so zu sehen. Authentisch. Jane hatte einen Weidenkorb dabei, dem sie eine Flasche Wodka, eine Flasche Wermut und einen Shaker entnahm, sie stellte alles auf die Theke.

»Würdest du die schälen?«, bat sie augenzwinkernd, deutete mit dem Kopf auf einen Korb mit Zitronen und machte sich daran, Martinis zu mixen.

»Jane, es ist erst ein Uhr!«, rief ich entgeistert. »Eiferst du Gustave nach?«

Sie reichte mir eine Zitrone. »Du weißt doch, Zitronenduft wirkt therapeutisch. Und wir werden viel zu tun haben. Wir sollten jede freie Minute nutzen.«

»Ich könnte eine Therapie gebrauchen«, scherzte ich beim Schälen und dachte an den Stress, der uns bevorstand, wenn ich pausenlos kochen müsste. Jane reichte Phillipa und mir die Gläser, in die ich die geringelten Schalen plumpsen ließ. »Aber das reicht erst mal.«

Ich hob meinen Martini, und wir drei stießen an. Jane stellte ihr Glas ab und legte die Hände auf ihre Knie. Ich war verwirrt. »Jane, was ist los? Du verhältst dich seltsam, ganz untypisch für dich«, wunderte ich mich.

Sie holte tief Luft. »Ja, ich weiß. Ich bin total durch den Wind. Willst du zuerst die gute oder die schlechte Nachricht hören?«

Ich seufzte. Ich hätte es wissen müssen. Jedes Mal, wenn etwas Gutes passierte, lauerte etwas Heimtückisches im Hinterhalt, es wartete nur darauf, mich zu attackieren. »Die schlechte zuerst.«

»Wir haben ein Problem mit dem Abwassersystem«, sagte sie und rümpfte angeekelt die Nase. »Momentan ist es wieder in Ordnung, aber …«

»Aber?«

»Die Reparatur wird fünfzigtausend Euro kosten.«

»Wo ist das Problem? Wir haben doch das Geld aus meinem Erbe. Lass es machen.«

Zusätzlich zum Château hatte ich über fünfzehn Millionen Euro geerbt. Vermutlich war ich undankbar, aber Geld bedeutete mir nichts. Neben dem Kochen und dem Kreieren fantastischer Mahlzeiten waren mir Menschen wichtig. Bis auf meine neu geschlossenen Freundschaften und Rémi fühlte sich nichts von alledem so an, als würde es wirklich mir gehören.

»Das geht nicht«, widersprach Jane. »An das Geld aus deinem Erbe kommen wir erst in dreieinhalb Monaten ran, vielleicht auch später.«

»Das Château muss doch ein Sparkonto haben«, überlegte ich.

»Hat es«, bestätigte Jane. »Aber es wurde gesperrt. Wir dürfen nur das Geld benutzen, das nach dem Tod deiner Grand-mère hereinkommt. Alles aus der Zeit davor wird als ihres angesehen, bis es dir gehört.«

Ich hob den Kopf und sah sie fragend an. »Versteh ich nicht.«

»Französische Gesetze«, erklärte sie. »Man hat vier Monate Zeit, um Widerspruch einzulegen.«

Meine Grand-mère hatte mich über die Gesetze informiert, als sie mir eröffnet hatte, dass ich das Château von Champvert erben würde. Dass die Gesetze die Nachkommen schützten. Dass sie sich alle Mühe gegeben hatte, meine Rechte zu schützen. Aber *darauf* hatte sie mich nicht vorbereitet.

»Das ist so verkorkst …« Ich stöhnte und kaute auf der Innenseite meiner Wange.

»Allerdings«, stimmte mir Jane zu. »Aber wir werden genügend Einkünfte haben, um die Betriebskosten des Châteaus zu decken. Mehr oder weniger. Aus den Reservierungen kann ich das errechnen.«

Ich sprang von meinem Hocker, den ich dabei umstieß. Er fiel polternd zu Boden. Mit zittrigen Händen hob ich ihn auf und stellte ihn wieder richtig hin.

»Was meinst mit ›mehr oder weniger‹?«

»Willst du über die Finanzen dieses Betriebs Bescheid wissen? Wie viel es kostet, ihn zu führen?«

Eigentlich nicht, dachte ich insgeheim. Aber das war jetzt mein Leben. Ich war für alles verantwortlich. »Bringen wir es hinter uns«, sagte ich schicksalsergeben.

»Setz dich lieber«, riet sie mir, und ich tat, wie mir geheißen.

Jane zog sich einen Hocker heran und setzte sich neben mich. »Versprich mir, dass du nicht ausflippst.«

»Bitte mach es kurz und schmerzlos. Sag mir, wie schlimm es ist.«

Während ich immer mehr in mich zusammensackte, setzte sich Jane aufrechter hin, als ich sie je gesehen hatte, wenn das überhaupt möglich war. Sie seufzte. »Neben den Personalkosten, den Nebenkosten, den Nahrungsmittellieferungen und allem anderen müssen wir jeden Monat etwa fünfzigtausend Euro aufbringen.«

Ich schnappte nach Luft. »Und wie viel holen wir rein? Mit allen Gästen? Mit beiden Restaurants?«

»Bis alles am Laufen ist, können wir kaum die Kosten decken.«

Meine Gesichtszüge entgleisten. Mein Kinn zitterte. Meine Schultern bebten. Ich musste mich mit aller Kraft zusammenreißen, um mich nicht zu übergeben.

»Wir arbeiten nicht einmal kostendeckend?«

»Tut mir leid, Sophie«, meinte Jane. »Aber es gibt auch gute Nachrichten. Ich habe wegen eines Kredits mit der Bank gesprochen. Sie hat zugestimmt.«

Ich legte meine Finger an die Schläfen. »Verstopfte Toiletten können wir nicht gebrauchen.«

Janes Augen wurden groß. »Zahl mir kein Gehalt, nicht einen Cent, bis dein Erbe ausgezahlt wird. Ich weiß ja, dass ich es zurückbekomme. Und wenn Weihnachten vor der Tür steht, erwarte ich einen dicken fetten Bonus.«

»Ich auch. Gib mir nur was zu essen und lass mich arbeiten«, bat Phillipa. »Das stehen wir gemeinsam durch.«

Ich biss auf meine Unterlippe und suchte nach einer besseren Lösung, aber mir fiel nichts ein.

»Und jetzt die klasse Nachricht«, fuhr Jane fort und räusperte sich. Sie grinste breit. »Ich habe mir die Reservierungen angesehen. In ein paar Wochen steigt ein sehr wichtiger VIP mit einem Gast bei uns ab, ein Mitglied einer der berühmtesten Familien Frankreichs.«

»Wer denn?«, fragte ich, immer noch unter Schock wegen der Hiobsbotschaft.

Jane beugte sich zu mir, als wollte sie mir ein obszö-

49

nes Geheimnis anvertrauen. »Nicolas de la Barguelonne. Kannst du es glauben?«

»Keine Ahnung«, sagte ich trocken und hob kapitulierend die Hände. »Ich weiß nicht, wer das ist.«

»Monsieur Barguelonne ist der Besitzer vom Maison de la Barguelonne und aller neu entstandenen Luxusmodemarken, eines Kosmetikimperiums, einer Schmuckkollektion, einer Champagnermarke …«

Ich konnte ihre Aufregung nicht nachvollziehen. »Na und?«

»Na und, Sophie, verstehst du nicht? Ein Wort von ihnen, und die gesamte Pariser Oberschicht wird uns die Tür einrennen.«

Sie schenkte sich noch einen Martini ein und blickte auf. Mit Zeigefinger und Daumen zeigte sie eine kleine Menge an. »Es gibt nur ein winziges Problem.«

Natürlich gab es das. Sie füllte auch mein Glas nach. Ich nahm einen großen Schluck und wappnete mich.

»Monsieur de la Barguelonne besteht auf der Hochzeitssuite, weil es die beste im Haus ist. Aber wir sind ausgebucht.«

»Du hast vermutlich schon eine Lösung in petto«, sagte ich und schüttelte ungläubig den Kopf.

»Klar«, bestätigte Jane. »Aber sie wird dir nicht gefallen.«

»Jane, sag's mir einfach.«

Sie warf einen Blick auf Grand-mères Schürze. »Wir haben eine Suite, die leer steht …«

Ich wusste genau, von welcher Suite sie sprach.

»Auf gar keinen Fall«, protestierte ich, meine Augen

50

quollen fast aus ihren Höhlen. »Egal, wie wichtig sie sind, wir bringen keine Wildfremden in Grand-mères Suite unter. Ich kann nicht glauben, dass du diesen Irrsinn auch nur vorschlägst.«

»Sophie, wir brauchen alle Presse, die wir kriegen können. Die Berichterstattung muss kontinuierlich bleiben, wenn wir keine Eintagsfliege sein wollen. Momentan redet jeder darüber, was für eine tolle Spitzenköchin du bist. Wir müssen diese Dynamik aufrechterhalten. Oder ...« Sie hielt inne. »Was wäre, wenn du zu Rémi ziehen würdest? Dann könnten wir deine Suite nutzen. Wäre dir das recht?«

Eigentlich nicht. In meiner Wohnung steckten meine ganzen Kindheitserinnerungen. Als ich meine Großmutter kennenlernte, war ich sieben Jahre alt gewesen, bis zu meinem dreizehnten Lebensjahr hatte ich die schönsten Sommer meines Lebens in Champvert verbracht, war mit Rémi im See geschwommen, hatte gekocht mit Grand-mère und von ihr gelernt. War meiner Mutter entkommen.

Grand-mère und meine Mom hatten sich heillos zerstritten und weder mündlich noch schriftlich miteinander kommuniziert. Dass meine Mutter aus Frankreich fortgegangen war, hatte sie nie bereut. Doch zumindest hatten sie ein Abkommen getroffen: Ich hatte meine Sommer in Champvert verbringen dürfen, um ein Gefühl für meine französischen Wurzeln entwickeln zu können. Meine Mom war überglücklich gewesen, mich für eine Weile los zu sein.

Meine Aufenthalte fanden ein Ende, als meine Mutter nach und nach in einer Depression versank und ich zu Hause bleiben und mich um sie kümmern musste. Bis vor einem halben Jahre war ich nicht mehr in Champvert gewesen. Ich war zu fokussiert darauf gewesen, den Schmerz zu vermeiden, der mit meiner Mutter verbunden war, mit ihrer Pflege und ihrem anschließenden Tod, und hatte mich auf meine Karriere konzentriert. Die Küche war eine heilende Komponente gewesen, mein einziger Zufluchtsort.

Meine Sommer mit Grand-mère und die Zeit, die ich zuletzt mit ihr verbracht hatte, hütete ich wie die funkelndsten Juwelen. Grand-mère und ich hatten wieder Kontakt aufgenommen, als ich nicht gewusst hatte, wo ich hinsollte, nachdem meine Karriere dem Boden gleichgemacht worden war wie Hiroshima. Ich hatte mich wie eine verwundete herumstreunende Katze gefühlt. Grand-mère war krank gewesen und hatte mich dennoch aufgenommen. Ich hatte mich um sie gekümmert. Wir waren uns wieder nähergekommen, indem wir über die Vergangenheit gesprochen und unsere Freuden und Fehler miteinander geteilt hatten, von denen die meisten mit meiner Mutter zu tun hatten.

Da mir so viele Erinnerungen durch den Kopf schwirrten wie in einem Mixer auf höchster Stufe, musste ich aus Janes hirnrissigem Plan einen Ausweg finden. Ich rieb mir die Augen mit den Fingerspitzen und versuchte, mir eine Ausrede einfallen zu lassen. In meinem Kopf pochte es.

»Ich weiß nicht so recht«, sagte ich. »Ich bin mir nicht sicher, ob es Rémi recht wäre, wenn ich bei ihm wohnen würde. Und Lola wäre sicher ziemlich durcheinander.«

Wenn ich bei Rémi wohnte, würde ich Lola näherkommen. Und vorläufig, bis ich mich besser eingelebt hatte, wollte ich etwas auf Abstand bleiben. Ich litt unter starken

Verlustängsten, zwei Wochen reichten nicht aus, um ein Herz zu heilen.

»Warum? Wo liegt das Problem? Ihr seid doch ein Paar«, meinte Jane. »Er übernachtet doch ständig bei dir.«

»Schon, aber sie schläft nicht mit ihm«, platzte Phillipa heraus, worauf ich sie ungehalten anfunkelte.

»Oh«, sagte Jane, die vor Überraschung große Augen machte. »Das ist ein bisschen seltsam.«

»Ich will nicht über mein Liebesleben sprechen, Jane«, knurrte ich. »Und an deinem Blick erkenne ich, dass du mich dazu zwingen willst.«

»Genau das ist mein Plan. Wir errichten hier ein Imperium. Gemeinsam«, sagte Jane. »Kämpfen für eine gute Sache.«

»Dieses ruhige französische Landleben ist gar nicht so ruhig. Ich will einfach nur schlafen«, jammerte ich.

»Das kannst du im Winter machen«, tröstete mich Phillipa und ballte triumphierend die Faust. »Bis dahin: *Vive le château.*«

Jane klatschte in die Hände. »Dann ist es also abgemacht? Wir haben einen Plan?«

Ich grummelte vor mich hin. »Na schön. Aber wir schaffen all meine persönlichen Sachen in Grand-mères Suite. Ich will nicht, dass Fremde darin herumwühlen.«

»Das ist so aufregend«, rief Jane. »Ich bestelle neue Uniformen fürs Personal.«

»Von welchem Geld?«, fragte ich seufzend.

»Von meinem«, antwortete sie und reckte trotzig das Kinn. »Keine Widerrede. Und keine Rückerstattung. Ich will das tun. Für einen Barguelonne muss alles perfekt sein.

Das ist von größter Wichtigkeit. Unser Schicksal könnte von ihm abhängen.«

Wer waren diese Leute, die solche Macht ausübten? Ich wusste nicht einmal, ob ich überhaupt wollte, dass sie uns mit ihrer Anwesenheit »beehrten«. Ich hatte schon Probleme genug – die Trauer, die mich in Wellen überkam, der Leistungsdruck in der Küche und die Eingewöhnung in mein neues Leben. Wenn dazu noch der Stress käme, sich zum Wohle des Châteaus bei Leuten einzuschleimen, die sich für Götter hielten, würde ich durchdrehen. Zu wissen, dass diese Familie, wenn ihnen das Château-Erlebnis nicht zusagte, mit mächtiger Hand meinen Traum zerstören konnte, verhieß meiner Meinung nach nichts Gutes.

»Ich kümmere mich um das Problem mit dem Abwassersystem«, sagte ich. Mir drehte sich der Magen um. »Denn ich würde mich am liebsten übergeben, und das könnte anhalten.«

Jane umarmte mich fest. Ihr Veilchenparfüm war so stark, dass mir davon schwindelig wurde. »Danke, Sophie. Das ist für das Château das Beste.«

»Ja, ja, ja«, sagte ich. »Aber nur damit du es weißt, ich bin nicht glücklich darüber.«

»Ich weiß«, antwortete sie. »Deshalb hab ich auch den Martini mitgebracht.« Sie grinste mich frech an. »Willst du noch einen?«

»Aber hallo!«, rief ich. Ich musste mal abschalten und den ganzen bevorstehenden Stress vergessen.

Nachdem ich meinen dritten Martini getrunken hatte, betrat ich den begehbaren Kühlraum und zog eine Lammkeule aus einem Fach. Daraus sollte eins der speziellen Abendmenüs werden, ganz traditionell nach einem Rezept aus den Küchenkladden meiner Großmutter – vor allem, weil mir sie und ihre Anleitung fehlten. Ich begab mich daran, den Knoblauch in dicke Scheiben zu schneiden und den Rosmarin zu hacken, die kräftigen Aromen belebten meinen Geist wieder. Ich zog einen Fleischklopfer hervor und schlug auf das Lammfleisch ein. Dann stach ich mit meinem Messer in die Lammkeule und schob die Knoblauchscheiben in die Schlitze, um dem Fleisch mehr Geschmack zu verleihen.

Phillipa trat hinter mich und sah mir über die Schulter. »Das würde ich nur ungern abbekommen. Aber es scheint eine hervorragende Möglichkeit zu sein, seinen Frust abzulassen.«

Zugegeben, dieser fast barbarische Akt fühlte sich fantastisch an. Dennoch ließ ich das Messer fallen, das polternd auf den Zubereitungstisch fiel. Ich krümmte mich und stützte mich mit den Händen auf den Knien ab.

Jane fing meinen Blick auf und kam zu mir geeilt. »Was ist mit dir? Du siehst aus, als hättest du Verstopfung. Geht es dir gut?«

»Ich bringe es nicht über mich, ihre Wohnung zu betreten«, keuchte ich. »Ich … ich habe es heute Morgen versucht. Aber ich konnte es nicht.«

»Ich vermisse sie auch, aber du musst das tun. Du, Phillipa und ich, wir machen das zusammen«, versprach Jane und legte liebevoll die Hand auf meine Schulter.

Das Problem am Loslassen bestand darin, dass man es einfach tun musste, egal wie innerlich zerrissen man war.

Wir standen zu dritt vor Grand-mères Suite und sahen uns nervös an. Mit meinen Freundinnen an meiner Seite musste ich diese Herausforderung nicht allein bewältigen. Zögernd öffnete ich die Tür. Grand-mères Duft, den ich zuvor für Einbildung gehalten hatte, stieg uns allen in die Nase, und Jane registrierte es als Erste.

»Du meine Güte«, sagte sie. »Es ist, als wäre sie noch hier. Chanel N°5. Muskat, Zimt und Lavendel.«

»Du riechst es?«, fragte ich.

»Ja«, sagte sie leise.

»Ich auch«, meinte Phillipa. »Und es ist sogar stärker als vorher.«

Eine Libelle, groß und blau mit schillernden Flügeln, flog über unsere Köpfe hinweg, direkt in Grand-mères Zimmerflucht. Sie landete auf einem Foto von meiner Großmutter und mir.

»Das glaube ich jetzt nicht«, stieß Jane hervor. »Wir sollten die Tür sofort wieder schließen.«

»Nein«, widersprach ich. »Das ist ein Zeichen. Ich gehe rein. Ich muss.«

Obwohl es gespenstisch war, trieb mich die Anwesenheit der Libelle an. Grand-mère war hier. Bei mir. Ich holte tief Luft und nahm all meinen Mut zusammen. Ich betrat zielstrebig die Suite und öffnete ein Fenster, um durchzulüften. Die Libelle flog hinaus und stieg in den blauen Himmel auf. Ich stieß den Atem aus, den ich angehalten hatte.

»Wir ziehen das also durch?«, fragte Phillipa.

»Ja«, bestätigte ich.

»Bist du dazu bereit?«, fragte Jane.

»Nicht unbedingt«, antwortete ich.

In den nächsten Stunden gingen wir die persönlichen Sachen meiner Großmutter durch, stellten Dinge beiseite, die wir nach Möglichkeit verkaufen konnten, und überlegten, was wir wegwerfen und was wir behalten sollten. Wir sahen Alben durch, Kinderfotos von mir und Rémi brachten mich in süßer Erinnerung zum Lächeln.

Jane schüttete den Inhalt von Grand-mères Schmuckschatulle aufs Bett, der in der Sonne funkelte. Rubine, Saphire, Smaragde und Diamanten, du liebe Güte.

»*Merde*«, flüsterte Jane, die jedes Schmuckstück einzeln betrachtete, überwältigt. »Bulgari, Cartier ... Gleich, welcher Schmuckdesigner einem auch einfällt, er ist dabei.«

»Jane, hast du gerade geflucht?«, fragte ich entgeistert.

»Für ein *gros mot* muss man einen guten Grund haben, und den habe ich.«

Ich fragte mich, ob auch die Juwelen meiner Mutter echt waren. Ich erinnerte mich daran, was sie immer gesagt hatte: »Wenn du ein Star sein willst, musst du so aussehen, auftreten und dich kleiden wie ein Star – Diamanten, Rubine, Saphire und Smaragde eingeschlossen.« Vielleicht war sie doch nicht falsch gewesen. Und ihr Schmuck war es vielleicht auch nicht.

Was ich mit Sicherheit wusste, war, dass meine Freundschaften echt waren. Während ich die Schmuckstücke betastete, sah ich zu Phillipa und Jane auf. »Sucht euch beide ein Stück aus.«

»Moment mal ... Was?«, fragte Phillipa entsetzt.

»Tut es einfach, bevor ich es mir anders überlege«, bat ich. »Seht es als einen vorzeitigen Bonus dafür, dass ihr mir beide angeboten habt, gratis für mich zu arbeiten, bis mein

Erbe ausgezahlt wird, worauf ich vielleicht sogar zurückkomme.«

Jane und Phillipa waren für mich mehr als nur Freundinnen, ich war zur dritten Schwester im Bunde geworden. Phillipa stand mir bei all meinen Ausrastern und in schwierigen Momenten zur Seite. Jane war über die Pflicht hinausgegangen und hatte mir vor der Überprüfung durch die Société des Châteaux et Belles Demeures alles beigebracht, was es über das Château zu wissen gab. Ohne die beiden hätte ich dieses Leben nicht gestalten können. Außerdem war ich Küchenchefin und mein Geschmack sehr einfach. Wo in aller Welt sollte ich diese Glitzersteine tragen?

»Das gehört zu deinem Erbe«, setzte Jane an, der Tränen über die Wangen liefen. »Das kann ich nicht annehmen.«

»Ich schon, und ich bestehe darauf. Sie hätte es so gewollt. Ihr wart für sie da, als ich es nicht war«, sagte ich, und mein schlechtes Gewissen plagte mich wieder.

Ich hatte mich viel zu lange von Champvert ferngehalten. Und wofür? Für eine Karriere, die mir um die Ohren geflogen war? Doch jetzt war ich hier und konnte Wiedergutmachung leisten.

»Nein«, sagte Jane entschieden.

»Na schön, dann suche ich etwas für euch aus.« Ich fuhr mit der Hand über die Schmuckstücke und fand eine wunderschöne Halskette mit Saphiren und Diamanten, süß und schlicht, nicht zu ausgefallen. »Phillipa, die ist für dich. Sie passt zu deinen schönen Augen.«

Ihre Hände zitterten, als ich ihr die Kette gab. »Sophie, das ist wirklich zu viel.«

»Nein, ist es nicht. Aber ihr dürft niemandem sagen, dass

ich euch das gebe«, sagte ich. »Erst wenn das Testament bestätigt ist. Bis dahin teile ich meinen Reichtum, Sachen, die ich mir nicht erarbeitet habe, mit den Menschen, die ich liebe.«

»Dir ist schon klar, dass ich zum ersten Mal das Wort ›Liebe‹ aus deinem Mund höre«, flötete Phillipa und klimperte mit den Wimpern.

Komisch, ich hatte dieses Worte nur Rémi gegenüber gesagt. Doch was ich bisher über die Liebe gelernt hatte, war, dass es bedeutete, Menschen so zu akzeptieren, wie sie waren, und sie zu unterstützen, wenn sie eine schwere Zeit durchmachten. Diese zwei waren für mich da gewesen.

»Weil ich es so meine.« Ich sah auf den Berg aus Schmuckstücken und überlegte, welches Teil Jane stehen würde. Und ich fand etwas Perfektes: ein Paar Rubinohrringe und das dazugehörige Armband mit Diamantenverzierung. Ich legte ihr den Schmuck in die Hände. »Jane, du bist voller Feuer. Und dich hab ich auch lieb.«

Sie rief: »Mein Gott, Sophie, ich breche gleich zusammen.«

Doch bevor das passieren würde, wollte ich noch mehr erledigen. »Sind wir bereit, den Wandschrank in Angriff zu nehmen? Jede Menge Chanel, wovon mir das Meiste nicht passen wird, aber da sind perfekte Sachen für euch zwei dabei«, sagte ich. »Wir rennen um die Wette hin.«

»Auf keinen Fall. Du fällst nur wieder.«

»Das ist es mir wert«, gab ich zurück.

Meinen Ruf als Tollpatschigkeit in Person hatte ich weg. Als ich fünf Monate zuvor in Champvert angekommen war, hatte ich einen Ausraster gehabt, weil von mir erwar-

59

tet worden war, das Château zu übernehmen, während Grand-mère im Krankenhaus lag. Immer noch erschüttert von meiner Kündigung in New York, war ich mir nicht sicher gewesen, ob ich je wieder kochen könnte. Ich hatte Wochen gebraucht, um wieder auf die Beine zu kommen, was ich Grand-mère und Phillipa zu verdanken hatte, die mir Feuer unterm Hintern gemacht hatten.

Ehrlich gesagt war es eine gute Therapie, die Sachen meiner Großmutter durchzugehen. Es nahm mir eine große Last von der Seele. Ich würde immer um meine Grand-mère trauern, und es würde immer ein Teil meines Herzens fehlen, doch das Blut in meinen Adern pumpte voll neu gefundener Kraft und Zielstrebigkeit.

Nachdem Phillipa und Jane mit ein paar Chanel-Kostümen über den Armen gegangen waren, setzte ich mich auf den Boden von Grand-mères Wandschrank und zeichnete mit einem Finger das lose Brett nach, unter dem sie ihr Tagebuch versteckt hatte. Sie war während des Krieges aufgewachsen, und ihre Eltern hatten ihr beigebracht, alles von Wert zu verstecken, wo niemand nachsehen würde. Alte Gewohnheiten legten sich nicht so leicht ab. Ich hob das Holzbrett an, legte es neben mich und zog das Tagebuch hervor. Ich fuhr mit den Fingern über den Ledereinband, bevor ich es aufschlug und nach dem mit Tränenflecken übersäten Brief suchte, den meine Mutter Grand-mère geschrieben hatte, bevor sie aus dem Leben gegangen war.

Mein Blick fiel auf die Worte: *Ich hätte Sophie niemals von Champvert wegbringen dürfen ... Mit mir stimmt etwas nicht, und ich kann es nicht beheben. Bitte sorge für Sophie, sie hat etwas Besseres verdient.*

Durch diesen Brief war ich mit dem Tod meiner Mutter endlich ins Reine gekommen. Ich hatte gewusst, dass es nicht meine Schuld gewesen war und dass sie mich liebte. Ich blätterte durch die Tagebuchseiten und fand Fotos meiner Mutter, auf denen sie im Garten einen wilden Freudentanz aufführte und Erdbeeren aß. Sie brachten mich zum Lächeln, weil meine Mutter einst glücklich gewesen war. Ich überflog den dazugehörigen Eintrag von Grandmère und rang, wie schon beim ersten Lesen einige Monate zuvor, nach Luft.

Ein solches Freiheitsgefühl habe ich nie erlebt, wie du mit dem Wind wehst und sich deine Arme in der Brise wiegen. Manchmal fühle ich mich wie angekettet. Aber das ist das Leben, das ich gewählt habe. Vielleicht hat dieses Leben auch mich gewählt. Vielleicht blieb mir aber auch keine Wahl. Doch an Tagen wie heute, wenn ich dir nur zusehe, wird mir klar, was für ein wunderbares Leben ich habe. Und, Céleste, ich möchte, dass du einmal die Wahl hast – die Wahl, die ich niemals hatte.

Ich legte das Tagebuch wieder zur Seite. Eins der letzten Gespräche, das ich mit meiner Großmutter geführt hatte, pickte an meinem Gehirn wie ein übereifriges Huhn, das nach einem Gewitterregen nach Insekten sucht.

Mit der Zeit habe sie ihren Mann Pierre lieben gelernt, hatte sie mir erzählt, aber die Ehe war arrangiert worden. Sie kam aus einer einflussreichen Reedereifamilie aus Bordeaux, er war ein Adliger aus Champvert, und die Auswahl passender Frauen aus den richtigen Familien war begrenzt gewesen. Er hatte sich in sie verliebt, und sie hatte ihr Schicksal akzeptiert. Auf die Frage, ob sie je die Chance gehabt hatte, ihre eigenen Träume zu verfolgen, hatte sich ihr Blick aufgehellt. »Aber ja doch«, hatte sie erwidert. »Nachdem dein Grand-père verstorben war, habe ich die Zweitwohnung in Paris gekauft und die Cordon Bleu besucht. Wie du habe ich mein Herz in der Küche gefunden. Aber mein großer Wunsch für dich ist, dass du viel mehr lernst als das.« Die Cordon Bleu war eine internationale Kochschule in Paris.

Ich seufzte. Was wollte ich denn wirklich?

Im Laufe der Jahre hatte Grand-mère so viel vor mir geheim gehalten, dass ich mich fragte, ob es noch mehr Geheimnisse gab. Ich wusste bestimmt nicht alles über ihr Leben – nur das, was sie mir über den Brief meiner Mutter und ihr Tagebuch anvertraut hatte. Ich suchte den Boden und alle dunklen Ecken des Wandschranks nach weiteren Geheimverstecken ab, doch meine Bemühungen lieferten kein Ergebnis.

Nachdem ich ihre Worte noch einmal gelesen hatte, verstaute ich das Tagebuch wieder unter dem Holzbrett und fragte mich, ob ich mir dieses Leben eigentlich ausgesucht hatte, es mir verdient hatte oder ob es mir wie Grand-mère aufgezwungen worden war.

Ein starkes Angstgefühl überkam mich und ließ mich frösteln. Obwohl sie Édith Piaf zitiert hatte – *Non, je ne regrette rien* –, glaubte ich nicht, dass Grand-mère nichts bereut hatte und wirklich ihrem Herzen gefolgt war. Das ließ meins vor Beklemmung umso schneller schlagen. Auch wenn die Leitung eines Châteaus für die meisten Menschen ein Traum gewesen wäre, wollte ich mein Schicksal nicht einfach so hinnehmen, wie Grand-mère es getan hatte. Ich wollte mein eigenes Schicksal gestalten. Mir schwirrten so viele Gedanken durch den Kopf, dass mir ganz schwindlig wurde. Traf ich Entscheidungen für mich, oder spielte ich einfach nur mit, weil andere Menschen, Rémi eingeschlossen, sehr hohe Erwartungen an mich stellten? Wollte ich dieses Leben? Könnte ich lernen, Champvert so sehr zu lieben, wie Grand-mère es getan hatte?

4
Rendezvous

Vor meinem großen Date mit Rémi stand ich auf dem Treppenabsatz vor dem Schloss. Über mir ragte das vier Stockwerke hohe Gebäude auf, gut zweitausend Quadratmeter groß. Es verfügte über achtundzwanzig Schlafzimmer, von denen die meisten bald von Fremden bewohnt würden – auch meine Suite. Mein Blick schweifte zu der langen Kiesauffahrt hinüber, die von Platanen flankiert wurde, zu den hohen Mauern, die das Gelände umgaben, und zu dem Eisentor mit dem Libellenmotiv in der Mitte. Obwohl ich vor der feierlichen Eröffnung des Châteaus mit mir an der Spitze aufgeregt war, freute ich mich darauf, dieser Welt einen Abend lang zu entfliehen. Vielleicht bot mir das die Gelegenheit, meine Gedanken zu sammeln.

Ich hatte keine Ahnung, was Rémi für uns geplant hatte. Deshalb trug ich ein schwarzes Etuikleid, das mir bis zu den Knien reichte, Kitten Heels und eine Perlenkette meiner Großmutter. Schlicht, nicht zu schick, dabei doch elegant. Während ich mein Outfit überdachte und mich fragte, ob ich es übertrieben hatte, drehte ich mich um und lief direkt in Rémi hinein. Ich hatte ihn gar nicht kommen hören. Er lächelte, die Grübchen in seinen Wangen ließen mein Herz schmelzen wie den Käse im Fondue.

»Was machst du hier draußen?«, fragte er.

»Ich musste frische Luft schnappen«, erklärte ich und musterte ihn von oben bis unten.

Ich hatte ganz vergessen, wie schick er sich machte, wenn er seine Garten- oder Jagdklamotten einmal ablegte. Nicht, dass er je schlecht aussah, aber frisch rasiert war er attraktiv wie ein Model. Er trug eine enge schwarze Hose mit Gürtel, ein frisches weißes Hemd mit hochgekrempelten Ärmeln und die Rolex meines Großvaters. Sogar die Uhr machte ihn sexy.

»Du bist wunderschön«, sagte er beeindruckt.

»Du aber auch«, erwiderte ich, und meine Wangen wurden ganz heiß.

Rémi zog mich an sich und legte die Hände um meine Taille. Unsere Lippen trafen sich, dann unsere Zungen. Er umfasste meinen Nacken, die Wärme seines Mundes, der meinen erforschte, sandte ein wildes Zittern über meinen Rücken, sodass ich mich ganz schwach fühlte. Ich taumelte aus seiner Umarmung zurück.

»Vielleicht sollten wir hierbleiben?«, fragte er mit einem Knurren.

Zu Hause zu bleiben barg zu viele Versuchungen. »Und unsere einzige Chance verpassen, mal vom Château wegzukommen?«, fragte ich mit kribbelnden Lippen.

»Dann machen wir uns besser auf den Weg«, schlug er vor.

»Wohin fahren wir?«, fragte ich neugierig.

»Du wirst schon sehen«, sagte er, zog einen schwarzen

Seidenschal aus seiner Tasche und wedelte damit vor meinem Gesicht herum. »Oder vielleicht auch nicht.«

Peinlich berührt, starrte ich den Schal an. Er lachte spöttisch. »Ich will dir nur die Augen verbinden.«

»Vielleicht sehe ich lieber«, protestierte ich. »Ich bin Köchin. Ich bin gern Herrin all meiner Sinne.«

»Verzichte nur ein Weilchen auf einen«, bat er. »Sonst verdirbst du meine Überraschung.«

»Vielleicht mag ich keine Überraschungen.«

»Diese gefällt dir bestimmt«, behauptete er, während er mir den Schal um die Augen band. Er nahm mich fest an die Hand und führte mich zu seinem Wagen.

Als er mich sicher auf den Beifahrersitz gesetzt hatte, sagte ich: »Das gefällt mir wirklich nicht.«

»Das kommt schon noch«, entgegnete er, stieg in den Wagen und ließ den Motor an.

Ich schluckte. »Wie kannst du dir da so sicher sein?«

»Vertrau mir, Sophie.« Er nahm meine Hand und streichelte sie mit dem Daumen. »Ich kenne dich.«

Stimmte das wirklich? Manchmal fragte ich mich, ob ich mich überhaupt selbst kannte und mir vertraute. Ich hatte in der Vergangenheit ein paar sehr schlechte Entscheidungen getroffen und wollte diese Fehler nicht wiederholen. Aber vorerst ließ ich mich auf die Sache ein. Ich sah zwar nichts, aber ich spürte meinen Herzschlag, hörte ihn, und ich schmeckte Rémis minzigen Kuss auf meinen Lippen.

Eine Dreiviertelstunde später hielten wir an. »Wir sind da«, verkündete er, eilte um den Wagen herum zur Beifahrertür und öffnete sie, half mir dann beim Aussteigen.

»Nicht gucken«, ermahnte er mich.

Eine Tür öffnete sich. Leute unterhielten sich leise, Bestecke klirrten auf Tellern. Die Aromen diverser Gewürze stiegen mir in die Nase. Immerhin wusste ich nun, dass wir in einem Restaurant waren und nicht in irgendeiner merkwürdigen Location. Aber in welchem Restaurant? Endlich nahm mir Rémi die Augenbinde ab. Ich blinzelte in das grelle Licht. Alles – die Tische, die Tischwäsche und die Theke – erstrahlte in Weiß. Ein Oberkellner im Smoking näherte sich uns.

»Willkommen im Blanc«, begrüßte er uns. »Ihr Tisch steht bereit, Monsieur Dupont. Folgen Sie mir.«

Mein Kiefer hängte sich aus, als ich mich zu Rémi umdrehte. »Wir sind im Blanc? Im Georgette Blanc mit der Spitzenköchin, die für ihre Molekularküche bekannt ist und zwei Michelin-Sterne hat?«

»Genau da sind wir«, erwiderte er stolz.

Georgette Blanc war eine der raren Spitzenköchinnen, die von Michelin ausgezeichnet worden waren. Sie hatte es geschafft und ich nicht. Ein großer Teil von mir wünschte sich sehnlichst Sterne, und ich meinte nicht die kleinen aus Diamanten, die an der Halskette hingen, die Rémi mir zum Geburtstag geschenkt hatte.

Rémi ließ ein selbstzufriedenes Lächeln aufblitzen. »Ich hab doch gesagt, es ist eine Überraschung.«

»W… wie um alles auf der Welt bist du an die Reservierung gekommen?«, stammelte ich.

»Ich habe meine Methoden«, wich er aus. »Eventuell habe ich Eindruck geschunden, indem ich ganz beiläufig den Namen Valroux de la Tour de Champvert erwähnt habe.« Er hakte sich bei mir unter. »Komm, lass uns essen und sehen, was an der Sache mit den Molekularen dran ist.«

Der Oberkellner zog meinen Stuhl vom Tisch, und ich setzte mich. Rémi nahm mir gegenüber Platz. »Ich habe für uns vorbestellt. Wir bekommen beide das Überraschungs-verkostungsmenü. Ein *amuse-bouche*, gefolgt von vier *plats*, einem Käsegang und einem Dessert. Ich habe den Somme-lier gebeten, unsere Weinauswahl auf das Essen abzustim-men. Ich hoffe, dass ist okay für dich.«

Das war für mich mehr als okay. Ich war es leid, Ent-scheidungen zu treffen. »Das ist toll.«

Rémi beugte sich zu mir vor. »Was ist los, Sophie? Du lächelst mit dem Mund, aber nicht mit den Augen. Gefällt es dir hier nicht?«

Ich holte tief Luft. »Ich bin nur ein bisschen besorgt und kann nicht so recht entspannen.«

»Weshalb?«

Ich trank einen Schluck Wasser und räusperte mich. »Das Château hat ein Abwasserproblem, und unser Erbe ist noch nicht durch.« Ich hielt inne. »Der Schaden wird morgen behoben, bevor die Gäste eintreffen. Ich weiß nur nicht, wie ich das bezahlen soll.«

»Warum hast du mir nichts davon erzählt?«

»Weil es nicht dein Problem ist, ich regle das schon.«

»Sophie, wir sind ein Paar. Wir sollten alles miteinander teilen – das Gute und das Schlechte. Wenn du mir etwas verheimlichst, kann ich dir nicht helfen.«

»Ich bin keine Jungfrau in Nöten«, wehrte ich ab.

Rémi schwieg, während der Kellner einen seltsam ausse-henden Appetitanreger an unseren Tisch brachte und uns

Champagner einschenkte. »Darf ich Ihnen eine Auster in einer feinwürzigen Lambrusco-Sauce mit einem molekularen Caprese-Salat servieren?«, fragte der Kellner.

»*Merci*. Das sieht interessant aus«, sagte ich, worauf sich der Kellner trollte. Als ich das *amuse-bouche* mit der Gabel anstupste, wabbelte es. »Rémi, der Caprese-Salat sieht aus wie eine mutierte, gallertartige Qualle.«

»Es schmeckt bestimmt besser, als es aussieht«, behauptete Rémi und probierte. »Es ist … mal was anderes, aber nicht schlecht.« Er schluckte und sah mir in die Augen. »Zurück zum Thema. Ich weiß, dass du nicht gerettet werden musst«, lenkte er ein. »Aber manchmal ist es in Ordnung, um Hilfe zu bitten, wenn man sie braucht.«

Ich zuckte mit den Achseln und beschloss, ebenfalls zu probieren. Es schmeckte sogar noch schlimmer, als es aussah. Ich unterdrückte ein Lachen. »Ich brauche wirklich deine Hilfe. Isst du den Rest von meinem Caprese? Die Konsistenz sagt mir nicht zu. Überhaupt nicht.«

»Sophie, ich meine es ernst.«

Ich zog eine Augenbraue hoch. »Ich auch.«

Rémi blinzelte und stieß ein kurzes Lachen aus. Er stach mit der Gabel in die wabbelnde Kugel, führte sie an seinen Mund und kaute. Als er fertig war, sagte er: »Ich bin froh, dass du bei den Klassikern bleibst. Und ich meine es ernst, wenn ich sage, dass ich dir helfe, wenn du Hilfe brauchst. Ich habe einiges gespart von meinem eigenen Erbe. Wir sind Partner. Du brauchst nur zu fragen.«

»Alles gut«, beteuerte ich. »Es ist alles geregelt.«

Sein Blick fiel auf meine Halskette, an der mein Verlobungsring hing. »Es ist eben nicht alles geregelt. Sogar

Grand-mère Odette findet, dass man einen Ring am Finger tragen soll.«

»Was? Sprichst du jetzt für sie?«

»Nein, das waren ihre Worte. Das hat sie zu mir gesagt, als sie mir den Ring gab, um dir den Antrag zu machen«, erklärte er.

Vor ein paar Wochen hatte meine Antwort auf seinen Heiratsantrag sein Lächeln verdorren lassen wie einen Crêpe, der nach einem verunglückten Wendemanöver auf der Herdplatte landet: »Können wir uns nicht einfach geloben, uns zu verloben?« Und dann hatte ich noch etliche andere kleine Ausreden zusammengestammelt, wie dass das Château doch bis in den Dezember ausgebucht war.

Rémi schüttelte den Kopf, als wollte er ihn freibekommen. »Kannst du dir den Ring nicht einfach an den Finger stecken? Ich will nicht dein Beinaheverlobter sein. Das ist doch lächerlich.«

Vielleicht. Aber ich hatte meine Gründe.

»Rémi, manchmal, wenn Dinge zu schnell gebaut werden, fallen sie auseinander. Und ich will nicht, dass uns das passiert.« Ich biss mich auf die Lippe. »Warum kannst du nicht damit zufrieden sein, wie es jetzt ist?«

Er rieb sich die Schläfen. Dann stützte er die Ellenbogen auf den Tisch und beugte sich erneut vor. »Ehrlich gesagt habe ich einfach Angst.«

»Wovor?«, fragte ich überrascht.

»Dich zu verlieren«, erwiderte er. »Wir haben beide schon so viel verloren. Du hast deine Mutter und Grand-mère Odette verloren. Ich meine Eltern. Lola ihre Mutter.« Er räusperte sich. »Manchmal, wenn alles auseinanderfällt, muss man sich alle Einzelteile ansehen, um herauszufinden, welches Teil fehlt, damit es wieder gut wird. Und was in meinem Leben fehlt, bist du. Ich will eine Familie und dir alles geben, was ich habe.« Wir schwiegen lange. Er sah mich flehentlich an. »Also sag mir, Sophie, wovor hast du Angst?«

»Vor nichts«, sagte ich. Und zugleich vor allem, dachte ich insgeheim. Für mich war mein Leben im Umbruch, und mir wurde klar, dass Rémi Angst davor hatte, mich auch noch zu verlieren. Er würde mich nicht vorsätzlich verlassen. Vielleicht könnte ich meine Angst davor überwinden, mich zu einem neuen Leben zu bekennen und in unbekannte Gewässer zu springen. Ich liebte ihn wirklich wahnsinnig, und Lola war so süß wie ein Kirsch-Clafoutis, doch bis ich mir einen Reim aufs Muttersein, auf das Château und meine anhaltenden Zweifel gemacht hatte, würde sich unsere Verlobungszeit hinziehen.

»Na schön, du hast gewonnen«, gab ich nach und nahm meine Halskette ab. Ich legte den Ring auf den Tisch. »Erweist du mir die Ehre?«

Rémis Lächeln wurde breiter. Er nahm den Ring und stand auf. Dann ließ er sich auf ein Knie nieder. »Sophie Valroux, *je t'aime*«, sagte er. »Ich kann es nicht erwarten, mein Leben mit dir zu beginnen.«

Mir stiegen Tränen in die Augen, als er mir den Ring an den Finger steckte. Der fünfkarätige Kanariendiamant glänzte wie Butter. Rémi erhob sich und drückte mir einen köstlichen Kuss auf die Lippen und streichelte mein Gesicht. Die Restaurantgäste stießen auf uns an und riefen uns von allen Seiten Glückwünsche zu.

»Ich liebe dich, Rémi Dupont«, antwortete ich, als er sich wieder setzte. »Meine erste Liebe war die Küche, aber du hast mein Herz für die wahre Liebe geöffnet.«

Er ergriff meine Hände und zog mit den Daumen Kreise auf meiner Haut. »Ich will dir noch so viel mehr geben. Ich will dich für alles öffnen.« Sein Blick verdunkelte sich, wurde intensiv, lusterfüllt.

Ich registrierte die Zweideutigkeit. »Was das betrifft«, sagte ich, während sich meine Wangen und meine Innenschenkel erhitzten, »will ich immer noch warten, nur ein kleines bisschen länger ...«

Er zog scherzhaft einen Flunsch. »Das dachte ich mir schon. Aber du kannst es mir nicht übel nehmen, wenn ich es versuche. Ich warte, bis du so weit bist.« Er lehnte sich auf seinem Stuhl zurück, verschränkte die Arme vor der Brust und grinste, als der Kellner den zweiten Gang vor uns hinstellte – einen Rote-Bete-Schaum auf einem Löffel. Als er davonging, sagte Rémi: »Sophie, wenn das ein Michelin-Restaurant ist, sind die Sterne, die du so begehrt hast, es nicht wert.«

Ich presste die Lippen zusammen. »Ich will sie immer noch.«

»*Mais pourquoi?*«

»Warum? Das war der einzige Traum, den ich je hatte«, antwortete ich verdattert. »Den will ich nicht aufgeben.«

»Träume können sich verändern«, beschwor er mich und nahm meine Hände in seine. »Schau doch, was du alles hast. Öffne deine Augen für die Liebe.«

»Meine Augen stehen weit offen«, gab ich mit steifen Schultern zurück.

Während ein ungenießbarer Gang nach dem anderen serviert wurde, ging mir eine große Frage durch den Kopf, sie drückte mir aufs Gemüt. Würde Rémi mich davon abhalten, die Sterne zu erlangen, die ich mir immer noch verzweifelt wünschte, oder würde er meinen Traum unterstützen? Ich war eine Frau. Ich war Spitzenköchin. Ich hatte mir selbst das Versprechen gegeben, eines Tages Liebe *und* Erfolg zu haben, zu meinen Bedingungen.

Arm in Arm verließen wir das Restaurant. Ich blickte zum Abendhimmel hinauf. Plötzlich blieb Rémi stehen und zog mich an sich, um mich zu küssen. Er trat einen Schritt zurück und sah mir in die Augen.

»Wann willst du das Hochzeitsdatum festsetzen?«

Ich zuckte mit den Schultern. »Ich weiß nicht. Vielleicht nächstes Frühjahr, wenn das Château für die Öffentlichkeit geschlossen ist?«

»Ich dachte früher«, sagte er und wackelte vielsagend mit den Augenbrauen. »Vielleicht können wir heimlich heiraten.«

Schon verstanden. Ich wusste, worauf er hinauswollte. Wenn wir heimlich heirateten, würden wir unsere sexuelle Beziehung früher auf die nächste Ebene heben. Ich hätte keine gute Entschuldigung mehr, ihn noch länger hinzuhalten. Aber Sex konnte zu Babys führen, Kondome platzten, und ich würde bestimmt die Pille vergessen, und für diese Riesenveränderung im Leben war ich eindeutig noch nicht bereit. Vielleicht war das egoistisch, aber ich war noch jung, und ich wollte zuerst meinen Träumen folgen. Grand-mère hatte keine Wahl gehabt, ich hatte schon eine.

Ich nahm seine Hände in meine. »Rémi, wir müssen

doch nichts überstürzen. Ich gehöre dir. Sehen wir einfach, wie die Saison verläuft, und entscheiden dann. Ich meine, sie hat noch nicht einmal begonnen.«

Dieses Gespräch hatten wir schon einmal geführt, bevor er mir den ersten Antrag gemacht hatte.

Er blähte seine Backen auf. »Puh. Du und deine Terminpläne«, erwiderte er. »Aber vergiss nicht, dir Zeit für mich und Lola zu nehmen.«

Mein Magen zog sich zusammen. Ich wusste nicht einmal, wie viel Zeit ich für mich haben würde, wenn überhaupt. »Versprochen«, sagte ich dennoch. »Und vergiss nicht, auch du wirst sehr viel zu tun haben. Wir stehen beide unter Stress.«

»Ich mag Stress. Und ich glaube, du auch.«

Er umfasste meine Taille und zog mich fest an sich. Sein Kuss – hungrig und leidenschaftlich – jagte mir ein Kribbeln über den Rücken. Verloren in seinen Armen, vergaß ich alle Sorgen, dachte nicht an meine Karriere und erlag der sanften Gewalt seiner Lippen. Mir wurden die Knie weich. Mein Kopf und mein Herz lieferten sich ein merkwürdiges Tauziehen. Mein Traum schrie, um sich Gehör zu verschaffen.

Als wir uns voneinander lösten, dachte ich an die Sterne, und ob Rémi meinen Traum ernst nehmen würde, denn obwohl seine Einladung in dieses Restaurant sicherlich gut gemeint gewesen war, kam sie mir fast vor wie ein Schlag ins Gesicht.

5

Selbstvertrauen

Gäste durchstreiften das Schlossgelände wie hektische und aufgeregte Ameisen auf einem luxuriösen Picknickabenteuer – erlebten Weinproben mit Bernard, Kochvorführungen mit Clothilde, Gärtnern im Gewächshaus mit Jane, Tontaubenschießen mit Rémi, entspannten am Pool oder am See oder im Hammam-Spa. Ich gab mir alle Mühe, ihnen aus dem Weg zu gehen, denn ich hatte wirklich keine Lust auf Geselligkeit, da ich gerade erst dabei war, mich einzugewöhnen. Die meiste Zeit verbrachte ich in der Küche, wo ich versuchte, die besten Gerichte zu kreieren, zu denen ich fähig war, gelegentlich stahl ich im Personaleingang Rémi einen Kuss.

Als Jane in die Küche schlenderte, umarmte ich sie. »Ich habe vergessen, mich dafür zu bedanken, dass du dich um das Abwasserproblem gekümmert hast«, sagte ich. »Wie werden wir das bezahlen? Mit dem Bankkredit?«

Sie blinzelte. »Das Château braucht sich kein Geld zu borgen«, erklärte sie. »Rémi übernimmt das. Hat er es dir nicht gesagt?«

»Nein«, erwiderte ich mit stockender Stimme. »Hat er nicht.«

Und wieder hatte er etwas hinter meinem Rücken getan. Dabei hatte ich ihn gebeten, mich über wichtige Dinge zu informieren, damit ich nicht überrumpelt wurde. Ich ballte die Hände zu Fäusten und versteifte meinen Rücken, so verärgert war ich über dieses »Ich mache, was ich will«. Aber das würde ich später mit Rémi besprechen. Ich fuhr mit meinen Vorbereitungen fort und hackte Dill für den Lachs, dessen gasartiger Duft die Küche erfüllte.

»Willst du heute Abend vor dem Eröffnungsessen die Rede halten?«, fragte Jane.

»Lieber nicht«, antwortete ich. »Ich lasse mich wie immer nur kurz blicken.«

Jane kümmerte sich zum Glück um alles – sie hieß die Gäste willkommen und hielt die Rede, für die eigentlich ich zuständig war. »Hier im Château sind wir eine Familie, und wir sind in unserem Terroir tief verwurzelt«, begann sie stets. Dann wurde erklärt, dass unser ganzes Obst und Gemüse direkt hier auf dem Anwesen angebaut wurde und wir unser Fleisch und unseren Fisch nur aus Frankreich bezogen. Alles, was ich tun musste, war, jeden Abend das Speisezimmer zu betreten, freundlich zu grüßen, mich zu verbeugen und unter Applaus wieder zu gehen. Bei dem Stress, den ich mir auferlegt hatte, konnte ich nicht mehr bewältigen, auch wenn die Anerkennung mein Herz natürlich jedes Mal höherschlagen ließ, weil mir wieder einfiel, warum ich so gerne Köchin war.

Das Kochen war meine Methode, mich auszudrücken, jedes Gericht eine Balance aus Aromen und Zutaten, die für meine Gefühle standen. Ich hoffte nur, dass unsere Gäste nicht die Schwermut und die Bitterkeit schmeckten, die mich manchmal überkamen, sondern Glück. Immerhin war noch niemand vor seinem Teller in Tränen ausgebrochen, die Gäste leckten sich vor Entzücken die Lippen. Also schien ich etwas richtig zu machen.

Neben dem Fluss war mein anderer Zufluchtsort vor dem Wahnsinn und dem Stress das Gewächshaus, ein wahrer Garten himmlischer Genüsse. Am nächsten Morgen schimmerte es in der frühen Morgensonne und lockte mich. Es war noch früh, so gegen acht, und die ersten Gäste waren beim Frühstück im Papillon Sauvage. Sie ließen sich buttrige, blättrige Croissants und hausgemachten Joghurt mit Grütze schmecken, zusammen mit einem Sortiment an Backwaren, die die Grand-maman-Brigade hergestellt hatte. Das Frühstück im Château umfasste die ganze Bandbreite unserer Produkte. Ich ging davon aus, unbehelligt zu bleiben, deshalb griff ich nach einem Weidenkorb und begab mich hinüber in mein Heiligtum.

Es war kein gewöhnliches Gewächshaus. Am Rankgerüst der neun Meter hohen hinteren Wand hingen Terrakottatöpfe mit allen Kräutern, die man sich nur vorstellen konnte. Basilikum, Thymian, Minze, Koriander, Petersilie, Oregano, Dill, Rosmarin, Lavendel und noch mehr – die Auswahl war grenzenlos. Auf jedem Quadratzentimeter des Raums wuchsen und gediehen fast alle Gemüsesorten in strahlenden Rot-, Dunkellila-, Gelb- und Grüntönen. Ich öffnete die Tür, trat ein und atmete tief durch. Das war mein Paradies.

Während ich über die Blätter der Tomatenpflanzen strich, schloss ich die Augen. Ich hielt mir die Finger unter die Nase und atmete die erdige Frische ein. Es war kein Wunder, dass die französische Kosmetikmarke L'Occitane en Provence eine Methode gefunden hatte, genau dieses Aroma in einer ihrer Handcremes einzufangen.

Nachdem ich meine Schere hervorgeholt hatte, trug ich Tomaten, frische Kräuter wie Estragon, Thymian und Rosmarin und mehrere Zitronen zusammen und legte alles in einen Korb. Aus irgendeinem Grund erinnerten mich die Aromen an Rémis frischen Duft: köstlich und wahnsinnig verlockend.

Mein Handy brummte. Ich zog es aus meiner Tasche und checkte die Anruferkennung. Walter. Wenn es jemanden gab, mit dem ich reden wollte, dann war es mein bester Freund aus New York. Wie Phillipa musste er einen sechsten Sinn gehabt haben. Ich ließ meinen Korb auf den Boden fallen, sodass die Zitronen herauskullerten.

»Walter«, rief ich. »O Gott! Ich vermisse dich so sehr. Ich wollte dich auch schon anrufen, aber …«

»Ja, ja, ja, ich weiß«, sagte er aufgeregt. »Du warst damit beschäftigt, die kulinarische Welt aus den Angeln zu heben. Wir haben alles über deinen Erfolg gelesen. Robert und ich sind superstolz auf dich.« Er hielt inne. »Wie kommst du klar?«

Es waren nicht die günstigsten Umstände gewesen, aber Walter und Robert waren zu Grand-mères Beerdigung gekommen, und Walter wusste, wie wichtig sie mir war. Er wusste alles über mich. Ich verstummte, griff nach einer Hand voller Tomatenblätter und hielt sie mir unter die Nase. Der Duft ließ die Welle aus Schmerz abflauen, die mich überkam. Ich atmete aus.

»Sophie? Bist du noch da?«

»Ich bin noch da, ich stehe leibhaftig im Gewächshaus. Und mir geht's gut, glaub ich. Du weißt ja, wie es ist. Der Schmerz kommt und geht, aber das Leben hier ist gut, anstrengend, aber gut.«

»Verstehe. Das ging mir auch so, als mein Vater starb. Ich war wie ein Dr. Jekyll/Mr. Hyde aus Emotionen.« Er holte tief Luft. »Aber ich will nicht über Leid und Trauer reden, vorbei ist vorbei. Ich habe Neuigkeiten, die dich vielleicht aufheitern«, verkündete er. »Denn du klingst nicht allzu glücklich.«

Ich konnte vor Walter nichts verbergen. Wie Phillipa kannte er mich in- und auswendig. Immerhin war ich jahrelang seine falsche Verlobte gewesen, bis er sich vor seiner Mutter geoutet hatte.

»Raus damit«, bat ich. »Du hast recht. Ich muss wirklich etwas Positives hören.«

»Weißt du noch, dass du sagtest, Robert und ich könnten im Château heiraten? Dass du gar nicht auf die Idee kämst, dass wir irgendwo anders in den Hafen der Ehe einlaufen würden?«, fragte er atemlos. »Nun, wir müssen hier in New York diese verdammte standesamtliche Trauung über uns ergehen lassen, aber danach würden wir gern mit dir und unseren engsten Freunden in Frankreich feiern.«

Ich kreischte vor Freude, da ich eine Pause vom Château bitter nötig hatte. »Soll ich zur Trauung kommen? Deine Trauzeugin sein?«

»Sophie, ich weiß doch, dass du zu tun hast und nicht aus Frankreich wegkannst. Und die standesamtliche Zeremonie ist nur eine Formalität. Deshalb wollen wir auch auf dein Angebot zurückkommen. Wenn der Berg nicht zum Propheten kommt ...«

»... dann muss eben der Prophet zum Berg kommen«, ergänzte ich seine Redensart, leise lachend. »Wann dachtest du denn?«

»Wir sind nicht wählerisch. Wann immer es dir passt.«

Ich presste nachdenklich die Lippen zusammen. »Das Château schließt Mitte Dezember. Und an Heiligabend veranstalten wir immer eine Riesenparty. Warum machen wir nicht eine monumentale Feier daraus?«

»Das gefällt mir! Und Robert sicher auch.« Er hielt inne. »Mach mir einen Kostenvoranschlag.«

Als mein Freund und Mitbewohner und auch als mein falscher Verlobter hatte er sich für mich ein Bein ausgerissen, vor allem als ich nach meiner Kündigung in New York in eine Depression abgeglitten war. Er hatte mich aus meinem Tief herausgeholt und mich gezwungen, der Realität ins Auge zu sehen. Außerdem hatte ich jahrelang mietfrei in seinem traumhaft schönen Loft gewohnt. Ich schuldete ihm etwas.

»Nein, Walter. Sieh es als mein Hochzeitsgeschenk für dich an. Du warst immer für mich da.«

»Sophie, nein ...«

»Im Ernst, Walter. Ich will das für dich tun.«

»Ich werde mich hüten, mit dir zu streiten. Wir besprechen das ein anderes Mal. Jetzt erzähl, was bei dir so abläuft. Wie geht's Rémi?«

»Ihm geht's großartig. Alles ist großartig«, sagte ich und musste schlucken. »Und ich habe seinen Antrag ganz offiziell angenommen.«

Walter gluckste. »Vielleicht sollten wir eine Doppelhochzeit abhalten? Bist du dabei? Das könnte spaßig werden.«

Ich lief im Gewächshaus auf und ab. Ich hatte gar nicht gemerkt, dass ich nach einer Zitrone gegriffen hatte und sie in meiner Hand zerquetschte.

»Ich glaube eher nicht. Ich will nichts überstürzen.« Ich stieß den Atem aus. Mit Walter konnte ich offen reden. »Weißt du, wir waren noch nicht mal zusammen im Urlaub. Wir hatten erst ein einziges richtiges Date. Und wir haben noch nicht einmal miteinander geschlafen.«

»Moment mal. Was?«, fragte er und fing an zu lachen. »Dann fahrt in den Urlaub. Geht öfter aus. Und macht endlich Liebe.«

Ich hob kapitulierend den Arm. »Wann denn? Wann habe ich die Zeit dafür? Du weißt doch, was hier los ist. Wir sind bis Dezember ausgebucht.«

Das war nur ein Teil der Wahrheit. Und da er das Château gesehen hatte, würde er mich für verrückt halten. Wer wünschte sich solch ein Leben nicht?

»Sophie«, sagte Walter. »Du verschweigst mir etwas. Ich kenne dich.«

Ertappt.

Ich sackte zu Boden und wappnete mich, ihm die Wahrheit zu sagen und nichts als die Wahrheit. »Ich glaube, ich will immer noch meinen Traum. Ich habe mir nichts von dem hier erarbeitet. Und ich möchte nicht das Gefühl haben, im Château angekettet zu sein wie meine Großmutter.«

Während ich Erde durch die Finger meiner freien Hand rieseln ließ, hörte ich ihn atmen. Schließlich antwortete

Walter. »Sophie, ich will, dass du um deine Sterne kämpfst, aber ich möchte nicht, dass du beim Streben nach ihnen durchdrehst. Du kannst dieses neue Leben gestalten, wie immer es dir gefällt. Spreng die Ketten.« Er räusperte sich. »Aber das ist nicht das Einzige, was dich umtreibt.«

»Du hast recht«, räumte ich ein. »Also dann: Ich hab eine Scheißangst vorm Muttersein. Du hast Lola kennengelernt. Sie ist das süßeste kleine Mädchen, das man sich vorstellen kann, aber überleg, wie ich aufgewachsen bin. Mit einer Mutter, die sich nicht um mich kümmern konnte, und einer Großmutter, die sich ihr Leben nicht ausgesucht hat. Ich habe Angst vor dem, was kommt.«

Stille.

»Hör zu, ich habe gesehen, wie glücklich du in Champvert warst, selbst in den schlimmsten Zeiten. Ich habe gesehen, wie Rémi dich anschaut, wie seine Augen aufleuchteten, wenn er dich ansah, wie auch deine Augen aufleuchteten, und ich habe deine neuen Freundinnen kennengelernt. Robert spricht immer noch davon, wie sehr er Phillipa mag. Jane weniger, aber egal. Du blühst auf, du lebst einen Traum. Kämpf für ihn. Das kannst du.«

Ich schluckte und griff nach einer Handvoll Erde, sie zerbröselte zwischen meinen Fingern, während ich versuchte, mein seelisches Gleichgewicht wiederzufinden. »Was, wenn ich nicht bereit bin, das alles auf einmal auf mich zu nehmen? Ich bin immer noch dabei, mich zu erholen von dem, was passiert ist in New York.«

»Aber um dich wirklich zu erholen, musst du dich zu hundert Prozent aufs Leben einlassen«, sagte er und lachte. »Also, wie sieht's aus mit der Doppelhochzeit?«

Walter, mein Yoda, war ein guter Ratgeber. Die Worte, die mich aufmuntern sollten, schwirrten mir durch den Kopf. Sich im Château einzuleben, war schon schwierig genug ohne Mutterschaft und Ehe. Ich wusste einfach nicht, wo mir der Kopf stand. Einer von Walters Sprüchen kam mir in den Sinn: *Wie isst man einen Elefanten?* Die Antwort: *Einen Bissen nach dem anderen.*

»Hör zu, Walter, ich kann nicht alles auf einmal in Angriff nehmen, die Elefantenregel«, erklärte ich, und er lachte. »Außerdem will ich deinen Tag nicht kapern. Aber ich informiere Jane über unsere Pläne. Sie ist auf Zack.«

»Ich schicke dir unseren Reiseplan, sobald wir ihn haben«, sagte er, da er wusste, dass er mich nicht bedrängen durfte. »Ich bin so aufgeregt. Und denk darüber nach, was ich gesagt habe. Wenn du mich brauchst, ruf mich jederzeit an. Ich entlasse dich jetzt. Wahrscheinlich musst du zurück in die Küche, um zu kochen wie eine Weltmeisterin.«

Ja, dachte ich, als wir das Gespräch beendeten – ich bin eine Weltmeisterin – eine Weltmeisterin der Gefühlsschwankungen. Bis sie sich legten, würde ich kochen und versuchen, genügend Schlaf zu bekommen.

In den nächsten Tagen schlich ich mich jeden Abend ohne Rémi in mein Zimmer, ich erklärte ihm, dass ich zu erschöpft für ein Treffen war. Trotz seiner Enttäuschung verstand er es und ließ mir meinen Freiraum. Doch der Schlaf wollte nicht kommen. Ich wälzte mich allein im Bett hin und her und dachte darüber nach, was mich davon abhielt, mich auf mein Leben hier einzulassen. Ich dachte mir eine Ausrede nach der anderen aus, während mir Grand-mères Tagebuch fortwährend durch den Kopf spukte.

Ich war auf dem Weg in die Küche und damit beschäftigt, in Gedanken das Abendmenü zu planen, zu kochen und zu schnippeln und mir alle Mühe zu geben, mich voll auf meine Aufgaben zu konzentrieren. Das Essen am Abend war das Wichtigste, weil es den Gästen am meisten im Gedächtnis bleiben würde, wenn sie aus dem Château auscheckten. Ich hatte ein Gericht mit Kartoffeln im Kopf, wusste aber noch nicht so recht, was genau ich mit ihnen anfangen wollte. Vielleicht musste ich einfach nur meine Gedanken über Rémi und das Leben im Château neu ordnen. Vielleicht funktionierte ich auch nur auf Autopilot.

Ich stieß mit Phillipa zusammen.

»Hoppla«, sagte sie und hielt mich an den Schultern fest. »Ist alles in Ordnung?«

Ich platzte heraus: »Walter und Robert wollen an Heiligabend hier ihre Hochzeitsfeier feiern. Ich erzähle das nur dir und Jane. Und wenn ihr es Rémi erzählt, bringe ich euch um.«

»Ich freue mich für sie. Das ist aufregend«, erwiderte sie. »Aber warum darf Rémi es nicht wissen?«

»Er will, dass ich einen Termin für *unsere* Hochzeit festlege«, sagte ich verschnupft. »Er wird mich nur noch mehr unter Druck setzen. Und Druck habe ich schon genug. Es gibt so viel zu tun, ich muss einen Betrieb leiten. Versprich mir, es ihm nicht zu sagen.«

Ich fuchtelte warnend mit meinem Messer vor ihrer

Nase herum. Phillipa hob in gespielter Kapitulation die Hände und wich einen Schritt zurück.

»Na schön. Versprochen. Ich weiß, dass du viel um die Ohren hast. Und vergiss nicht, ich war neulich Zeugin, wie du auf das Fleisch eingestochen hast.« Sie zwinkerte mir zu, und ich zuckte zusammen. »Ich versteh schon. Kein Druck mehr. Ich hole Lauch.« Bevor sie zur Hintertür hinausging, hielt sie inne. »Wir sollten auch über fleischlose Gerichte nachdenken.«

In letzter Zeit erreichten uns über das Buchungssystem mehr Anfragen von Vegetariern. Manche unserer Gäste wollten den Geschmack von Südfrankreich ohne Ente oder Gans. Frankreich war dabei, sogar die Veganerbewegung aufzugreifen. Überall schossen Naturkostläden aus dem Boden, den Traditionalisten klappten die Kinnladen herunter. Diese Veränderungen machten die Menüplanung zu einer ziemlichen Herausforderung, aber wir wollten, dass unsere Gäste zufrieden waren. Außerdem zahlten sie pro Nacht gut dreihundert Euro, es war ihr Recht, Wünsche erfüllt zu bekommen.

»Wie wär's mit Mille-feuilles de pommes de terre? Ich träume nachts von ihnen«, schlug Phillipa vor.

»Gute Idee«, antwortete ich.

»Ich hole die Kräuter«, sagte sie.

Sie lächelte und schwebte, mit dem Weidenkorb in der Hand, aus der Küche. Ich zog ein Hackbrett hervor und malträtierte mit meinem Messer eine Kartoffel. Nachdem ich meinen Frust an meinem pflanzlichen Opfer ausgelassen hatte, fühlte ich mich besser. Dann holte ich Grandmères in Leder eingefasste Kladden aus ihrem Versteck unter dem Eichendielenbrett mit dem Astloch, blätterte darin und trat an die Tafel, um das heutige Abendessen zu planen. Als Phillipa in die Küche zurückkam, war ich schon fertig.

MENÜ

L'AMUSE-BOUCHE
Zwieback mit einem Kaviar aus
Tomaten und Erdbeeren

L'ENTRÉE
Gekühlte Zucchini-Basilikum-Minze-Velouté
oder
Gebratene Foie gras serviert auf Toast
mit gegrillten Erdbeeren

LE PLAT PRINCIPAL
Lammkeule, am Tisch tranchiert, serviert mit
Pommes sarladaises oder Mille-feuilles de
pommes de terre, serviert mit grünem Blattgemüse
mit Zitronen-Knoblauch-Schalotten-
Vinaigrette und geschmorten Babykarotten
oder
Zitronenhähnchen mit einer Mandel-
Backpflaumen-Tajine, serviert mit
Couscous und Gemüse der Saison
oder

Filet de Limande mit einer Paniermehlkruste,
serviert mit Wildreis und gegrilltem Saisongemüse
oder
Quinoa-, Avocado- und Süßkartoffel-
Timbale (vegan)

LE FROMAGE
Ausgewählte Käsesorten des Châteaus

LE DESSERT
Gustaves Erdbeerüberraschung

Phillipa tippte mir auf die Schulter. »Ich glaube, da hat jemand seine Inspiration gefunden.«

Während ich mir die Kreide an meiner Kochjacke abwischte, drehte ich mich zu ihr um. »Ich bin hundemüde. Und ich weiß nicht mal, wovon.«

Sie lächelte. »Ich schon. Kochen ist dir eine Herzensangelegenheit«, erklärte sie. »Und bevor du mit mir streitest, sag mir, für welches Gericht ich zuständig bin.«

»Was immer du willst. Die Lammkeulen sind schon vorbereitet, sie müssen nur noch gebraten werden.«

»Ich nehme das Fischgericht in Angriff«, sagte sie.

»Ich glaube an dich«, versicherte ich ihr.

»Gleichfalls, Chefin.«

Der Rest eines Teams kam in die Küche, alle murmelten zustimmend. Clothilde ergriff mit zitternden Händen meine Hand. »*Ma petite puce*, deine Grand-mère wäre so stolz.«

»*Merci*, Clothilde«, antwortete ich. »Du weißt, ich stand ihr so nah, wie ich dir stehe.«

Sie kniff in meine Wangen. »Ich weiß, und ich empfinde genauso. Ich liebe dich, als wärst du meine eigene *petite-fille*.«

Gustave unterbrach unseren Augenblick der Verbundenheit und hob seine Flasche Pastis in die Höhe. »Was ist mit dem Dessert? Was soll ich zubereiten?«

»Wir sind ein Team. Und du bist der Zauberer der magischen Kreationen. Mach, was immer du willst mit Erdbeeren«, sagte ich und deutete auf die Körbe voller reifer roter Früchte, die Phillipa gepflückt hatte.

»Egal, was?«, fragte er. Seine Augen wurden lebendig.

»Nur nicht zu viel Alkohol«, bat ich. »Und sag mir, was du vorhast, damit Jane die Speisekarten ausdrucken kann.«

»Wann ist das Familienessen?«, fragte Gustave. »Ich bin am Verhungern.«

»Sobald alle eine Kostprobe ihres Gerichts vorbereitet haben«, versprach ich. »Clothilde, wenn du das vegane Gericht erledigen könntest, wäre das fabelhaft, und ich begebe mich an die Zitronenhähnchen-Tajine. Okay, Leute. Los geht's!

»Ja, Chefin.«

Mir lief ein Kribbeln über den Rücken.

Wir machten uns an die Arbeit. Gegen halb sechs hatten alle ihre Zutaten vorbereitet, die Weinprobe war festgelegt und alle Gerichte, genug für etwa zwanzig Personen, waren zubereitet. Gespannt setzten wir uns auf unsere Hocker, um das Menü zu probieren. Das Servicepersonal, die Reinigungskräfte und Jane, Bernard und Rémi gesellten sich zu uns. Bald war es an der Zeit für mich, die Hauptgerichte zu präsentieren. Ich zog eine der Lammkeulen aus dem Ofen, und alle seufzten, als die pikanten Aromen in den Raum strömten. Ich stellte sie auf den Tisch.

»Wie ihr vielleicht bemerkt habt, läuft es heute Abend ein bisschen anders als sonst. Die Lammkeule wird am Tisch tranchiert«, erläuterte ich. »Also, seht gut hin, ihr herausragenden Serviererinnen, das ist eure Aufgabe.«

Als ich dabei war, die Rotzunge und das Hähnchen auf den Tisch zu stellen, sah mir Rémi in die Augen. »Ich weiß nicht, wie es euch anderen geht, aber ich habe mich in die Küchenchefin verliebt, die das alles gemeistert hat«, sagte er augenzwinkernd. »Wenn meine wunderschöne, talentierte Verlobte doch nur einen Hochzeitstermin festlegen würde.«

Ich sah ihn aufgebracht an. Ich würde ein Datum festlegen, wenn ich so weit war. Und dieser Tag war nicht der richtige. Er wollte mich vor der Küchenbrigade, meinem Personal, dazu zwingen. Das war gar nicht nett. Doch als Gustave nach Luft schnappte, »Oha! Ärger im Paradies!« rief und der Rest der Brigade uns anstarrte, wusste ich, dass dies weder die Zeit noch der Ort für einen Beziehungskrach war.

Ich räusperte mich. »Lasst es euch schmecken.«

Rémi stand auf und zog mich zur Personaltreppe. Ich verschränkte schmollend die Arme vor der Brust.

»Was hast du für ein Problem?«, fragte er.

»Du hast mir nicht gesagt, dass du dich um das Abwasserproblem gekümmert hast«, warf ich ihm vor. »Ich musste es von Jane erfahren.«

»Weil ich wusste, dass du Nein sagen würdest und es dringend gemacht werden musste.«

»Ich hab dir doch gesagt, ich komme schon klar«, sagte ich verschnupft. »Wenn du nächstes Mal etwas für das Château tust, wüsste ich es zu schätzen, wenn du es mir vorher sagen würdest. Und auch wenn du Jean-Marc um Hilfe bittest. Kannst du in Zukunft bitte Grenzen respektieren? Denn du überschreitest sie ständig.«

»Mach ich«, versicherte er. »Doch wenn nächstes Mal etwas Ernstes vorfällt, möchte ich, dass du um Hilfe bittest. Du kannst nicht alles allein machen.«

»Ich bin siebenundzwanzig Jahre lang gut klargekommen«, verkündete ich, eigentlich eher, um mich selbst zu überzeugen.

»Aber jetzt musst du auch andere Menschen berücksichtigen. Grand-mère Odette hat mich nach dem Verlust meiner Eltern bei sich aufgenommen, obwohl sie keine Blutsverwandte war. Vergiss nicht, mir gehören fünfzehn Prozent des Châteaus, deshalb ist es mir genauso wichtig wie dir«, erinnerte er mich, und ich ließ den Kopf hängen. Er hob mein Kinn an und schmunzelte. »Ist dir klar, dass wir uns über Nichtigkeiten streiten?«

Er hatte recht. Und ich hatte mich wie ein Dummkopf benommen. Trotzdem fand ich es überhaupt nicht lustig, dass er mich hintergangen hatte. Ich machte auf dem Absatz kehrt, um zurück in die Küche zu gehen.

»Warte, Sophie«, sagte Rémi und hielt mich an der Schulter fest.

Ich drehte mich zu ihm um und legte fragend den Kopf schief.

»Hör zu, ich weiß, dass du sauer auf mich bist. Und das ist okay. Vielleicht sind wir nicht das perfekte Paar, aber wir sind vollkommen unvollkommen, und darum geht es im Leben: die Schönheit und die Liebe in allen Unzulänglichkeiten zu finden. Ich liebe dich, Sophie, von ganzem Herzen«, sagte er. »Ich weiß auch, dass es ein Kampf für dich ist, dich an dieses Leben zu gewöhnen. Ich gebe dir deinen Freiraum. Denk nur daran, dass ich für dich da bin.«

Ich bekam Gewissensbisse. Ich hatte total überreagiert. Mir wurde klar, dass Rémi nur mein Bestes gewollt hatte, und das Beste für das Château.

Ich legte meine Hände auf seine Schultern. »Warum?«, fragte ich. »Warum liebst du mich?«

»Weil du mich akzeptierst, wie ich bin. Und ich akzeptiere dich, auch wenn du mich in den Wahnsinn treibst. Ich glaube, darum geht es in der Liebe. Die Fehler des anderen zu akzeptieren und seine positiven Eigenschaften reizvoll zu finden.«

»Und was sind meine?«, fragte ich und zog die Nase kraus.

Er verstummte, und meine Augen wurden groß. »Na ja, zum Beispiel lässt du dir nicht all meinen Unsinn gefallen. Ich erinnere mich noch, wie du mich im See untergetaucht hast, als wir Kinder waren. Du bist eigensinnig.«

»Und das ist was Gutes?«

»Klar«, erwiderte er mit funkelnden Augen. »Und ich weiß, dass du viel Arbeit hast. So gern ich dich auch sofort vernaschen würde, ich halte dich nicht länger davon ab.«

Nach einem leidenschaftlichen Kuss begab ich mich zurück in die Küche.

Um punkt achtzehn Uhr verschwanden Jane, Bernard und Rémi, um im Salon alles für die Weinprobe aufzubauen.

Nach getaner Arbeit verließen auch *les dames* die Küche und ließen mich mit dem Rest meiner bunt zusammengewürfelten Brigade, Séb, Phillipa, Clothilde und Gustave, zurück.

Es war so weit.

Da wir alle schon zusammengearbeitet hatten, hatten wir bereits einen Rhythmus wie bei einem Gesellschaftstanz etabliert. Es gab keine Fehlgriffe. Es wurde nichts verschüttet. Keine Stürze. Kein Überwürzen. Alles war perfekt orchestriert. Kochen, stellte ich fest, erweckte mich immer wieder zum Leben, nahm mir das Gefühl, fehl am Platz zu sein.

Als Gustave ein kunstvolles Erdbeer-Crêpe-Gericht vor mich stellte, entfuhr mir ein Seufzer. In seiner schlichten Schönheit war es die perfekte Ergänzung zum Menü. Buttercrêpes, gefüllt mit cognacdurchtränkten Erdbeeren, beträufelt mit einer Schokoladensauce, bestreut mit Puderzucker, serviert mit wolkenartiger Schlagsahne und garniert mit essbaren Blüten. Vielleicht inspirierte sein Freund Pastis seine Kreationen. Aber sie waren umwerfend, niemals eine Enttäuschung.

»Das Paradies auf einem Teller«, schwärmte ich. »Dir ist klar, dass du heute Abend bleiben musst? Dieses Dessert benötigt besondere Sorgfalt, vor allem da du die Erdbeeren flambierst.«

Normalerweise bereitete Gustave seine Desserts vor und ging.

»Kein Problem«, sagte er und hielt eine Flasche Cognac hoch. »Ich komme schon zurecht.«

Nach einem hektischen Abend in der Küche und meinem obligatorischen Gastauftritt im Speiseraum, begab ich mich in melancholischer Stimmung in meine Suite, die aus einem Salon samt Kamin, einem kleineren und einem größeren Schlafzimmer und einem Bad bestand. Sie enthielt viel Vertrautes und war von meiner Grand-mère nicht umgestaltet worden. Ich betrachtete die verblichene Damasttapete, das Doppelbett aus Holz mit der grünen Steppdecke, den verblassten Teppich mit Blumenmuster, mein Stofftier *Bär*nard und die Fotos von Grand-mère und mir auf meinem Toilettentisch.

Von der pausenlosen Geschäftigkeit aufgekratzt, war ich noch nicht sehr müde, deshalb setzte ich mich auf den Fenstersitz und sah zu den Sternen hoch. Das letzte Mal, als ich mir beim Blick in den Himmel etwas gewünscht hatte, hatte ich mich gefragt, ob meine Mutter auf mich herunterblickte, ob sie sich über meine Erfolge freute. Jetzt berührte ich die diamantenbesetzten Sterne der Kette, die Rémi mir zum Geburtstag geschenkt hatte und die mich an den Traum erinnerten, für den ich kämpfen wollte.

6

Gustave und das Schaf

Ein paar Wochen später, kurz bevor unsere VIPs eintreffen sollten, sahen wir uns mit einem Riesenproblem konfrontiert: Gustave erschien nicht zur Arbeit. Ich rief ihn auf dem Handy an, doch es klingelte nur endlos und schaltete dann direkt zur Mailbox. Eine der Kellnerinnen gab sich alle Mühe, die Restaurantgäste im Papillon Sauvage gewogen zu halten, indem sie Wein und andere Getränke mit Brot und Snacks servierte, doch viel länger konnte sie sie nicht mehr vertrösten. Immerhin hatte die Grandmaman-Brigade am Morgen den Grill angestellt, sodass zumindest die Hähnchen servierfertig waren, doch leider wollten nicht alle Brathähnchen.

Jane schlitterte auf sehr undamenhafte Art in die Küche. »Gustave wird vermisst«, verkündete sie und zerzauste nervös mit den Fingern ihre strenge Hochsteckfrisur. »Er ist immer noch nicht im Papillon Sauvage. Er ist nirgendwo.«

»Ich weiß«, sagte ich frustriert. »Ich überlege, was wir machen sollen. Den Mittagsservice muss wohl ich übernehmen.«

»Und wie wollen wir dann das Abendessen wuppen?«,

fragte sie. »Du kannst nicht beides machen. Du bist mit den Vorbereitungen beschäftigt.«

Gustaves Verschwinden verwandelte sich rasch in einen unerträglichen Albtraum, aus dem ich unbedingt aufwachen wollte. Ein Teil von mir hoffte, dass er im nächsten Augenblick mit seiner Flasche Pastis in die Küche geschlurft kommen, uns seine Verspätung erklären und sich an die Arbeit machen würde. Doch das geschah nicht. Während Jane hektisch auf und ab lief, huschte mein Blick zum Fenster, auf der Suche nach Grand-mères Totem, das mir sagen würde, was ich tun sollte. Doch statt auf eine Libelle, fiel mein Blick auf Rémi, der die Außenanlagen mähte. Ich wusste, dass er kochen konnte. Er war bei Grand-mère aufgewachsen, seine Fähigkeiten in der Küche waren meinen fast ebenbürtig – fast. Ich dachte an das Roastbeef, das er einmal für mich zubereitet hatte – einfach und saftig, perfekt für das Papillon Sauvage. Und ich wusste, dass er für mich oder zumindest für das Château alles tun würde. Ich rannte zur Hintertür hinaus und ließ Jane in ihrer Panik zurück.

Ich versuchte, Rémis Aufmerksamkeit zu erregen, aber er hörte wahrscheinlich Heavy Metal über seine Kopfhörer – er liebte AC/DC und Metallica. Da er mich nicht bemerkte, rannte ich zu ihm und sprang direkt vor den Mäher. Er bremste scharf.

»Was soll das? Ich hätte dich überfahren können!«, rief er.

Meine Stimme war nur ein panisches Keuchen. »Ich brauche dich, schnell!«

Er lächelte spitzbübisch. »Du brauchst mich? Jetzt sofort?«

Ich wollte zwar lachen, konnte aber nicht. Wir hatten Alarmstufe Rot und keine Zeit zu verlieren, nicht einmal für einen verstohlenen Kuss, egal wie verlockend es war.

»Nicht so! Gustave wird vermisst.«

Er hüpfte vom Mäher. »Wie meinst du das?«

»Er ist nicht zur Arbeit gekommen, und er geht nicht ans Telefon. Und die Gäste wollen ihr Mittagessen, sie sind schon ganz ungehalten. Ich muss das Abendessen planen und vorbereiten und kann mich nicht um beide Restaurants kümmern. Ich bin kurz vorm Ausflippen. Und Jane auch.«

Er drückte meine Schultern. »Ich übernehme das, Sophie. Keine Sorge, ich helfe euch«, versprach er und gab mir einen raschen Kuss auf die Stirn. »Wir sehen uns beim Familienessen. Es sei denn, du hast Lust auf ein Nachmittagsvergnügen. Er zog grinsend eine Augenbraue hoch.

Ich boxte ihn und deutete zum Papillon. »Jetzt geh.«

»Für dich tue ich alles, Prinzessin«, sagte er und stürzte davon, während ich vor dem Mäher zurückblieb.

»Nenn mich nicht so«, rief ich ihm nach. »Ich bin keine verdammte Prinzessin.«

Er hielt im Laufen inne und drehte sich zu mir um. »Und ob du das bist.«

Ich warf ihm einen gespielt bösen Blick zu. Er machte scherzhaft einen Diener und rannte ins Papillon Sauvage. Unsere weiblichen Gäste waren von unserem Aushilfskoch sicher angetan. Und ich hatte um Hilfe bitten müssen. Für mich war das ein Fortschritt.

Ich lief zurück in die Küche, um zu besprechen, wer sich nun um Gustave kümmern könnte, als Clothilde, der ihre chiliroten Locken ins Gesicht fielen, außer Atem hereingerannt kam. Sie strich ihre Haare beiseite und stützte sich mit den Händen auf den Knien ab.

»Oh, oh, oh, das ist übel«, keuchte sie. »Ich hab gerade mit Gustaves Frau gesprochen …«

»Gustave hat eine Frau?«, fragten die Zwillinge und ich im Chor. Wir waren mehr als überrascht.

»Aber ja«, antwortete Clothilde. »Inès mag das Château nicht, ihr ist das alles zu viel.« Sie atmete tief ein. »*Alors*, Gustave war gestern Abend in einen Unfall verwickelt. Die gute Nachricht ist, dass die *gendarmes* keine Anzeige gegen ihn erstatten werden, weil er mit dem Fahrrad unterwegs war und das Schaf, das er erfasst hat, nicht zu Schaden gekommen ist.« Sie stieß ein kehliges Lachen aus. »Ich weiß wirklich nicht, warum dieses verdammte Schaf immer aus seiner Weide ausbricht.«

Besagtes Schaf hatte ich schon einmal gesehen – auf seinem Hinterteil prangte ein okzitanisches Kreuz. Clothilde hätte es am Tag meiner Ankunft aus New York mit ihrer orangefarbenen klapprigen Ente um ein Haar zu einem gigantischen flauschigen Filet plattgefahren.

»Geht es Gustave gut?«, fragte ich besorgt.

Clothilde presste die Lippen zusammen. »Das wird schon wieder, aber ich muss dir leider mitteilen, dass er sich bei seinem Sturz beide Arme gebrochen hat.« Sie hielt inne. »Dem Schaf geht es zum Glück gut, es wird in null Komma nichts wieder aus seiner Weide ausbüxen.«

»War Gustave betrunken?«, fragte Phillipa.

»Was denkst du denn? Er ist doch ständig betrunken. Ich weiß wirklich nicht, wie er es schafft, so unglaubliche Desserts zu kreieren, aber so ist es«, erwiderte Jane kopfschüttelnd. »Hör zu, wir sorgen uns alle um Gustave, und Rémi kümmert sich um das Papillon Sauvage, aber wer wird die Desserts für heute Abend machen? Ich will nicht gefühllos klingen. Die Sache macht mich betroffen, wirklich. Aber wir sitzen in der Klemme.«

Es herrschte betretene Stille. Nur unser panischer Atem war zu hören. Schließlich ergriff Phillipa das Wort. Ihre Augen wurden groß. »Ich rufe Marie an. Sie ist Konditorin«, rief sie aus.

»Taugt sie was?«, fragte ich hoffnungsvoll.

»Ich glaube schon«, sagte Phillipa. »Sie darf in der Patisserie, in der sie arbeitet, nicht so viel experimentieren. Aber die Desserts, die sie in ihrer Freizeit kreiert, sind unwiderstehlich.«

Ich kaute auf den Innenseiten meiner Wangen. Das war eine praktikable Lösung, und zudem die einzige, die wir hatten.

»Ruf sie an«, sagte ich. »Wir brauchen Verstärkung.«

Phillipa zog ihr Handy hervor, und ich sah ihr dabei zu, wie sie auf und ab lief und redete, bis sie auflegte. Dann blieb sie vor uns stehen und lächelte.

»Und?«, fragte ich gespannt.

»Sie macht's. Das heute Abend ist ein Test. Und wenn dir ihre Kreationen gefallen, würde sie sich freuen, den Dessertservice zu übernehmen, bis es Gustave wieder besser geht.«

»Abgemacht«, sagte ich. »Sag ihr, sie soll so schnell wie möglich herkommen.«

»Sie muss noch was fertig machen und kommt gleich

danach«, erklärte Phillipa. »Und sie ist wahnsinnig aufgeregt.«

Ich stützte mich auf den Zubereitungstisch und seufzte, bevor ich wieder zu Phillipa, Jane und Clothilde aufsah. »Es ist eine Erleichterung, dass wir heute Abend Desserts haben werden, aber Gustave gehört zur Familie, und ich muss nach ihm sehen.«

»Ich fahre dich«, sagte Clothilde nickend, ihre Locken wippten.

»Wann machst du endlich deinen Führerschein, Sophie?«, fragte Phillipa.

Als ehemalige New Yorkerin, die Taxis und die Subway nahm, konnte ich nicht Autofahren und war von Leuten abhängig, die mich kutschierten, es sei denn, ich kurvte mit einem der Quads auf dem Schlossgelände herum – dafür war keine Fahrerlaubnis nötig.

»Wenn ich Zeit habe«, seufzte ich. Immerhin arbeitete ich auf dieses für mich schwer erreichbare Ziel hin, indem ich in den Morgenstunden Fahrstunden an einer Schule vor Ort nahm und für die theoretische Prüfung büffelte. »Ich bin nur noch nicht so weit.«

Phillipa lachte. »Ja, ganz Champvert hört das Getriebe knirschen, wenn du mit dem Fahrlehrer unterwegs bist.«

»Das ist nicht lustig.« Ich verengte gespielt vorwurfsvoll meine Augen. »Phillipa, kannst du die Stellung halten? Vielleicht mit den Vorbereitungen beginnen?«

»Was ist mit der Speisekarte?«, fragte Phillipa. »Du hast sie noch nicht vorbereitet.«

Verdammt. Dieser Tag verschlimmerte sich zusehends.

»Jane?«, wandte ich mich an sie. »Haben wir Gäste, die zum zweiten Mal da sind?«

»Nicht dass ich wüsste.«

»Dann kümmer du dich darum, Phillipa«, sagte ich.

»Jawohl, Chefin!« Phillipa salutierte. »Du kannst auf mich zählen.«

»Das weiß ich«, erwiderte ich.

Auch wenn er leicht angeschlagen war, war Gustave in Hochstimmung, hauptsächlich, weil jemand seine Flasche Pastis ins Krankenhaus geschmuggelt hatte. Er hatte beide Unterarme in Gips, und um seine Augen herum waren Blutergüsse, was ihn wie einen Wahnsinnigen wirken ließ.

Er lachte laut. »Das verdammte Schaf glaubt vielleicht, es hat die Oberhand über mich gewonnen, aber ich schmiede Rachepläne.« Er hielt inne. »Ich sag nur ein Wort: Lammspieß.«

Ich unterdrückte ein Prusten, und Clothilde stupste mich an. »Er hat einen kranken Humor.«

»Ich bin zwar angeschlagen, aber taub bin ich nicht«, schimpfte Gustave und trank einen Schluck aus seiner Schnabeltasse. »Ahhh, genau das, was der Arzt mir verordnet hat. Kannst du mir nachschenken? Meine Frau war ein bisschen sparsam.«

Ich hatte diese ominöse Frau noch nicht getroffen und konnte mir nur vorstellen, wie sie war, wenn sie Gustaves Eskapaden tolerierte.

Gustave legte den Kopf schief und sah mich bittend an. »Die Flasche ist unter meinem Bett.«

»Nein, auf keinen Fall«, rief Clothilde entrüstet.

»*Bah*«, antwortete er. »Ich werde heute Nachmittag entlassen. Ich versuche, zum Sonntagslunch im Château vorbei-
zuschauen, wenn mein grässliches Weib mich fährt.« Sein
Blick wurde wild. »Wisst ihr, ich arbeite so viel im Château,
damit ich mich nicht mit ihr abgeben muss.« Er schauderte
vor gespielter Abscheu. »Und jetzt sitze ich fest.«

»*Pardon?*«, ertönte eine Stimme von der Tür. »Hast du
mich gerade ein grässliches Weib genannt?«

Clothilde und ich drehten uns um und erblickten eine
zierliche Frau mit kurz geschnittenen grauen Haaren und
einem breiten Lächeln. Sie trug einen engen Rock, flache
Schuhe und eine perfekt gebügelte weiße Bluse. Das war
Gustaves Frau? Sie sah ganz anders aus, als ich erwartet
hatte. »Ich bin Inès, oder das grässliche Weib«, scherzte
sie.

»Aber du bist *mein* grässliches Weib«, flötete Gustave.
»Und ich liebe dich seit dem Tag, an dem wir uns kennen-
lernten.«

Sie lächelte Gustave an, und ich sah Funken der Liebe
in ihren Augen aufblitzen. »Vergiss nicht, ich hab dich
über vierzig Jahre toleriert, du alte Schnapsdrossel«, sagte
sie lachend. Dann richtete sie ihre Aufmerksamkeit auf
mich. »Sie müssen die mysteriöse Sophie sein«, begrüßte
sie mich, worauf ich nickte. »Und es ist immer schön, Sie
zu sehen, Clothilde.«

»Gleichfalls«, sagte Clothilde, sie tauschen *bises*.

»Wie Sie sehen, wird Gustave für lange Zeit arbeitsun-
fähig sein«, fuhr Inès fort. »Im Anschluss daran wird er sich
zur Ruhe setzen. Es tut mir leid, wenn das ein Problem für
Sie darstellt.«

»Es stimmt«, sagte Gustave, schmollend wie ein Kind. »Inès und ich wollen reisen und die Welt sehen.«

»Nachdem er in einer Entzugsklinik trocken geworden ist«, ergänzte sie.

Gustave knurrte etwas Unverständliches. Inès beugte sich vor und drückte ihm einen Kuss auf die Lippen, einen Tick zu leidenschaftlich.

Clothilde stupste mich an und flüsterte: »Ich glaube, wir sollten jetzt lieber gehen.«

Wir verließen nach einer kurzen Verabschiedung das Zimmer. Als wir auf dem Flur außer Hörweite waren, brachen wir in Gelächter aus.

»Diesen Anblick werde ich nie wieder los«, sagte ich und sah auf meine Uhr. »O mein Gott! Es ist fast zwei. Wir müssen zurück in die Küche.«

Wir rannten zum Parkplatz und sprangen in Clothildes lädierte Ente. Auf der Rückfahrt zum Château kamen wir an dem freiheitsliebenden Schaf vorbei. Clothilde machte einen Schlenker zur Seite und bremste noch rechtzeitig vor einer Kollision. Eine Sekunde lang saßen wir beide atemlos da. Das Schaf ließ ein verärgertes »Mäh« vernehmen, räumte die Straße und steuerte auf ein paar Büsche zu, was aus irgendeinem Grund einen Kicheranfall bei uns auslöste.

»Ah, das Leben in Südwestfrankreich«, stieß ich hervor. »Es ist voller Überraschungen.«

»Manche sind gut, manche schlecht und manche schlichtweg skurril«, erwiderte Clothilde und prustete erneut los.

Als unser Gelächter sich gelegt hatte, kniff ich die Augen zu. Ich hoffte sehr, dass Phillipas Marie und ihre Desserts eine wunderbare Überraschung würden. Schlechte könnte ich nicht mehr ertragen. Ich drückte die Daumen und betete zu den Küchengöttern: Bitte macht, dass sie phänomenal ist, und schenkt mir bei der Gelegenheit eine Verschnaufpause von dem ganzen Stress.

Da die Küchengötter meine Bitten immer ignoriert hatten, rechnete ich auch jetzt nicht mit einer Antwort. Vorerst musste ich an meine eigenen Fähigkeiten glauben, um den Abend durchzustehen. Nachdem ich gelernt hatte, dass völlige Eigenverantwortlichkeit überbewertet wurde, musste ich mich auf die Hilfe der Menschen verlassen, die mich gernhatten.

Mein Handy klingelte. Ich zog es aus der Tasche und rechnete damit, Walters Namen auf dem Display zu sehen, da er mich häufig anrief. Deshalb war ich geschockt, dass es Monica war. Ich schnaubte verächtlich und ließ den Anruf direkt auf die Mailbox springen.

Ich hatte von Monica nichts mehr gehört, seitdem O'Shea mich aus dem Cendrillon NY geworfen hatte. An jenem Tag hatte Michelin Monicas Restaurant El Colibrí auf die Rising-Star-Liste gesetzt, und ich hatte sie in meiner Panik angerufen, weil ich glaubte, dass meine einzige Freundin aus dem Culinary Institute of America, dem CIA, einer Schwester in Not vielleicht helfen könnte. »Ich kann für dich Kontakt zu ein paar Köchen herstellen, die aufregende Sachen machen«, hatte sie zu mir gesagt und mir dann eine Abfuhr erteilt. Danach hatte sie keine meiner SMS mehr beantwortet und auf keinen meiner Anrufe reagiert, was mich tief verletzt hatte. Es war so, als hätte sie mir ein Messer an den Hals gehalten.

Wieder erwachte mein Handy summend zum Leben. Monica. Und dann wieder.

»Wer um alles in der Welt ruft dich an?«, fragte Clothilde.

»Niemand«, log ich. »Vielleicht Telefonwerbung.«

Mein Instinkt sagte mir, dass Monica etwas von mir wollte.

Nachdem wir die lange Zufahrt des Châteaus hinaufgefahren waren, parkte Clothilde und sprang aus dem Wagen. Hektisch sagte sie: »Ich muss Bernard wegen Gustave Bescheid sagen. Wir treffen uns in der Küche, *ma puce.*«

Ich nickte zustimmend und sah zu, wie sie zum Gästehaus stürzte, in dem sie und Bernard wohnten. Dann hörte ich meine Mailbox ab.

Nachricht 1: »Sophie, bitte ruf mich zurück. Esteban und ich lassen uns scheiden, und er übernimmt das Restaurant. Er hat mich nur benutzt, um an die Rezepte zu kommen. Ich weiß nicht, was ich tun soll.«

Nachricht 2: »Bitte, ruf mich zurück. Ich weiß, ich hätte mich bei dir melden müssen. Das hab ich nicht getan, und ich bin untröstlich.«

Nachricht 3: »Sophie, ich war dir eine furchtbare Freundin. Wenn du mir verzeihen kannst, bitte ruf mich zurück. Mein Leben ist nichts mehr wert, ich habe niemanden außer dir. Und wenn ich niemanden sage, dann meine ich buchstäblich niemanden.«

Vor Wut schäumend, steckte ich mein Handy in die Tasche. Sie war nicht für mich da gewesen, als ich sie gebraucht hatte, sie hatte mich ausgenommen und wie einen faulenden Fisch in der heißen Sonne liegen lassen. Ich hätte großmütiger sein können, doch diesmal ließ ich die Vergangenheit nicht ruhen.

7

Neueinstellungen

Als ich endlich in die Küche kam, legte Phillipa den Arm um eine junge Frau und drückte sie fest. Das musste Marie sein.

»Da ist sie, und sie kann es kaum erwarten, mit der Arbeit loszulegen.«

Maries blau gesträhntes rabenschwarzes Haar wurde von einem roten Bandana mit Leopardenmuster zurückgehalten. Ihre Stirnfransen waren kurz und gelockt. Retro-Tattoos von Rauchschwalben und Pin-up-Girls in kräftigen Farben überzogen ihre Arme, dazu eins mitten auf ihrem Hals. Ihre Lippen waren in einem dunklen Rot geschminkt, die leuchtend blauen Augen schwarz umrandet – echte Katzenaugen. Ihre Augenbrauen waren perfekt gezupft und sorgfältig nachgezogen. Die Schminkprozedur musste Stunden gedauert haben.

Verärgert über Monicas Nachrichten, stand ich schweigend da und hoffte, dass die Naschereien dieses wilden Mädchens den schalen Geschmack in meinem Mund kompensieren könnten, den ich herunterzuschlucken versuchte.

Marie musste meinen kritischen Blick gespürt haben,

denn sie sagte: »Guten Tag. Ja, ich bin Marie Moreau, und ich bin besessen von Rockabilly und Burlesque. Abgesehen von Gebäck, natürlich.«

»Entschuldigen Sie, dass ich nicht hier war, um Sie zu begrüßen«, sagte ich und versuchte mich zu konzentrieren. »Wir hatten einen Notfall. Ich bin immer noch ein bisschen geschockt.«

»Ich hab schon gehört«, sagte Marie. Wir schüttelten uns die Hände. »Sehr erfreut, Sie kennenzulernen, Chefin Sophie.«

»Und ich kann es nicht erwarten, Beispiele Ihres Könnens zu sehen«, sagte ich und meinte es ernst. »Entschuldigen Sie, dass ich Sie angestarrt habe.«

»Daran bin ich gewöhnt«, wehrte sie ab. »Wir sind hier im Südwesten Frankreichs. Ich ... entspreche nicht ganz der Norm.« Sie lachte. »Es sei denn, man vergleicht mich mit den alten Damen mit violetten oder roten Haaren. Ich glaube, ihre Friseurinnen pfuschen an ihnen herum, weil sie nicht mehr gut sehen.«

Clothilde kam mit ihren flachen Marienkäferschuhen in die Küche geklackert und schüttelte räuspernd ihre Locken auf. »Mir gefällt meine Haarfarbe. Sie macht mich feurig und einzigartig. Und Sie mit Ihren blauen Strähnen müssen sich erst einmal beweisen.«

Clothilde war tatsächlich so resolut wie Grand-mère. Doch auch wenn ich persönlich Maries exotischen Look und ihre Selbstdarstellung super fand, konnte eine weit über Siebzigjährige durchaus anderer Meinung sein. »Sie erinnern mich an eine moderne Bettie Page«, sagte ich, um die Stimmung etwas aufzulockern.

»Bettie Page ist eines ihrer Idole«, erklärte Phillipa. »Damit hast du ihr den Tag versüßt.«

Marie machte große Augen und nickte. »Ich bin hellauf begeistert von ihr und Dita Von Teese«, berichtete sie. »Sie haben mir das größte Kompliment gemacht. *Merci.*«

Plötzlich sah ich meine Mutter vor mir. Obwohl sie ein paar kleine Nebenrollen in Filmen an Land gezogen und das namenlose französische Dienstmädchen oder die Kellnerin gespielt hatte, hatte ihre Schauspielkarriere nie richtig Fahrt aufgenommen. In der Hoffnung, entdeckt zu werden, hatte sie in einem Burlesque-Club gearbeitet.

Hinter dem Vorhang versteckt, hatte ich meiner Mutter dabei zugesehen, wie sie Édith Piafs *La Vie en Rose* gesungen hatte – in einem überdimensionalen Champagnerglas badend. Als ich fünf war, fand ich sie wunderschön und exotisch, hübscher als alle anderen Frauen, vor allem wenn sie ihre Paillettenkleider und Federboas trug.

»Meine Mom hat in einem Burlesque-Club in New York gearbeitet«, sagte ich leise.

»Echt? Das ist supercool«, schwärmte Marie. »Ich würde sie wahnsinnig gern kennenlernen. Vielleicht kann sie mir ein paar Moves beibringen.«

Clothilde griff nach meiner Hand. Meine Augen verdunkelten sich. Mein Herz raste. Ich räusperte mich. »Das geht leider nicht. Sie ist vor langer Zeit gestorben.«

»Oh«, erwiderte Marie. »Entschuldigen Sie vielmals. Ich habe die schreckliche Angewohnheit, manchmal ins Fettnäpfchen zu treten. Das ist ein echtes Problem.«

Ich rang mir ein Lächeln ab und verdrängte die Erinnerung daran, wie ich meine Mutter mit achtzehn Jahren leblos in der Badewanne vorgefunden hatte.

»Schon gut. Das konnten Sie ja nicht wissen«, beschwichtigte ich sie und drückte die Schultern durch. »Auch Phillipa tritt oft in Fettnäpfchen. Und ich erst. Aber was vorbei ist, ist vorbei, und ich für meinen Teil freue mich auf die Zukunft.« Ich umklammerte meine zitternden Hände und riss mich zusammen. »Zeigen Sie mir, was Sie können.«

Maries Lächeln ließ ihr engelsgleiches, wenn auch stark geschminktes Gesicht erstrahlen. Sie hatte eine niedliche Lücke zwischen ihren Schneidezähnen. *Dents du bonheur*, sagten die Franzosen. Glückliche Zähne. Sie deutete auf den Zubereitungstisch, auf dem vier unter Deckeln verborgene Speisen standen. Wir versammelten uns um sie, und meine Nase zuckte voller Erwartung auf etwas Süßes. Durch meinen ausgeprägten Geruchssinn waren alle kulinarischen Instinkte in mir geweckt worden, noch bevor ich ihre Desserts überhaupt gesehen hatte. Ich leckte mir die Lippen.

»Meine Spezialität ist die Trianon Royal, aber ich kann alles machen. Ich habe Ihnen eins zum Probieren mitgebracht und ein paar Experimente, an denen ich gearbeitet habe. Sie sehen ein bisschen anders aus als das, was man normalerweise sieht, und die möchte ich Ihnen als Erstes zeigen«, sagte sie hörbar aufgeregt. »Das heißt, nur wenn Sie wollen. Ich meine, ich kann auch Althergebrachtes.«

»Sie sind wunderschön«, versicherte mir Phillipa. »Während wir auf dich gewartet haben, durfte ich sie mir kurz anschauen.«

»Du hast sie doch schon gegessen«, sagte Marie.

»Schon, aber ich finde sie jedes Mal wieder irre, wenn ich sie sehe«, beharrte Phillipa.

Mit zittriger Hand hob Marie einen der Deckel hoch, und mir fielen fast die Augen aus dem Kopf. Ihre Exzentrik faszinierte mich bereits, doch die Kunstfertigkeit dessen, was sie gerade enthüllt hatte, haute mich um. Das war keine gewöhnliche Torte, sondern eine galaktische Fantasie, die einer Sternennacht in diversen Blau- und Violetttönen glich, mit weißen Einsprengseln, die Glasur reflektierend und schimmernd.

»*Et voilà*«, sagte sie. »Ich hoffe, es ist nicht zu viel. Ich … mag es, mit Traditionen zu brechen. Ich kann nicht anders.« Sie knickste. »Wie Sie vielleicht schon aus meinem Aussehen gefolgert haben. Die Füllung ist aus dunkler Schokoladenmousse, aber ich kann jede Art von Mousse zubereiten – Karamell, weiße Schokolade, Himbeere. Ganze Torten oder Einzelportionen. Und ich hab mit allen möglichen Farben und Mustern herumgespielt, manchmal sogar essbares Gold hinzugefügt.«

Diese Torte war Magie auf einem Teller, fantasievoll und ein echter Traum. Ich betete, dass sie so wunderbar schmecken würde, wie sie aussah. Clothilde schnappte nach Luft. Ich bekam kein Wort heraus.

»Es ist zu verrückt für Sie«, sagte Marie kleinlaut und ließ die Schultern hängen. »Ich kann meine Ideen anpassen, wenn Sie mir eine Chance geben.«

»Ändern Sie nichts daran«, bat ich, sobald ich meine Stimme wiedergefunden hatte.

»Nein, nichts«, pflichtete mir Clothilde bei. Sie umarmte Marie, dies war wahrscheinlich das seltsamste

Vorstellungsgespräch, das das Mädchen je gehabt hatte. »Ich habe Sie falsch eingeschätzt. Ihre Arbeit ist magisch«, schwärmte Clothilde und richtete ihre Aufmerksamkeit auf mich. »Was denkst du, Sophie?«

»Ich hab noch nie im Leben etwas Schöneres gesehen.«

»Ich hab euch ja gesagt, dass sie gut ist«, bemerkte Phillipa triumphierend.

Marie reckte stolz das Kinn und hob noch einen Deckel hoch. »Das ist eine meiner handbemalten Torten.«

Das kreideweiße Meisterstück enthielt drei prachtvolle Schichten und war mit wildem Klatschmohn und zarten grünen Blättern an geschwungenen Stängeln bemalt. »Phillipa hat mir erzählt, dass Sie *coquelicots* lieben«, sagte sie mit einem Blick auf Grand-mères Klatschmohn-Schürze.

»Das stimmt«, bestätigte ich.

»Die hier hab ich rasch mit meinem 3D-Drucker bemalt, bevor ich hierhergeeilt bin«, erklärte sie.

»Sie haben einen 3D-Lebensmitteldrucker?«, fragte ich fasziniert.

Sie nickte. »Ich hab jahrelang dafür gespart. Er kam letzte Woche an. Und ich habe mir in aller Schnelle angeeignet, was ich mit ihm machen kann. Das Innere der Torte ist Himbeermousse. Sie ist nicht perfekt, aber ich dachte, sie gefällt Ihnen vielleicht.«

»Wenn das nicht perfekt ist, dann weiß ich nicht, was perfekt sein soll«, lobte ich sie. Marie geriet in Verzückung und fächelte sich Luft zu. »Von welchem Stern kommen Sie? Die sind absolut fantastisch. Ich bin sprachlos.«

»Warte, bis du ihre Kreationen schmeckst«, sagte Phillipa. »Dann bist du tatsächlich sprachlos.«

»Ich kann es nicht erwarten«, sagte ich.

»Ich auch nicht«, meinte Clothilde.

Marie hob noch einen Deckel hoch. »Hier ist die Trianon Royal, wenn Sie es traditioneller wollen.« Sie lachte. »Natürlich ist die hier nicht *ganz so* traditionell. Drei Schichten Mousse – aus weißer, aus dunkler und aus Milchschokolade.«

Diese Torte war mit Schokoladensplittern und zerstoßenen Pralinés verziert. Marie hob den letzten Deckel und förderte kleinere Einzelportionen all ihrer Kreationen zu Tage. »Die sind zum Probieren.« Sie zwinkerte uns zu. »Die großen Torten heben wir für heute Abend auf, dachte ich.« Sie hielt inne und reichte mir eine Gabel. »Natürlich nur, wenn Sie mit dem, was ich vorbereitet habe, zufrieden sind. Ich bin ein bisschen übereifrig, ich weiß.«

Ein Anflug von Neid überkam mich. Ich könnte niemals so außergewöhnliche Desserts kreieren wie Marie. Ich fragte mich auch, warum sie nicht schon bei einem der Spitzenköche auf der Welt arbeitete. Ich stach mit meiner Gabel in die Sternennachttorte. Als ich erwartungsvoll das Stückchen an meine Lippen führte, stiegen mir die süßen Düfte der Schokolade in die Nase. Und, du meine Güte, Maries Desserts waren foodgasmisch, die besten, die ich je gekostet oder gesehen hatte. Das Talent dieser jungen Frau stand dem der besten Konditoren und Konditorinnen in nichts nach.

»Mit Obst kann ich auch alles machen«, versicherte mir Marie, deren große Augen jetzt einen besorgten Ausdruck annahmen. »Ich meine, falls Sie die hier nicht mögen. Sind sie zu süß? Stimmt etwas nicht?«

»Ob etwas nicht stimmt?«, fragte ich. »Sind Sie verrückt? Ihre Kreationen sind himmlisch!«

Clothilde stach ihre Gabel in eines der Desserts. »Ich schwebe in anderen Sphären.« Sie hielt inne und sagte dann mit vollem Mund: »Köstlich.«

Marie seufzte erleichtert. Erst in dem Moment wurde mir klar, wie nervös sie gewesen war, und dass sie, genau wie die Torte die Glasur, Lack und Farben zum Schutz trug. Und was noch wichtiger war: Mir wurde klar, wie perfekt sie in unsere kunterbunte Küchenbrigade passen würde.

Ich sah Clothilde an. »Was würde Grand-mère tun?«

»Sie einstellen«, antwortete sie prompt. Wir sahen zu, wie Clothilde sich begierig noch eine Gabel voll Torte in den Mund schob.

Marie griff nach Phillipas Hand, Phillipas hoffnungsvoller Blick ruhte auf mir.

»Wie es scheint, setzt sich unser Süßspeisenkoch zur Ruhe. Hätten Sie Interesse, hier in Vollzeit zu arbeiten?«

»Ob ich Interesse habe?«, fragte Marie zurück. »Darauf können Sie wetten. Ich meine, wenn es für Phillipa okay ist.«

»Na klar«, sagte Phillipa. »Das war mein raffinierter Plan.«

»Wann können Sie anfangen?«, fragte ich.

»Sind die für heute Abend in Ordnung?«, fragte Marie und deutete auf die Torten. Ich nickte. »Dann hab ich wohl schon angefangen. Wie viele brauchen Sie noch? Und von welcher? Oder möchten Sie lieber Einzelportionen?«

Sie redete wie ein Wasserfall, ihre positive Art, ihr Feuereifer und ihre Kreativität waren ansteckend. Ich mochte sie wirklich. Sie erinnerte mich an Phillipa. Die zwei gaben ein süßes Paar ab.

»Reicht denn die Zeit noch für Einzelportionen? Das Dessert wird meist gegen elf Uhr abends serviert, manchmal auch früher.«

»Klar, für die handbemalten auf jeden Fall«, sagte sie. »Wenn das okay ist. Meine Zutaten sind in meinem Wagen. Ich hab alles mitgebracht, was ich brauche, einschließlich meines Druckers.« Sie hielt inne und biss sich auf die Lippe. »Ich hoffe, ich war nicht zu anmaßend, aber ich bin gern vorbereitet.«

»Das ist perfekt«, beruhigte ich sie. »Ich veranlasse, dass Jane Ihren Vertrag aufsetzt.«

»Wirklich?«, fragte sie und sprang vor Freude in die Luft.

»Ja, wirklich«, bekräftigte ich.

»Uff«, rief Marie erleichtert. »Ich hasse meine Arbeit in der Patisserie. Dort darf ich nicht experimentieren. Ich kündige und arbeite erst mal morgens weiter für sie, wenn sie wollen. Ich kann sie nicht hängen lassen.« Sie presste ihre vollen Lippen zusammen und warf Phillipa einen fragenden Blick zu, die ihr zunickte. »Nur noch eine Sache«, fuhr sie fort. »Ich hab zurzeit keine Wohnung und übernachte bei Freunden auf der Couch in Gaillac, und von dort aus ist es ein bisschen weit …«

»Und ich könnte erwähnt haben, dass es im Uhrenturm ein Zimmer gibt«, sagte Phillipa vorsichtig.

»Das stimmt«, bestätigte ich. »Sie können es beziehen, wann immer Sie wollen. Angestellte des Châteaus zahlen keine Miete.«

»Das ist der beste Tag in meinem Leben«, sagte Marie glücklich. »*Merci. Merci beaucoup*, Sophie. Ich meine, Chefin Sophie.«

»Nennen Sie mich einfach Sophie, Marie«, erklärte ich grinsend. Erleichterung überkam mich. Sie war unsere Rettung. »Brauchen Sie Hilfe beim Ausladen?«

»Ja«, erwiderte sie. »Definitiv. Vor allem mit dem Drucker. Der ist ganz schön schwer. Und ich hab alle Geräte, die eine Konditorin so braucht.«

»Verstehe«, sagte ich. »Eine gute Köchin lässt niemals ihr Werkzeug zurück. Ich würde nie irgendwo ohne meine Messer hingehen.« Ich deutete mit dem Kopf auf ihre Arbeitsstation. »Da drüben können Sie alles hinräumen.«

Die Grand-maman-Brigade und Séb kamen in die Küche geschlendert. Sie alle beäugten neugierig die schillernde junge Frau und die kunstvollen Meisterstücke auf dem Zubereitungstisch. Marie führte einen Freudentanz auf und reckte die Faust.

»Gustave hat betrunken einen Unfall mit einem Schaf gebaut und will sich zur Ruhe setzen. Deshalb möchte ich euch allen unser neuestes Brigademitglied vorstellen«, verkündete ich und deutete in Maries Richtung. »Das ist Marie, sie ist ab heute unsere Süßspeisenköchin.«

Alle rangen erschrocken nach Luft. Sie sahen zuerst Marie an, dann mich.

»Geht es Gustave gut?«, wollten alle wissen.

»Clothilde und ich haben ihn im Krankenhaus besucht, und abgesehen davon, dass er sich beide Arme gebrochen hat, wird er im Nu wiederhergestellt sein«, berichtete ich. »Dem Schaf, das er überfahren hat, geht es ebenfalls gut. Aber auch wenn wir alle Gustave gernhaben, die Show muss weitergehen. Ihr könnt ihn in eurer Freizeit besuchen. Das freut ihn bestimmt.« Ich hielt inne. »Und jetzt haben wir

Arbeit, die erledigt werden muss. Bitte nehmt euch die Zeit, Marie willkommen zu heißen, und dann legen wir los. Séb? Können Sie Marie beim Ausladen ihrer Ausrüstung helfen?«

»Klar, Chefin.«

Nachdem sich alle miteinander bekannt gemacht hatten, deutete die Grand-maman-Brigade auf die Tafel, auf der noch nichts stand.

»Ach ja«, sagte ich. »Erschreckt euch nicht, aber da heute alles ein bisschen drunter und drüber ging, hatte ich keine Zeit für die Planung. Phillipa dagegen schon.«

»Der Poissonnier hat Jakobsmuscheln und Dorsch geliefert«, sagte Phillipa. »Vielleicht können wir die Speisekarte ein bisschen aufpeppen? Ich hätte da ein paar Ideen, die ich aber erst mit dir besprechen wollte.«

»Klar«, sagte ich. »Dann mal los.«

Phillipa holte ihr Notizbuch. Danach optimierten wir, über den Zubereitungstisch gebeugt, ein paar ihrer Ideen und nahmen sie in Angriff. Dank Maries überragender Kreativität kam die Inspiration wie von selbst. In den wenigen kurzen Minuten hatte sie mich motiviert, richtig erfinderisch zu werden, Kunst zu erschaffen. Sie hatte mein kulinarisches Herz für sich gewonnen, und ich spürte es heftig schlagen. Deshalb liebte ich die Küche. Phillipa und ich traten an die Tafel, um die Speisekarte endgültig festzulegen.

Séb und Marie liefen zu Maries Wagen und kamen mit einem riesigen Rollenkoffer zurück. Marie zauberte Teigschüsseln und anderes Zubehör hervor, summte ein altes französisches Lied, und die Küche erwachte zum Leben.

Ich wandte mich an Phillipa. »Machen wir ein *barigoule* aus Artischocken, Spargel mit gebratenen Jakobsmuscheln und Venusmuscheln. Das ist ein Rezept, das Grand-mère auf einer Reise in die Provence entdeckt hat. Aber wir verändern es ein wenig.« Ich hielt inne. »Ich zeige dir, wie man die perfekten Jakobsmuscheln macht.«

»Gut«, sagte Phillipa kleinlaut. »Ich vermassle sie ständig, sie sind meist zu zäh.«

»Nicht mit meiner Technik«, beruhigte ich sie. »Du kochst sie wahrscheinlich zu lange.«

»Ich hole welche«, sagte Phillipa. »Bring's mir bei, Chefin.«

Bis auf Rémi saßen wir bald alle beim Familienessen, alle Aufmerksamkeit galt Marie und ihren unglaublich köstlichen, wunderschönen Meisterwerken. Ich wusste nicht, wann sie die Zeit dafür gefunden hatte, aber sie zauberte auch noch kleine Tassen mit Erdbeersuppe für uns und die Gäste.

»Das ist ein Gaumenreiniger«, erklärte sie. »Man serviert ihn vor dem Dessert. Hübsch und sauber und erfrischend. Das ist eins der Rezepte meiner Grand-mère.«

»Wirklich?«, fragte ich erstaunt. Nachdem ich mir in der Pause noch einmal Monicas Mailbox-Nachrichten angehört hatte, hatte ich einen Gaumenreiniger bitter nötig. Ich schüttelte den Kopf, um den Gedanken an sie zu verscheuchen. »Hat Ihre Grand-mère viele Rezepte an Sie weitergegeben?«

»Ja«, sagte Marie. »Sie hat sie in Notizbücher geschrieben.«

»Meine auch«, erklärte ich und hüpfte von meinem Hocker. Ich ging zu dem Brett mit dem Astloch, zog Grand-mères Kladden hervor, fuhr mit den Händen über das genarbte Leder und legte sie vor Marie. »Wenn Sie jemals Inspiration brauchen ...«

In dem Moment kam Rémi herein. Marie sprang von ihrem Hocker und rannte zur Tür, direkt in seine muskulösen Arme. »Rémi? Rémi Dupont? Ich kann nicht glauben, dass du es bist. Das ist wie lange her? Drei Jahre?«

Er hob Marie hoch und wirbelte sie herum. Seine Augen strahlten, und er lächelte sein Grübchenlächeln, das sonst mir vorbehalten war. Zum zweiten Mal an jenem Tag machte Marie mich sprachlos. Phillipa und Jane warfen mir überraschte Blicke zu.

»Du kennst ihn?«, fragte Phillipa und nahm mir die Worte aus dem Mund.

»Marie war eine Freundin von Anaïs«, erklärte Rémi, »Lolas Mutter. Sie waren in Gaillac miteinander verbunden wie siamesische Zwillinge. Keine Bar war vor ihnen sicher.«

»Ihre beste Freundin«, korrigierte Marie ihn. »Und es stimmt. Wir sind oft in Schwierigkeiten geraten. Ich vermisse sie jeden Tag.«

»Was um alles in der Welt machst du hier?«, fragte Rémi Marie.

Marie grinste. »Vor dir steht die neue Süßspeisenköchin des Châteaus von Champvert. Chefin Sophie hat mich heute Nachmittag eingestellt. Und halt dich fest, ich ziehe in den Uhrenturm.«

»Das sind fantastische Neuigkeiten!« Rémi freute sich. »Dann haben wir die Gelegenheit, Versäumtes nachzuholen.«

»Lebt Laetitia auch hier?«

Rémi nickte. »Meine Tochter Lola ebenfalls.«

»Du liebe Güte, ich würde Laetitia wahnsinnig gern sehen und Lola kennenlernen. Ich sollte doch Lolas Patentante werden.«

»Klar, du kannst jederzeit vorbeikommen«, sagte er. »Ich weiß, dass Laetitia dich sehr gern sehen würde. Und was mich betrifft, bist du ab sofort Lolas Patin. Ich weiß, dass es Anaïs' Wunsch war.«

Ich stand auf und begab mich daran, das Gericht, das Phillipa und ich ersonnen hatten, zuzubereiten – die geschmorten Artischocken, dann den Spargel, gefolgt von gebratenen Jakobsmuscheln und gedünsteten Venusmuscheln. Ich vollendete das Gericht mit Baguettescheiben, die mit Rosmarin-Zitronen-Butter bestrichen waren. Phillipa gesellte sich zu mir.

»Ich hatte keine Ahnung, dass sie Rémi kennt«, flüsterte sie mir zu.

»Das haut mich um«, sagte ich.

Bevor Phillipa antworten konnte, linste Marie über unsere Schultern. »Ich fasse es nicht. Ich habe Rémi seit Jahren nicht gesehen.«

»Warum haben Sie den Kontakt zu ihm nicht gehalten?«, fragte ich verstört.

»Das ist meine Schuld. Nach Anaïs' Tod habe ich mich zurückgezogen«, sagte sie. In ihren Augen glänzten Tränen. »Ich denke, jeder hat seine Art zu trauern, und meine war nicht sehr gesund.«

Damit kannte ich mich aus.

»Aber jetzt kann ich dank Ihnen Versäumtes nachholen«, sagte sie. »Die Welt ist wirklich klein.«

Diese kleine Welt war geschrumpft, mein Herz zog sich schmerzlich zusammen. Klar, jeder hatte seine Vergangenheit, ich eingeschlossen, aber ich wusste nicht viel über Rémis Leben. Ich wusste, dass er ein guter Vater war. Ich wusste, dass er schroff sein konnte, aber auch lieb, einfühlsam und sehr romantisch. Auch wenn ich gern noch darüber nachgedacht hätte, vielleicht auch nachgefragt hätte, jetzt war nicht der richtige Zeitpunkt, an mich, an Rémi oder an irgendetwas anderes zu denken. Nicht solange wir das Essen vorbereiten mussten.

Ich klatschte in die Hände und setzte mein Pokerface auf. »Okay, Leute, das Wiedersehen ist vorbei. Wir haben Arbeit zu erledigen.«

»Das ist so verrückt«, staunte Marie.

»Glauben Sie mir, es wird noch viel verrückter. Sind Sie sicher, dass Sie bleiben wollen?«

»Nachdem ich meine Sachen ausgeladen hatte, habe ich in der Patisserie angerufen. Sie haben mich als Verräterin beschimpft und wollen mich nicht mehr sehen. Ich gehöre Ihnen, voll und ganz«, berichtete sie. »Und ich stehe auf Verrücktes.«

»Ich kann Ihnen nicht versprechen, dass alles gut sein wird«, sagte ich.

»Wer kann das schon?« bemerkte sie. »Ich nehme das Positive an und das Negative gelassen hin. Und jetzt mache ich besser die Desserts fertig. Ein bisschen Zucker kann einem das Leben versüßen.«

Vielleicht. Aber ich war eher der Typ für Herzhaftes.

8

Real oder surreal

*W*enige Tage später, nachdem ich pausenlos gekocht und mich bemüht hatte, die Nerven zu behalten, traf ich mich am frühen Morgen zur Vorbesprechung mit Séb, Jane, Phillipa und Marie. Jane war total aufgebrezelt. Sie trug einen grauen Gehfaltenrock und eine strahlend weiße Bluse mit einer kleinen gestickten silbernen Libelle über der linken Brust. Um den Hals hatte sie sich ein seidiges graues Tuch geschlungen. Zur Abrundung ihres Looks hatte sie so viel Make-up aufgelegt, dass sie einen Spachtel brauchen würde, um es wieder abzukratzen. Sie drehte sich um ihre eigene Achse und knickste.

»Die Uniformen sind heute eingetroffen«, verkündete sie. »Und sie sehen umwerfend aus. Seht euch meinen Rock an.«

»Das versuche ich ja«, meinte Phillipa trocken. »Aber dein Gesicht glitzert so, dass es mich davon ablenkt. An deiner Stelle würde ich weniger Schimmerpuder benutzen.«

Jane ignorierte Phillipas Stichelei. »Heute ist der große Tag. Unsere VIPs, Monsieur de la Barguelonne und sein Gast, checken um fünf Uhr ein. Die Prototypen für die Blumengestecke hab ich schon gemacht, die Mädchen vom

Zimmerservice stellen sie fertig.« Sie holte tief Luft. »Alles muss perfekt sein.« Sie hob einen Finger. »Bin gleich wieder da.«

Als Jane aus der Küche rannte, zuckte Phillipa mit den Achseln. »Sie ist wahnsinnig aufgeregt deshalb «

»Weshalb?«, fragte ich verständnislos.

»Wirst du schon sehen.«

Ein paar Minuten später rollte Jane einen Kleiderständer herein und teilte neue Kochjacken an Séb, Marie, Phillipa und mich aus. Während Marie ihre eifrig anzog, starrte ich meine an. Ich hatte sie schon gesehen, Jane hatte mir genau so eine zum Geburtstag geschenkt. Sie hatte der Schneiderin aufgetragen, die Ärmelaufschläge mit Mohnblumen zu besticken, und so war eine moderne Version der Schürze meiner Großmutter entstanden.

»Dir ist klar, dass sie im Geiste bei uns ist und auf uns herunterlächelt«, sagte Phillipa, die mal wieder meine Gedanken erriet.

»Ich weiß«, antwortete ich und warf einen Blick auf die mit Mohnblumen bedruckte Schürze meiner Grand-mère. Trotzdem, es war nicht dasselbe.

Jane hielt eine strahlend weiße Bluse hoch. »Die Schneiderin hat für jeden Mitarbeiter und jede Mitarbeiterin drei angefertigt. Schaut nur, wie schön das Libellen-Logo geworden ist. Wartet nur, bis ihr die Schmetterlinge für das Papillon Sauvage seht.«

»Jane, du hast dich selbst übertroffen«, staunte ich mit offenem Mund. »Die Stickerei ist unglaublich. Was hat dich das gekostet? Ich möchte dir das Geld gern erstatten.«

»Mach dir deshalb keine Gedanken«, wehrte sie ab. »Ich

wohne seit Jahren mietfrei hier. Das war das Mindeste, was ich tun konnte.« Sie klatschte in die Hände. »Ich für meinen Teil bin sehr aufgeregt, was die nächsten Tage bringen werden. Es wird anstrengend, aber ich weiß, dass wir es schaffen können. Nicht wahr?«

»Wenn du es sagst«, antwortete ich.

Sie stupste mich aufmunternd an. »Wir spielen auf Sieg«, sagte sie.

So sprach Jane sonst nicht. Niemals. »Wer um alles in der Welt bist du?«, fragte ich entgeistert.

»*Bonjour*, ich bin die neue Jane, die von dieser wunderbaren Welt, die wir kreieren, und die von unserer fantastischen Chefköchin wahnsinnig inspiriert ist. Ich war in meinem ganzen Leben noch nie so glücklich.« Sie löste ihre strenge Hochsteckfrisur. »Was ist? Sieh mich nicht so an! Manchmal müssen wir uns alle locker machen.«

»Woher kommt das bloß?«, fragte ich. »Du hast dich verändert. Du hast dich um hundertachtzig Grad gedreht.«

»Stimmt«, bestätigte sie. »Und ob dir das klar ist oder nicht, du auch. Ich denke, wir haben einander falsch eingeschätzt. Also mach dich bereit für die Zukunft.«

In meiner Anfangszeit in Champvert waren Jane und ich uns nicht grün gewesen. Sie hatte mich für die verlorene Enkeltochter gehalten, die zurückgekehrt war, um Anspruch auf eine Welt zu erheben, die ich nicht verdiente, und ich sie für eine versnobte junge Frau, die mein Leben leben wollte. Nach viel Zank und Streit hatten wir uns jedoch angenähert. Wir wollten beide das Gleiche – dafür sorgen, dass das Château wuchs und gedieh, weshalb ich schließlich doch noch meine Suite abgetreten hatte.

»Ich hab dich tatsächlich falsch eingeschätzt«, räumte ich ein.

»Und sieh uns jetzt an. Wir sind wie Schwestern«, sagte sie. »Der heutige Abend wird unvergesslich. Du kriegst das hin.«

»Danke«, erwiderte ich. »Hoffentlich. Aber ich brauche alle Unterstützung, die ich bekommen kann.«

»Du hast doch uns und Rémi«, sagte sie stirnrunzelnd.

»Stimmt etwas nicht?«

Jane seufzte. »Ich hab versucht, Männer kennenzulernen, und es verläuft nicht gerade nach Plan.« Sie hielt inne und schüttelte entrüstet den Kopf. »Ich kann nicht glauben, dass Loïc die Dreistigkeit besessen hat, mich um eine Verabredung zu bitten. Kannst du dir das vorstellen? *Ich* und ein Fischverkäufer?«

»Warum nicht? Ich meine, er ist irgendwie süß, und er hat ein nettes Lachen«, widersprach ich.

»Niemals.« Sie rümpfte die Nase. »Er riecht ständig nach Fisch.«

»Du hast dich doch nicht verändert«, sagte ich.

»Und ob ich das habe«, entgegnete sie und lachte. »Ich ziehe in Erwägung, mit Loïc auszugehen. Aber erst muss ich sehen, ob andere Mütter auch schöne Söhne haben. Außerdem riecht er gar nicht nach Fisch, sondern nach Zitronen. Und du weißt, wie ich zu Martinis und Zitronen stehe. Wie du siehst, beurteile ich Menschen nicht mehr nach dem ersten Eindruck, dank dir.«

Obwohl ich mich über die Veränderungen freute, die Jane vornahm, machte mir der wachsende Druck zu schaffen, als sie mit federnden Schritten aus der Küche lief.

Wenn diese Familie de la Barguelonne für den Erfolg oder das Scheitern des Châteaus so entscheidend sein könnte, dann besaß sie auch die Macht, meinen Ruf zu zerstören. Alles musste perfekt sein.

Die Küchenbrigade versammelte sich früher als sonst. Marie tippte mir auf die Schulter, während ich die Speisekarte auf die Tafel schrieb. »Welches Dessert soll ich zubereiten?«, fragte sie.

Ich hatte den Schock darüber verwunden, dass sie Rémi von früher kannte. Es war ja nicht ihre Schuld, dass ich absolut nichts von Rémis Freundschaft zu ihr gewusst hatte und auch sonst kaum etwas über seine Vergangenheit wusste. Und ihre Desserts waren phänomenal. Das Thema Anaïs mieden wir beide, weil Marie dabei sofort Tränen in die Augen stiegen. Aber dass sie nun offiziell Lolas Patentante war, machte sie überglücklich. Es war schön, dass Lola jetzt noch einen Menschen in ihrem Leben hatte, der ihr von ihrer Maman erzählen konnte, wenn sie älter war.

»Was auch immer Sie wollen«, sagte ich und bemühte mich um Ruhe und Gelassenheit. »Vielleicht den Galaxiekuchen, in Einzelportionen, wenn es machbar ist.«

»Klar«, sagte Marie fröhlich.

Es war Zeit, auf Chef-Sophie-Modus zu schalten, wie immer das aussah. Wie ein drehender Derwisch? Jemand, der jeden Augenblick den Verstand verlieren konnte? Oder jemand, der das Kommando übernahm und sich auf seine Liebe zum Kochen besann? Ja, in den nächsten Tagen und für den Rest der Saison musste ich Letzteres sein, Zeit für mich selbst war und blieb da nur ein Wunschtraum.

»Nicolas de la Barguelonnes Begleiterin hat für ihr Essen einen Sonderwunsch. Sie scheint Vegetarierin zu sein«, sagte ich. »Deshalb müssen wir uns zusätzlich zur Ente, zum Lamm und den Fischgerichten noch etwas anderes einfallen lassen.«

»Woran dachtest du denn?«, fragte Phillipa.

»Vielleicht ein Nudelgericht? Irgendwas mit den schönen wilden Artischocken, die im Garten wachsen? Was ist mit den Trüffeln? Was hast du nach der Ernte letztes Jahr mit ihnen angestellt?«

Ihre Augen leuchteten auf. »Die hab ich eingemacht. Was bedeutet, dass sie verfügbar für eine Sauce sind.«

»Das vegetarische Hauptgericht steht also fest. Ich kann selbst gemachte Gnocchi mit Trüffelsauce zaubern, serviert mit Frühlingsartischocken und in der Pfanne gebratenen Garnelen für diejenigen Gäste, die zwar Vegetarier sind, aber Fisch essen. Als Appetitanreger vielleicht Rote-Beete-Carpaccio mit Parmesan, und als Vorspeise eine Artischocken-Velouté, nach dem Hauptgang dann ein Frühlingssalat gefolgt vom Käsegang«, sagte ich, da ich genau wusste, welche Produkte uns zur Verfügung standen. Aber es gab etwas, womit ich diese kurzfristige Ergänzung abrunden wollte. »Haben wir eine Kartoffelpresse?«

Auf der Suche danach öffnete Phillipa Schubladen und Schränke. »Natürlich. Hier, ich hab sie!« Sie wedelte triumphierend mit der Presse. »Ist das genug Teamgeist?«

»Davon brauchen wir heute Abend eine Menge«, sagte ich und hielt ihr die Hand hin. Phillipa klatschte mich ab.

»Ich kann nicht glauben, dass du das gerade getan hast«, sagte sie.

»Es fühlte sich ausnahmsweise richtig an«, sagte ich.

Nach Bernards Weinprobe war es an der Zeit, das Abendessen zu servieren. Schweißperlen überzogen meine Stirn und meinen Nacken. Jane betrat die Küche. Es war so weit. Wegen unserer speziellen VIP-Gäste hatten wir beschlossen, dass es an diesem Abend am besten wäre, wenn ich die Begrüßungsrede hielte.

»Okay«, sagte Jane. »Das Paar de la Barguelonne sitzt am Tisch am Kamin. Und es liebt Aufmerksamkeit.« Sie hakte sich bei mir ein. »Bereit?«

»Hab ich eine Wahl?«, fragte ich.

»Nein«, sagte Jane.

Wir betraten den Speiseraum – ein riesiger Salon mit einer kunstvoll gearbeiteten Decke, Friesen mit einem eleganten Lilienmuster, funkelnden Kronleuchtern, die vor Kristallen strotzten, Fischgrätparkett aus Eichenholz und einem gewaltigen Marmorkamin, in dem ich hätte aufrecht stehen können. Janes Blumenarrangements aus weißen Rosen und wildem Klatschmohn versetzten mich in Erstaunen. Der Applaus klang so laut in meinen Ohren, dass ich fast taub davon wurde.

Jane stupste mich an.

Ich konnte das. Ich machte das nicht zum ersten Mal. Mein Plan hatte gelautet, meine vorgefertigte Rede abzuspulen, doch im letzten Moment überlegte ich es mir anders und beschloss stattdessen, ich zu sein.

»*Merci, merci beaucoup*«, begann ich. »Ich freue mich sehr,

Sie im Château de Champvert und in unserem Restaurant Les Libellules willkommen zu heißen. Ich hoffe, Ihr Erlebnis wird Ihren Erwartungen gerecht und übertrifft sie vielleicht noch.« Ich atmete tief durch. »Ehrlich gesagt habe nicht mit diesem Aufstieg zu kulinarischem Ruhm nach einem spektakulären Absturz gerechnet. Aber ich habe mich wieder aufgerappelt und mich bewiesen, und hier stehe ich nun. Um die Wahrheit zu sagen: Ich bin sehr schüchtern und habe mein ganzes Leben in der Küche verbracht.« Ein Blitz von einer Kamera. »Normalerweise halte ich mich gern am Rande, aber etwas sagt mir, ich sollte mich an diese große Aufmerksamkeit gewöhnen. Zumindest, wenn Sie unsere Kreationen genießen, und das ist mein größter Wunsch, besonders an Sie, Monsieur de la Barguelonne.«

Weitere Kameras blitzten auf und blendeten mich. Obwohl ich versuchte, den getüpfelten Lichterkranz wegzublinzeln und mich zu konzentrieren, ließen mich meine Augen im Stich. Trotz dieses Nebels meinte ich zu erkennen, dass er genauso war, wie man es von einem mächtigen reichen Mann erwartete: elegant gekleidet, mit einem wunderschönen Model mit langen glänzenden blonden Haaren an seiner Seite.

Barguelonne bedeutete mir mit einer Geste weiterzusprechen. Ich räusperte mich. »Ich koche mit ganzem Herzen, eine Lektion, die ich von meiner Grand-mère gelernt habe, ohne sie und ihre Lehren stünde ich jetzt nicht vor Ihnen.« Ich holte tief Luft. Der verbleibende Teil meiner Rede war einstudiert. »Wir sind ein ›Vom Garten auf den Tisch‹-Betrieb, unser Obst und Gemüse wird direkt hier auf dem Anwesen angebaut. Unser Fleisch und unseren

Fisch beziehen wir ausnahmslos aus Frankreich. Ein Team aus großartigen Frauen stellt unseren Käse her. Wir unterstützen unsere Nachbarn, weil sie zur Familie gehören. Vor diesem Hintergrund möchte ich Sie, liebe Gäste, in unserer Familie willkommen heißen, es ist meine größte Hoffnung, dass Ihnen die Gerichte munden, die wir während Ihres Aufenthaltes für Sie geplant haben. *Merci, merci beaucoup.*«

Jane nahm mich an die Hand, und wir verließen den Speiseraum unter donnerndem Applaus.

Erleichterung überkam mich später, als ich den Abend durchgestanden hatte. Ich hoffte, dass die nächsten Tage auch so ablaufen würden – für meine geistige Gesundheit und für das Château. Bis dahin wünschte ich mir Zeit zum Luftholen und in Rémis Armen einzuschlafen.

Es war mal wieder Sonntagslunchzeit. In einem von Grandmères cremefarbenen Tweedkostümen sagte ich den Mädels, dass ich in wenigen Minuten bei ihnen wäre. Ich setzte mich auf den Fenstersitz, genau wie Grand-mère es so oft getan hatte, verschnaufte einen Augenblick und beobachtete, wie sich die Gäste und die Dorfbewohner versammelten. Nachdem ich meine Lippen nachgezogen und mir die Haare glatt gestrichen hatte, schlich ich mich die Treppe hinunter und begab mich durch die Hintertür der Küche hinaus.

Auf dem hinteren Teil der Terrasse bediente Rémi den Grill, er hatte ein mit Couscous gefülltes Lamm vorbereitet. Neben ihm stand Gustave. Jemand hatte ihm die Arme wie bei einer Mumie fest an den Körper gebunden, er trank mithilfe eines Strohhalms aus einer Tasse, die an seinem

Oberkörper angebracht war. Als ich näher kam, lächelte er wie immer verrückt, und wir tauschten *bises* aus.

»Gustave, du bist ja hier! Was für eine nette Überraschung«, begrüßte ich ihn. »Ich dachte, du wärst in der Entzugsklinik.«

»*Bah*«, sagte er abfällig. »An dem gottverlassenen Ort hab ich es keine drei Stunden ausgehalten und bin wieder nach Hause.«

»Warum?«, fragte ich.

Er stieß ein merkwürdiges Gegacker aus. »Sie wollten mich dort nichts trinken lassen. Kannst du das glauben?«

Rémi verdrehte die Augen und bedachte mich mit seinem göttlichen Lächeln, bevor er Gustave antwortete. »Ist das nicht Sinn und Zweck der Sache?«

»*Eh ben*, ich bin sechsundsechzig Jahre alt und kann verdammt noch mal tun und lassen, was ich will. *Merci beaucoup*«, schimpfte Gustave und schüttelte trotzig den Kopf. »Ich werde den Rest meiner Tage verleben, wie es mir gefällt. Und mir ist egal, was meine Frau, dieses grässliche Weib, dazu zu sagen hat.«

Inès mussten die Ohren geklungen haben, denn sie kam zu uns gestürzt. »Gustave, wenn du mich noch ein einziges Mal grässliches Weib nennst, kastriere ich dich.«

Er spitzte die Lippen zu einem Kuss. »Aber das bist du doch«, protestierte er. »*Et alors, je t'aime.*«

»*Je t'aime aussi*, du alte Schnapsdrossel.«

Inès küsste Gustave auf die Wange, bevor sie mit Rémi und mir *bises* tauschte.

Was für eine merkwürdige Beziehung. Doch wie dem auch sei, sie funktionierte.

»Inès, ich freue mich, Sie im Château zu sehen«, sagte ich herzlich. »Ich weiß, Sie kommen nicht sehr gern her.«

»*Alors*, schauen Sie sich den alten Kauz doch an. Er kann weder mit dem Auto noch mit dem Rad fahren und hat darauf bestanden«, erklärte sie kopfschüttelnd. »Das hieß für mich, entweder mitzukommen oder mir den ganzen Tag über das Gejammer anzuhören.«

Sie küsste Gustave erneut leidenschaftlich. Es war Zeit zu gehen.

»Nun, ich freue mich, dass ihr hier seid«, sagte ich zu Gustave und Inès. »Aber die Pflicht ruft. Bitte entschuldigt mich.«

Bevor ich ging, gab ich Rémi einen Kuss auf die Wange. Er schlang den Arm um mich und zog mich kurz eng an sich. Wie ich mir wünschte, wir könnten ausbrechen und einfach nur im See schwimmen oder unter einem der Weidenbäume liegen und träumen, wie wir es früher als Kinder getan hatten.

Als ich mich abwandte, um mich unter die Leute zu mischen, winkte mich Nicolas de la Barguelonne zu sich. Er stand neben seiner blonden Begleiterin, die in ihrem eng anliegenden bronzefarbenen Sommerkleid aussah, als käme sie direkt vom Laufsteg. Sie hielt ein Glas des schlosseigenen Schaumweins in der Hand. Nicolas trug ein weißes Button-down-Shirt und eine Khakihose aus Leinen mit einem braunen Gürtel, alles vom Feinsten.

»Madame Valroux«, begrüßte er mich. Eau de Cologne, zu süß und stark, stieg mir in die Nase. Badete der Typ darin?

»Nennen Sie mich bitte Sophie«, erwiderte ich und reichte ihm die Hand. Monsieur de la Barguelonne nahm sie und drückte sie fest. »Ich hoffe sehr, dass Sie Ihren Aufenthalt hier genießen.«

Er warf den Kopf in den Nacken und lachte. »Nennen Sie mich Nicolas. Sie stammen aus einem Adelsgeschlecht. Das macht uns ebenbürtig. Meiner Erinnerung nach lautet Ihr vollständiger Nachname Valroux de la Tour de Champvert, und Ihr Urur-Grand-père war ein *comte*.«

Ich stand schweigend da und dachte an meine erste Reise nach Champvert, als ich sieben war und meine Grand-mère fragte, ob es stimme, was meine Mutter gesagt hatte – dass wir adliger Abstammung waren.

»Wir sind die Valroux de la Tour de Champvert, aber in der heutigen Zeit sind Titel albern und angeberisch und nicht von Bedeutung«, hatte sie geantwortet.

»Bin ich eine Prinzessin?«, hatte ich gefragt.

Sie hatte mich auf die Wange geküsst. »Du bist *ma princesse*.«

Nicolas nahm sich ein Glas Schaumwein vom Tablett eines der Kellner, und die Bewegung holte mich in die Gegenwart zurück. Mit seiner sicherlich ein Meter achtzig Größe überragte er mich ein ganzes Stück, was mich einschüchterte. Sein verstrubbelt gestyltes kastanienbraunes Haar wehte in der Brise, als wäre er gerade mit der süßen blonden Schönheit aus dem Bett gekommen. Seine Augen, dunkelblau mit einem diabolischen Funkeln, bohrten sich in meine. Sein gepflegter Bart betonte seine kantige Kieferpartie. So wie er das Kinn hob, wusste er, dass er gut aussah, und genoss es, angeschaut zu werden. Aber mir gefiel die Art nicht, wie er mich ansah – wie eine Mahlzeit, die er liebend gern verschlingen würde.

Er hob sein Glas und sagte: »Ich bin entzückt, das schönste Gesicht der kulinarischen Welt zu treffen. Sie wirken so süß und zart.«

Fettnapfalarm. Mein Rücken versteifte sich. »Glauben Sie mir, ich kann meine Töpfe und Pfannen selbst tragen. *Merci beaucoup.*«

»Sind Sie da sicher?«, fragte er und musterte mich von Kopf bis Fuß.

Ich weiß nicht, ob meine Fantasie mit mir durchging, aber in seinen Blicken schien eine gewisse Lüsternheit zu liegen.

Ob es unhöflich war oder nicht, ich machte auf dem Absatz kehrt, um zu verschwinden.

»Hat mich gefreut, Sie kennenzulernen. Ich muss mich unter die anderen Gäste mischen«, sagte ich.

Bevor ich davonhasten konnte, packte mich Nicolas am Handgelenk. »Ich wollte schon die ganze Zeit mit Ihnen reden, habe aber gewartet, bis wir gesehen und geschmeckt haben, was Sie so können. Ich war sehr beeindruckt von Ihrem Essen und dem Ambiente.«

»Jetzt verlieb dich bloß nicht in sie«, sagte seine Begleiterin mit einem Kichern. Sie musterte mich von oben bis unten. »Wir wissen beide, dass Liebe durch den Magen geht.« Sie zwinkerte mir zu. »Er ist unersättlich.«

Ich stand nur da, in höchstem Maße irritiert.

»Sophie«, sprach Nicolas weiter. »Ich will Sie einladen, auf einer Veranstaltung zu kochen, die ich ausrichte. Sie haben sich auf jeden Fall bewährt.«

»Wo findet diese Veranstaltung statt und wann?«, fragte ich blinzelnd.

So wie er mich anstarrte, ohne den Blickkontakt abzubrechen, war er wirklich gruselig.

»In Paris, im Musée d'Orsay, Mitte September«, antwortete er. »Das Museum of Modern Art in New York leiht dem Museum Vincent van Goghs *Sternennacht* aus, und ich plane eine Gala für die Pariser Oberschicht, um dieses fantastische Gemälde zu enthüllen, bevor das breite Publikum einen Blick darauf werfen kann.« Er hielt inne. »Die Veranstaltung heißt: *Sous les étoiles.*«

Unter den Sternen.

Ich wäre beinahe ohnmächtig geworden.

Mein Traum.

»Ich hätte gern mehr weibliche Repräsentation«, fuhr Nicolas fort. »Sie würden an der Seite meiner Stiefmutter kochen, Amélie Durand. Vielleicht haben Sie von ihrem Pariser Restaurant gehört?«

Ob ich vom Durand, Paris, gehört hatte? Ich hatte es analysiert. Es online gestalkt. Davon geträumt, Amélie Durand eines Tages kennenzulernen. Sie war eine der etwa neun Spitzenköchinnen Frankreichs, die drei – jawohl drei – Michelin-Sterne errungen hatten. Ich schlug mir die Hände vor den Mund.

»Ich glaube, sie hat von ihr gehört«, sagte das Model mit einem weiteren kleinen Lachen. Das bronzefarbene Kleid wehte in der Brise und enthüllte perfekte, ellenlange Beine.

Ich konnte nicht klar denken. Stammelnd stand ich einen Moment da, mein erster Eindruck von Nicolas verflüchtigte sich wie eine Wasserpfütze in der Wüste.

»O Gott«, schwärmte ich. »Amélie ist eins meiner kulinarischen Idole. Zusammen mit meiner Grand-mère und

Julia Child war sie einer der Gründe für meinen Wunsch, Köchin zu werden. Sie ist eine Inspiration für Spitzenköchinnen. Ich besitze jedes einzelne ihrer Kochbücher.« Ich hielt inne. »Als ich in New York war, habe ich immer davon geträumt, eine der einzigen Spitzenköchinnen zu sein, die ein Dreisternerestaurant führen. Aber sie hat es geschafft. Und sie führt das Durand Paris nicht nur, es gehört ihr.«

»Nein, eigentlich meinem Vater.« Nicolas zuckte mit den Achseln und grinste leicht spöttisch. »Ich gehe davon aus, dass Sie etwas Zeit brauchen, um über mein Angebot nachzudenken, aber ich benötige innerhalb einer Woche eine Antwort, zusammen mit einem Vorschlag für ein Hauptgericht und vier Hors-d'œvres. Es wird ein privates Abendessen für einhundertfünfzig Gäste geben und ein öffentliches für vierhundert – ein *apéro dînatoire*.«

Ich sagte kein Wort. Ich konnte nicht. Mein Mund und mein Gehirn wollten nicht zusammenarbeiten.

Nicolas blickte auf meine rastlosen Hände. »Sie können einen Souschef mitbringen, der Rest der Küche wird von jetzigen und ehemaligen Studenten der Cordon Bleu besetzt. Können Sie das bewältigen?«

Sein Angebot machte mich sprachlos. An der Seite eines meiner kulinarischen Idole kochen? Dem nicht enden wollenden Druck des Châteaus für ein paar Tage entkommen? Natürlich konnte ich das bewältigen. Die Frage war nur, wie? Wie konnte ich das zuwege bringen, wenn ich hier in Champvert gebraucht wurde? Ich würde genau das tun müssen, was mir am unangenehmsten war – um Hilfe bitten. Ich konnte diese Schwäche überwinden. Ich wollte das machen. Das war *meine* Entscheidung.

»Ich schicke Ihnen meine Ideen, sobald ich sie detailliert ausgearbeitet habe. Vielen Dank für diese Gelegenheit«, sagte ich und richtete mich stolz auf. »*Merci.*«

»Nein, ich danke Ihnen, Sophie.« Nicolas tauschte *bises* mit mir. »Ihre Geschäftsführerin Jane hat meine Kontaktdaten.«

Nicolas sah auf seine extravagante Uhr und gab dem Model einen Klaps auf den Po. »Wir müssen los. Das Flugzeug wartet. Wir wollen in die Weinberge zu meinem Château.« Er hielt inne und hob das Kinn. »Willkommen in der Familie.«

Ich weiß nicht, ob ich mir das einbildete, aber seine Stimme hatte einen mafiahaften Unterton. Ich wurde blass, als er und seine Begleiterin davongingen.

Was ist gerade passiert?, fragte ich mich. Es kam mir so irreal vor. Ehrlich gesagt wusste ich nicht, wie ich mich fühlte. Ich stand unter Schock.

Eigentlich hätte ich mich unter die anderen Gäste mischen oder die Grand-maman-Brigade begrüßen müssen. Oder mich im Park zu Laetitia, Jean-Marc und Lola gesellen sollen. Aber ich stand wie angewurzelt da. Jane kam mit vor Neugier leuchtenden Augen auf mich zugestürzt.

»Worum ging es denn da mit Nicolas de la Barguelonne?«, fragte sie aufgeregt. »War er mit dem Château-Erlebnis zufrieden?«

»Er war mehr als zufrieden«, sagte ich. »Er hat mich eingeladen, auf einer privaten Veranstaltung in Paris zu kochen.«

Jane drückte meine angespannten Schultern. »Das sind

die besten Neuigkeiten überhaupt. Weißt du, was das bedeutet?«

»Klar«, sagte ich. »Wenn die Veranstaltung ein Erfolg ist, wird uns die Pariser Oberschicht die Tür einrennen.«

»Du hast's erfasst. Wir haben es geschafft. So richtig.«

Ehrlich gesagt wusste ich nicht so recht, wie ich das fand, vor allem die anzügliche Art und Weise, wie Nicolas mich angesehen hatte. Trotzdem, Paris bot mir die Chance zur Flucht.

9

Planungen für Paris

Obwohl eigentlich unser freier Tag war, ein Insiderwitz von uns, rief ich Phillipa, Jane und Rémi zu einer Krisensitzung zusammen. Da sich im Salon keine Gäste aufhielten, trafen wir uns dort, es war bequemer, auf den Sofas zu sitzen, als sich auf den Küchenhockern das Kreuz zu brechen. Ich legte gleich los.

»Gestern hat mich Nicolas de la Barguelonne eingeladen, auf einer sehr exklusiven Veranstaltung im Musée d'Orsay in Paris zu kochen. Ich darf einen Souschef mitbringen ...«

Phillipa hüpfte auf ihrem Platz auf und ab und wedelte mit den Händen. »Nimm mich, nimm mich!«

Es brach mir das Herz. Ich hätte sie gern mitgenommen, aber es ging nicht. Ich musste es ihr schonend beibringen. »So gern ich dich auch mitnehmen würde, ich kann es nicht. Du musst in meiner Abwesenheit mit Clothilde die Küche führen, die Menüs planen und kochen. Ich zähle auf euch beide.«

Phillipa seufzte. »Man wird ja noch träumen dürfen«, sagte sie. »Ich bin für dich da, Sophie, aber wen wolltest du denn mitnehmen?«

»Séb«, erwiderte ich. »Er arbeitet hart, und was noch

wichtiger ist, er kann mit mir arbeiten, an meiner Seite. Was uns vor ein Problem stellt. Wir sind voll ausgebucht und werden dann zwei Köche zu wenig haben.«

»Woraus folgt, dass du nicht nach Paris gehen kannst. Die Winkelzüge dieser Leute kenne ich zur Genüge, ihre ganzen Dramen. Und dieser Nicolas de la Barguelonne ist ein Arsch. Mir hat nicht gefallen, wie er dich angesehen hat«, sagte Rémi und zog eine Augenbraue hoch. »*Voilà.* Problem gelöst.«

Ich schüttelte den Kopf. »Ich fahre hin. Ich muss.«

»Ich bin damit nicht einverstanden«, widersprach Rémi trotzig.

Ich warf Jane einen flehentlichen Blick zu. Sie erfasste die Situation sofort.

»Sophie muss dorthin«, sagte Jane eindringlich. »Wenn sie einem der Barguelonnes etwas verweigert, bricht es uns das Genick. Diese Familie kann den Ruf des Châteaus mit nur einem Kopfnicken zerstören. Ihr schlägt niemand etwas ab.« Sie wandte sich an mich. »Hast du irgendwelche Ideen für eine Lösung, Sophie?«

Und ob. Ich hatte die ganze Nacht darüber nachgedacht.

»Monica. Ich war mit ihr auf dem CIA. Sie ist eine mit Michelin-Sternen ausgezeichnete Spitzenköchin und arbeitet wie ein Pferd. Sie hat momentan ernste Probleme und sucht nach einer Lösung.«

Phillipa hob die Hand, als säße sie im Klassenzimmer, und ich wäre die Lehrerin. »Moment. Monica, diese Freundin, die dich hängen gelassen hat, als du sie brauchtest? Ich weiß nicht so recht. Loyalität ist für die ein Fremdwort.«

»Sie war mir vielleicht eine beschissene Freundin, aber

sie ist eine hervorragende Köchin. Und sie würde unter dir arbeiten, Phillipa. Du als Chef de Cuisine des Châteaus hättest die Küchenleitung inne.«

Phillipa hob wieder die Hand. »Heißt das, ich werde befördert?«

»Ja«, sagte ich. »Das heißt es wohl, zumindest dem Titel nach.«

Phillipa grinste und sagte dann: »Einverstanden.«

»Hat Monica schon zugesagt?«, fragte Jane.

»Nein, aufgrund der Zeitverschiebung konnte ich sie noch nicht kontaktieren, aber ich versuche es jetzt noch mal«, sagte ich, zog mein Handy heraus und gab ihre Nummer ein. Monica nahm das Gespräch nach dem ersten Klingeln an. »Was hältst du davon, für ein paar Monate nach Frankreich zu kommen und für mich zu arbeiten?«, fragte ich.

Sie kreischte so laut, dass ich fast mein Handy hätte fallen lassen. »Sophie, meinst du das ernst? Das kannst du nicht ernst meinen«, rief sie.

»Es ist mir bitterernst.« Dann erklärte ich ihr die Situation.

»Ich buche meinen Flug, sobald wir hier fertig sind«, versprach sie. »Ich tue alles, was in meiner Macht steht, um es wiedergutzumachen. Du musst verstehen, eine Woche, nachdem das Colibrí seinen Stern bekommen hat, hat Esteban die Scheidung eingereicht. Und mein Leben stand auf einmal kopf. Ich hatte einen Ehevertrag unterschrieben, er bekam alles. Ich bin so was von dumm. Und es tut mir wahnsinnig leid ...«

»Du brauchst dich nicht zu entschuldigen«, sagte ich

mitfühlend. Ich wusste, wie es war, wenn man seinen Traum verlor und von einem Mann verraten wurde.

»Wann soll ich kommen?«

»Sobald du kannst«, sagte ich. »Du musst dich erst mal mit der Arbeitsweise im Château vertraut machen, das Team kennenlernen und dich eingewöhnen.«

Während ich auf ihre Antwort wartete, umklammerte ich mein Handy. Ein Teil von mir war voller Hoffnung, dem anderen Teil graute davor. Sie hatte sich mir gegenüber wirklich schäbig verhalten, und ich konnte nicht behaupten, das verwunden zu haben, auch wenn ich ihre Situation verstand. Doch das Château hatte absolute Priorität, und nichts würde mich davon abhalten, nach Paris zu gehen.

»Wie wär's mit morgen?«, fragte sie mit zitternder Stimme. »Übrigens bin ich nicht nur Mexikanerin, sondern zur Hälfte Portugiesin, vonseiten meiner Mutter, ich habe EU-Status, weil ich in Lissabon geboren bin. Eine langfristige Anstellung könnte also eine Option sein.«

»Perfekt«, erwiderte ich, vielleicht einen Tick zu kühl. Momentan dachte ich nicht auf lange Sicht, sondern nur ans Hier und Jetzt.

»Sophie«, sagte sie schluchzend. »Danke. Ich weiß erst, was du durchgemacht hast, seit ich es selbst durchmache. Ich muss unbedingt hier weg.«

Auch ich musste weg, vielleicht um rauszufinden, ob ich wirklich meinen eigenen Weg einschlug oder ob ich auf einen Weg gezwungen wurde, den ich gar nicht gehen wollte. Außerdem musste ich Rémis Blick entfliehen. Ich wandte ihm den Rücken zu.

»Danke, Monica«, sagte ich.

»Nein, ich danke dir«, erwiderte sie und beendete das Gespräch.

Ich legte mein Handy auf den Couchtisch und rieb mir zufrieden die Hände. »Das wäre erledigt. Sie ist dabei.« Ich sah Jane bittend an. »Kannst du mir einen großen Gefallen tun und nach einem Hotel in Paris für mich suchen? Ich bin nicht gut in so was.«

»Warum um alles in der Welt willst du in einem grässlichen Hotel übernachten, wo dir doch Grand-mères fantastische Zweitwohnung zur Verfügung steht?«, wollte Jane wissen. »Ich rufe die Pariser Haushälterin an und veranlasse, dass sie alles herrichtet.«

Ich hatte ganz vergessen, dass ich neben dem Château auch noch ein Pariser Appartement geerbt hatte in das ich noch nie einen Fuß gesetzt hatte.

»Ist es schön?«, fragte ich.

Jane schnaubte verächtlich und sah sich demonstrativ im Salon um. »Was glaubst du?«

»Es ist doch keine Absteige, oder?«, fragte ich.

Jane stieß einen von Phillipas ulkigen Lachern aus. »Nun, im Vergleich zum Château schon. Vier Schlafzimmer auf der Île Saint-Louis. Du und Séb, ihr könnt dort bequem übernachten. Es ist so groß, dass man sich aus dem Weg gehen kann.«

»Perfekt«, erwiderte ich überrascht. Mir schwirrte der Kopf. Meine Grand-mère hatte das irrsinnigste Imperium aufgebaut. Ich sammelte meine Gedanken und wandte mich an Rémi. »Was weitere Neueinstellungen betrifft: Bist du zufrieden damit, im Papillon Sauvage zu kochen?«

»Warum? Kümmert es dich?«, fragte er bockig.

»Natürlich«, sagte ich betroffen.

»Dann bin ich ganz zufrieden dort«, meinte er. »Im Gegensatz zu *anderen* Dingen.«

Phillipa und Jane wechselten irritierte Blicke. Bevor Rémi zu einer Tirade darüber ansetzen konnte, dass er nicht glücklich darüber war, dass ich ihn nicht um Erlaubnis bat, nach Paris zu gehen, wechselte ich das Thema. Das war eine Mitarbeiterbesprechung und weder die richtige Zeit noch der richtige Ort, um unsere schmutzige Wäsche zu waschen.

»Die Außenanlagen brauchen Pflege. Ich dachte daran, meinen Vater einzustellen, damit er Rémis Pflichten übernehmen kann. Jean-Marc ist sowieso die ganze Zeit hier, seine Mechanikerwerkstatt in Sauqueuse läuft nicht gut, und ich glaube, wir haben im Uhrenturm noch zwei freie Zimmer – eins für Monica, eins für ihn.«

»Er hat gestern bei uns übernachtet«, sagte Rémi leicht angefressen.

»Wirklich? Warum war er da?«, hakte ich nach.

»Eventuell war er mit Laetitia verabredet«, sagte er süffisant.

»Das wusste ich nicht«, erwiderte ich.

Er sah mich seltsam an. »Ich wusste auch so einiges nicht.«

Wir standen uns schweigend gegenüber. Rémis Blick brannte sich in meinen. Ich hatte ihn noch nie so aufgebracht gesehen.

»Jean-Marc einzustellen ist eine exzellente Idee, finde ich«, sagte Jane. »Mach das.«

Ich rieb mir die Hände. »Wir haben also einen wasserdichten Plan.«

»Ja«, bestätigte Phillipa.

»Ach wirklich?«, spottete Rémi.

Phillipa und Jane hasteten aus dem Salon und ließen mich mit Rémi allein. Er war stinksauer. Doch er riss sich zusammen und rückte endlich mit der Sprache heraus.

»Sophie, Paris ist keine gute Idee«, stieß er verärgert hervor. »Du darfst nicht gehen.«

Ich streckte die Brust heraus. Ich ließ mir von ihm nichts vorschreiben. Ich war eine erwachsene Frau, die ihre eigenen Entscheidungen traf.

»Ich gehe.«

Er strich sich die Haare zurück und fixierte mich. »Ich glaube, du weißt nicht, was du willst, Sophie.«

»Und ob ich das tue«, widersprach ich vehement und umklammerte meine Hände. »Ich will alles. Ich will Liebe. Ich will Erfolg. Und ich will nach Paris. Niemand kann sich zwischen mich und meine Träume stellen.«

»Na, dann lass dich von mir nicht abhalten«, sagte er.

Ich hatte nicht die Kraft, mit ihm zu streiten. Ich stand nur mit geballten Fäusten da. Er schüttelte enttäuscht den Kopf und verließ den Salon.

Nachdem ich mich mit Jane um ein paar geschäftliche Angelegenheiten gekümmert hatte, begab ich mich zu Rémis Haus. Ich nahm eins der Quads des Châteaus, für die ich keinen Führerschein brauchte und die recht leicht zu fahren waren. Ich wusste, dass Rémi das Mittagessen im Papillon vorbereiten musste und nicht zu Hause war, hoffte jedoch, meinen Vater dort anzutreffen. Die Räder des Quads drehten beim Bremsen auf dem Kies durch. Ich sprang vom Fahrzeug, rannte zur Tür und klopfte forsch. Nichts. Ich klopfte noch einmal. Als ich schon wieder gehen wollte, öffnete Laetitia die Tür. Ihre kastanienbraunen Haare waren zerzaust.

»Ach, Sophie«, begrüßte sie mich und rieb sich den Nacken. »Ich hab niemanden erwartet.«

Das hatte ich mir schon gedacht. »Entschuldige die Störung, aber ist Jean-Marc hier? Wenn ja, würde ich gern mit ihm sprechen«, erklärte ich.

»Ja, ja, ja«, sagte sie. »Er kommt gleich runter. Komm rein.« Sie sah auf die Uhr. Es war fast Mittag. »Möchtest du einen Kaffee? Oder vielleicht ein Glas Wein?«

»Wein, bitte«, erwiderte ich, weil ich meine gereizten Nerven beruhigen wollte. Verfluchter Rémi. Was für ein Kindskopf.

Laetitia rieb sich die Stirn. »Ganz meine Meinung. Weißen, roten oder einen Rosé?«

»Rosé«, sagte ich. »*Merci.*«

Ich machte es mir auf dem Sofa bequem, während Laetitia Gläser holte und eine Flasche öffnete. »Wo ist Lola?«, fragte ich.

»Beim Musikunterricht«, antwortete Laetitia. »Die Mutter einer ihrer Freundinnen nimmt sie danach mit zu sich und bringt sie später vorbei.« Sie reichte mir ein Glas. »Bis dahin können wir die Ruhe genießen.«

Mein Vater kam pfeifend die Treppe herunter. Da war jemand glücklich. Als er mich sah, grinste er. »Tja, was du heute kannst besorgen ... Wir wollten es dir persönlich mitteilen.«

»Mir was mitteilen?«

»Dein Vater und ich sind zusammen«, verkündete Laetitia, der die Röte ins Gesicht stieg. »Wir haben uns bei einem der Sonntagslunches kennengelernt und, *alors*, es hat gefunkt. Er ist der süßeste Mann, den ich je getroffen habe.«

»Laetitia ist die erste Frau, in die ich mich seit der Beziehung zu deiner Mutter verliebt habe«, sagte mein Vater, und Laetitia drückte seine Hand.

Ach, das war also Laetitias geheime Verabredung. Das Versprechen von Liebe blitzte zwischen ihnen auf, so wie sie sich anlächelten und ihre Körpersprache sich spiegelte. Mein Herz flatterte. Liebe lag in der Luft, was mich an Rémi und meine Gefühle für ihn erinnerte. Die hatte ich zweifellos, dennoch stand momentan Ärger ganz oben auf der Liste.

»Ich freue mich für euch beide. Wirklich«, beteuerte ich und verschwieg, dass ich von Rémi ganz und gar nicht begeistert war. Meine Beziehung zu ihm war nicht ihr Problem, sondern meins. »Rémi sagte mir, dass du hier wärst. Deshalb bin ich vorbeigekommen, um mit dir zu reden, Papa.«

»Worüber?«, fragte er und sah Laetitia fragend an. Er setzte sich, und Laetitia schenkte ihm ein Glas Wein ein.

Ich räusperte mich. »Ich habe mich gefragt, was du davon hältst, in Vollzeit für das Château zu arbeiten, die Außenanlagen zu pflegen und Hausmeistertätigkeiten zu erledigen. Du hast Rémi schon öfter geholfen, und er hat zurzeit superviel im Papillon Sauvage zu tun.« Ich hielt inne. »Du könntest in eins der Zimmer im Uhrenturm ziehen, wenn du möchtest.«

»Was immer du für richtig hältst«, erwiderte er ergriffen, und ihm stiegen Tränen in die Augen. »Für dich tue ich alles, Sophie. Ach, den Menschen, die ich liebe, näher zu sein und im Freien körperlich zu arbeiten, das ist ein Traum, der Wirklichkeit wird. Ich fange noch heute an. Ich wollte schon immer mal so einen Mähtraktor fahren.«

»Was für ein Gehalt schwebt dir denn vor?«, fragte ich.

»Gehalt?«, schnaubte er abfällig. »Ich mache das umsonst.«

»Kommt nicht infrage«, widersprach ich und hob mein Glas. »Trinken wir darauf?«

Rémi kam in die Küche, während ich mir Notizen für die Veranstaltung in Paris machte. Er strich sich mit beiden Händen die Haare zurück. »Entschuldige, dass ich eben einfach gegangen bin«, sagte er reumütig. »Deine Neuigkeit Paris betreffend, hat mir einen Schlag versetzt, und ich hab die Beherrschung verloren.«

Als er so ruhig und liebenswürdig dort stand, begehrte ich ihn so sehr. Ich wollte seine Arme um mich spüren, seine Lippen auf meine gepresst, ich zügelte mich jedoch.

»Hör zu, ich bin wirklich froh, dass du Jean-Marc angestellt hast, um die Pflege der Außenanlagen zu übernehmen«, fuhr er fort. »Zusammen mit dem Papillon Sauvage war das wirklich zu viel für mich. Aber lass mich ausreden. Ich halte Paris einfach für keine gute Idee.«

»Paris ist *immer* eine gute Idee«, widersprach ich und spürte, wie ich errötete. »Und, wie Jane schon sagte, ich muss dahin. Das ist *meine* Entscheidung. Warum bist du so dagegen?«

Rémi rieb sich den Nacken und starrte verlegen auf seine Füße. »Weil ich Angst habe, dass du nach Paris gehst, vom High-Society-Leben mitgerissen wirst und nicht mehr nach Champvert zurückkommst. Ich bin nur der Bauernjunge von nebenan, und du kamst mit blauem Blut auf die Welt«, erklärte er. »Du wirst einen anderen finden, der eher deinem Stand entspricht. Jemanden wie diesen Nicolas.«

Mein Atem stockte. Einen Moment lang standen wir uns in betretenem Schweigen gegenüber. Seine Worte kamen völlig unerwartet und bestürzten mich. Ich wäre nie auf die Idee gekommen, dass Rémi eifersüchtig oder unsicher sein könnte. Aber ich hatte ihm von meiner Mutter erzählt, wie sie meinen Vater in der Hoffnung, ihre Träume verwirklichen zu können, verlassen hatte und nach New York gegangen war. Sie war nie mehr zurückgekommen. Ich sprang von meinem Hocker und nahm seine Hände in meine.

»Geld, Titel … nichts davon ist mir wichtig, Rémi. Ich hatte keine privilegierte Kindheit, und ich finde Nicolas abstoßend. Wie Grand-mère immer sagte, in der heutigen Zeit sind Titel nicht mehr von Bedeutung.« Ich nahm sein Gesicht in meine Hände. »Und glaub mir, ich bin ganz anders als meine Mutter.«

»Ich glaube dir«, versicherte er mir, und in seinen karamellfarbenen Augen glänzten Tränen. Er sah mich hoffnungsvoll an. »Und du fandest ihn wirklich abstoßend?«

»Ja, total«, erwiderte ich erschaudernd. »Du hast keinen Grund zur Sorge. Ich koche nur auf der Veranstaltung, dann komme ich zurück.«

Er sah an die Decke und holte tief Luft. »Ich bin von

deiner Entscheidung nicht begeistert, aber ich kann damit leben, wenn du mir etwas versprichst.«

»Was denn?«

Er drückte meine Hände. »Wenn du aus Paris zurückkommst, legen wir einen Hochzeitstermin fest. Ich weiß, dass du wegen des Châteaus unter großem Stress stehst, und ich verspreche, dir bis dahin deinen Freiraum zu lassen.«

Mein Herz schlug heftig, als ob es fest in Plastikfolie gewickelt und in einen Dampfdrucktopf gelegt worden wäre, wo es jede Sekunde explodieren konnte. Er verstand nicht, dass mich das unter eine ganz andere Art von Stress setzte. Aber meine Zeit in Paris bot mir die Chance, mir über meine Gefühle klar zu werden.

Ich hielt ihm die Hand hin. »Abgemacht«, sagte ich. »Und nur damit du es weißt: Ich hab darüber nachgedacht.«

»Mehr brauche ich nicht zu wissen. Aber was soll das Händeschütteln?«, fragte er. Seine Augen funkelten wie Sterne, er zog mich an sich und küsste mich leidenschaftlich. In seinen Armen vergaß ich meine Frustration über ihn und konzentrierte mich auf die Wärme seiner Zunge und seiner Lippen. Die körperliche Leidenschaft zwischen uns raubte mir den Atem.

Als wir uns voneinander lösten, sagte Rémi: »Übrigens, Jane hat eine E-Mail von deiner Freundin Monica bekommen. Sie kommt morgen um zehn an. Soll ich sie abholen?«

»Nein«, erwiderte ich, bemüht, das Feuer, das meinen Körper erhitzte, herunterzukühlen. »Wir haben im Château zu viel zu tun. Wir sind ausgebucht. Sie kann sich ein Taxi nehmen.«

»Okay, Chefin«, sagte er. »Oder soll ich dich Boss nennen?«

»Mir ist beides recht«, antwortete ich. Ich legte kokett den Kopf schief. »Da ich der Boss beziehungsweise die Chefin bin, musst du auf jeden Fall tun, was ich sage. Küss mich noch mal.«

Er knurrte. »Okay, Chefin. Ich denke, das kriege ich hin, da wir uns nach unserem ersten Streit versöhnt haben.«

»Erster Streit?«, schnaubte ich verächtlich. »Hast du den bei meiner Ankunft in Champvert vergessen? Und was ist mit dem Abwasserproblem? Ich schätze, das ist unser dritter, vierter, vielleicht sogar der fünfte.«

Jane gab mir Bescheid, als Monicas Taxi vor dem Château hielt, und ich ging hinaus, um sie zu begrüßen. Als sie vom Rücksitz sprang, erkannte ich, dass sie kleiner und molliger war als in meiner Erinnerung. Ihre langen schwarzen Haare waren zu einem festen Pferdeschwanz zusammengebunden, ihre dunklen Augen strahlten. Sie hatte drei überdimensionale Koffer dabei, weshalb sich mir die Frage aufdrängte, ob sie glaubte, auf Dauer bleiben zu können.

»Ich glaub's nicht!«, rief sie. »Hier wohnst du? Du führst dieses Haus? Ich meine, ich hab zwar Fotos davon in der Presse gesehen, aber darauf war ich nicht vorbereitet.« Sie umarmte mich fest. »Danke, Sophie. Danke, dass du mir vergeben hast.«

»Vergebung, so wie Vertrauen, muss man sich verdienen«, murmelte ich.

»Ich weiß, Süße«, sagte sie bedrückt. »Ich weiß, dass ich

unfassbar gemein war. Aber jetzt habe ich die Chance, es wiedergutzumachen.«

»Komm mit«, forderte ich sie auf, nahm den Griff eines ihrer Koffer und schlug den Weg zum Uhrenturm ein. »Ich zeige dir dein Zimmer.«

Sie zeigte auf das Château. »Wohne ich nicht da drin?«

»Nein«, sagte ich. »Bis auf Grand-mères und meine Suite sind alle Zimmer im Château für unsere Gäste bestimmt. Du wirst mit Phillipa, Jane, Marie und meinem Vater im Uhrenturm wohnen.«

»Ach so«, sagte sie enttäuscht. »Bekomme ich wenigstens mein eigenes Zimmer? Und wird es geputzt?«

»Ja«, sagte ich, verärgert über ihre Anmaßung. »Folge mir.«

»Warte«, rief sie und deutete auf zwei ihrer Koffer. »Die sind randvoll mit meinen Gewürzen, Utensilien und Zutaten. Sie müssen in die Küche.«

Ich biss die Zähne zusammen. Monica hierher ins Château zu holen war vielleicht eine impulsive und grottenschlechte Idee gewesen. Wenn sie glaubte, sie könnte hier ihre Gerichte kreieren, irrte sie sich gewaltig.

»Ich lasse sie hinbringen«, erklärte ich. »Und dir ist hoffentlich klar, dass wir hier vor allem traditionelle Gerichte aus Südwestfrankreich zubereiten.«

»Ja, ja, Süße, ich weiß«, erwiderte sie, was mir bewusst machte, wie sehr ich es hasste, Süße genannt zu werden. »Ich hab sie nur für alle Fälle mitgebracht. In dem Artikel über dich hab ich gelesen, dass Rezepte nur Leitlinien sind. Ich dachte, vielleicht willst du etwas mehr Pepp reinbringen.«

Sie schlug mich mit meinen eigenen Waffen. »Mal sehen«, antwortete ich ausweichend. »Komm, ich weise dich ein. Ich muss bald mit den Vorbereitungen beginnen.«

»Ich helfe dir«, sagte sie voller Tatendrang.

Wir begaben uns zum Uhrenturm. Ich öffnete die Tür, und wir betraten die wunderschönen Räumlichkeiten mit den Backsteinwänden, die einen ländlichen Charme ausstrahlten. Im Erdgeschoss befand sich eine kleine Küche mit einem taubenblauen Lacanche-Herd und einer schönen weißen Porzellanspüle nebst allem nötigem Zubehör, einschließlich fantastischer Kupfertöpfe. Wie in Rémis Haus war der untere Bereich im amerikanischen Stil renoviert worden – die Küche zum Wohnzimmer und zum Essbereich hin offen, ein Kamin inklusive.

»Ach, Süße«, murmelte Monica seufzend, was mich an ihre Gegenwart erinnerte. »Wie gemütlich und heimelig. Hier zu wohnen wird mir sehr gefallen.«

Hör auf, mich Süße zu nennen, dann sehen wir, wie lange du dich hier hältst, dachte ich.

Phillipa kam die Treppe herunter. Als sie meine zusammengepressten Lippen registrierte, huschte ihr Blick zu Monica, die wie ein zähnefletschendes Pferd lächelte.

»Sie müssen Monica sein«, sagte sie. »Ich bin Phillipa, Sophies Chef de Cuisine. Ich zeige Ihnen Ihr Zimmer.« Sie hielt inne. »Der Uhrenturm hat drei Bäder. Jean-Marc, Sophies Vater und der einzige Mann hier, hat sein eigenes. Ich teile mir meins mit Marie, unserer Süßspeisenköchin. Sie und meine Schwester Jane, die Geschäftsführerin des Châteaus, werden das andere gemeinsam benutzen. Das …«

»Moment«, unterbrach Monica sie. »Ich habe kein eigenes Bad?«

Phillipa reckte das Kinn. »Wir sind keine Gäste im Château. Wir arbeiten hier. Und was das betrifft, sind Sie übrigens mir unterstellt«, erklärte sie. »Sophie, wir treffen uns gleich alle in der Küche. Ich bringe Monica nur auf ihr Zimmer und führe sie kurz durch das Château.«

Sie stapften die Treppe hinauf, Monica zerrte keuchend ihren Koffer hinter sich her. Mir war nicht klar gewesen, dass Phillipa so viel Tatkraft hatte. Vielleicht hatte sie sich das von mir angeeignet. Auf alle Fälle stellte sie immer wieder ihre Loyalität mir und dem Château gegenüber unter Beweis. Jetzt war Monica an der Reihe.

Nachdem ich Monica der Küchenbrigade, Rémi und Jane vorgestellt hatte, klatschte ich in die Hände. »Sind wir bereit?«

»Süße«, schwärmte Monica, »diese Küche und dieses Château sind absolut fantastisch.«

Phillipa tippte ihr auf die Schulter. »*Süße*«, sagte sie, »in dieser Küche zeigen wir Respekt. In dieser Küche wird unsere Sophie mit Chefin angesprochen. Und wenn Sophie nicht hier ist, ist der Titel mir als Chef de Cuisine vorbehalten. Verstehen wir uns?«

Monica, die sich auf einmal äußerst unbehaglich zu fühlen schien, antwortete: »Jawohl.«

»Heute Abend helfen Sie mir bei den Vorbereitungen«, befahl Phillipa und reckte ihr Kinn vor.

Ein Seufzer. »Ja.«

In gewisser Weise tat mir Monica leid. Sie war eine Sterneköchin gewesen, die alles verloren hatte, einschließlich ihres Ehemannes, aber sie war nicht für mich da gewesen, als ich sie gebraucht hatte. Als meine Karriere dem Erdboden gleichgemacht worden war und ich vor dem Nichts gestanden hatte. Ich hatte meinen Ruf von null an wieder aufbauen müssen. Ich hatte mich bewähren müssen.

Allzu sehr tat sie mir aber auch wieder nicht leid. Schließlich hatte ich mich für sie eingesetzt, obwohl sie nicht das Gleiche für mich getan hatte. Wie dem auch sei, Phillipa würde dafür sorgen, dass Monica wusste, wo ihr Platz in unserer Küche war. Wie gesagt, Vergebung und Vertrauen musste man sich verdienen. Genau wie Loyalität.

10

Kirschkerne

Phillipa und ich saßen in der Küche und sammelten Ideen für die Menüs der Woche sowie für die Gala in Paris.

»Da das Thema ›Unter den Sternen‹ lautet, würde ich gern etwas Interessantes damit machen«, sagte ich.

Phillipa trommelte mit den Fingern auf dem Zubereitungstisch und kniff konzentriert die Augen zusammen. Plötzlich riss sie sie weit auf. »Boretsch als Garnierung!«, rief sie aus.

»Boretsch?«

»Das sind essbare Blüten, die wie Sterne geformt sind und ein bisschen wie Gurken schmecken«, erklärte sie. »Meine Mum hat sie in Bibury immer angebaut, und Jane hat eine Menge davon hier gepflanzt, weil sie Bienen anlocken.«

»Zeig sie mir«, bat ich und sprang von meinem Hocker.

Wir rannten aus der Küche auf die Terrasse und in die Gartenanlagen. Mein Vater, der auf dem Mähtraktor saß und dessen Miene Zufriedenheit ausdrückte, winkte uns zu und tuckerte pfeifend an uns vorbei. Phillipa packte mich am Handgelenk, und wir liefen weiter zum hinteren Teil des Grundstücks zu den *ruches*, den Bienenstöcken. Bienen schwirrten laut summend in einem Meer aus prächtigen blauen, sternförmigen Blüten mit flaumigen Stängeln umher.

Phillipa zeigte auf sie und trat, oder, in dem Fall, stürmte mit ihrer Schere zu den Pflanzen. »Das sind sie, und es sind viele.«

»Hast du keine Angst, gestochen zu werden?«, fragte ich und wich zurück.

»Nee«, sagte sie, während sie zwei Blüten abschnitt. »Bienen lassen dich in Ruhe, solange du sie in Ruhe lässt. Es sind emsige Tiere.«

Sie kam zu mir und gab mir eine der Blüten. Um sie mir genau anzusehen, hielt ich sie hoch wie eine Wissenschaftlerin. Ich betrachtete die blauen Blütenblätter, und die blaulila Staubblätter, die einem Planeten oder einem galaktischen Mond ähnelten. Mein Herz setzte einen Schlag aus. Abgesehen von Maries Desserts hatte ich noch nie so etwas Schönes gesehen.

»Diese Blüte ist mystisch und magisch«, staunte ich. »Haben Elfen oder Außerirdische sie kreiert?«

»Ich bin für Elfen. Beim Gedanken an Außerirdische flippe ich aus. Probieren!«, befahl sie, und ich gehorchte.

Der Geschmack dieser essbaren Blüte rollte in Wellen über meine Zunge. Ein Knirschen. Ein bitterer Geschmack. Und Süße. Ich schloss die Augen, schwelgte in der Magie des Geschmacks und überlegte, was ich damit machen konnte. Ich sah sie an.

»O Gott. Du hast so recht. Sie schmecken wie Gurken«, sagte ich und leckte mir die Lippen. »Wie lange blühen sie?«

»Hier? Bis Mitte September, glaube ich. Da musst du Jane fragen.«

»Sie sind perfekt«, beschloss ich und war schon inspiriert. »Ich weiß, was ich mit ihnen mache. Aber wir müssen uns überlegen, wie wir sie nach Paris bekommen.« Ich lächelte. »Bist du bereit, meine Idee auszuprobieren? Oder willst du lieber freihaben?«

Phillipa zuckte zusammen und drehte sich zu mir. »Freihaben? Nix da. Ich kann es nicht erwarten zu sehen, was du vorhast.«

»Gehen wir in die Küche«, forderte ich sie auf. »Wir wollen Kunst kreieren, natürlich mit Lebensmitteln.«

»Soll ich noch mehr Boretsch pflücken?«

»Ja, einen Bund. Deine Idee hat mir göttliche Inspiration geschenkt«, sagte ich. »Wir werden mit Meeresfrüchten und diesen Blüten Maries Galaxietorten neu erschaffen. Wir kreieren eine Sternennacht.«

»Klingt fantastisch.«

»Vielleicht ist es eigenartig oder schräg, aber ich will es riskieren.«

»Schräg ist gut«, scherzte Phillipa. »Sieh nur mich an.«

Ich drückte ihre Hand. »Du hast recht, normal ist langweilig.«

Phillipa umarmte mich fest. »Deshalb mag ich dich so, Sophie. Du bist authentisch. Ich kann es nicht erwarten, das Gericht zu sehen, zu schmecken und zu riechen, was auch immer du gerade ausheckst«, sagte sie und ließ mich los. Sie schnitt noch ein Bund Blüten ab. »Wir werden Wunder kreieren.«

»Allerdings«, sagte ich augenzwinkernd. »Aus Liebe zum Kochen.«

»Ich kann das Gericht schon riechen und schmecken, dabei weiß ich nicht einmal, was es ist.«

Sie warf mir einen Blick zu, und wir rannten zum Château zurück, inspiriert und voller verrückter Ideen.

Nur wenige Gäste spazierten über das Gelände, und Rémi und ich beschlossen, das auszunutzen, um Lola das Schwimmen im zurzeit leeren Pool beizubringen, nachdem das Papillon Sauvage seine Türen nach dem Mittagsservice geschlossen hatte. Seit Gustaves unglücklichem Unfall bemannte Rémi dieses Schiff, und unsere weiblichen Gäste waren hochzufrieden, ihm beim Kochen zuzusehen. Manchmal warf ich heimlich einen Blick hinein und sah ihm bei Schnippeln zu oder wie er mit eleganten, männlichen Bewegungen eine Pizza in den Holzofen schob. Ich hörte zufällig mit, als eine Frau ihre Freundin fragte »Steht er auch auf der Speisekarte?« und sich Luft zufächelte, während sie ihm vielsagend hinterherblickte.

Laetitia und Jean-Marc waren dabei, ihre sich anbahnende Beziehung auf die nächste Stufe zu heben. Hand in Hand waren sie für einen Tagesausflug nach Sarlat-la-Canéda davongehuscht, einem mittelalterlichen Dorf in der Dordogne. Jane hatte Gefallen an Tinder gefunden, sie hatte ein heißes Date in Gaillac. Ich freute mich für sie alle und war mit meinem Leben hochzufrieden. Auf meiner Sonnenliege machte ich es mir bequem und atmete tief durch.

Mein Blick schweifte zum Obstgarten. Es war Mitte Juni, und die Kirschen hatten endlich Saison. Die Bäume waren mit dunkelroten Prachtexemplaren, die zwischen grünen

Blättern hervorlugten, beladen. Ich kniff die Augen zu. Kirschen. Ach, süße, traumhafte Kirschen, wie sie mich an Grand-mère erinnerten und daran, wie sehr ich sie vermisste!

Bevor ich dauerhaft nach Frankreich gezogen war, waren meine jährlichen Besuche mit der Kirschsaison zusammengefallen. Grand-mère hatte stets dafür gesorgt, dass eine Schüssel mit prallen schwarzen Kirschen vor mir stand, und ich hatte mir begierig eine nach der anderen in den Mund gesteckt. Ich leckte mir die Lippen und konnte die säuerliche Süße fast schmecken, doch Lolas Lachen brach den Bann der Erinnerung. Mein Augenmerk richtete sich vom Obstgarten auf ihren pummligen Körper im rosa Badeanzug. Sie trug Schwimmflügel, während Rémi sie im Pool aus dem Wasser hob und sie wieder hineinplumpsen ließ.

In diesem Moment kam Marie auf die Terrasse, die einen hochtaillierten Bikini mit Kirschmuster aus den Fünfzigern trug. Ihre Figur war üppig und fraulich. Marie streckte sich auf der Sonnenliege neben mir aus. Anders als sie hatte ich keine sanduhrförmige, mütterliche Figur mit gebärfreudigem Becken, mein Körper war zollstockgerade wie der einer Zwölfjährigen.

»*Coucou*«, sagte sie. Hey, du.

»Wo ist Phillipa?«, fragte ich.

»Sie macht ein Nickerchen«, sagte Marie gähnend. »Dieses Küchenleben bei Ihnen ist anstrengend. Nicht dass ich nicht jeden Moment lieben würde, aber ich danke Gott für die freien Montage.«

»Ja«, erwiderte ich einsilbig.

»Tatie Marie«, quietschte Lola.

Sie wand sich aus Rémis Armen, hüpfte die Stufen des Pools hinauf und warf die Ärmchen um Maries Hals. Als Lola sie wieder losließ, glitzerte Maries Körper vor Wassertröpfchen, was sie noch feenhafter wirken ließ. Sie zog Lola die Schwimmflügel ab, rubbelte ihren zitternden Körper mit einem Handtuch trocken und wickelte sie hinein. Marie besaß einen natürlichen Mutterinstinkt, der mir vollkommen abging.

»Marie, du kommst doch heute Abend auch, nicht?«, fragte Rémi.

Sie stützte sich auf ihre Ellbogen. »Natürlich, ich hab schon den Geburtstagskuchen für den Zwerg gemacht«, sagte sie.

»Prima«, freute sich Rémi.

Ich räusperte mich und beäugte Marie verstohlen, während ich mich mit Sonnencreme einschmierte. Ich hatte Lolas Geburtstag ganz vergessen. O mein Gott! Ich würde eine schreckliche Mutter abgeben.

»Wenn Sie fertig sind, kann ich was davon haben?«, fragte Marie.

»Klar«, sagte ich und reichte ihr die Flasche.

Ich wollte weg von dieser perfekten Zuckerbäckerin mit Mutterinstinkt. Deshalb stand ich auf und stürzte mich in den Pool. Vielleicht würde das meinen Neid abkühlen.

Wie viele unserer amerikanischen Gäste, die sich deshalb beschwerten, fand ich das Wasser eiskalt. Lola und Rémi schien das nichts auszumachen.

»Ich dachte, der Pool wäre beheizt«, jammerte ich. »Wann ist das Wasser warm genug für Menschen statt für Polarbären?«

»Der Pool wird beheizt«, erklärte Rémi. »Aber es dauert noch eine Woche, bis er seine Temperatur erreicht hat.« Als ihm meine klappernden Zähne auffielen, machte er ein schelmisches Gesicht. »Ich kann dich aufwärmen.« Er packte mit starken Händen meine Taille und zog mich an sich. Während er an meinem Ohrläppchen knabberte, jagte mir sein Atem Schauer über den Rücken. »Ich kann Lola zum Mittagsschlaf hinlegen«, flüsterte er. »Ein paar verstohlene Küsse?«

»Nicht jetzt«, wehrte ich ab und sah zu Lola, die sich an Marie schmiegte. Ich hatte einen Plan. Mit mir konnte man auch Spaß haben! Ich hüpfte aus dem Pool und zeigte zum Obstgarten. »Die Kirschen sind reif. Der Letzte ist ein faules Ei.«

An Rémis irritiertem Blick erkannte ich, dass sich diese amerikanische Redensart nicht gut übersetzen ließ. Der Sinn wurde ihm klar, als ich mich rasch abtrocknete, mir mein Sommerkleid überwarf, nach meiner großen Korbtasche griff und losrannte. Ich sah über meine Schulter zurück. Rémi nahm Lola hoch, setzte sie auf seine Schultern und sprintete mir hinterher. Im Rhythmus seiner Schritte hüpfte sie auf und ab, ihr Kreischen hallte in meinen Ohren wider. Atemlos ließ ich mich im Obstgarten fallen, Lola und Rémi waren als Erste am Baum.

»*On a gagné, Papa!*«, rief Lola. Wir haben gewonnen.

»Was wollt ihr als Preis?«, fragte ich und stützte mich auf die Ellbogen.

Sie zuckte mit den Achseln.

»*Un bisou?*«, fragte ich, doch sie wollte keinen Kuss und zog die Nase kraus.

»Küsse gibst du mir immer. Das ist kein richtiger Preis.«

»Du willst einen richtigen Preis?«, fragte ich, und sie nickte heftig. »Nach dem Kirschenpflücken könnte ich einen Kirsch-Clafoutis machen. Würde dir das gefallen?«

»Clafoutis?«, fragte sie. »Was ist das?«

Sie konnte sich auf etwas freuen. Ich lächelte. »Ein Dessert aus leckeren Kirschen.«

Lola strahlte wie ein Honigkuchenpferd.

Also pflückten wir Kirschen. Rémi hob Lola in den taubenblauen Himmel, ihre eifrigen Hände schlossen sich um die leuchtend roten Schönheiten und ließen sie in meine Korbtasche fallen. Ich begann, die Holzleiter hochzuklettern, die zur Erntezeit immer am Baum lehnte, und fühlte mich wie im siebten Kirschhimmel. Um an die Früchte ganz weit oben zu gelangen, musste ich mich strecken, und dann passierte es – ich verlor den Halt, stürzte zu Boden und stieß mit der Stirn gegen einen großen Stein. Rémi kam zu mir gerannt, und ich schloss vor Schmerz die Augen.

»Bist du okay? Du blutest«, sagte er erschrocken und wischte mir mit dem Handrücken die Stirn ab. »Müssen wir dich ins Krankenhaus bringen?«

Ich versuchte vergeblich, mich auf Rémi zu konzentrieren, doch der Schmerz ließ mich nicht klar denken. »Ist nicht so schlimm«, wehrte ich ab. »Gib mir nur einen Moment.«

Lola stand über mir und reichte mir eine Kirsche, die winzigen Lippen vor Sorge zusammengepresst. »Tatie, iss das.« Sie nickte aufmunternd, als könnte die Frucht den Schmerz lindern.

Mit bebendem Lächeln nahm ich die Kirsche und steckte sie mir in den Mund. »*Merci.*«

Sie gab mir einen Kuss auf die Wange und nickte mit großen Augen.

Seltsamerweise schmeckte ich weder Süße noch Herbheit, sondern Säure. Ich spuckte den Kern auf den Rasen.

»Ich glaube, das sind die besten Kirschen, die wir je hatten, so schmackhaft und saftig«, sagte Rémi.

»Wirklich?«, fragte ich erstaunt.

Lola nickte. »Mjam-mjam.«

»Sie schmecken nicht sauer?«, fragte ich und wischte mir den Mund ab.

»*Non*«, erwiderte Rémi. »Sie schmecken nach Sommer.«

Panik stieg in meiner Brust zu meinem hämmernden Kopf auf. Bäche aus Schweiß rannen mir über den Rücken. Ich gab mir alle Mühe, den Schmerz und meine Sorgen gelassen hinzunehmen, und lächelte Rémi und Lola an.

»Macht es euch etwas aus, wenn wir den Clafoutis später machen?«, fragte ich. »Ich glaube, ich muss mich etwas ausruhen. Die Sonne brennt so heiß.«

Ich konnte nicht kochen, nicht jetzt. Irgendetwas stimmte nicht mit mir. Ich spürte es instinktiv. Aber ich wollte nicht vor Lola weinen. Ich musste mich zusammenreißen.

Rémi musterte mich besorgt. »Ich finde wirklich, ich sollte dich zum Arzt bringen«, beharrte er und wischte den Tropfen Blut weg, der mir ins Auge laufen wollte.

»Glaub mir«, erwiderte ich, während ich leicht benommen aufstand. »Mir geht's gut, ehrlich. Ist doch nur eine kleine Fleischwunde. In der Küche ist ein Verbandskasten. Ich hole ihn rasch und dusche dann.«

»Brauchst du Hilfe?«

Er wusste, dass ich nie um Hilfe bat. Das war eine Falle.

»Wobei?«, fragte ich.

Er sah mich mit schalkhaft funkelnden Augen an. »Um Doktor zu spielen oder dir beim Duschen zu helfen.«

Mein Blick huschte zu Lola, die sich eine Kirsche nach der anderen in den Mund steckte, während ihr der Saft am Kinn heruntertropfte.

»Ich glaube, du musst dich um deine Kleine kümmern«, wiegelte ich ab, gab Lola ein Küsschen auf die Wange und Rémi einen raschen Kuss auf die Lippen. Dann nahm ich die Korbtasche mit den Kirschen und ging zum Château. Ich warf noch einen Blick über meine Schulter, da ich wusste, dass Rémi besorgt war. »Keine Sorge, mir geht's gut. Wirklich. Ich muss nur die Spuren beseitigen.«

»Bist du sicher?«, fragte Rémi misstrauisch.

Ich nickte. »Ganz sicher. Wir sehen uns später. Entschuldige wegen des Clafoutis. Wir machen morgen einen.«

»Versprochen?«

Ich nickte und ging los zum Château. Ich lief schneller, damit Rémi nicht sah, wie es mir wirklich ging. Mir ging es nicht gut, ganz im Gegenteil. Aber ich musste das allein durchstehen – unter anderem herausfinden, warum die Kirsche nur nach Säure geschmeckt hatte. Ich hastete in die Küche und ließ die Korbtasche mit den Kirschen auf den Boden fallen. Sie kullerten heraus und verteilten sich überall auf dem Boden. Ich stützte mich auf dem Zubereitungstisch ab, und als ich mein Gleichgewicht wiedergefunden hatte, hastete ich ins Trockenlager.

Das Erste, wonach ich griff, war Salz. Ich schmeckte nichts. Monicas scharfe Sauce. Ich trank einen großen Schluck, der meinen Mund hätte in Brand setzen müssen. Keine

Schärfe. Nichts. Mein Herz raste. Warum machten meine Geschmacksnerven Urlaub? Ich hielt mir Lavendel unter die Nase, in der Erwartung, dass seine heilenden Eigenschaften mich beruhigen würden. Aber ich roch nichts. Den Geschmacks- und Geruchssinn zu verlieren, das war das Schlimmste für eine Köchin, was man sich vorstellen konnte. Nein, das durfte nicht passieren. Nein, nicht jetzt. Niemals.

Mein Bauchgefühl sagte mir, dass ich zum Arzt gehen sollte. Aber ich hasste Ärzte und Krankenhäuser, und ganz ehrlich, ich wollte der Wahrheit nicht ins Auge sehen. Was, wenn ich meine Sinne unwiderruflich verloren hatte? Was sollte ich dann tun? Diese Absonderlichkeit, überzeugte ich mich in Gedanken, legt sich bestimmt wieder. Ich tat diesen kurzzeitigen sensorischen Verlust als Folge meines Sturzes und von Stress ab.

Einige Zeit später – ich hatte versucht, alles Mögliche zu schmecken und zu riechen, und lutschte gerade an einer Zitrone – platzte Marie in die Küche. Sie blieb wie angewurzelt stehen.

»Was machen Sie hier? Und was ist mit Ihrem Kopf passiert?«

Ich befühlte vorsichtig meine Stirn, auf der sich eine eigroße Beule gebildet hatte. Besser, ich sah nicht in einen Spiegel. Ja, was tat ich? Ich versuchte, irgendetwas zu schmecken. Irgendetwas zu riechen. Aber das durfte Marie nicht wissen. Ich musste lügen.

»Ich bleiche meine Zähne auf natürliche Art«, improvisierte ich, nachdem ich die Schale auf die Theke gespuckt hatte. »Und womöglich hatte ich beim Kirschenpflücken einen Zusammenstoß mit einem Gesteinsbrocken.«

»Ach du liebe Güte«, sagte sie mitfühlend. »Geht es Ihnen gut?«

»Alles in Ordnung. Fit wie ein Turnschuh«, behauptete ich mit einem seltsamen Lächeln. Ich wusste, dass es seltsam war, weil meine Lippen dabei zuckten.

»Wenn Sie meinen«, sagte Marie besorgt.

»Wollten Sie etwas?«, fragte ich.

»Sophie, Sie schienen am Pool verärgert über mich gewesen zu sein«, erklärte Marie. »War das, weil Rémi mich gebeten hat, Lolas Torte zu backen?« Ich zuckte zusammen und antwortete nicht, weil ich mich furchtbar fühlte.

»Sind Sie sauer auf mich?«, fragte sie. »Ich überschreite so oft Grenzen.«

»Nein, Marie, Sie sind die Dessertkönigin, und Sie sind Lolas Patentante. Ich bin bloß ihre falsche Tante«, erwiderte ich und dachte, dass Rémi derjenige war, der permanent Grenzen überschritt, und nicht Marie. »Und außerdem hatte ich Lolas Geburtstag vergessen. Sie haben einen großartigen Mutterinstinkt, ich dagegen habe offenbar keinen.«

Maries Augen wurden groß. Sie legte nachdenklich einen Finger an ihre Lippen. »Das liegt daran, dass ich fünf kleine Geschwister habe. Der jüngste Bruder ist erst fünf, er kam überraschend, als meine Mutter längst nicht mehr mit einer Schwangerschaft gerechnet hatte. Ich weiß, es ist verrückt. Katholische Großfamilie«, erklärte sie mit einem nonchalanten Achselzucken. »Tut mir leid, wenn ich am Pool in Ihre Privatsphäre eingedrungen bin. Ich hätte wieder gehen sollen, aber ich wollte mich entspannen.«

»Entschuldigen Sie sich nicht«, bat ich angespannt. »Sie haben jedes Recht auf Erholung.«

»Also ist alles gut zwischen uns?«

»Zwischen uns ist es immer gut«, behauptete ich.

Sie blinzelte und lachte dann. Zwischen uns war alles gut. Aber ich fühlte mich trotzdem schlecht. »Ehrlich, ich werde die beschissenste Mutter der Welt. Meine war nicht das beste Vorbild.«

»Vergessen Sie nicht, Sophie, dass Lola erst gerade drei geworden ist und echt schwierig sein kann, aber sie himmelt Sie an«, tröstete mich Marie. »Ich weiß, dass es schwierig ist, mit Kindern Geduld zu haben. Glauben Sie mir. Sie sollten sehen, was mein kleiner Bruder so anstellt.«

»Geduld gehört nicht zu meinen größten Tugenden«, gab ich zu, als Phillipa mit einem Korb voller Kräuter hereingeschlendert kam, die ich normalerweise genau bestimmen konnte.

»Und ob. Du bist extrem geduldig«, widersprach Phillipa. »Du hast es noch nicht mit Rémi gemacht.«

Während Maries Augenbrauen in die Höhe schossen, sah ich Phillipa drohend an. »Themawechsel.«

Phillipa hob, gespielt kapitulierend, die Hände. Marie hüpfte aufgeregt auf und ab. »Okay, ich hab eine supercoole Idee für die Veranstaltung in Paris. Wollen Sie sie hören, Grand Chef?«

Phillipa sah mich aufmunternd an. Das sonnige Gemüt der beiden machte mich fertig. Ich hoffte, dass ihre Leichtigkeit auf mich abfärben würde, und gab mir alle Mühe, meine Sorgen beiseitezuschieben.

»Ich bin ganz Ohr.«

Marie drehte sich um die eigene Achse. Mir wieder zugewandt, sagte sie: »Mit dem 3D-Drucker hergestellte herzhafte Sterne als Canapés. Das Gerät ist super. Es funktioniert mit Teig, Guss oder Schokolade.« Sie hielt inne, und ihre großen, cleopatrahaft geschminkten Augen öffneten sich noch weiter. »Ich habe mir ein Design ausgedacht. Wir müssen nur noch den Teig machen, das Design einstellen und sie dann backen.«

»Super!«, rief ich. Mir war alles recht, um mich vom Muttersein und meinen Problemen abzulenken. »Probieren wir es aus.«

»Ich muss nur meinen Computer aus dem Glockenturm holen.« Marie wackelte mit dem Hintern. »Ich bin in null Komma nichts wieder zurück.«

Ein paar Stunden später fand mich Rémi im Gewächshaus vor. Ich versuchte panisch, irgendetwas zu schmecken oder zu riechen. Ich wollte nicht, dass jemand erfuhr, was ich tat und warum, und wollte Rémi aus dem Weg gehen, weil er merken würde, dass es mir nicht gut ging, doch er baute sich vor der Tür auf und versperrte mir den Weg.

»Was machst du da?«, fragte er.

Ich zuckte mit den Achseln. »Ich suche nach Inspiration.«

»Ich weiß, dass du Angst davor hast, Lolas Maman zu werden«, sagte er, ohne auf meine Schwindelei einzugehen, und sah mir prüfend in die Augen.

Das war nicht alles, wovor ich Angst hatte. Trotzdem, das Gespräch, das er führen wollte, würde um so vieles einfacher sein als das, was mir das Herz schwermachte. »Woher?«

»Könnte sein, dass ich im Trockenlager war, um Zutaten

für den Lunchservice zusammenzutragen«, sagte er. »Und ich könnte dein Gespräch mit Phillipa und Marie mitangehört haben.«

Ich hob resigniert die Hände. »Du hast mich belauscht?«

Er grinste, und seine Grübchen kamen zum Vorschein. »Ich hab nicht gelauscht. Ich wollte euch nicht stören. Aber ich würde gern den Grund wissen. Warum hast du mir nicht von deinen Ängsten erzählt?«

Ich kniff die Augen zu. Er wusste ganz sicher nicht von allem. Zum Beispiel von meiner größten Angst im Moment: Ich nahm noch nicht einmal seinen Geruch wahr, obwohl er direkt vor mir stand. Ich wollte ihm von meinem Problem erzählen. Aber wenn ich es laut aussprach, hieße das, dass es wahr wäre, und ich könnte mich von meiner Karriere als Spitzenköchin verabschieden. Ich drehte ihm den Rücken zu und pflückte ein paar Kräuter, legte sie dann auf einen Pflanztisch.

»Rémi, du weißt doch, wie verkorkst meine Mom war. Als Kind musste ich mich um sie kümmern. Und dann, na, du weißt ja, was sie getan hat.«

Rémi legte die Hände auf meine Schultern und drehte mich zu sich herum. »Hast du mir nicht gesagt, du wärst nicht deine Mutter?«

Ich nickte. Fast mein ganzes Leben lang war es meine Mission gewesen, nicht so zu sein wie sie.

»Weißt du, wie oft ich als alleinerziehender Vater ausgeflippt bin? Oft. Zum Glück hat Laetitia mir geholfen. Ich weiß, dass Lola manchmal schwierig sein kann, und Mutter zu sein ist eine Riesenaufgabe. Aber wenn jemand es schaffen kann, dann du. Und uns gibt's nur im Doppelpack.«

»Du weißt, wie schwer es für mich ist, um Hilfe zu bitten«, sagte ich verlegen. »Es liegt außerhalb meiner Fähigkeiten. Aber ich werde besser darin.« Ich drückte Daumen und Zeigefinger zusammen. »Ein winziges bisschen.«

»Zusammen können wir alles meistern«, behauptete er. »Bist du dir da so sicher?«

»Ja«, bekräftigte er. »Sophie, hast du vergessen, dass auch ich meine Eltern in sehr jungen Jahren verloren habe? Doch dann hat Grand-mère Odette mich und meine ganze Lebensanschauung verändert.« Er grinste. »Ich bin doch nicht so schlecht geraten, oder?«

»Nein«, sagte ich. »Du bist so gut wie vollkommen, bis auf deine Rechthaberei. Und das ständige Überschreiten von ...«

Er ergriff lachend meine Hände. »Du bist wirklich wie deine Grand-mère.«

Ich hob stolz das Kinn. »Weißt du was? Vielleicht bin ich das.« Ich schreckte vor dem Gedanken zurück. Ich hatte ihr Leben übernommen, und ich war mir immer noch nicht sicher, wie ich das fand. Aber die Wahrheit über Lola konnte ich ihm erzählen. Deshalb legte ich meinen Schwerpunkt darauf. »Du hast recht. Ich hätte mit dir über meine Angst vorm Muttersein sprechen sollen. Jetzt weißt du es«, sagte ich, blickte zu Boden und sehnte mich danach, das Thema zu wechseln. »Da wir uns schon unterhalten, gibt es auch etwas, das du mir verschwiegen hast?«

»Sophie, ich bin ein offenes Buch. Was du siehst, bekommst du. Ich verheimliche nichts vor dir. Ich bin immer noch Rémi, der Bauernjunge, der in jungen Jahren seine Eltern verloren hat. In meiner Jugend hab ich ein paar Fehler gemacht und bin in schlechte Gesellschaft geraten. Deine Grand-mère hat mich gerettet, als sie mich bei sich aufgenommen hat. Alles, was du wirklich wissen musst, ist, dass du die einzige Frau bist, mit der ich zusammen sein will.« Seine Daumen streichelten meine Hände.

»Hör zu, ich gebe dir die Zeit, die du brauchst, um dich mit dem Gedanken anzufreunden, Lolas Maman zu werden. Ich kenne dich, Sophie, und weiß von den Problemen, die du in der Vergangenheit hattest. Ich werde geduldig sein. Wir sprechen später weiter, *d'accord?* Und wenn Probleme auftauchen, stellen wir uns ihnen gemeinsam.«

Er hatte die Worte gesagt, die ich hatte hören wollen. »Geduldig?«

»Nun, *so* geduldig nun auch wieder nicht«, erwiderte er und schob die Unterlippe vor. »Ich würde dich jetzt wirklich gern küssen.«

Damit legte Rémi die Hände auf meine Taille und zog mich an sich. Einen Moment lang hielt er mich nur fest, dann küsste er mich so leidenschaftlich, dass meine Beine fast nachgegeben hätten. Sein Kuss begann langsam und wurde immer hungriger, bis unsere Münder eins wurden. Aber ich konnte die minzige Frische seines Mundes nicht schmecken. Meine Hand schloss sich um eine Tomate und drückte sie so fest zusammen, dass der Saft an meinen Fingern herunterlief.

Stimmen vor dem Gewächshaus schreckten uns auf. Wir schafften es, uns in letzter Sekunde voneinander zu lösen. Clothilde öffnete die Tür und führte einige unserer Gäste hinein. Ich wusste, dass meine Wangen rot waren, weil sie sich heiß anfühlten, als ich die Hände an mein sonst so blasses Gesicht legte. Rémi schnappte sich einen Korb und warf meine gepflückten Kräuter hinein.

Ich legte die Tomate auf den Pflanztisch und sagte: »Nun, die war zu reif.«

»Wo soll das hier hin, Chefin?«, fragte er mit einem verlegenen Augenzwinkern und wies auf den Korb.

»In die Küche«, befahl ich und wischte mir den Tomatensaft an meinem Kleid ab. »*Merci*, Rémi.«

Er verließ schmunzelnd das Gewächshaus, sodass ich unter den neugierigen Blicken von zehn weiblichen Gästen allein zurückblieb. Clothilde, die von unseren Eskapaden nichts ahnte, stellte mich der Gruppe vor.

»Sophie«, sagte sie. »Möchtest du an unserer heutigen Kochvorführung teilnehmen? Bestimmt würde es allen hier gefallen, wenn ein Grand Chef wie du ihnen seine meisterhaften Techniken zeigt.«

Ich war mir ziemlich sicher, dass sie nicht alle meine Techniken kannte. Zum Beispiel, dass ich eine Tomate mit den Händen zerquetschen konnte.

Ich saß in der Klemme. War in die Enge getrieben. Sah keinen Ausweg. Konnte mich nirgends verstecken. Ich setzte mein schönstes Lächeln auf, während mir von Rémis Kuss immer noch die Knie zitterten.

»Möchte mir jemand von Ihnen bei den Vorbereitungen für das morgige Abendessen helfen?«

Ich kannte die Antwort schon, bevor jemand antwortete oder auch nur Luft holte. Das gehörte zum Château-Erlebnis dazu: Die Gäste zahlten dafür, um Teil von etwas zu werden, weil sie etwas lernen wollten, und erledigten manchmal, wenn auch nicht immer, die ganze Arbeit. Seltsam, ja. Aber sie wollten es so. Wer war ich, mit ihnen zu streiten? Und außerdem brauchte ich ihre Geschmacksnerven.

Aufgeregtes Gemurmel hallte von den Glaswänden wider.

»Nehmen Sie sich Körbe, befüllen Sie sie und kommen Sie zu mir in die Küche«, rief ich.

Eine Frau mit starkem New Yorker Akzent tippte mich an. »Haben Sie schon ein Menü festgelegt? Sollen wir nach bestimmten Zutaten suchen?«

»Nein, ich habe das Menü noch nicht geplant«, sagte ich und sah in die erwartungsvollen Gesichter. »Wir werden das zusammen machen. Suchen Sie sich aus, was Ihnen zusagt. Und danach sehen wir, was unsere Lieferanten gebracht haben.«

»Wirklich?«, rief die Frau aus. »Menüplanung mit einem Grand Chef. Für mich wird ein Traum wahr.«

Die Pflicht rief. Ich liebte es, mein Wissen mit anderen zu teilen, diese willkommene Abwechslung war zutiefst befriedigend. Und momentan brauchte ich nichts so sehr wie Ablenkung.

II

SOMMER

Wenn es einem nicht gut geht,
hilft nur essen gehen.

CARLA HALL

11

Durch Schein zum Sein

Das, was wir an Freizeit hatten, verbrachten Phillipa und ich damit, Rezepte für die Gala auszuprobieren, während Marie mit ihrem 3D-Lebensmitteldrucker experimentierte. Der Juni ging in den Juli über, der Juli in den August. Eine Drehtür nicht enden wollender Gäste. Pausenloses Kochen. Die Hitze des Sommers. Schweißperlen auf der Stirn. Heiße Küsse mit Rémi. Schwimmen und Lachen mit Lola. Ich lernte meinen Vater immer besser kennen. Ich erhöhte den Druck auf Phillipa und bat sie, vor dem Service all unsere Gerichte zu kosten, was sie toll fand, da sie glaubte, ich übertrüge ihr mehr Verantwortung. Natürlich machte ich mir Sorgen um mich und hatte viele schlaflose Nächte, doch ich musste zuerst an andere denken. Mich und meine Probleme vergessen. Es war wie in dem Film *Und täglich grüßt das Murmeltier.* Drücken Sie die Wiederholungstaste.

Tag für Tag peitschte Veränderung die Luft und katapultierte mich tiefer in die Welt von Champvert, und mir wurde klar, wie gut ich es hatte mit dem Leben im Château, mit meinen wunderbaren Freundinnen, der eigenen Küche – und Rémi. Obwohl ich der Lust noch nicht vollends nachgegeben hatte, da mein Körper und mein Verstand ein merkwürdiges Tauziehen veranstalteten, war Rémi mehr als geduldig mit mir. Er übernachtete bei mir, massierte mir den Rücken oder die Füße, wenn mich die Erschöpfung übermannte. Sich als Spitzenköchin auszugeben war überaus anstrengend, aber ich schaffte es. Niemand wusste von meinen Schwierigkeiten. Und dabei wollte ich es belassen, bis mein Problem gelöst war.

Doch ein anderes größeres Problem machte mir zu schaffen. Irgendwann im August, als Jane, Phillipa, Marie und ich am Pool lagen, stupste mich Phillipa an.

»Wo wir schon alle zusammen sind, und da sie gerade nicht hier ist, können wir über Monica reden?«

»Was ist mit ihr?«, fragte ich gespannt.

»Sie weint sich jede Nacht in den Schlaf. Sie hockt wahrscheinlich auch jetzt weinend in ihrem Zimmer. Bei all dem Jammern und Schniefen kriegt keine von uns Ruhe«, erklärte sie, und Jane und Marie nickten. »Ich kann das nicht mehr ertragen. Wir müssen was dagegen unternehmen. Besser früher als später.«

Ich stöhnte auf. Ich wusste, wie Monica sich fühlte. Ich wusste, dass sie das Gefühl brauchte, geschätzt zu werden, und dass sie ihre Kochmagie wiedererlangen musste.

»Vielleicht waren wir alle ein bisschen zu streng mit ihr«, überlegte ich.

»Nach dem, was sie dir angetan hat?«, verteidigte sich Phillipa. »Ich bin immer noch wütend. Diese Behandlung hast du nicht verdient.«

»Du hast recht.« Ich hielt nachdenklich inne. »Sie muss in der Küche mehr experimentieren. Das gestehen wir ihr zu.«

»Und was machst du, wenn ihre Experimente nicht gelingen?«, fragte Marie. Wir waren mittlerweile zum vertraulicheren Du übergegangen.

»Glaub mir, sie werden gelingen«, beteuerte ich. »Wir waren zusammen am CIA. Sie weiß, was sie tut.«

Maries Augen wurden groß. »Du hast für die CIA als Spionin gearbeitet? Das ist ja megacool!«

Ich bespritzte sie mit Wasser. »Ich war keine Spionin bei der Central Intelligence Agency. CIA ist auch die Abkürzung für das Culinary Institute of America, und das ist die US-amerikanische Entsprechung der Cordon Bleu, Dummchen.«

Marie war nicht beleidigt, sie lachte. »Jetzt komm ich mir total dämlich vor.«

»Quatsch, man kann nicht alles wissen«, erwiderte ich und unterdrückte ein Kichern. »Dann sind wir uns einig? Wir lassen ihre Leine ein bisschen lockerer?«

»Was auch immer du sagst, Sophie. Du bist die Chefin«, meinte Phillipa. »Wenn du sie für eine gute Köchin hältst, vertraue ich dir. Und bisher hat sie nichts in Brand gesetzt. Noch nicht.«

Während wir in der Küche mit Vorbereitungen beschäftigt waren, wandte sich Monica an mich. »Feigen haben Saison«, sagte sie. »Wollen wir nicht was mit ihnen anstellen?«

Das war die perfekte Gelegenheit, mit ihr zu reden. Ich hatte gar nicht bemerkt, wie unglücklich Monica war.

Lächelnd sagte ich: »Klar.«

Wir nahmen uns Körbe und begaben uns zum Obstgarten. Auf dem Weg dorthin blieb Monica abrupt stehen. »Ich hab eine verrückte Idee für deine Veranstaltung«, sagte sie. »Für den *apéro*. Ein kleines Extra, das sie umhauen würde.«

»Ich bin ganz Ohr«, sagte ich gespannt. »Erzähl mir davon.«

»Mit geräucherten Jalapeños gefüllte Feigen, vielleicht mit einer Kakao-Balsamico-Glace beträufelt.« Sie faltete verlegen die Hände. »Du weißt schon. Um für Abwechslung zu sorgen. Wäre das unter Umständen was für dich?«

Ich hatte ganz vergessen, was für eine kulinarische Alchemistin sie war. Ich wollte ihr die Chance geben, ihre Kochkünste unter Beweis zu stellen. Da gab es nur ein Problem. »Ich hab keine Jalapeños und auch keine Ahnung, wo ich sie herbekommen soll«, sagte ich bedauernd. »Aber wir können uns etwas anderes einfallen lassen. Wir ...«

»Ich hab welche. Sogar viele«, unterbrach sie mich aufgeregt. »Erinnerst du dich an die Koffer, die ich mitgebracht habe?«

»Natürlich«, sagte ich.

Sie grinste übers ganze Gesicht. »Darin sind meine Schätze. Wir probieren etwas aus!«

»Gerne«, sagte ich und legte den Kopf schief. »Darf ich dir eine Frage stellen?«

»Welche denn?«

»Bist du hier glücklich?«

Monica stieß den Atem aus. »Meistens ja, vor allem heute«, sagte sie. »Aber manchmal auch nicht. Ich fühle mich hier fehl am Platz. Ich spreche kein Wort Französisch und vermisse mein Zuhause sehr. Mir fehlt das Stadtleben.« Sie hielt inne. »Keine Sorge. Ich bleibe, solange du mich brauchst. Und noch mal, danke, dass du für mich da warst, obwohl ich nicht für dich da war. Die Schuldgefühle bedrücken mich jeden Tag aufs Neue.«

Ich umarmte sie. »Lassen wir die Vergangenheit ruhen«, bat ich mit einem Lächeln. »Zeit, etwas mit den Feigen anzustellen.«

Zurück in der Küche, probierten wir ihre Idee aus. Als ich in eine Feige biss, hätte ich als Erstes Süße auf der Zunge schmecken müssen, gefolgt von der Schärfe des Jalapeño … Es hätte süß und scharf schmecken müssen. Die Geschmacksnoten vereinigten sich miteinander. Doch ich schmeckte nichts.

»Die Pariser werden nicht wissen, wie ihnen geschieht«, sagte ich im Bemühen, die Fassade aufrechtzuerhalten.

»Dann bietest du es auf der Gala an?«, fragte sie atemlos.

»Ich wäre verrückt, wenn ich es nicht täte«, erwiderte ich, kniff die Augen zu und stellte mir vor, was ich nicht schmecken konnte.

Sie machte einen kleinen Luftsprung und klatschte freudig in die Hände. »Obwohl es fast perfekt ist, glaube ich, dass dem Rezept etwas fehlt«, sagte sie dann nachdenklich und kniff die Augen zusammen. Sie leckte sich die Lippen und aß noch eine Feige. »Irgendwas braucht es noch.«

Ich trommelte mit den Fingern auf dem Zubereitungstisch. Mein Blick fiel auf ein Einmachglas mit *fleur de sel*, aber ich wusste, dass das reine Meersalz zu viel wäre.

»Vielleicht etwas Salziges?«, fragte ich.

Und dann sagten wir gleichzeitig: »Trockenschinken.«

Wir umarmten uns.

»Danke, Monica«, sagte ich. »Zwei Dumme, ein Gedanke.«

»Dank nicht mir, Süße«, sagte sie, »sondern dir selbst. Ich glaube, dank dir habe ich endlich meine kulinarische Seele wiedergefunden.«

Ich zog eine Grimasse, weil sie mich schon wieder Süße genannt hatte.

Monica warf lachend den Kopf in den Nacken. »Du hast mich gerade an die guten alten Zeiten am CIA erinnert und an den Beginn unserer Freundschaft.« Sie hielt inne. »Du hast immer einen Flunsch gezogen, wenn ich dich Süße genannt habe. Das hat mich zum Lachen gebracht, weshalb ich es weiter getan habe.«

»Erinnerst du dich an Professor Thomas?«

»Die alte Ziege«, sagte Monica. »Zuerst müsst ihr das Ei in der Schüssel aufschlagen und es verquirlen«, ahmte sie sie nach. »Und dann fügt ihr ganz sachte das Mehl hinzu und hebt es unter ...« Ich kicherte. »Sie hat sich für Julia Child gehalten.«

»Ich bin mir sicher, sie hat zwischen den Unterrichtsstunden an der Flasche genippt«, lästerte ich. Monica und ich lachten uns kaputt, während wir von den guten alten Zeiten erzählten, als wir noch Kochschülerinnen gewesen waren. Wir versuchten aufzuhören, doch sobald wir einander ansahen, fingen wir von vorn an. Als ich ein Fünkchen Selbstbeherrschung wiedererlangt hatte, keuchte ich: »Monica, ich hoffe wirklich, dass du bleibst. Das hat mir gefehlt.«

Sie schloss die Augen. »Mir auch«, sagte sie. »Und wer weiß ... Vielleicht gewöhne ich mich an das Leben in Frankreich. Wenn du mich brauchst.«

Ich brauchte sie wirklich. Am liebsten hätte ich ihr von

meinem Dilemma erzählt, doch die Worte kamen mir nicht über die Lippen. Was hätte ich ihr auch sagen sollen? »Übrigens, ich bin eine Betrügerin. Ich kann seit einiger Zeit nichts schmecken außer Säure. Ach, und riechen kann ich auch nicht mehr richtig – nur Verbranntes.«

Nein, ich konnte mich Monica nicht anvertrauen, ich musste erst Rémi erzählen, dass ich zwei meiner Sinne verloren hatte. Und noch war ich ja nicht aufgeflogen. Im Château lief alles bestens.

»Betrachte dich als angestellt. In Vollzeit«, sagte ich feierlich, und Monica umarmte mich fest.

»Du bist eine fantastische Köchin«, antwortete sie. »Aber eine noch bessere Freundin.«

Jane, Marie und Phillipa kamen in die Küche gesprungen und unterbrachen unsere Versöhnung. Ich hielt Jane eine mit einem Jalapeño gefüllte Feige vor den Mund. »Probier mal.«

Jane tat, wie ihr befohlen. Ihre Augen wurden groß. Mit vollem Mund sagte sie: »Was um alles in der Welt ist das für eine Wahnsinnskreation?«

»Ich will auch probieren«, rief Phillipa und nahm sich eine Feige.

»Ich auch.« Marie biss in die Frucht und flüsterte ehrfürchtig: »Das ist unglaublich. Wie die Geschmacksnoten sich vereinigen. Du bist eine kulinarische Göttin!«

Ich deutete mit einem Nicken auf Monica. »Das ist ihr Werk. Und ich nehme Feigen mit nach Paris.«

Phillipa nickte begeistert. »Hut ab«, sagte sie zu Monica und stemmte die Hände in die Hüften. »Bist du auf unserer Seite?«

Monica senkte den Blick. »Ja.«

»Dann tut es mir leid, dass ich so frostig dir gegenüber war«, sagte Phillipa. »Bring mir alles bei, was du weißt.«

»Mach ich«, versprach Monica. »Und du warst nicht frostig. Nur ein bisschen reserviert. Vielleicht ein kleines bisschen herrisch.«

Phillipa stieß ihr typisches schreiendes Lachen aus.

»Heißt das, du bleibst?«, fragte ich.

Monica lächelte mir zu. Sie hatte sich vor dem Personal und mir bewährt. Mein Blick huschte zu Jane. Ihr Gesicht trug einen verträumten Ausdruck, sie schien in Gedanken ganz woanders zu sein.

»Wie war dein letztes Date mit Loïc?«, fragte ich sie.

»Es war toll. Ich glaube, wir sind jetzt zusammen. Die Dinge entwickeln sich.« Sie sah mich streng an. »Ich weiß, was du denkst. Und keine Fischwitze. Denn wir sind hier, um Neuigkeiten zu überbringen.«

Ich sah nirgends eine Martini-Flasche.

»Das Château war wieder in der Presse«, verkündete Phillipa, und ich zuckte zusammen. »Keine Sorge, es ist eine gute Kritik.«

Sie reichte mir einen ausgedruckten Artikel. Die Überschrift lautete: *MÄRCHEN ODER HIRNGESPINST – DIESE FURCHTLOSE KÖCHIN MUSS MAN IM AUGE BEHALTEN.* Erschrocken warf ich einen Blick auf eins der Fotos von mir, auf dem ich im Speiseraum meine Rede hielt.

»Kein Wunder, dass ich immer neidisch auf dich war«, sagte Monica, die mir über die Schulter blickte. »Verdammt, sogar mit deiner Kochjacke stellst du Supermodels in den Schatten. Und kochen kannst du sowieso.«

»Ich fluche sonst nicht«, sagte Jane. »Aber verdammt, sie hat recht.«

Phillipa kicherte. »Jane, du fluchst in letzter Zeit viel.«

»O mein Gott!«, rief ich. »Habt ihr das gesehen?«

Ich deutete auf ein Foto von mir im Gespräch mit Nicolas de la Barguelonne beim Sonntagslunch. Die Bildunterschrift lautete: *Madame Valroux wurde von Familie de la Barguelonne angeworben, für eine private Veranstaltung im Musée d'Orsay in Paris einige Gerichte zu kreieren, die ihre Handschrift tragen. Dieses Event könnte ihren Erfolg oder ihr Scheitern bedeuten. Wir drücken die Daumen für unsere furchtlose Köchin.*

»Ach du Schande«, sagte Marie. »Mach dir bloß keinen Druck.«

Ich starrte regungslos auf die Worte. Furcht strömte durch meine Adern. Ich musste dafür sorgen, dass in Paris alles perfekt war, sonst würden die Medien Hackfleisch aus mir machen, und puff, neben meinem Geschmacks- und Geruchssinn könnte ich auch meinen Traum in den Wind schreiben, mit Sternen ausgezeichnet zu werden.

Später am Tag rief Jane Phillipa, Marie und mich in Grand-mères Büro. Sie nahm ihre Brille ab und legte sie auf den Eichenschreibtisch.

»Ich wusste nicht, dass du eine Brille trägst«, wunderte ich mich.

»Nur wenn ich am Computer sitze«, erklärte sie. »Und nie, wenn jemand dabei ist. Ich sehe damit albern aus.« Sie lächelte. »Wollt ihr die gute oder die merkwürdige Neuigkeit zuerst?«

»Ich bin für die merkwürdige«, rief Marie.

»Gut«, sagte Jane. »Denn sie betrifft dich. Aber ich teile euch trotzdem zuerst die gute Nachricht mit.«

»Ähm ... *d'accord*«, sagte Marie, eine Spur weniger enthusiastisch. »Leg los.«

Jane setzte sich aufrecht hin. »Ich habe gerade eine Mail von Nicolas de la Barguelonne erhalten.« Sie richtete ihre Aufmerksamkeit auf mich. »Sophie, er hat deine Menüvorschläge akzeptiert und findet sie fabelhaft, genau, wie er es sich vorgestellt hat.« Sie hielt inne. »Und jetzt die merkwürdige Nachricht. Er schrieb, ihm gingen Maries Galaxietorten nicht aus dem Sinn.«

»Und?«, fragte ich und beugte mich vor. »Will er Marie abwerben? Und wir können nicht ablehnen?«

»Ich würde nicht von hier weggehen«, beteuerte Marie. »Oder von Phillipa. Nicht seinetwegen. Ich bin hier glücklich. Die könnten mir eine Milliarde bieten, und ich würde nicht gehen.« Sie rümpfte die Nase. »Na ja, einmal das, und ich hasse Paris.«

Phillipa drückte ihr die Hand. »Gott sei Dank«, sagte sie erleichtert. »Ich liebe dich.«

»Gleichfalls«, flüsterte Marie und lehnte sich an Phillipas Schulter.

Jane hustete. »Genug Liebesgeplänkel. Können wir wieder zum Thema zurückkommen?«

»Ja, Ma'am«, sagte Phillipa. »Wir sind ganz Ohr.«

»Nicolas möchte, dass Marie die Desserts für die Gala macht. Zweihundert Portionen. Er glaubt, dass sie etwas zaubert, das perfekt zu seinem Thema passt.«

»Oh«, sagte Marie erschaudernd. »Heißt das, ich soll mit Sophie nach Paris fahren?«

»Nein«, sagte Jane. »Er schickt ein Privatflugzeug, um Sophie, Séb und die Desserts abzuholen.«

Marie atmete erleichtert auf. Einen Moment lang strahlte ich. Ein Privatflugzeug? Wow, was für ein Leben ich führte!

»Damit wäre immerhin ein Problem gelöst«, freute sich Phillipa, deren blaue Augen funkelten. »Jetzt wissen wir, wie wir die Boretschblüten nach Paris bekommen, ohne dass sie zusammenfallen.« Alle redeten durcheinander. Jane schlug mit der flachen Hand auf den Tisch. »Konzentration, die Damen!« Ihr Blick bohrte sich in Maries grell geschminkte Augen. »Bist du bereit, das Dessert in deiner Freizeit zu machen?«

»Klar«, sagte sie. »Alle wissen, dass man den Barguelonnes nichts abschlägt.« Sie fuhr sich mit dem Finger über die Kehle. »Ansonsten …«

»Gut«, sagte Jane. »Er zahlt dir zwanzig Euro pro Torte.«

Marie blinzelte. »Das macht wie viel?«

»Etwa viertausend«, sagte Jane. »Was kostet es dich, sie herzustellen?«

»Verdammt viel weniger«, sagte Marie mit einem breiten Grinsen.

Jane klatschte in die Hände. »Dann ist es abgemacht. Ich gebe ihm Bescheid.« Sie holte Luft. »Außerdem hat er mir deinen Terminplan mitsamt einiger Anliegen geschickt, Sophie.« Sie legte mir einen Ausdruck hin.

Ich las, während mir Phillipa und Marie über die Schulter blickten.

Bitte beachten: Schicken Sie mir eine vollständige Liste der benötigten Zutaten für Ihre Entrées und den apéro. *Mein Personal bestellt alles für Sie. Ich schlage vor, dass Sie alles, was irgend möglich ist, schon im Voraus zubereiten, wenn es sich in Kühlvorrichtungen hält, die Ausgaben dafür werden Ihnen rückerstattet. Da für diese Veranstaltung Abendgarderobe erforderlich ist, bringen Sie bitte neben Ihrer Kochjacke auch ein Ballkleid mit. Von allen Köchen wird erwartet, dass sie sich nach getaner Arbeit unter die Gäste mischen. Ich hoffe, Sie haben etwas Passendes. Chanel, so schön, wie es auch ist, reicht da schlicht nicht aus.*

Mein Herz raste. Ich sah Jane hilfesuchend an.

»Jane, wir haben ein Problem«, sagte ich. »Ein riesiges.«

»Was denn?«

»Ich habe kein Ballkleid.«

Sie zwinkerte mir zu. »Ich nehme deine Maße und lasse etwas Perfektes für dich anfertigen. Ich werde das Kleid selbst entwerfen.« Ich schnappte nach Luft, da ich mich um die Kosten sorgte. »Keine Angst. Ich bleibe in einem angemessenen Budget«, beteuerte sie, als ob sie meine Gedanken lesen könnte. »Und bei der Schneiderin können wir anschreiben. Sie ist scharf auf unsere Aufträge. Und sie weiß, dass du kreditwürdig bist.«

Das war die einzige Option, und Jane hatte einen guten Geschmack.

Ich murmelte: »Danke, ich weiß wirklich nicht, was ich ohne dich täte.«

Phillipa deutete auf den Ausdruck und tippte darauf.

»Das ist alles andere als eine Auszeit«, stellte sie fest. »Du hast nur einen Tag, um dich in Paris umzusehen.«
Ich überflog die Liste.

1) Mittwoch, 15. September
Ein Van holt Sie um Punkt neun am Château ab und bringt Sie zu Ihrem Zehn-Uhr-Flug zum Flugplatz. Machen Sie sich keine Sorgen um die Desserts oder spezielle Zutaten, die Sie vielleicht mitnehmen wollen. Mein Vater hat das Flugzeug mit einer begehbaren Kühlzelle ausgestattet, da wir auf Flügen oft Gäste bewirten. Mein Personal wird mit Ihrer Ware sehr gewissenhaft umgehen und sie direkt ins Museum liefern.

2) Donnerstag, 16. September
Alle Köche treffen sich um zehn Uhr morgens im Musée d'Orsay, um sich mit der Umgebung und der Küche vertraut zu machen und die Brigademitglieder von der Cordon Bleu kennenzulernen. Alle kurzfristigen Wünsche für Zutaten oder Änderungswünsche werden an diesem Tag geklärt.

3) Freitag, 17. September
Alle Köche treffen sich um zehn Uhr morgens im Musée d'Orsay, um Gerichte oder zusätzliche Zutaten vorzubereiten, die im Voraus zubereitet werden können.

4) Samstag, 18. September
Alle Köche treffen sich um zehn Uhr morgens im Musée d'Orsay. Die Gala beginnt um neunzehn Uhr, das private

Dinner um zwanzig Uhr. Es endet um Mitternacht mit Cocktails und einer Tanzveranstaltung. Ballkleid erforderlich.

5) Sonntag, 19. September
Table du Chef. Dinner im Durand Paris. (Souschefs sind nicht geladen.) Ein Wagen holt Sie in Ihrer Bleibe ab und bringt Sie zu uns.

6) Montag, 20. September
Ein Fahrer holt Sie um neun Uhr morgens ab und bringt Sie zu Ihrem Heimflug zum Flugplatz.

Wenn Sie irgendwelche Fragen oder Anliegen haben, setzen Sie mich bitte baldmöglichst darüber in Kenntnis. Was die an dieser illustren Veranstaltung teilnehmenden Spitzenköche betrifft, finden Sie hier eine Liste ihrer Namen und der Länder und Restaurants, die sie repräsentieren:

Amélie Durand (Frankreich) *Durand Paris*
Sophie Valroux de la Tour de Champvert (USA/Frankreich) *Les Libellules*
Jean-Jacques Gaston (USA/Frankreich) *Le Homard*
Dan O'Shea (USA) *Cendrillon NY*

Cordialement
Nicolas de la Barguelonne

Meine Hände zitterten, als ich das Blatt Papier weglegte. Das waren alles Sterneköche. Alle, außer *mir*. Was hatte ich mir da bloß eingebrockt? Und warum hatte mir Nicolas nicht gesagt, dass ich zusammen mit O'Shea und Gaston kochen würde? Zugegeben, ich war aufgeregt, meinen alten Chef wiederzusehen und seinen Mentor kennenzulernen, aber nicht unter diesen Bedingungen. Vielleicht hatte Rémi mit Paris doch recht gehabt – ich fühlte mich wie ein Lamm, das zur Schlachtbank geführt wird.

Gleich nach dem Familienessen, als ich meine letzten Vorbereitungen für den Abendservice traf, kam Phillipa zu mir gerannt. »Sophie, die Tajine. Was hast du da reingetan? Die ganze Brigade hat sich den Mund verbrannt. Und die Grand-mamans ...«

Ich rannte zu meiner Kochstation, nahm die Gewürze zur Hand und stellte rasch fest, dass ich statt Paprika Jamaikapfeffer benutzt hatte. Und ich hatte den gleichen Fehler begangen wie damals, als O'Shea mich aus dem Cendrillon geworfen hatte. Ich hatte das Gericht nicht abgeschmeckt. Diesmal, weil ich es nicht konnte. Tolle Köchin Die Scham über meinen Fauxpas haute mich um, bereitete mir Kopfschmerzen. Die Tajine musste zwei Stunden auf niedriger Temperatur kochen, und ich hatte keine Zeit, sie noch einmal zu machen. Zudem hatte ich alle eingelegten Zitronen aufgebraucht.

Ich fing Phillipas Blick auf, während der New Yorker Albtraum in meinem Gehirn aufblitzte. Ich glaubte nicht, dass ich das Geschehene je überwinden würde. Ich sah immer noch die orangefarbene Hokkaido-Velouté von den

Wänden tropfen, nachdem O'Shea sie dagegengeworfen hatte, spürte immer noch den eiskalten Regen auf der Haut, während ich nach Hause gelaufen war wie eine nasse Ratte. Da ich über mein Problem nicht reden konnte, war es einfacher, jemand anderem die Schuld zu geben.

»Glaubst du, mich will jemand sabotieren?«

»Klar, die Grand-maman-Brigade will dir unbedingt an den Kragen! Vielleicht sogar Clothilde. Oder ich«, sagte sie trocken und stemmte die Hände in die Hüften. »Nein, ich glaube, du hast nur einen Fehler gemacht. Geißel dich nicht deshalb. Ich habe eine Idee.«

Ich ließ die Schultern hängen. »Mich den Wildschweinen zum Fraß vorzuwerfen?«

»Nein, wir machen es einfach mit dem Dampfkochtopf neu«, sagte Phillipa mit einem Blick auf die Uhr. »Zeit genug haben wir.« Sie klatschte in die Hände und rief: »Alle Mann an Deck. Wir müssen noch ein Gericht zubereiten. Und zwar schnell.«

Ein Gericht, das ich vielleicht ein zweites Mal vermasseln würde. Scham überkam mich. »Soll ich lieber gehen?«

»Um was zu tun? Aufzugeben? Das ist nicht dein neues Ich.« Sie packte mich an den Schultern. »Fehler passieren. Und wir kommen damit klar.«

»Und die eingelegten Zitronen?«, fragte ich, den Tränen nahe. »Ich hab sie alle verbraucht.«

»Grand-mère hat mir einen Trick beigebracht«, sagte Phillipa. »Ihr ist so was auch schon mal passiert. Niemand wird etwas merken.« Ich konnte mir nicht vorstellen, dass Grand-mère je einen Fehler gemacht hatte. Aber das zeigte, dass auch sie nur ein Mensch gewesen war. So wie ich. Niemand war perfekt. Genau das hatte ich hören müssen. Ich nickte. »Schon besser. Reiß dich zusammen, Chefin, und dann packen wir's an.«

Leichter gesagt als getan. Aber ich wollte versuchen, mein Bestes zu geben. Ich war in einer düsteren Stimmung und wollte nicht alle anderen mit herunterziehen. Ich hatte zwei Regeln für mich aufgestellt: *In der Küche wird nicht geweint* und *Immer abschmecken*. Ich hatte beide Regeln gebrochen. Trotzdem, ich musste die Sache wieder ins Lot bringen. Ich straffte die Schultern.

»Legen wir los!«

Phillipa drückte meine Hand. »Geht's dir auch gut, Sophie? Versteh mich nicht falsch, aber du verhältst dich in letzter Zeit merkwürdig.«

Jetzt war nicht der richtige Zeitpunkt, meine Probleme bei meiner Freundin abzuladen.

Ich zog eine Augenbraue hoch. »Mir geht's gut. Und wir haben Arbeit zu erledigen.«

»Ja, Chefin«, sagte sie und sah mich argwöhnisch an.

Ich fragte mich, wie lange ich mit meiner Lüge noch leben, wie lange ich diese Fassade aufrechterhalten konnte.

12

L'héritage

Die Obstgärten des Châteaus explodierten regelrecht in einem Sonnenuntergang aus den Orangetönen der reifen Aprikosen und Pfirsiche. Sosehr ich mich auch bemühte, ich kam nicht aus meiner depressiven Verstimmung heraus, um die Früchte meiner Arbeit so richtig zu genießen. Ich hatte den Paris-Ausflug für eine gute Idee gehalten, doch er brachte nur noch mehr Stress mit sich.

»Wir müssen etwas mit den vielen Pfirsichen anstellen, bevor sie schlecht werden«, tat Phillipa kund, während sie sich mit einem großen Korb voll in die Küche kämpfte. »Irgendwelche Ideen?«

»Du meinst außer den *confitures*, die die Grand-maman-Brigade gemacht hat?«, fragte ich.

»Ja«, sagte sie. »Das Trockenlager quillt über davon. Wir haben keinen Platz mehr.«

Ich presste die Lippen zusammen. »Wir haben schon Pizza mit gegrillten Tomaten und Pfirsichen im Papillon Sauvage serviert. Eine Rote-Bete-Pfirsichsuppe. Und Pfirsich-Gurken-Salsa zum Hühnchen. Tartes. Cobblers. Selbst gemachte Eiscreme. Ich weiß nicht. Mir gehen die Ideen aus.«

Phillipa rollte einen Pfirsich auf einem Küchenbrett und

massierte ihn. »Schwein«, überlegte sie. »Pfirsiche und Schweinefleisch würden fantastisch zusammen schmecken. Oder gebratene Foie gras mit Pfirsichen? Was meinst du?« Ich liebte Gänseleber.

»Wenn dir etwas Interessantes einfällt, bin ich sofort dabei.«

»Mir?«, fragte sie. »Aber du bist doch die Chefköchin. Und ich will mich von dir inspirieren lassen.«

»Dann sind wir schon zwei, die sich inspirieren lassen wollen«, sagte ich sarkastisch.

»Du kreierst fantastische Gerichte.«

Phillipa halbierte einen Pfirsich, schnitt ein Stückchen ab und reichte es mir. »Iss das und genieß es. Finde deine Inspiration«, forderte sie mich auf, und als ich hineinbiss, bemühte ich mich darum, konnte mich aber nur auf die Konsistenz konzentrieren.

Während der Saft über meine Zunge lief und meine Kehle hinunterrann, versetzte mich das Gefühl in meine Kindheit zurück. Es erinnerte mich an die Lektionen meiner Grand-mère und an ihr Pfirsich-Crumble-Rezept. Wie sie mir beigebracht hatte, das Mehl mit der Butter und dem Zucker zu flockigen Krümeln zu kneten, und mir mit ihren sanften Händen dabei geholfen hatte. Ich konnte sie fast neben mir spüren, ihren Zimt- und Muskatduft riechen. Doch dann, so schnell wie die Geschmacksnoten meine Erinnerungen geflutet hatten, verschwanden sie auch wieder, wie ein Löwenzahnsamen, der in die Luft gepustet wird. Am liebsten hätte ich den luftigen Stoß, der aus meiner Hand davonschwebte, wieder eingefangen und mir etwas gewünscht.

Wer auch immer mich hört: Gib mir meine Sinne zurück, betete ich.

Früher hatte ich keine finanziellen Sorgen gehabt und niemanden, der von mir abhängig war. Aber jetzt hatte ich Pflichten zu erfüllen. Ich aß noch ein Stück Pfirsich, und die Inspiration traf mich wie ein warmer Sonnenstrahl. Ich sprang von meinem Hocker und klatschte in die Hände.

»Kabeljaufilet!«, rief ich, als mir eine von Grand-mères Spezialitäten einfiel. »Mit einem Mandel-Pfirsich-Crumble. Deine Idee mit dem Schweinefleisch setzen wir auch um.«

Phillipa sah mich neugierig an. »Das klingt fantastisch«, sagte sie. »Ich kann es fast schmecken.«

»Ich wünschte, ich könnte das auch«, erwiderte ich, doch sie hörte mich nicht. Ich warf den Pfirsichkern in den Mülleimer.

Phillipa sah mir ernst in die Augen. »Ich weiß, warum du dich so seltsam verhältst. Ich weiß, dass du dir Sorgen wegen dieses Pariser Events machst. Sophie, du hast Angst.«

»Stimmt«, gab ich zu und verzog den Mund. »Ja, du hast recht.«

»Das solltest du nicht.«

Phillipa zog ein Blatt Papier aus ihrer Gesäßtasche und reichte es mir. Ich las eine neue glorreiche Kritik über das Château-Erlebnis und die Gerichte, die wir kreierten. Ich bekam nie mit, wann genau Kritiker bei uns aßen oder übernachteten – was wahrscheinlich auch besser war, da es mir sonst nur noch mehr Stress machen und mir meine Konzentration rauben würde.

»Weißt du«, sagte Phillipa, »du solltest die vielen positiven Bewertungen auch regelmäßig lesen. Denn du rockst die Gourmetwelt.«

Ich war nicht ganz zurechnungsfähig. Irgendetwas stimmte nicht mit mir. Doch die Realität zu ignorieren hieß, sich ihr nicht stellen zu müssen. Deshalb straffte ich die Schultern und begab mich an die Vorbereitungen.

Zwei Tage vor meiner Abreise nach Paris rief der *notaire* Rémi und mich in seine Kanzlei. Ich saß vor Monsieur Beaumont und konzentrierte mich mit Herzklopfen auf seine faltigen Hände, während er irgendwelche Papiere hin und her schob. Rémi blieb ganz ruhig, ich dagegen war ein zitterndes und bibberndes Nervenbündel. Endlich blickte Monsieur Beaumont auf und fixierte uns über seine Brille hinweg. Er lächelte nicht.

»Nachdem ich die Familiengeschichte der Valroux de la Tour de Champvert erforscht habe, freut es mich, Ihnen mitteilen zu können, dass Ihr Erbe gesichert ist«, verkündete er.

Rémi ergriff meine Hand.

»Also gibt es keine schwarzen Schafe in der Verwandtschaft, die Ansprüche anmelden können?«, fragte ich mit einem Seufzer der Erleichterung.

»Non«, versicherte mir Monsieur Beaumont. »Ihr Grand-père war Einzelkind, genau wie Ihre Grand-mère. Das Erbe gehört Ihnen rechtmäßig, und die Bankkonten sowie sämtliche Immobilien werden an Sie freigegeben.« Er legte einen Stapel Dokumente vor uns, blätterte die Seiten durch und sagte: »Unterschreiben Sie hier « Er blätterte. »Unterschreiben Sie hier.« Er blätterte. »Und hier.«

195

Der Füller zitterte in meinen Händen. Die ganze Prozedur dauerte etwa zehn Minuten.

Rémi räusperte sich. »Während der Wartezeit auf das Erbe habe ich Geld vorgeschossen, etwa hunderttausend Euro, um den Betrieb des Châteaus aufrechtzuerhalten. Haben wir einen Anspruch auf Rückerstattung?«

»*Oui*, wenn Sie die Quittungen und Kostennachweise aufbewahrt haben, wird das kein Problem darstellen.«

Mein Blick huschte zu Rémi. »Was? Warum hast du mir nicht gesagt, wie viel es war, Rémi?«

»Weil ich keinen Streit wollte«, sagte er. »*Voilà.* Ich hab getan, was getan werden musste – nicht für dich, sondern für das Château.«

Unsicher, ob ich dankbar oder böse auf ihn sein sollte, verschränkte ich die Arme vor der Brust. Andererseits hatte ich mich, was die geschäftlichen Aspekte des Châteaus betraf, nicht gerade sehr engagiert. Ich hatte genug damit zu tun gehabt, in der Küche für zwei zu schuften. Alles andere erledigte Jane, und offenbar tat Rémi ebenfalls das Seine. »*Merci,* Rémi«, sagte ich schließlich. »Ich weiß das zu schätzen.«

Rémi warf mir einen neugierigen Blick zu. Wahrscheinlich hatte er damit gerechnet, dass ich ausflippte. Aber nein. Das, was um sich schlug, war mein altes Ich.

»Wir sind Partner«, sagte ich achselzuckend.

Der *notaire* räusperte sich. »Im Rahmen unserer Nachforschungen haben wir etwas über Ihre Familiengeschichte herausgefunden, Madame Valroux de la Tour de Champvert«, fing er an.

»Nennen Sie mich bitte Sophie«, bat ich.

»*Alors*, Sophie, uns hat noch nie eine so hochadlige Frau mit ihrer Anwesenheit beehrt.«

»Verzeihung? Ich verstehe nicht«, sagte ich und verbarg meine Überraschung.

»Ich hab dir ja gesagt, du bist eine Prinzessin«, sagte Rémi. »*Ma princesse.*«

Ich lachte. »Schöne Prinzessin«, spottete ich.

»Ihre Urur-Grand-mère stammt aus der Familie de la Roche de Saint-Émilion«, fuhr Monsieur Beaumont fort. »Meine Neugier war geweckt, deshalb habe ich weiter recherchiert. Auch wenn deren einstiges Weingut und das Château nicht in betriebsfähigem Zustand sind, so scheint beides jetzt ein vermögender Amerikaner erworben zu haben. Seinen Namen habe ich nicht herausfinden können. Von den de la Roche de Saint-Émilions lässt sich niemand ausfindig machen. In der Welt der Winzer kursieren Gerüchte, dass die Familie in die Vereinigten Staaten ausgewandert ist, aber das lässt sich nicht belegen.« Er spitzte die Lippen. »Es scheint, als ob dieser Zweig Ihrer Familie verschollen wäre.«

Seine Worte hauten mich um. In der Geschichte meiner Familie gab es so vieles, das ich nicht wusste. Ich wusste ein bisschen was über Grand-mères Leben und ein paar Dinge über meinen Großvater, aber gar nichts über weitere Verwandte. Ich fühlte mich schrecklich, weil ich Grand-mère nie nach ihrer Mutter und Großmutter gefragt hatte. Ich holte tief Luft.

»Wollen Sie damit sagen, dass ich vielleicht irgendwo auf der Welt entfernte Verwandte habe?«

»Die Möglichkeit besteht, ja«, bestätigte er. »Wie dem

auch sei, selbst wenn es sie gäbe, hätte keiner dieser Verwandten ein Anrecht auf einen Anteil Ihres Erbes.«

Blinzelnd wandte ich mich an Rémi. »Weißt du etwas über Grand-mères Familie?«

Er zuckte mit den Schultern. »Du kennst doch Grand-mère. Sie sprach nicht gern über ihre Vergangenheit.« Er hielt inne. »Aber eins hat sie erwähnt. Als ich ihr beichtete, dass Anaïs mit Lola schwanger war, hat sie mir erzählt, dass ihre Großmutter sich von ihrer Schwester entfremdet hatte. Irgendwas in der Richtung, dass sie vom Pfad der Tugend abgekommen sei und eine lockere Moral gehabt hätte. Und dass ich bei Anaïs das Richtige tun müsse.«

»Klingt ganz nach Grand-mère«, sagte ich.

Mir schwirrte der Kopf. Ich brauchte mehr Zeit, musste eigene Nachforschungen anstellen. Aber fürs Erste wünschte ich mir von Herzen, den Familienstammbaum mit dem einen Blutsverwandten zu vervollständigen, dessen ich mir sicher war.

»Wer mein Vater ist, weiß ich«, sagte ich atemlos. »Es ist Jean-Marc Bourret.«

»Wenn er Sie als seine Tochter anerkennen will, muss er ins Rathaus gehen«, erklärte Monsieur Beaumont.

»Ich will, dass sein Name mit meinem verbunden ist«, erklärte ich ihm.

»Das würde Jean-Marc sehr freuen, glaube ich«, sagte Rémi.

»*Merci*, Monsieur Beaumont«, bedankte ich mich, stand auf und schüttelte ihm die Hand. Rémi folgte meinem Beispiel. »Was meine familiären Wurzeln betrifft, haben Sie mir die Augen geöffnet. Danke, dass Sie sich die Zeit genommen haben. Wir müssen jetzt leider gehen, aber wir wissen beide Ihre Arbeit zu schätzen.«

»Es war mir ein Vergnügen«, erwiderte er.

Rémi und ich verließen die stickige Kanzlei und fuhren zurück zum Château. Mir war von den vielen Informationen ganz schwindlig.

Ich wollte unbedingt mehr erfahren, doch meine Neugier musste warten. Wir hatten ein volles Haus, und die Pflicht rief, eine kurzfristig einberufene Mitarbeiterbesprechung eingeschlossen, auf die ich mich nicht vorbereitet hatte.

Marie betrat mit Lola den Salon. Ihre Gesichter waren mit einem so furchtbaren Make-up verschmiert, dass es einem Clown Angst gemacht hätte. Roter Lippenstift als Lidschatten, blauer Lidschatten als Rouge, und was das Grüne war, das sie sich auf die Lippen geschmiert hatten, wusste ich nicht.

Marie drehte sich. »Gefällt dir mein Umstyling?«

»Du siehst beängstigend schön aus«, sagte ich. »Und ich betone das Wort ›beängstigend‹.«

»Das hab ich gemacht, Tatie Sophie«, verkündete Lola stolz. »Ich hab Marie und mich in Meerjungfrauen verwandelt.«

Ich würde von Marie lernen. Wenn es um Kinder ging, konnte sie mir das eine oder andere beibringen.

»Ach, wirklich, *ma puce?*«, fragte ich gespielt überrascht, und Marie lachte. »Du bist eine echte Künstlerin.«

»Picasso kann ihr nicht das Wasser reichen«, scherzte Marie.

Lola lächelte stolz und nickte, obwohl sie sicherlich nicht wusste, wer Picasso war.

»Wo ist Rémi?«, fragte ich.

»Er beendet noch den Mittagsservice im Papillon Sauvage«, erklärte sie. »Laetitia musste ein paar Besorgungen machen, da hab ich ihr angeboten, auf den Zwerg hier aufzupassen.«

Jetzt trudelte auch das restliche Personal im Salon ein und beäugte Marie und Lola neugierig.

Jane stieß hervor: »*Quelle horreur!*«

Die Grand-maman-Brigade tratschte auf einem der Sofas und deutete auf Lola. Phillipa warf den Kopf in den Nacken und lachte. Schließlich kam Rémi herein. Er warf einen Blick auf Lola und wandte sich an Marie.

»Was um alles in der Welt hast du mit meiner Tochter angestellt?«

»Dasselbe, was sie mit mir gemacht hat«, antwortete sie.

Lola ließ Maries Hand los und rannte zu Rémi, der sie hochhob. »Ich bin eine Meerjungfrau, Papa«, rief sie. »Wie Ariel.«

Er kitzelte sie am Bauch und erwiderte Maries Lächeln mit einem finsteren Blick. »Das lässt sich hoffentlich wieder abwaschen«, brummte er.

»Keine Sorge«, beruhigte sie ihn. »Das tut es.«

Als sich alle niedergelassen hatten, legte ich los. »Wie ihr wisst, brechen Séb und ich in zwei Tagen in die Lichterstadt auf. Bevor wir euch verlassen, habe ich ein paar Neuigkeiten.« Ich hielt inne und sah in die erwartungsvollen Gesichter meiner Mitarbeiter und Mitarbeiterinnen. »Mein Erbe ist endlich freigegeben worden. Es hat etwas länger gedauert als erwartet, aber die gute Nachricht ist, dass ich keine schwarzen Schafe in der Verwandtschaft habe, die die Mittel gesperrt oder versucht haben, mir und Rémi das Château wegzunehmen.« Jane stieß einen für sie untypischen Jubelschrei aus und ballte triumphierend die Hand zur Faust. Die Zimmermädchen, die an diese neue, unbeherrschte Jane noch nicht gewöhnt waren, wechselten neugierige Blicke. Am liebsten hätte ich Jane deshalb aufgezogen, aber nicht vor dem Personal. Ich wandte mich an die Küchenbrigade. »Phillipa, Monica, Clothilde und *les dames*, ich bin mir sicher, ihr habt in der Küche alles unter Kontrolle. Phillipa und ich haben für die Zeit meiner Abwesenheit alle Menüs geplant. Und Marie, deine Galaxietorten sind unwiderstehlich. Die Pariser werden staunen. Danke für deine harte Arbeit.«

»Hab ich gern gemacht«, antwortete sie, ihre grünen Lippen verzogen sich wie die des Jokers. »Er hat mir eine Menge dafür bezahlt. Und Spaß hat es auch gemacht.«

Ihr Meerjungfrauen-Make-up brachte mich aus dem Konzept.

»Keine Sorge. Ich wasche mir gleich das Gesicht«, sagte Marie, als könnte sie meine Gedanken lesen. »Ich will die Gäste nicht verschrecken.«

Das Personal lachte. Dankbar für all die liebenswerten Menschen in meinem neuen Leben, legte ich meine Hand aufs Herz.

»Wie ihr wisst, werde ich beim morgigen Abendservice nicht dabei sein, aber falls ich gebraucht werde, bin ich noch da«, fuhr ich fort. »Wenn Probleme anfallen, lösen wir sie noch vor meiner Abreise. Ansonsten läuft alles wie gewohnt.«

Mein Herz schlug schneller. Das Château zu verlassen stellte ich mir vor, wie zum ersten Mal sein Baby abzugeben – auch wenn ich vom Muttersein keine Ahnung hatte. Obwohl ich wusste, dass das Haus in kompetenten Händen wäre und mein Aufenthalt in Paris nur sechs Tage dauern würde, machte mich der Gedanke, keine Kontrolle zu haben, wenn etwas passierte, extrem nervös. Denn die Verantwortung für diesen Betrieb und diese Menschen lag bei mir. Und ob mir der Zug an mir nun gefiel oder nicht, ich war ein echter Kontrollfreak.

Ich holte Luft und sah meinem stolzen Vater in die Augen. »Dank Jean-Marc sehen die Außenanlagen wunderschön aus. Ich danke dir auch dafür, dass du die Boretschpflanzen eingetopft hast, damit wir sie mit nach Paris nehmen können, ohne dass sie welk werden.«

»Für dich tue ich alles, *ma chérie*«, sagte er. Mein Herz sprühte Funken.

»Und zu guter Letzt, ich werde mich morgen Abend zur Begrüßungsrede kurz im Speiseraum blicken lassen«, verkündete ich. »An den anderen Abenden werden Jane und Phillipa das übernehmen. Jane, vielleicht ist es eine gute Idee, wenn du Phillipa als Chef de Cuisine des Châteaus vorstellst.«

Phillipa sprang von ihrem Platz auf und umarmte mich stürmisch. Ich drückte ihre Schultern. »Ich zähle auf dich, Chefin.«

»Wir bekommen das hin«, sagte sie breit grinsend.

Zum Zeichen dafür, dass die Besprechung zu Ende war, klatschte ich in die Hände. »*Merci* und viel Glück.« Ich wandte mich an Séb. »Bereit für die Lichterstadt?«

»Jawohl, Chefin!«, rief er und sprang auf. »Ich bin echt aufgeregt, Paris zu besuchen, wissen Sie. Ich war noch nie dort.«

»Ich auch nicht«, gestand ich.

Er war überrascht. »Was?«

»Abgesehen von Champvert und Umgebung hab ich noch nicht viel von Frankreich gesehen«, erklärte ich. »Deshalb, ja, ich bin auch ein bisschen aufgekratzt. Sind Sie bereit, mit den Crab Cakes loszulegen?«

»Jawohl, Chefin«, sagte Séb.

Da die Küche des Libellules montags geschlossen war, wollten wir die leeren Räumlichkeiten für unsere Zwecke nutzen. Wie meine Grand-mère es mir beigebracht und Nicolas uns angewiesen hatte, sollten wir das, was möglich war, im Voraus zubereiten. Wir wussten, was wir zu tun hatten. Ich hatte keine Ahnung, wie lange es dauern würde, über achthundert frische Crab Cakes mit meiner Version einer Remouladensauce zu machen, an die ich nach Gutdünken ungarische Paprika und Trüffelöl gab. Noch bevor wir den ersten Krebs knackten, konnte ich das Rezept *fast* schmecken.

»Ich helfe euch«, bot Phillipa an.

»Ich auch«, pflichtete Marie ihr bei.

»Und ich«, sagte Monica.

»Nein. Heute ist euer freier Tag. Entspannt euch. Geht im Pool schwimmen«, befahl ich. »Wirklich, ich brauche eure Hilfe nicht.«

»Und ob du das tust«, widersprach Phillipa. »Du willst nur nicht darum bitten.«

Ertappt.

Meine drei Freundinnen verschränkten die Arme vor der Brust und hoben trotzig das Kinn. Ich wusste, dass ich diesen Streit nicht gewinnen konnte. Und ich brauchte unbedingt ihre Geschmacksnerven. »Na schön«, gab ich nach, und wir begaben uns in die Küche.

»Womit fangen wir an?«, fragte Marie.

Ich teilte allen ihre Aufgaben zu.

Séb holte die Krebse aus dem Kühlschrank, während Phillipa die Zutaten zusammensuchte. Wir benutzten alle verfügbaren Kochplatten. Marie beschlagnahmte alle vorhandenen Töpfe, und wir machten uns an die Arbeit. Monica mischte die Gewürze – Cayennepfefferflocken, weiße Pfefferkörner und Herbes de Provence.

Phillipa sah mich warnend an. »Wenn du aus Paris nicht mehr zurückkommst, finde ich dich und zerre dich an den Haaren zurück.«

»Warum sollte ich nicht zurückkommen?«, fragte ich.

»O'Shea wird dort sein«, sagte sie schmollend. »Er könnte versuchen, dich wieder mit New York zu ködern.«

Während ich Mayo, Eigelb, Limonen- und Zitronensaft verquirlte, wurde mir klar, dass ich jetzt, da ich alles in den Griff bekommen hatte, mit meiner zusammengewürfelten Truppe und meinem Leben im Château wirklich glücklich war.

»Das wird nicht passieren«, beteuerte ich. »Mein Leben ist jetzt hier.«

»Versprochen?«, fragte Phillipa mit hochgezogenen Augenbrauen.

Ich drohte ihr mit dem Schneebesen. »Hab ich schon mal ein Versprechen gebrochen?«

Ihr Blick huschte hin und her, während sie nachdachte. »Nein, ich denke nicht. Und du lächelst wieder. Mit deinen Augen. Deshalb glaube ich dir.«

Ich half mit, die Krebse zu knacken und das Fleisch herauszulösen. Mit fünf aufeinander eingespielten Leuten dauerten die Vorbereitungen, für die ich auf mich gestellt acht Stunden gebraucht hätte, nur drei. In gusseisernen Tiegeln brodelten Butter, Zwiebeln, Selleriewürfel und schwarzer Pfeffer. Nachdem wir alle Zutaten vermengt hatten, wurden Bällchen geformt und frittiert, bis sie goldbraun waren. Als die Crab Cakes abgekühlt waren, stellten Phillipa und Séb sie in den Kühlschrank.

»Puh«, stöhnte ich. »Wir haben es geschafft. Danke.«

»Pool?«, fragte Marie, und Phillipa, Séb und Monica seufzten zustimmend.

»Ich komme gleich nach«, sagte ich.

»Mach eine Pause«, riet mir Phillipa. »Du hast es verdient.«

»Mach ich«, sagte ich. »Aber zuerst muss ich noch was erledigen.«

»Was denn?«, fragte Phillipa.

»Château-Angelegenheiten«, wich ich aus und rannte in Grand-mères Büro, um sensorische Beeinträchtigungen und ihre Ursachen zu googeln. Ich hatte das Thema bisher gemieden und auf eine Wunderheilung gehofft.

Als ich den Browser öffnete und fieberhaft in die Tasten tippte, machte sich Enttäuschung in mir breit. Alzheimer hatte ich nicht. Ich rauchte nicht. Ich litt nicht unter einer trockenen Mundschleimhaut oder trockenen Augen. Mundhygiene? Ich befolgte die Regeln, putzte mir zwei

Minuten lang die Zähne und benutzte Zahnseide. Vielleicht hatte ich nur eine Nebenhöhlenentzündung. Ein Hirntrauma. Vielleicht. Doch mit dieser letzten Suche tat sich die Möglichkeit auf, dass ich meine Sinne nie wieder zurückbekäme. Und das wollte ich nicht glauben. Das durfte ich nicht. Nein, ich war schließlich Köchin!

Erschüttert klickte ich die Website weg und überlegte, ob ich einen Vitamin-B-Mangel haben könnte. Das war es! Ich nahm mir vor, in der Apotheke danach zu fragen.

Da ich sowieso schon am Computer saß, suchte ich auch gleich Nicolas de la Barguelonne, fand aber nur seine unternehmerischen Aktivitäten und Fotos von ihm mit seinen jeweiligen Models des Tages. Nichts Unappetitliches, bis auf die Tatsache, dass er offenbar ein Aufreißer war. Trotzdem, irgendwas mit seiner Familie stimmte nicht – sie war zu reich und zu mächtig. Ich recherchierte weiter.

Als ich sein Foto anklickte, dachte ich daran, wie Nicolas mich mit seinen kalten blauen Augen angestarrt hatte. Ich erschauderte und tat das Gefühl als Paranoia ab. Er war nicht hinter mir her, sondern hinter meinem Essen.

13

Auf in die Lichterstadt

Während ich meine letzten Vorbereitungen für die Veranstaltung traf, versuchte ich alle Ängste bezüglich meiner Einschränkungen, die mein Selbstvertrauen beeinträchtigten, zurückzustellen. Als ich Nicolas Monicas Idee für die Hors-d'œvres vorgestellt hatte, hatte er gesagt, dass es interessant klinge und er es kaum erwarten könne hineinzubeißen. Ich konnte nur hoffen, dass er nicht in mich beißen wollte, denn ich wurde den Gedanken nicht los, dass irgendwas an ihm mir nicht geheuer war. Ich musste mir das aus dem Kopf schlagen. Nicolas gab mir eine Chance.

Séb und ich packten so gut wie alles zusammen, was wir für die Veranstaltung brauchten – einschließlich unserer Messer, da ein Koch niemals ohne seine Messer eine Küche betrat. Dann begaben wir uns mit Weidenkörben zum Obst- und Gemüsegarten, um die violetten und grünen Feigen zu pflücken.

Die Septembersonne brannte vom Himmel Schweiß rann uns an Stirn und Hals herunter. Schon bald hatten wir drei Körbe voll mit Feigen für den *apéro dînatoire*, die wie Erdkugeln geformt waren – mindestens fünfhundert Stück.

Séb wischte sich seufzend den Schweiß von der Stirn

und deutete auf die andere Seite des Gartens. »Die Oliven sind bald reif. Ich helfe beim Ernten. Ich liebe Oliven.«

»Danke«, sagte ich und nahm Sébs Loyalität dem Château gegenüber zur Kenntnis. »Jean-Marc, mein Vater, freut sich bestimmt über jede Hilfe, die er bekommen kann.«

Séb nickte. »*Chouette*«, sagte er. Das französische Pendant zu cool.

In den vergangenen Monaten hatte ich zu meinem Vater eine richtig gute Beziehung entwickelt. Er war liebenswürdig, ein guter Ratgeber und himmelte mich fast so an wie ich ihn. Ich lächelte Séb zu und deutete mit dem Kopf auf die Körbe. »Warum bringen wir diese Feigen nicht in die Kühlzellen? Und dann machen wir eine Pause«, schlug ich vor und sah zum See hinüber. »Die Gäste sind höchstwahrscheinlich am Pool, und es ist verdammt heiß.«

»Ich hab meine Badehose nicht dabei«, sagte er frustriert.

»Sie können sich eine von Rémi ausleihen. Er hat bestimmt nichts dagegen«, erklärte ich, und wir gingen zurück in die Küche.

Die Küchenbrigade hatte unter Phillipas Führung auf Vorbereitungsmodus geschaltet. Ich wollte sie nicht stören oder den Eindruck erwecken, sie zu kontrollieren, deshalb salutierte ich nur scherzhaft, worauf Phillipa mir das Daumen-hoch-Zeichen gab. Séb zog Kühlelemente hervor, in die wir die Feigen vorsichtig legten, bevor wir sie ins Frischelager stellten.

Gegen fünf Uhr nachmittags hatten Séb und ich uns abgekühlt und alle für Paris bestimmten Leckereien vorbereitet. Wir begaben uns zum Familienessen. Ich musste nur noch meinen Koffer packen, aber dazu hatte ich am

Abend noch genug Zeit. Phillipa flatterte durch die Küche wie ein gefangenes, nervöses Vögelchen, als ich meinen Platz auf einem Hocker neben Rémi einnahm. Er drückte meine Hand und wollte sich gerade zu mir herüberbeugen, um mir einen Kuss zu geben, als ich die Schultern hochzog und mich ihm entzog.

»Nicht vor dem Personal«, wehrte ich ab.

»Warum? Alle wissen, dass wir ein Paar sind«, bemerkte er ungläubig.

»Das sind wir in unserer Freizeit«, entgegnete ich naserümpfend. »Wenn wir arbeiten, sind wir Geschäftspartner. Wir müssen uns professionell verhalten.«

Seine karamellfarbenen Augen glänzten vor Verlangen. Unter dem Tisch schob er die Hand unter meinen Rock und streichelte meinen nackten Schenkel. »Wann hast du Feierabend, Chefin?«

Ich nahm seine Hand weg und flüsterte: »Komm heute Abend zu mir.«

»*D'accord*«, sagte er grinsend.

Ich knuffte ihn. »Das ist nicht lustig.«

Phillipa stand stramm. »Sophie, willst du das Menü dem Personal präsentieren?«

»Nein, Chef de Cuisine«, sagte ich. »Diese Ehre gebührt nächste Woche dir.«

Vielleicht für immer, dachte ich insgeheim.

Sie grinste. »Na schön. Heute Abend haben wir neben dem üblichen Angebot alles vorbereitet, was Sophie und Séb auf der Gala servieren werden – das Hauptgericht, die *apéros* und das Dessert für das Familienessen.« Sie ließ die Schultern hängen. »Chefin, ich hoffe, ich enttäusche dich nicht. Ich habe das Gericht, so gut ich konnte, neu erschaffen. Ich ...«

Ich hielt sie davon ab weiterzuplappern. Ich hatte das Gleiche durchgemacht. Schon mehr als einmal. Zudem wusste ich um ihr kulinarisches Talent. Jetzt war ich an der Reihe, sie so zu unterstützen, wie sie mich unterstützt hatte.

»Phillipa, du wirst mich nicht enttäuschen. Schultern durchdrücken. Lebe im Moment. Zeig uns, was du draufhast. Wir glauben alle an dich.«

Als der Rest des Personals applaudierte, reckte sie stolz ihr Kinn und lächelte.

»Okay«, sagte sie und drehte sich um. »Dann leg ich mal los.«

Phillipa stellte ein Tablett voller Appetithappen nach dem anderen auf den Tisch: die mit Rohschinken umwickelten Jalapeño-Feigen mit der Kakao-Balsamico-Glace, die Crab Cakes mit der Remouladensauce, die verschiedenen sternenförmigen Kanapees mit buttrigen Unterseiten, geröstetes Brot mit unterschiedlichem Belag, garniert mit frischen gehackten Kräutern, die Gläschen mit Bœuf bourguignon und Babykarotten, und mit Kapern bestreute Räucherlachshäppchen mit Rote-Bete-Carpaccio und Mascarpone auf selbst gebackenen Crackern.

Nach einem bewundernden Raunen ließen es sich alle schmecken.

»Ich weiß nicht, was ich am besten finde«, rief Marie aus und leckte sich die Lippen. »Das ist alles superlecker. Ich kann mich für kein Lieblingskind entscheiden.«

Phillipa zwinkerte. »Warte nur, bis du Sophies *plat principal* siehst und schmeckst«, sagte sie und machte auf dem

Absatz kehrt. Sie kam mit einem großen Dampfkochtopf zurück und stellte ihn auf den Tisch. Sie hob den Deckel hoch, und alle atmeten die Aromen des Hauptgerichts ein und schnupperten erwartungsvoll. »Dies ist Sophies Version eines Pot-au-feu de la mer, aber mit gegrilltem Hummer, Krebs, Abalone, Miesmuscheln und Riesengarnelen mit Wurzel- und Frischgemüse und einer Ingwer-Zitronengras-Sauce, garniert mit Boretsch, auch Himmelsstern genannt, Meersalz, einem Schuss Crème fraîche, frischen Kräutern und gemahlenem Pfeffer.«

Während Phillipa die gegrillten Meeresfrüchte holte, stieg ich von meinem Hocker, um die Schüsseln zu holen, und kam mit einem ganzen Stapel davon zurück. Augenzwinkernd reichte ich ihr eine.

Sie schöpfte die Fischsuppe in die Schüssel, gab die Meeresfrüchte hinzu und stellte das Gericht auf den Tisch. Dann fügte sie dem Ganzen einen Tropfen der aus den Boretschblütenblättern gewonnenen Lebensmittelfarbe und Sahne hinzu und schwenkte die Mischung vorsichtig. Zuletzt legte sie zur Dekoration drei Boretschblüten obendrauf, streute ein wenig frischen Thymian und Rosmarin darüber und gab frisch gemahlenen Pfeffer aus der Pfeffermühle hinzu. So präsentierte sie das Gericht.

Einen Augenblick lang herrschte Stille.

»Ich hoffe, es schmeckt so märchenhaft, wie es aussieht«, sagte Clothilde.

Das hoffte ich auch.

»Es sieht aus wie ein Gemälde«, staunte Marie. »Ein wunderschönes Gemälde der Milchstraße.«

»Das ist es ja auch«, bestätigte Phillipa. »Sophies Inspiration kam durch Vincent van Goghs *Sternennacht*, das im Fokus der Gala steht und der Grund dafür ist, warum das Motto *Sous les étoiles* lautet.« Sie hielt inne. »Und *du* hast sie auch inspiriert, Marie.«

»Wirklich?«, fragte Marie erfreut und fasste sich verlegen an den Hals.

»Ja«, bestätigte ich. »Du hast mich daran erinnert, wie gut es sich anfühlt, in der Küche kreativ zu sein und die Regeln zu brechen.«

Sie lachte. »Ich bin eben eine Rebellin.«

»Können wir jetzt endlich zuschlagen?«, fragte jemand vom Servicepersonal. »Es ist einfach wunderschön und riecht köstlich. Außerdem sterbe ich vor Hunger.«

Phillipa nickte und füllte die Schüsseln auf, garnierte sie und reichte sie den ungeduldig Wartenden. Als alle versorgt waren, sagte sie: »*Bon appétit!*«

Bis auf entzücktes Gemurmel war nichts zu hören. Verträumte Gesichter. Genussvolle Seufzer. Geschlossene Augen. Wonnevolles Lächeln. Nachdem ich die Mienen meines Personals gesehen hatte, kostete ich diese Kreation schließlich selbst noch einmal. Eine Sinfonie aus Strukturen explodierte auf meiner Zunge, und ich wusste, ich hatte etwas wirklich Besonderes geschaffen, ein Gericht, das mit denen der Spitzenköche mithalten konnte, gegen die ich antrat. Ich kochte mit dem Herzen. Und, wie es so schön hieß, Liebe siegt immer.

Das hoffte ich zumindest.

Gegen neun Uhr klopfte Rémi an meine Tür.

»Komm rein«, rief ich.

»Du wolltest mich sprechen, Chefin?«, fragte er und betrat mein Zimmer.

»Würdest du bitte damit aufhören, mich so zu nennen?«, sagte ich frustriert. »Es geht mir langsam auf die Nerven, ehrlich.«

»Ich dachte, das sei unser Insiderwitz«, sagte er irritiert.

»Ich finde es nicht mehr lustig«, maulte ich, während ich meine Klamotten in einen Koffer warf.

Das umwerfende Kleid, das Modefreak Jane für mich entworfen hatte, steckte ich in einen Kleiderbeutel, damit es nicht zerknitterte. Es war aus grünem Seidenstoff, dessen Farbton sie passend zu meinen Augen gewählt hatte. Das gerüschte Mieder war mit schwarzen Pailletten an der Brust abgesetzt, die Stoffschichten umschmeichelten meinen Körper, waren auf der Mitte des Rückens gerafft und wallten bis zu meinen Füßen hinunter. Es war traumhaft, wie für mich gemacht, was es ja auch war. Jane hatte vorgeschlagen, dass ich mein langes schwarzes Haar hochstecken sollte, statt es wie zunächst geplant, zum Zopf zu flechten. Ich hatte zugestimmt.

»Wo ist dein Humor geblieben?«, fragte Rémi, während er mir half, den Reißverschluss des Koffers zuzuziehen.

Ich richtete mich kopfschüttelnd auf. »Entschuldige, ich bin wegen der Veranstaltung ein bisschen nervös.«

Er drehte mich zu sich und sah mich eindringlich an. »Dann geh nicht.«

Jedes Mal, wenn ich an Nicolas dachte oder daran, dass ich mich blamieren könnte, kam mir der Gedanke, einfach nicht zu fahren. Aber ich hatte mich zur Teilnahme verpflichtet und brach nie ein Versprechen.

»Ich muss nach Paris«, beharrte ich und wich ein klein wenig zurück. »Und wenn ich dort bin, muss ich mich beweisen. Ich werde nicht viel Zeit haben. Kannst du mir das zugestehen?«

»Ich soll dich nicht ständig anrufen, um dich zu kontrollieren«, schloss er grinsend. »Um sicherzugehen, dass dieser Nicolas dich nicht vernaschen will?«

»Genau. Du musst mir vertrauen«, bat ich und sah ihm in die Augen.

»Das bekomme ich hin«, versicherte er mir und zog mich an sich. Sein Duft hätte meine angegriffenen Nerven beruhigen sollen, aber ich konnte ihn nicht wahrnehmen. Mein Herz raste.

»Kannst du mich heute Nacht einfach nur im Arm halten?«

»Das bekomme ich auch hin«, scherzte er und küsste mich auf die Nase. »Am liebsten würde ich dich für immer im Arm halten.«

Wir zogen uns aus und legten uns aneinandergeschmiegt ins Bett, ich der schlaflose kleine Löffel, während Rémi, den Arm auf meiner Taille, ins Schlummerland hinüberdämmerte.

Vielleicht würde sich Paris als Albtraum erweisen. Trotzdem musste ich weg vom Château, mir Zeit nehmen, um vielleicht mehr über meine Familie herauszufinden und mir darüber klar zu werden, was mich davon zurückhielt, mich voll und ganz auf dieses Leben festzulegen. Ich stand mit achtzig, vielleicht mit neunzig Prozent Überzeugung dahinter. Warum nicht mit hundert Prozent? Während ich mich hin und her wälzte, betete ich zu den stets schwer fassbaren Küchengöttern und zu Grand-mère.

Der Van, den Nicolas de la Barguelonne uns geschickt hatte, kam pünktlich um neun Uhr – ein Fahrer und ein Assistent, Nadeem, jung mit goldenem Teint und intelligenten dunklen Augen. Wir begrüßten uns. Séb lief aufgeregt umher, als hätte er Hummeln im Hintern. Jane kam aus dem Haupteingang des Châteaus und erklärte mir, wie ich in Grand-mères Zweitwohnung hineinkam, und gab mir einen Zettel, auf dem die Adresse stand.

»Es ist alles geregelt«, versicherte sie mir. »Hals- und Beinbruch. Und ruf mich zu jeder Tages- und Nachtzeit an, wenn du etwas brauchst.«

Ich küsste sie auf die Wange. »Danke, Jane. Aber du kennst mich und meine Tollpatschigkeit. Können wir uns auf einen anderen Wunsch einigen?«

»Klar«, sagte sie. »Hau sie vom Hocker!«

»Madame Valroux de la Tour de Champvert«, mahnte Nadeem mich höflich zur Eile.

»Bitte nennen Sie mich Sophie«, sagte ich.

Meine Zwanglosigkeit schien ihn zu verwirren. Wahrscheinlich hatte er mit Leuten wie mir noch nichts zu tun gehabt und war an Nicolas und seine Unhöflichkeit gewöhnt. Wenigstens musste Nadeem nicht mit seinen gruseligen Blicken und sexuellen Anspielungen umgehen. Ich erschauderte.

»Ähm … Sophie«, sagte Nadeem. »Mir wurde gesagt, wir nehmen ein paar Utensilien mit nach Paris? Wenn Sie mir zeigen, wo sie sind, laden wir sie in den Van.«

»Richtig«, sagte ich und deutete auf die Boretschpflanzen. »Fangen Sie damit an, danke. Im Kühlschrank haben wir auch noch einiges.«

»Okay«, sagte Nadeem mit einem Blick auf seine Uhr. »Wir liegen noch gerade in Monsieur de la Barguelonnes Zeitplan. Und den wollen wir nicht durcheinanderbringen, glauben Sie mir«, fügte er murmelnd hinzu.

Eine halbe Stunde später war alles im Van verstaut. Wir wollten gerade losfahren, als ich aus den Augenwinkeln registrierte, dass Rémi aus dem Château gerannt kam. Ich ließ den Fahrer anhalten und sprang aus dem Van, obwohl Rémi und ich uns schon früher am Morgen verabschiedet hatten.

Er zog mich in seine Arme und küsste mich leidenschaftlich, sodass meine sowieso schon wackligen Knie zu zittern anfingen. Er sah mir fest in die Augen. »Denk an dein Versprechen«, bat er.

»Das werde ich«, versprach ich.

Bald saßen Séb und ich in Monsieur de la Barguelonnes lächerlich gold verziertem Privatflugzeug. Unsere Lebensmittel waren sicher im Kühlraum verstaut, und eine Flugbegleiterin servierte uns Champagner und Kaviar. Wir reisten, von Luxus, Komfort und Stil umgeben, nach Paris. Séb lief mit einem selbstgefälligen Grinsen in der Kabine umher und bewunderte die Kronleuchter, die voll ausgestattete Bar und den mit Kristallgläsern und Porzellantellern gedeckten Tisch. Ich saß wie benommen vor einem Großbildfernseher in der Lounge auf der Couch und war mit den Gedanken total woanders.

»Sie werden es nicht glauben«, schwärmte Séb. »Es gibt ein Schlafzimmer mit einem komplett eingerichteten Bad samt Dusche. Das ist fantastisch.« Er setzte sich in einen der Fernsehsessel. »Ich bin noch nie geflogen. Sind alle Flugzeuge so?«

»Nein«, sagte ich. »Es ist viel weniger glamourös, vor allem wenn man Economy fliegt. Die Fluggesellschaften quetschen die Passagiere zusammen wie die Sardinen.«

Verdammt. Ich runzelte die Stirn. Ich könnte nicht einmal Sardinen schmecken, die ja bekanntlich extrem salzig waren. Ich schüttelte den Gedanken ab. Ich musste trotzdem in Bestform sein.

»Ach …« Séb seufzte und nippte an seinem Champagner. »Daran könnte ich mich gewöhnen.«

»Dann müssten Sie Milliardär werden«, antwortete ich und erschauderte beim Gedanken an Nicolas.

All das hatte sicherlich einen Preis. Die Frage lautete: Wer würde ihn bezahlen? Ich musste an Nadeems Äußerung denken – man brachte den Zeitplan unseres Auftraggebers lieber nicht durcheinander. Ich setzte mein Champagnerglas auf dem Tisch ab, schnallte mich an und umklammerte fest den Sitz der Couch, als das Flugzeug abhob.

14
Nicht gerade eine Absteige

*E*ine Stunde später landete das Flugzeug auf einem privaten Flugplatz etwas außerhalb von Paris. Nadeem kam zu uns in die Lounge. Séb und ich richteten uns auf unseren Plätzen auf. Langsam wurde ich nervös. In wenigen Tagen würde ich für die Pariser Oberschicht kochen – Politiker, Modefreaks, Millionäre, Milliardäre und betuchte Trendsetter – Leute, die daran gewöhnt waren, in Privatjets zu fliegen und in den besten Restaurants der Welt zu speisen.

»Ein Wagen wird Sie zu Ihrer Bleibe bringen«, erklärte Nadeem. »Ihre Vorräte werden von einem Van ins Musée d'Orsay gebracht, wo sie vorschriftsmäßig gelagert werden. Haben Sie spezielle Anweisungen für uns?«

»Bis auf den schwarzen Koffer mit unserer Ausrüstung und unseren Reisekoffern sollte alles, auch die Blumen, in einen Kühlraum gebracht werden«, sagte ich.

»Wie Sie wünschen.« Er nickte und reichte uns zum Abschied die Hand. »Es war schön, Sie kennenzulernen, Sophie und Séb.«

»Gleichfalls, Nadeem«, sagte ich leicht irritiert. »Sie fahren nicht mit uns?«

»Nein«, sagte er. »Wir müssen noch die Ostküstenköche für die Gala abholen.«

»O'Shea und Gaston?«, fragte ich, und er nickte. Ich freute mich darauf, meinen Mentor wiederzusehen und auch seinen Mentor kennenzulernen. »Wow, für diese Veranstaltung wird wirklich der rote Teppich ausgerollt.«

»So sind die Barguelonnes eben«, sagte Nadeem achselzuckend. »Ich lasse Ihre Koffer und Küchenutensilien in den Wagen bringen. Gehen Sie einfach diese Treppe hinunter.«

Auf dem Rollfeld wartete ein schwarzer Mercedes, neben dem ein Fahrer in Uniform stand. Er lupfte zum Gruß seine Mütze und öffnete uns die Türen. Séb und ich sanken auf den Rücksitz. Kurz darauf stieg der Fahrer ein, der Kofferraum schloss sich sanft, und wir düsten über die Straßen nach Paris.

»Das ist echt cool«, schwärmte Séb. »Danke, dass Sie mich mitgenommen haben.«

Schweiß lief mir den Nacken hinunter und sammelte sich auf meinem Rücken.

»Gerne«, sagte ich unbehaglich, doch dann lächelte ich, weil ich diese Reise positiv angehen wollte. Séb hibbelte vor Aufregung, und ich wollte ihm nicht den Spaß verderben. »Sie haben recht, das ist echt cool.«

Die Skyline von Paris kam in Sicht und erstreckte sich vor uns, Séb und ich bewunderten den Eiffelturm in der Ferne. Wir fuhren an Notre-Dame vorbei, die Kathedrale befand sich immer noch im Restaurierungsprozess, nachdem ein Feuer, dessen Ursache bisher nicht ganz geklärt war, sie beinahe ganz zerstört hätte. Die berühmten Rosenfenster waren mit Planen abgedeckt. Ich seufzte traurig. Das prachtvolle Bauwerk hatte Jahrhunderte überlebt, sogar diverse Kriege, und jetzt das. Unser Chauffeur fuhr über eine verschnörkelte Steinbrücke. Nach einer scharfen Linkskurve ließ er die Trennscheibe herunter.

»Willkommen auf der Île Saint-Louis«, sagte er. »Brauchen Sie Hilfe mit Ihrem Gepäck?«

»*Non, merci*«, sagte Séb. »Ich komme klar.«

Der Fahrer stieg aus dem Wagen und stellte unsere Koffer auf den Gehweg. Ich griff in meine Handtasche und tastete nach meiner Geldbörse.

»Das wird nicht nötig sein, Madame«, sagte er. »Monsieur de la Barguelonne hat für alles gesorgt.«

Natürlich hatte er das.

»Ich hole Sie morgen früh um neun Uhr ab«, sagte der Chauffeur und lupfte zum Abschied seine Mütze. »*Bonne journée.*«

Séb und ich fanden uns auf einer schmalen Straße mit Kopfsteinpflaster wieder, die von wunderschönen Steinhäusern mit schmiedeeisernen Balkonen gesäumt war. Wir standen vor einer massiven, aufwendig geschnitzten Doppelholztür mit Löwenkopftürklopfern, die in elegantem Graublau gestrichen und in einen hohen Kalksteintorbogen eingelassen waren. Vor unserer Abreise hatte mir Jane erzählt, dass das Viertel im 17. Jahrhundert entstanden war und viele berühmte Bewohner beherbergt hatte, darunter auch den ehemaligen Präsidenten Georges Pompidou. Ich hatte mir Paris viel geschäftiger vorgestellt, mit vielen herumwuselnden Menschen, und so war es in den meisten Gegenden bestimmt auch, doch dieses Viertel verströmte eine ruhige Beschaulichkeit. Nachdem ich meine Umgebung auf mich hatte wirken lassen, drückte ich auf die Türklingel.

»Madame Valroux de la Tour de Champvert, ich bin gleich bei Ihnen«, hörte ich eine Frauenstimme.

Kurz darauf öffneten sich die massiven Holztüren, und eine zierliche Frau in einem dunkelgrauen Hosenanzug – sie war vielleicht Mitte vierzig – kam zum Vorschein. Sie stand in einem Innenhof, der mit Ziegeln in verschiedenen Brauntönen gepflastert und mit Blumen, Bäumen und eingetopften Formschnittpflanzen dekoriert war. Ich riss die Augen weit auf, da ich nicht mit dieser versteckten Oase der Ungestörtheit gerechnet hatte. Die Frau warf einen Blick auf unser Gepäck und sprach schnell auf Französisch in ein Walkie-Talkie.

»Verzeihen Sie«, entschuldigte sie sich mit einem Lächeln. »Ich bin Marianne und für alle Wohnungen hier zuständig. Claude, mein Ehemann, kommt gleich herunter und bringt Ihre Taschen ins Appartement, das für Sie bereitsteht.« Sie hielt inne. »Ich habe auch den Kühlschrank und die Schränke mit allem ausgestattet, was Sie für Ihren Aufenthalt brauchen.«

»*Merci*«, bedankte ich mich. »Und nennen Sie mich bitte Sophie.«

Sie legte den Kopf schief. »Zugegeben, sie kam nicht sehr oft hierher, aber ich sehe viel von Ihrer Grand-mère in Ihnen. Meine aufrichtige Anteilnahme«, sagte sie. »Sie war eine wunderbare Frau mit einem Herzen aus Gold. Sie war diejenige, die vor über zwanzig Jahren die Mitglieder der Gesellschaft davon überzeugt hat, mich einzustellen. Wir vermissen sie alle schmerzlich.«

»Ich vermisse sie auch«, erwiderte ich und schluckte einen Kloß aus Schmerz herunter.

Bevor ich die Beherrschung hätte verlieren können, kam ein korpulenter Mann mit strubbeligen ergrauenden Haaren und mit einer Gartenschere in der Hand auf uns zu. Er begrüßte uns rasch, legte die Gartenschere auf einem Tontopf ab und griff nach unserem Gepäck.

»Claude ist ganz unkompliziert«, erklärte Marianne lächelnd. »Kommen Sie. Folgen Sie mir. Ich begleite Sie zur Wohnung.«

Damit steuerte sie auf die linke Seite des Innenhofes zu. Sie öffnete eine weitere graublaue geschnitzte Holztür, ähnlich der am Eingang, nur einflügelig, und wir betraten die Eingangshalle. »Hier sind zwei Appartements im Erdgeschoss und im ersten Stock«, erklärte sie, während sie die Marmortreppe hinaufging. »Ihre Wohnung liegt darüber.«

Als wir die Treppenfluchten hinaufstiegen, kam Claude die Stufen schon wieder hinunter, er lief mit einem raschen »*bonne journée*« an uns vorbei.

Die Tür zu Grand-mères Appartement hatte er offen gelassen, unser Gepäck war nirgends zu sehen. »Ich führe Sie kurz herum, und dann lasse ich Sie allein, damit Sie sich einrichten können. Claude hat Ihre Koffer und den Kleidersack in Ihre Zimmer gebracht«, sagte Marianne, die offenbar meine Verwirrung bemerkt hatte.

Séb und ich folgten ihr in ein elegantes Wohnzimmer, das lichtdurchflutet und weiß gestrichen war. Es hatte hohe Decken, einen Kamin und Parkettboden. Die weißen Sofas und Sessel waren Designklassiker, luxuriös und moderner als die im Château. Vasen mit weißen Rosen schmückten die Tische, und an den Wänden hingen impressionistische Gemälde, die an Monets Wasserlilien erinnerten.

Typisch für meine Grand-mère, mich eine neue Facette ihrer Persönlichkeit, ihres Lebens, entdecken zu lassen, obwohl sie nicht mehr bei mir war. Die Sehnsucht und der Schmerz überkamen mich erneut. Es kostete mich große Mühe, mir meine Gefühle nicht anmerken zu lassen, als Marianne den Rundgang fortsetzte. Sie führte uns durch ein Esszimmer mit einem rustikalen Esstisch im französischen Landstil und Stühlen mit weißen Leinenbezügen in die supermoderne Küche samt einem weißen vierflammigen Lacanche-Gasherd.

Sprachlos und ehrfürchtig, blieb mein Blick an einem Stück Stoff mit einem Muster aus wildem Klatschmohn hängen, das in einer Ecke hing. Das konnte nicht sein, aber es war so: Ich fand eine exakte Kopie der Schürze vor, die in Champvert in der Küche hing. Ich hielt sie mir an die Nase, um den unverkennbaren Duft aus Chanel No. 5, Lavendel, Muskat und Zimt einzuatmen. Ich kniff die Augen zu. Erinnerungen an Grand-mère, wie sie mir als Kind das Kochen beigebracht hatte, blitzten vor meinem geistigen Auge auf.

»Ist alles in Ordnung, Sophie?«, fragte Marianne.

»Mir geht's gut«, murmelte ich und kam aus der Vergangenheit zurück in die Gegenwart. Ich zeigte ihr die Schürze. »Darf ich die behalten?«

Marianne sah mich an wie eine Außerirdische. »Natürlich«, sagte sie. »Alles in dieser Wohnung gehört Ihnen.«

Das stimmte, ja. Mir, es gehörte jetzt mir.

»Ich zeige Ihnen Ihre Zimmer«, sagte sie.

Wie benommen nickte ich, nahm die Schürze vom

Haken und trug sie mit mir wie ein Kind seine Lieblings-decke.

Eine Treppe mit einem geschnitzten Holzgeländer führte innerhalb der Wohnung in die darüberliegende Etage, die drei ausgedehnte Schlafzimmer mit Bädern beherbergte, die fast identisch waren: weiß gestrichen mit hohen Decken, wunderschönen Kranzgesimsen und Holz-balken. Grand-mère hatte alle Zimmer mit schmiedeeiser-nen Himmelbetten, weißen Beistelltischen aus Holz und einem weißen Toilettentisch ausgestattet – jedes Möbel-stück makellos und elegant.

»Ich hoffe, Sie werden sich hier wohlfühlen«, sagte Marianne, die Séb in das etwas größere der Zimmer führte. »Das ist die hübscheste Gästesuite.«

Séb lächelte und ließ sich auf das mit hellblauem Leinen bezogene Bett fallen. »Es ist perfekt. Das schönste Zimmer, das ich in meinem ganzen Leben gesehen habe.«

»So alt können Sie doch noch gar nicht sein«, sagte Mari-anne mit einem humorvollem Tss.

»Ich bin neunzehn«, erwiderte Séb. Er streifte seine Schuhe ab. »Schon ganz schön alt.«

Marianne lächelte. »Kommen Sie, Sophie, ich zeige Ihnen Ihre Suite.«

Ich nickte, folgte ihr eine weitere Treppenflucht hinauf und war fassungslos. Grand-mères Suite nahm das gesamte Obergeschoss ein. Obwohl es riesig war, war das große Schlafzimmer gemütlich und dem, in dem Séb schlafen würde, ähnlich. Es hatte zusätzlich noch einen Kamin, ein Teppich mit weiß-grünem Muster zierte den Boden. Dieses Appartement schien von einer anderen Welt zu sein.

Eine Katze huschte unter dem Bett hervor und ging dazu über, sich laut schnurrend um meine Fußknöchel zu schlängeln. Eines ihrer Augen blieb zu, wie mit Sekundenkleber verschlossen, ihr Fell war bunt gefleckt. Marianne hob sie hoch.

»Du kleiner Flohfänger«, sagte sie. »Diese Streunerin ist hinterhältig, sie schleicht sich immer in die Wohnungen. Keine Ahnung, wie sie reinkommt. Ich muss Claude verwarnen, damit er sie nicht mehr mit Tunfisch füttert.«

Ich kraulte die Katze unter dem Kinn und sah in ihr gesundes Auge – ein Kaleidoskop aus Grün- und Gelbtönen. »Sie ist süß«, bemerkte ich.

»Sie ist dreckig«, widersprach Marianne und klemmte sich die Katze unter den Arm. »Ich lasse Sie jetzt allein, damit Sie sich eingewöhnen können. Die Schlüssel liegen auf der Küchentheke samt Haustürcode, Wi-Fi-Passwort und meiner Handynummer.« Sie lächelte. »Wenn Sie irgendetwas brauchen, egal was, ich erledige das gern.« Sie zeigte mit ihrer freien Hand auf eine Treppe. »Die führt zum privaten Dachgarten. Die Aussicht ist einfach herrlich.«

»*Merci*, Marianne«, bedankte ich mich.

»Es war wunderbar, Sie kennenzulernen, Sophie. Ich hoffe, wir sehen Sie öfter hier.« Sie wandte sich zum Gehen, blieb aber stehen. »Ach, noch etwas.« Sie zog ein Päckchen aus ihrer Jackentasche und reichte es mir. »Das ist heute für Sie gekommen. Es sieht wichtig aus.«

Damit machte sie auf dem Absatz kehrt und überließ mich mir selbst.

Die mit glänzendem mitternachtsblauem Geschenkband umwickelte kleine Seidenbox, die ebenfalls mitternachtsblau war, zitterte in meinen Händen. Aufgrund der Nachricht, die auf postkartengroßes elfenbeinfarbenes Briefpapier mit den Initialen des Absenders geschrieben war, wusste ich sofort, wer sie geschickt hatte.

Sophie,

ich dachte, Sie würden gern die Einladungen zu dem privaten Abendessen sehen, die wir an unsere geschätzten Gäste verschickt haben. Über die Hälfte von ihnen haben Ihr Hauptgericht verlangt. Vermutlich wollen sie sehen, was dieser aufgehende Stern am kulinarischen Himmel kann. Neben Ihren Beiträgen zum apéro dînatoire *werden Sie achtzig Gerichte vorbereiten müssen. Ich weiß, Sie können mit dem Druck umgehen. Ihre Küchenbrigade wird Ihnen helfen, das zu bewerkstelligen.*

Cordialement
Nicolas

P. S. Ich hoffe, Sie haben ein angemessenes Kleid für die Gala mitgebracht.

Das Geschenkband, das um die Schachtel gewickelt war, fiel zu Boden, als ich es löste. Bis auf Séb kannte ich keinen aus dem Team, mit dem ich zusammenarbeiten würde. Zugegeben, die beiliegenden Papiere waren wunderschön und sahen eher aus wie Einladungen zu einer Hochzeit als zu einer privaten Party. Auf in Silberpapier eingefassten mitternachtsblauen Karten mit eleganter silberner Beschriftung waren das Datum und das Motto der Gala, *Sous les étoiles*, angegeben, mitsamt den Namen der Spitzenköche, inklusive meinem, und den Gerichten, die wir zubereiten würden. Antwortkarten mit Kästchen zum Ankreuzen der Menüauswahl lagen ebenfalls dabei.

Mir schnürte sich die Kehle zu. Amélies Doradenfilet wies eine seltsame Ähnlichkeit mit einem Gericht auf, das ich selbst kreiert hatte – das, was mich bekannt gemacht und das Eric, Chef de Cuisine im Cendrillon NY, mir gestohlen hatte. Ich ging über meinen Anflug von Paranoia hinweg. Amélie war eine Dreisterneköchin und hatte es nicht nötig, Leuten wie mir Rezepte zu stehlen. Trotzdem fragte ich mich, warum Nicolas mich in Wahrheit ausgewählt hatte. Seine Begründung hatte gelautet, dass er mehr weibliche Chefköche repräsentiert sehen wollte, die sich in der kulinarischen Welt einen Namen gemacht hatten. Doch er hatte seine Nachricht mit einer Drohung gewürzt, übte Druck damit aus. Ich hatte meinen Paris-Ausflug für eine Chance gehalten, eine gute Gelegenheit, mal rauszukommen. Doch mein Bauchgefühl sagte mir, dass ich völlig danebenlag.

Ich strich den fließenden Stoff des wunderschönen grünen Kleides glatt, das Jane entworfen hatte, und hängte es auf, nachdem ich es aus dem Kleidersack befreit hatte. Nach dem Auspacken meines Koffers erkundete ich das Zimmer. Ich bemerkte die Fotos auf dem Toilettentisch, von denen eines meine Mutter in jungen Jahren zeigte, strahlend und voller Leben. Im Château hatte meine Grand-mère keine Fotos meiner Mutter stehen, nur ein paar wenige waren in ihrem Tagebuch versteckt. Ich fragte mich, warum sie sie hier aufbewahrt hatte. Ich drückte das Foto an meine Brust. Mein Herzschlag verlangsamte sich, und ich fühlte mich im Einklang mit dem Geist meiner Mutter, als sie glücklich war.

Einmal hatte sie mir gesagt, dass ich ihr das Liebste sei. Es war ihr schlecht gegangen, und ich hatte sie ins Bett gebracht, nachdem ich ihr eines meiner Gerichte zubereitet hatte, um ihre Seele zu nähren. Inzwischen wusste ich, dass das die Wahrheit gewesen war – selbst an ihren schlechten Tagen, wenn ihre Augen glasig gewesen waren, weil sie zu viele Tabletten genommen hatte. Bevor ich in Tränen ausbrach, stellte ich das Foto zurück und schaute mir die anderen an. Ein paar davon waren von Rémi und mir, mit von Kirschsaft befleckten Lippen.

Mein Herz sprühte Funken, und da dämmerte es mir. Ich vermisste ihn. Ich vermisste es, wie er mich ansah. Ich vermisste seinen warmen Körper, der sich an meinen schmiegte. Wie er mich zum Lachen brachte. Meine Versagensangst – nicht das Leben im Château, wurde mir jetzt klar – legte meinen Geist immer noch in Ketten, und ich musste mich davon befreien, anderen vertrauen und an mich selbst und meine Entscheidungen glauben.

Jemand hustete, und als ich mich umdrehte, stand Séb in der Tür.

»Verzeihung, Chefin, hoffentlich störe ich nicht, aber mein Magen spricht in Hungermorsecode zu mir«, sagte er. »In den nächsten Tagen werden wir kochen wie die Weltmeister. Haben Sie Lust, mit mir loszuziehen und die Gegend zu erkunden und einen Happen zu essen, solange es noch geht?« Er räusperte sich. »Wie gesagt, ich war noch nie in Paris und bin noch nie geflogen. Das haben Sie mir geschenkt. Sie haben mir alles geschenkt. Eine Chance, meinen Träumen zu folgen.« Er blickte verlegen zu Boden. »Ich möchte das gern mit Ihnen teilen. Wenn das nicht unangemessen ist.« Seine Stimme bebte ein klein wenig. »Ich hoffe wirklich, es ist nicht unangemessen. Sie sind schließlich meine Chefin.«

Ich hob einen Finger, und er erstarrte. »Zwei Sekunden. Wir erkunden Paris gemeinsam. Vergessen Sie nicht, ich war auch noch nie hier. Aber wollen Sie sich nicht erst noch mit mir den Dachgarten ansehen?« Ich deutete nach oben. »Nur diese Treppe hoch.«

Séb sah mich verblüfft an. »Eine Dachterrasse? Das ist wie ein Traum!«

»Ja, und ich hoffe wirklich, dass er nicht zum Albtraum wird«, murmelte ich. Zum Glück hatte er es nicht gehört. Ich wollte kein Spielverderber sein, wo ich doch selbst verzweifelt um Optimismus bemüht war. »Gehen wir nach oben.«

Séb folgte mir die Eisentreppe hinauf. Wir öffneten die Tür, traten auf die Terrasse, und ganz Paris erstreckte sich vor uns: die glitzernde Seine, die alten Steinbrücken, Notre-Dame im Vordergrund und die Spitze des Eiffelturms im Hintergrund, der Himmel ein perfektes Kornblumenblau.

»Besser wird's nicht«, sagte Séb mit einem glücklichen Seufzer.

Ich schob meine Paranoia wegen Nicolas beiseite, die bis in die tiefsten und dunkelsten Winkel meines Gehirns vordrang, und bemühte mich nach Kräften, Séb zuliebe positiv zu bleiben.

»Warte, bis du das Eis bei Berthillon probierst«, sagte ich.
»Es soll das beste auf der Welt sein. Ich habe ein Geschäft
ganz in der Nähe gesehen. Ein Eis nach dem Lunch?«

»Klingt nach einem guten Plan«, sagte Séb fröhlich, und
ich schluckte heftig, da sich mir die Kehle zuschnürte.

Ein Plan. Nicolas hatte einen Plan. Dessen war ich mir
sicher. Ich wusste nur nicht, was für einen. Mir standen die
Haare zu Berge. Aber es war zu spät, jetzt einen Rückzieher zu machen. Und, wie Jane mich gewarnt hatte, einem
Monsieur de la Barguelonne schlug man nichts ab.

15

Jemand schmiedet Ränke

Séb und ich erkundeten die wunderschöne Binneninsel Île Saint-Louis und aßen in einem der Cafés herzhafte Buchweizen-Crêpes, die mit cremigem Ziegenkäse, knackigem Rucola und saftigen Tomaten gefüllt waren, wobei ich mir alle Mühe gab, zumindest die verschiedenen Konsistenzen zu genießen. Zum Nachtisch folgten die berühmten Berthillon-Sorbets und Eiscremes, die wir am Seineufer genossen. Séb freute sich wie ein Kind über die Vielfalt der Geschmacksrichtungen. Da über siebzig Sorten zur Auswahl standen, fiel uns die Entscheidung schwer. Séb, der Abenteuerlustige, nahm *café au whisky* und dazu eine Kugel *tiramisu*. Ich entschied mich für ein Sorbet aus *abricot* und *framboise*, da ich die Mischung von Aprikosen und Himbeeren immer toll fand und mir an diesem extrem heißen Tag Abkühlung wünschte. Paris befand sich mitten in einer Hitzewelle, und uns lief der Schweiß den Nacken herunter, das leckere Dessert schmolz in den Pappbechern. Zumindest konnte ich mit dem wohltuenden Sorbet auf der Zunge die Atempause von der Hitze genießen.

»Sind wir am rechten oder linken Flussufer?«, fragte Séb. Ich beobachtete Pärchen, die Hand in Hand spazieren gingen, und fotografierende Touristen. Für mich war das eine echte Auszeit. Ich war noch nie im Urlaub gewesen, hatte mir noch nie freigenommen.

»Auf einer Insel«, antwortete ich.

»Wollen Sie mehr von Paris sehen?«, fragte Séb und deutete auf ein Ausflugsschiff. »Vielleicht vom Fluss aus?«

So amüsant das auch klang, ich wollte weiter Grandmères Pariser Leben erkunden. »Nee«, wehrte ich ab. »Ich will es ruhig angehen lassen. Aber gehen Sie ruhig. Viel Spaß. Wir treffen uns später in der Wohnung.«

»Sind Sie sicher?«

»Ja«, beteuerte ich. »Die Wohnung können Sie übrigens jederzeit benutzen«, sagte ich. »Einer der Vorteile, wenn man im Château arbeitet.«

»Echt?«, fragte er ungläubig, die nussbraunen Augen vor Freude groß. »Meine Freundin fänd das toll.«

»Ihre Freundin?«, fragte ich und musste feststellen, dass ich nicht viel von ihm wusste. Ich fühlte mich schlecht, weil ich so sehr von meinen Problemen in Anspruch genommen wurde, dass mir vieles entging. Mit Ausnahme von Phillipa, Jane und Rémi hatte ich mich mit dem Personal nie über Privates unterhalten. Vor Walter und Robert hatte ich mich eigentlich niemandem richtig geöffnet. Doch inzwischen fing ich an, Leute an mich heranzulassen. Und jetzt war Séb an der Reihe, ob es ihm gefiel oder nicht. »Erzählen Sie mir von ihr.«

»Sie ist wunderschön, hat blonde Haare, das süßeste Lächeln und ist echt lustig. Wir sind seit fünf Jahren zusammen. Ich überlege, ob ich ihr einen Heiratsantrag mache.«

»Aber Sie sind erst neunzehn«, gab ich zu bedenken.

Er schürzte die Lippen. »Wenn man weiß, dass man verliebt ist, weiß man es halt«, meinte er. »Und ich weiß, dass sie die Richtige ist.«

»Sie haben recht«, sagte ich und vermisste Rémi plötzlich von ganzem Herzen.

Séb warf unsere Eisbehälter in einen Abfalleimer und schlenderte das Ufer hinunter. »Bis später, Chefin«, rief er mir über die Schulter zu.

Einen Moment lang rührte ich mich nicht. Ich nahm nur die Umgebung in mich auf und dachte an Rémi und Lola, und wie gut ihnen das Eis geschmeckt hätte. Lola hätte sich ganz bestimmt für Schokolade entschieden, während Rémi einen fruchtigen Geschmack wie Erdbeere oder Pfirsich genommen hätte. Ich wünschte, sie wären hier, um Paris gemeinsam mit mir zu erleben. Und dann raste mein Herz, weil die weitere Erkundung von Grand-mères Paris mir die Antworten liefern könnte, die ich brauchte, um mich voll und ganz auf das Leben in Champvert einzulassen. Ich musste wissen, ob sie tatsächlich an das Château gekettet gewesen war und ob sie je die Gelegenheit gehabt hatte zu gehen.

Von Neugier beflügelt, hastete ich zurück ins Appartement. Ich fing in der Küche an zu suchen, öffnete Schränke und Schubladen, fand darin alle Werkzeuge, die eine Köchin brauchte, fein säuberlich geordnet – typisch Grandmère. Ich strich mit der Hand über den makellos weißen Gasherd und fragte mich, was für Gerichte sie hier zubereitet hatte. Bœuf bourguignon? Exotische Speisen?

Meinen Geschmacksnerven hatte sie damals ganz neue Welten eröffnet, mich mit auf gastronomische Reisen der

233

besten Art genommen. Ich war ihre kleine Feinschmecker-
abenteurerin gewesen. Ich schloss die Augen und dachte
an die Zeit zurück, als sie mich im Alter von zwölf Jahren
mit der Herstellung eines Mango-Currys vertraut gemacht
hatte, seitdem liebte ich Currys. Grand-mère hatte Rosi-
nen, Kreuzkümmel und Ingwer an das Hähnchengericht
gegeben. Weitere liebevolle Erinnerungen überkamen
mich. Sie hatte hacken, würfeln und stifteln können wie
eine Weltmeisterin. Ihr war alles kinderleicht gefallen. Mit
welcher Anmut sie die Arbeiten verrichtet hatte! Doch vor
allem dachte ich daran, wie sehr sie mich inspiriert hatte.
Ich war sehr stolz auf sie.

Nachdem ich in kulinarischen Erinnerungen geschwelgt
hatte, quasi jedes Gericht geschmeckt hatte, das sie je für
mich zubereitet hatte, ging ich ins Esszimmer. Ich spürte
sie direkt neben mir. »Keine Papierservietten. Niemals«,
hätte sie gesagt, und ich unterdrückte ein Lachen. Als ich
den Schrank öffnete, fand ich darin Trinkgläser aus Kristall
für jedes Getränk – Wein, Wasser, Cocktails, Champagner,
Digestif – und mindestens sechs Geschirrservice, manche
aus Porzellan, manche aus Keramik, in wunderschönen
Designs. Ein Muster fiel mir sofort auf: *coquelicots*, wilder
Klatschmohn wie auf Grand-mères Schürze, und zugleich
meine Lieblingsblume und mein liebstes französisches
Wort.

Im Wohnzimmer, zwischen den impressionistischen Blu-
menzeichnungen, fiel mir ein abstraktes Gemälde in Blau-
und Schwarztönen auf – sehr untypisch für meine Grand-
mère. Ich dachte, sie hätte es mit den Klassikern gehalten.
Ich trat näher, um mir das Porträt genauer anzusehen. Als

ich die Augen zusammenkniff, um den Namen des Malers zu lesen, erschrak ich. Picasso. Das war ein Original, denn Grand-mère hätte nie eine Fälschung erworben.

Ich erkundete Grand-mères Appartement weiter, fand ein Foto, auf dem sie einen Sari trug, und bekam immer mehr das Gefühl, dass sie ein Doppelleben geführt hatte – ähnlich wie Mata Hari, nur dass sie keine Kurtisane gewesen und nicht als deutsche Spionin hingerichtet worden war. Sie war eine Frau mit Interessen gewesen, die übers Kochen hinausgingen. Es war merkwürdig, so von ihr zu denken. Ich hatte sie nur als meine Großmutter gesehen, als diejenige, die mich gelehrt hatte, Essen zu genießen, und die mich mit ihren Rezepten vertraut gemacht hatte. Die Frau, die meine Inspiration gewesen war, streng und befehlsgewohnt. Sie in einem ganz anderen Licht zu sehen haute mich um, vor allem, weil sie mir ähnlicher war, als ich es mir je hätte vorstellen können.

Ich nahm ein Foto von ihr in die Hand, auf dem sie noch jünger war, vielleicht zwölf, mit meiner Urgroßmutter, die ich nie gekannt hatte. Es war an den Rändern ausgefranst, das Papier gelblich verfärbt und marmoriert. Es gab so vieles, das ich über meine Herkunft nicht wusste. Sicher, Grand-mère hatte mir eine entschärfte Version anvertraut. Ich wusste, dass sie nicht aus Liebe geheiratet hatte, sondern aus Pflichtgefühl, und meinen Großvater erst mit der Zeit lieben gelernt hatte. Ich wusste, dass sie mich geliebt hatte. Und sie hatte gesagt, sie hätte das Château als Vermächtnis für mich geschaffen.

Aber stimmte das?

Ein Maunzen lenkte mich von meinen Erkundungen

ab, die Katze rieb ihr Köpfchen an meinen Fußknöcheln. Ich hatte gar nicht bemerkt, dass sie mir in die Wohnung gefolgt war.

»Hat Grand-mère dich geschickt?«, fragte ich. Die Katze schnurrte so laut, dass mein Herz zu zerspringen drohte. Es war, als würde sie mein Leben verstehen, mich und meine Vorhaben. Sie war zwar versehrt, aber waren wir das nicht alle? Brauchte nicht jedes Lebewesen, ob groß oder klein, im Leben und in der Liebe eine zweite Chance? Ich setzte mich auf den Sisalteppichboden, um sie zu streicheln. »Ich will dich behalten. Was hältst du davon? Natürlich bitte ich Marianne und Claude um Erlaubnis. Aber ich glaube, wir haben eine Bindung. Irgendwie bin ich auch eine Streunerin.«

Sie griff mit der Pfote nach meinem Finger. Sie erhob Anspruch auf mich, und in dem Moment wurde mir klar, dass es nicht andersherum war.

»Ich nenne dich Étoile. Das heißt auf Französisch »Stern«, erklärte ich auf Englisch und streichelte ihren flauschigen Kopf. »Du ziehst zu mir aufs Land. Wie findest du das?«

Ja, ich sprach mit einer Katze, und sie schien mir zuzuhören. Langsam blinzelnd schloss sie ihr gesundes Auge. Ich glaube, sie gab mir grünes Licht, sie zu »catnappen«.

»Darf ich dir etwas anvertrauen?«, fragte ich, und sie miaute zustimmend. »Ich kann nichts riechen oder schmecken. Dabei bin ich Köchin.«

Wow, fühlte sich das gut an, es endlich laut auszusprechen!

Étoile ließ sich auf meinem Schoß nieder und kuschelte

sich zwischen meine verschwitzten Schenkel. Ihr Schnurren war so laut, dass es fast dröhnte. Ich schickte Marianne eine SMS, um sie um Erlaubnis zu bitten, die Katze mit nach Champvert zu nehmen. Ihre und Claudes Zustimmung kam prompt, zusammen mit dem Angebot, Katzenzubehör zu beschaffen: ein Katzenklo, Katzenstreu, Trockenfutter – und natürlich Thunfisch. Sogar zum Tierarzt wollte sie sie bringen.

»Abgemacht«, sagte ich zu der Katze und nickte. »Du ziehst nach Champvert.«

Nachdem ich Étoile wieder auf den Boden gesetzt hatte, studierte ich weitere Fotos, von denen mir eines besonders auffiel. Darauf war Grand-mère in dem Chanel-Kostüm zu sehen, das sie mir anlässlich des Soft Openings in der vergangenen Saison vermacht hatte – es war aus grünem Tweed mit leicht changierenden Fäden. Sie trug eine Kochmütze, hatte sich bei einem sehr attraktiven Mann untergehakt und lächelte ihn voller Liebe und Bewunderung an. Auch er betrachtete sie mit respektvoller Bewunderung. Hinter Grand-mère stand eine Frau mit blauen Augen, die kälter und eisiger wirkten als ein sibirischer Winter. Ihr Blick war auf Grand-mère gerichtet, als wollte sie ihr bedeuten, dass sie nach nur einer falschen Bewegung zu Boden gehen würde.

Ich starrte das Foto an. Ich kannte die Frau. Ich besaß all ihre Kochbücher. Abgesehen davon, dass sie inzwischen älter war, hatte sie sich nicht verändert, kein bisschen. Schnurgerade Haltung. Spindeldürr. Amélie.

Ich stellte das Foto ab. Mir schwirrte der Kopf. Amélie kannte meine Großmutter? Ich schüttelte den Kopf, um ihn wieder freizubekommen, und lief, mit der Katze auf den Fersen, die Treppe hinunter. Séb, dessen Hemd schweißnass war, machte sich in der Küche zu schaffen.

»Sie sind früh zurück«, stellte ich fest.

»Draußen ist es zu heiß«, antwortete er. »Ich fand die Hitze unerträglich. Genau wie die Menschenmassen. So viele Leute. Und die Warteschlangen.« Er seufzte, während er ein paar Zitronen in Scheiben schnitt. »Ich mache Limonade. Auf amerikanische Art, wie Sie sie immer herstellen. Wollen Sie einen Schluck?«

»Klar«, sagte ich. »*Merci.*«

Am liebsten wäre ich damit herausgeplatzt, dass Nicolas etwas im Schilde führte oder dass ich nicht die Spitzenköchin war, für die er mich hielt, aber ich sagte nichts. Ich wollte Séb nicht erschrecken oder ihm Angst machen. Das übernahm jemand anders. Étoile sprang auf die Theke und miaute.

Séb machte einen Satz zurück und ließ eine Zitrone auf den Boden fallen. »Woher kommt diese hässliche Katze?«

»Sie ist mir in die Wohnung gefolgt«, erklärte ich. »Ich adoptiere sie. Und sie ist nicht hässlich.«

Er verzog das Gesicht. »Und ob sie das ist.«

Als ich Étoile hochnahm, schmiegte sie sich an meinen Hals und schnurrte wieder. »Nein, sie ist bezaubernd. Sie heißt Étoile und kommt mit ins Château. Marianne besorgt alles Nötige, sie bringt sie morgen zum Tierarzt.«

Séb stellte mir ein Glas Limonade auf die Theke. »Was ist mit Rémis Hunden? Die sind Jäger.«

Stimmte ja. D'Artagnan und Aramis hatte ich ganz vergessen. Vielleicht hatte ich diese verrückte Idee nicht ganz durchdacht. Aber ich konnte nicht anders. Nicht, wenn ich in ihr einziges gesundes Auge sah und sie blinzelte.

»Étoile wird in meiner Wohnung leben. Sie will eine Wohnungskatze sein«, sagte ich.

»Wie Sie meinen, Chefin«, sagte er und kämpfte gegen ein Lachen an.

»Sind Sie für die nächsten Tage bereit?«, fragte ich.

Er lächelte breit. »Ich bin aufgeregt und ein bisschen nervös. Und Sie?«

Ich trank einen Schluck von der Limonade, die mir kühl durch die Kehle lief. Was um alles in der Welt hatte Nicolas vor? Wollte er, dass ich versagte? Wozu? Ich setzte mich auf einen Hocker. In meinem Gehirn hämmerte die Paranoia. Étoile sprang auf meinen Schoß, und ich drückte sie an meine Brust.

»Séb?«

»Ja, Chefin?«

»Ich bin nervös. Ich hoffe, Sie bringen für die Veranstaltung einen gesunden Appetit mit«, sagte ich. »Und Adleraugen.«

»Hunger habe ich immer«, antwortete er. »Aber das mit den Adleraugen verstehe ich nicht.«

Ich seufzte und holte Luft. Ich musste ihn darüber aufklären, was eventuell passieren konnte – ihm zuliebe, dem Château zuliebe, mir und meiner geistigen Gesundheit zuliebe. Nachdem ich gesehen hatte, wie giftig Amélie, eines meiner Idole, Grand-mère angesehen hatte, wusste ich, dass ich ihr nicht trauen durfte. Aber auf Séb konnte ich zählen.

»Wir werden mit einem Team aus Köchen zusammen-

239

arbeiten, die wir nicht kennen. Nichts – kein einziger Teller, keine einzige Schüssel, kein Tablett mit Appetitanregern – darf die Küche verlassen, ohne dass wir die Gerichte probiert, daran gerochen haben«, schärfte ich ihm ein und meinte mit »wir« eigentlich ihn. »Sie müssen die Augen so offen halten, bis sie wehtun. Sie dürfen nicht einmal blinzeln.«

Séb setzte seine Limonade ab. »Haben Sie Angst vor Sabotage?«, fragte er.

Ich nickte. »Leider ja. Ich habe das schon einmal erlebt. Und ich will es nie mehr wieder erleben.«

Doch die potenzielle Bedrohung durch Sabotage war nicht das Einzige, was mich nervös machte.

Obwohl ich keinen Schlaf gefunden hatte, musste ich mich zusammenreißen und mich dem Tag stellen. Ich musste die furchtlose Frau in mir wiederfinden, sie hatte sich in der Nacht freigenommen und sich mit schweißtreibenden Albträumen hin und her gewälzt.

Um Punkt neun holte der Wagen Séb und mich ab, und wir glitten durch die Straßen von Paris, an wunderschönen Gebäuden der Haussmann-Ära mit eisernen Balkonen vorbei. Wir fuhren am Louvre und dem Jardin des Tuileries vorbei und sahen den Eiffelturm aus der Nähe. Bald hielten wir vor dem Personaleingang des Musée d'Orsay, das in einem Beaux-Arts-Bahnhof aus dem späten 19. Jahrhundert untergebracht war.

»Dieses Museum wollte ich schon immer besuchen«, schwärmte Séb. »Ich liebe die Impressionisten. In meiner Freizeit male ich manchmal.«

»Wann haben Sie denn Freizeit?«, fragte ich mit einem gezwungenen Lachen. »Ich hab ganz sicher keine.«

Der Chauffeur öffnete uns die Türen, und wir traten in den Dunst eines heißen Tages. Nicolas kam schnurstracks auf uns zu, oder vielmehr auf mich. Zugegeben, vom Aussehen her konnte er es mit männlichen Models aufnehmen, aber er war einfach zu glatt. Er küsste mich auf die Wangen und ignorierte Séb.

Ich nickte in Sébs Richtung. »Das ist mein Souschef Séb.«

»Wir freuen uns, an der Gala teilzunehmen«, setzte Séb an. »Ich …«

»Dessen bin ich mir sicher«, fiel Nicolas ihm ins Wort. Er legte den Arm um meine Schultern, seine Hand bewegte sich langsam meinen Rücken hinunter. »Ich begleite Sie hinein. Die anderen warten schon. Ich habe ein gutes Gefühl, Sophie.«

Ich ging schneller und schüttelte damit Nicolas' Hand ab. Er schien es nicht zu bemerken. Wir folgten ihm in den hinteren Teil des Museums und gingen dann zu einem Fahrstuhl. In dem beengten Raum rückte Nicolas mir auf die Pelle, was mich erschaudern ließ. Ich trat einen Schritt vor, um den dringend nötigen Abstand zwischen uns herzustellen.

»*Desolé*«, entschuldigte er sich. Vielleicht hatte er mein Unbehagen bemerkt. »Der Fahrstuhl ist so klein.«

Anders als dein Riesenego, dachte ich. Ich konnte ihn nicht ausstehen. Und ich konnte es kaum erwarten, bis sich die Türen endlich wieder öffneten, es kam mir vor wie eine Ewigkeit.

»Hier entlang«, sagte er und blieb mitten im Schritt stehen, sodass ich direkt in ihn hineinlief. Seine Arme schnellten vor, um mich festzuhalten. »Reißen Sie sich zusammen. Sie lernen gleich meine böse Stiefmutter kennen. Ich höre sie schon über den Flur schleichen.«

Ich hatte weder mit dieser Äußerung noch mit dem Hass in seinem Blick gerechnet. Ich trat einen Schritt zurück, und Nicolas bedeutete Séb, mit ihm weiterzugehen. Mein Souschef warf mir einen besorgten Blick zu, während sie über den Gang liefen und mich allein ließen. Amélie kam langsam auf mich zu. Sie trug einen eleganten geschlitzten schwarzen Rock und ein Oberteil mit ausgeschnittenen Ärmeln. Ich ließ mich nicht beirren in meinem blauen Hemdblusenkleid. Ich freute mich darauf, die berühmte Amélie kennenzulernen.

»Madame Valroux«, begrüßte sie mich ausdruckslos und musterte mich mit kalten laserblauen Augen von Kopf bis Fuß. »Ich war überrascht, dass mein Stiefsohn Sie eingeladen hat, bei dieser Veranstaltung zu kochen, aber hier sind Sie nun.«

Nicht ganz die Begrüßung, die ich mir erhofft hatte. Ich war schwer enttäuscht.

»Er… erfreut, Sie kennenzulernen, Amélie«, stammelte ich und reichte ihr die Hand. Sie ignorierte die Geste und starrte mich an, als hätte ich eine ansteckende Krankheit. Vor Ungläubigkeit erschüttert, fuhr ich fort: »Ich bin eine Ihrer größten Bewunderinnen. Ich habe all Ihre Kochbücher.« Ich hielt inne. »Ich glaube, Sie kannten meine Grand-mère.«

Sie presste ihre schmalen Lippen zusammen. Ihre Augen

wurden groß und noch kälter. Sie reckte ihr Kinn so hoch, dass ich in die Löcher ihrer spitzen Nase sehen konnte. »Außerhalb der Küche bin ich Madame de la Barguelonne für Sie, und in der Küche Chefin. Haben Sie verstanden?«

Eigentlich nicht.

Mein Atem gefror in meiner Brust. Mein Kochidol hatte offenbar nichts für mich übrig. Ich musste herausfinden, was Nicolas vorhatte. An dieser Situation war mir nichts geheuer. Warum hat er mich eingeladen, bei dieser Veranstaltung zu kochen?, fragte ich mich ein weiteres Mal.

Amélie machte auf dem Absatz kehrt und klackerte den Flur entlang. Ich blieb fassungslos zurück. Dann warf sie jedoch noch einen Blick über ihre knochige Schulter. »Folgen Sie mir!«, befahl sie. »Die anderen Köche sind schon da.« Sie schniefte. »Sie sind als Letzte gekommen.«

Während ich ihr in den Salon folgte, biss ich die Zähne zusammen. Am liebsten wäre ich als Erste wieder gegangen, aber ich musste durchhalten.

16

Ein unmoralisches Angebot

O'Shea mit seiner breiten Brust und den breiten Schultern hatte sich kein bisschen verändert. Er glich immer noch eher einem rothaarigen Streetboxer aus South Boston als einem Zweisternekoch – auch wenn er drei Sterne hätte haben können. Doch das war reine Semantik. Dass er einen verloren hatte, war nicht meine Schuld. Zum Glück wusste er das inzwischen und würde mich nicht mit einem Flambierbrenner bei lebendigem Leib abfackeln. Kaum hatte ich den Raum betreten, rannte ich zu ihm, und seine baseballhandschuhgroßen Riesenhände umklammerten meine Schultern.

»Sophie, du siehst absolut fantastisch aus«, rief er und drehte mich einmal um meine Achse. »Frankreich hat bei dir Wunder bewirkt.«

»Chef, Sie kennen mich doch. Ich bin nicht nur ein hübsches Gesicht im Kochbusiness«, sagte ich und warf Nicolas einen wütenden Blick zu.

»Ich weiß«, sagte er. »Wie hat dich die Brigade noch genannt?«

»Scary Spice«, antwortete ich, und er lachte laut.

»Leg dich nie mit einer Frau an, die ein Austernmesser

schwingt«, gluckste er und schüttelte den Kopf. »An den Spruch von dir erinnere ich mich noch.«

»Was kann ich dazu sagen? Ich habe mich behauptet«, sagte ich stolz.

»Allerdings. Du hast dich gut geschlagen«, stimmte er mir zu und nickte. »Wirklich gut.«

»Ich habe viel von Ihnen gelernt, Chef«, sagte ich.

»Verdammt, Sophie, ich glaube, du hast mich überflügelt. Ich bin ungeheuer stolz auf dich. Und sieh dir nur diesen Ort hier an.«

Ich ließ den Blick durch den Saal schweifen, von den Parkettböden über die Lichter und die kunstvollen Kronleuchter, die wie durch Zauberhand von der gestrichenen Decke tropften, bis hin zu den bronzenen und blauen Torbögen mit den Skulpturen. Ich kam mir vor wie in einer wunderschönen Kirche, es hätte mich nicht überrascht wenn die reliefierten Engel von ihren Sockeln geflogen wären und im Chor Halleluja gesungen hätten.

Doch diese Vision vom Himmel fand ein jähes Ende, als Amélie sich uns mit Jean-Jacques Gaston näherte. Ich erkannte ihn sofort. Er trug noch die gleiche Brille und hatte den gleichen gütigen Ausdruck in den Augen, den ich auf dem Foto in Grand-mères Wohnung gesehen hatte.

»Sophie, das ist Jean-Jacques Gaston, ein lieber Freund Ihrer Grand-mère«, stellte Amélie ihn vor. Sie betonte das Wort »Freund«.

Jean-Jacques räusperte sich. Seine Augen trübten sich, und seine Hände umschlossen meine. »Ich war der Mentor Ihrer Grand-mère an der Cordon Bleu. Mein herzliches Beileid.«

»Danke«, flüsterte ich.

»Ich habe Odette geliebt, sie war eine so talentierte Köchin«, fuhr er fort. »Und ich habe mir alle Mühe gegeben, Ihnen aus der Ferne zu helfen. Ich freue mich so sehr, Sie endlich kennenzulernen. Sie haben mein aufrichtiges Mitgefühl.« Er hielt inne und wischte sich eine Träne von der Wange. »Sie erinnern mich unheimlich an sie. Ich sehe ihren Geist in Ihnen weiterleben.«

Ich erinnerte mich, herausgefunden zu haben, dass Jean-Jacques ein Empfehlungsschreiben für mich aufgesetzt hatte, damit ich ins Culinary Institute of America aufgenommen wurde. Zuerst war ich sauer gewesen, weil meine Großmutter hinter meinem Rücken ihre Beziehungen hatte spielen lassen. Aber letztlich hatte ich die Schule als Jahrgangsbeste abgeschlossen und mir dann – ganz allein – eine Stelle in O'Sheas Restaurant Cendrillon NY gesichert.

Auch Grand-mère hatte mir aus der Ferne geholfen. Ich hoffte inbrünstig, dass ihr Geist in mir weiterlebte und sie mir helfen würde, diese Veranstaltung durchzustehen. Ein langes Schweigen folgte, unterbrochen durch Jean-Jacques und meine schwere Atmung.

O'Shea räusperte sich. »Sophie, wir drei sollten heute Abend gemeinsam zu Abend essen, bevor der Wahnsinn mit den Vorbereitungen losgeht. Dann können wir Versäumtes nachholen.«

»Das würde ich sehr gern«, sagte ich.

Amélie ließ ein genervtes Schnaufen vernehmen. »Ich kann nicht. Ich muss Vorbereitungen für die Gala treffen.«

Nicolas' Lippen verzogen sich zu einem boshaften

Lächeln. »Liebste Stiefmutter, ich glaube nicht, dass *du* eingeladen bist.«

In Amélies Augen glühte eine derartige Bösartigkeit, dass ich befürchtete, ihr Kopf ginge jeden Moment in Flammen auf. Bevor sie Nicolas antworten konnte, kamen zwanzig Köche mit Kochmützen herein.

Amélie faltete die Hände. »Unsere Brigade ist da«, flötete sie. »Sophie, Sie wählen sieben für sich aus. Schließlich haben sich die meisten Gäste für Ihr Hauptgericht entschieden. Ich hoffe doch sehr, dass Sie das schaffen.«

Ich zuckte zusammen.

»Stiefmutter«, mischte sich Nicolas ein. »Madame Valroux kommt sicher gut zurecht. Die Frage des Tages lautet: Tust du das auch?«

Ich fing seinen Blick auf, und er zwinkerte mir verstohlen zu. Vielleicht hatte ich ihn falsch eingeschätzt. Vielleicht wollte er gar nicht mir an den Kragen, sondern ihr. Er verabscheute sie. Und sie wusste es.

»Suchen Sie sich die Mitglieder Ihres Teams aus. Weisen Sie sie ein«, ordnete Amélie an und stellte sich in ihrem lächerlichen Outfit aufrecht hin. »Danach gehen wir in die Küche, damit Sie sich akklimatisieren können.«

Damit klackerte sie aus dem Raum. Ich fühlte mich, als wäre ich in die Höhle der Löwin geworfen worden.

Séb und ich interviewten ein uns unbekanntes und eifriges Team aus der Cordon Bleu. Nachdem wir unsere Küchenbrigade zusammengestellt hatten, nahm ich Séb beiseite. »Vergiss nicht, was wir besprochen haben.«

»Zwei von ihnen beobachte ich schon mit Adleraugen«, versicherte er mir.

»Gut«, sagte ich, und mein Herz hämmerte. »Sabotage ist eine reelle Gefahr.«

»Ich weiß«, sagte Séb und scharrte mit den Füßen. »Vielleicht habe ich zufällig das Gespräch mitgehört.«

»Welches denn?«, fragte ich überrascht.

»Das ... Eigentlich jedes«, räumte er ein. »Ich war besorgt um Sie.« Er streckte die Brust raus. »Diese Leute werden uns nicht betrügen. Ich stehe hinter Ihnen.«

Als ich ihn kennenlernte, hatte ich ihn für zu schüchtern und sensibel gehalten und dachte, dass die taffe, vor Testosteron strotzende Brigade in meinem ehemaligen Restaurant Cendrillon NY Hackfleisch aus ihm gemacht hätte. Aber Séb hatte Mumm, und ich war froh, dass er vor nur wenigen Monaten auf mein Betreiben hin vom Servicepersonal in die Küche gewechselt hatte, wo die einzige Gefahr von der tratschenden Grand-maman-Brigade drohte.

Ich umarmte ihn. »Wir schaffen das.«

Séb hielt mir die Faust zum Fist Bump hin, und ich tat ihm den Gefallen.

Er lachte überrascht. »Ich dachte, Sie machen so was nicht.«

»Für Fist Bumps bin ich zu haben, aber nicht für High Fives«, erklärte ich, und wir lachten. »Okay, nimm das Team mit nach oben. Stell ihnen die Rezepte vor. Ich komme gleich nach.«

Von der Tür ertönte ein ungeduldiges Hüsteln. »Sophie, Sie werden in der Küche gebraucht«, sagte Amélie mit einem angespannten Lächeln.

Ich biss die Zähne zusammen und folgte ihr.

Und dann sah ich ihn: Eric. Ich erstarrte kurz vor Schreck,

mein Körper entwickelte ein Eigenleben und begann zu zittern. Ich hatte ihn nicht unter Kontrolle. Meine Nervosität war verflogen, ersetzt durch die Wut, die in meinen Adern siedete. Ich konnte es nicht fassen. Eric hatte meine Karriere zerstört und O'Shea einen Stern geraubt. Das war nicht nur ein persönlicher Affront gegen mich, sondern auch rachsüchtig O'Shea gegenüber. Mir kam die Galle hoch.

Eric rollte die Ärmel seiner Kochjacke hoch, wodurch seine Tattoos zum Vorschein kamen. Mit seinen dunklen Haaren und dem Schlafzimmerblick hatte ich ihn früher auf Bad-Boy-hafte Art sexy gefunden, doch jetzt stieß er mich nur ab – sogar noch mehr als Nicolas. Amélie grinste mich zufrieden an.

O'Shea betrat mit Jean-Jacques Gaston die Küche. Mit einem so selbstgefälligen Grinsen, dass ich ihn am liebsten geschlagen hätte, drehte Eric sich um.

»Warum zum Teufel ist dieser Arsch hier?«, brüllte O'Shea, als er Eric sah.

Sein Gesicht lief puterrot an, und er ballte die Fäuste, mit denen er Eric sicherlich hätte bewusstlos schlagen können.

»Achten Sie auf Ihre Ausdrucksweise«, sagte Amélie und lächelte bösartig.

»Wie wär's hiermit? Mit diesem talentlosen, illoyalen Scheißkerl koche ich nicht«, schrie O'Shea, dessen Hände zitterten. »Und Sie haben meine Frage nicht beantwortet. Warum ist er hier?«

Amélie zuckte mit ihren knöchrigen Schultern, sodass ihr steifes Outfit wie bei einer Pappfigur hochrutschte. »Er ist hier, weil ich ihn gerade für das Durand Paris eingestellt habe. Vor Ihnen steht mein neuer Chef de Cuisine.«

»Ich bin weg«, verkündete O'Shea und machte auf dem Absatz kehrt.

»Ach, Dan, wenn meine Familie ins Cendrillon Paris investieren soll, dann kochen Sie bei dieser Veranstaltung«, blaffte Amélie. »Stellen Sie mich nicht auf die Probe.«

»Ich muss an die frische Luft«, knurrte er und stürmte aus der Küche.

Jean-Jacques Gaston folgte ihm. Ich fragte mich, ob er sich wirklich aus dem Staub machte oder nur Zeit zum Beruhigen brauchte. Wahrscheinlich eher Letzteres, wenn man bedachte, dass die Eröffnung eines Cendrillon in Paris sein Traum war und ihm die Bestätigung dafür geben würde, dass ein Junge aus den Docks von South Boston es geschafft hatte. Aber ich hatte nicht vor, mich von Eric fertigmachen zu lassen, nicht wenn ich Gleiches mit Gleichem vergelten konnte.

»Eric«, flötete ich. »Wessen Rezepte hast du denn diesmal geklaut?«

»Ich freue mich, dich zu sehen«, konterte er und musterte mich von oben bis unten. »Du hast dich verändert.«

»Du nicht. Du bist immer noch ein hinterhältiges Miststück«, höhnte ich.

»Eine solche Ausdrucksweise wird in dieser Küche nicht toleriert«, warnte mich Amélie. »Sie sollten lieber gehen und mit Ihrer Brigade sprechen.«

»Jawohl, Chefin«, sagte ich sarkastisch.

Als ich, vor Wut kochend, auf dem Absatz kehrtmachte, nahm mich Nicolas beiseite und flüsterte mir mit heißem Atem etwas Superpeinliches ins Ohr. »Das wird viel spaßiger, als ich dachte«, fügte er hinzu.

»Das ist kein Spaß«, widersprach ich mit angespannten Schultern. »Das ist ein Albtraum, und ich weiß Bescheid.«

»Verzeihung, ich verstehe nicht«, sagte er. »Was genau wissen Sie?«

»Ich weiß, dass Amélie und meine Grand-mère sich kannten. Und ich glaube, sie mochten sich nicht sehr. Wussten Sie das?«

Er gluckste. »Natürlich. Dafür sind Privatdetektive da«, triumphierte er mit einem widerwärtigen Schnauben. »Als ich herausfand, dass sie eifersüchtig auf Ihre Grand-mère war und sie immer um ihr Leben beneidet hat, was wahrscheinlich auch der Grund für ihre Heirat mit meinem Vater war, wusste ich, dass Sie der Schlüssel zu ihrem Niedergang sind.« Er hielt inne und zuckte nonchalant mit den Achseln. »Dass Sie kochen können, weiß ich, aber ich hoffe, Sie haben auch scharfe Krallen, Kätzchen.«

»Ich bin kein verdammtes Kätzchen«, zischte ich und hätte ihm am liebsten die Augen ausgekratzt.

Er spielte mich gegen eins meiner Kochidole aus. Er hatte es die ganze Zeit über gewusst und es mir nicht gesagt, als er im Château die Gelegenheit dazu gehabt hätte. Was für ein unredliches Spiel er auch spielte, ich wollte keine Schachfigur darin sein. Ich presste die Lippen zusammen und überlegte, ob ich einfach abhauen sollte. Mit den Konsequenzen könnte ich umgehen. Ich würde Jane veranlassen, eine Pressemitteilung herauszugeben. Aber ich hatte mich zur Teilnahme an dem Event verpflichtet und wollte nicht kneifen.

Mein Bauchgefühl sagte mir, dass Nicolas es auf Amélie abgesehen hatte, während mein Instinkt mich warnte, dass er nicht von seinem Gehirn gesteuert war. So wie er mich mit seinen Blicken auszog, könnte ich sein Interesse an mir ausnutzen. Von der furchtlosen Spitzenköchin zur Femme fatale. Grand-mère wäre stolz auf mich. Vielleicht aber auch nicht.

Er schürzte die Lippen und ergriff meine Hände. »Wollen Sie Ihre Sterne, Sophie?«

Meine Augenlider zuckten unwillkürlich. Mir schnürte sich die Kehle zu. »Natürlich, ich denke ständig daran.«

»Das dachte ich mir. Ich werde sie Ihnen beschaffen«, versprach Nicolas. »Lassen Sie sich nicht von Eric oder sonst etwas aus dem Konzept bringen. Genau das will Amélie nur.«

»Verstehe«, murmelte ich. Die mörderische Welt der Kochkunst. Der Konkurrenzkampf. Der Neid. »Es gefällt mir überhaupt nicht, aber ich verstehe es.«

Er hakte sich bei mir ein. »Kommen Sie, ich will Ihnen etwas zeigen.«

Er führte mich in den Hauptsalon und dort zu einem Bild, das unter einem samtenen Tuch verborgen war. Er riss das Tuch weg, und Van Goghs *Sternennacht* waberte vor meinen Augen: Wirbel aus schlierigen Blau-, Weiß- und Gelbtönen, die sich voller Energie, Leidenschaft und Kraft drehten. Unwillkürlich griff ich mir ans Herz – die Sterne, diese vermaledeiten Sterne. Mein Gott, ich wollte sie. Aber würde mich meine Jagd auf sie in den Wahnsinn treiben?

Als ich an der Tür eine Bewegung wahrnahm, sah ich Amélie dort stehen, und ihr Blick brannte sich in meinen.

Ich war wild entschlossen.

O'Shea und Jean-Jacques Gaston, der mich gebeten hatte, ihn beim Vornamen zu nennen, trafen um acht in Grand-mères Wohnung ein. Séb war ausgeflogen, um jetzt, wo die Hitze nachgelassen hatte, mehr von Paris zu erkunden, sodass ich das Essen für meinen ehemaligen Chef und seinen Mentor allein vorbereiten musste, während ich mit einem Wirbelsturm aus Wut und Zorn kämpfte. Ich hielt es unkompliziert: Es würde einen Salat mit geröstetem Brot und Ziegenkäse geben, bestreut mit Granatapfelkernen, diverses frisches Gemüse und Lachstatar, als Wein einen Rosé. Selbst Spitzenköche wussten sich zu entspannen, sie konnten ein gutes Essen aus frischen Zutaten zubereiten, ohne dabei viel Aufwand zu betreiben.

Als Jean-Jacques die weitläufige Wohnung betrat, stiegen ihm Tränen in die Augen. »Ich habe hier so viel Schönes mit Odette erlebt. Danke, Sophie, dass Sie uns bewirten.«

»Es ist mir ein Vergnügen«, sagte ich und bat meine Gäste, sich an den Esstisch zu setzen.

»Was für eine Wohnung«, schwärmte O'Shea. »Du Glückliche.«

Als ich das Essen auf den Tisch stellte, wurde Jean-Jacques Blick betrübt, er unterdrückte ein Schluchzen. Ich hätte nicht erwartet, dass ihm die Erinnerungen so nahegingen, aber vielleicht bedrückte ihn noch etwas. Nachdem wir uns ein Weilchen über Belangloses aus der Kochbranche und meine Grand-mère ausgetauscht hatten, dämmerte es mir.

»Ich habe langsam das Gefühl, dass Sie mir etwas verschweigen, Jean-Jacques«, sagte ich. »Gibt es etwas, das ich wissen sollte?«

Er atmete tief durch und nickte. »Ja. Ich war mehr als nur der Mentor Ihrer Grand-mère. Ich war ihr Geliebter.«

Ich verschluckte mich an meinem Wein. Dass meine Grand-mère eine leidenschaftliche Frau gewesen war, hatte ich gewusst. Aber ich hätte nie im Leben damit gerechnet, dass sie einen Geliebten gehabt hatte. Und dass dieser Geliebte Jean-Jacques Gaston gewesen war. Sie hatte in Paris tatsächlich ein Doppelleben geführt.

»Was? Wirklich?«

»Ich habe meine Beziehung zu Amélie in dem Moment beendet, als ich sie kennenlernte, ich war verrückt nach ihr. Eine solche Größe in der Küche, eine Frau voller Leidenschaft.«

Ich hustete. »Sie hatten auch mit Amélie ein Verhältnis?«

Seine Brust hob sich, als er tief Luft holte. »Ja, und ich habe mich wegen Ihrer Grand-mère von ihr getrennt. Sie hat Odette seitdem gehasst. Immerhin war sie die sitzen gelassene Geliebte.«

Langsam setzte sich das Puzzle in meinem Kopf zusammen, ein verkorkstes Teil nach dem anderen. Bis auf eines. »Was ist zwischen Ihnen und Grand-mère Odette vorgefallen?«

Jean-Jacques seufzte. »Sie wollte ihr Leben in Frankreich nicht für Boston aufgeben. Ich werde sie immer lieben. Und ich wusste, dass sie mich auch liebte.« Er hatte Tränen in den Augen. »Sie wollte für Sie eine Welt kreieren. Und nichts ist wichtiger als die Familie.«

Wir schwiegen eine Weile, aßen und tranken Wein, doch durch die Traurigkeit, die in meiner Kehle brannte, bekam ich kaum etwas herunter. Grand-mère hatte sich zugunsten des Châteaus eine zweite Chance auf die Liebe verwehrt. Meine Großmutter war glücklich gewesen, bevor sie starb, oder sie hatte hervorragend geschauspielert. So wie ich, wenn ich vorgab, ohne meine Sinne kochen zu können. Mir schwirrte der Kopf. Ich wollte das Thema wechseln und Jean-Jacques nicht drängen, mir noch mehr anzuvertrauen, nicht in dem Gefühlschaos, in dem er sich befand.

»Was unternehmen wir wegen Amélie und Eric?«, fragte ich schließlich und blickte auf.

»Sie aufspießen«, witzelte O'Shea. »Und sie dann auf einem Grill rösten. Ich kann nicht fassen, dass Eric die Dreistigkeit besitzt, sich hier blicken zu lassen.«

Jean-Jacques beugte sich vor. »Es liegt doch auf der Hand. Nicolas wollte Amélie aus dem Gleichgewicht bringen, indem er uns drei engagiert hat. Amélie wiederum wollte Sie aus der Fassung bringen, Sophie, indem sie Eric einstellte.« Er schüttelte nachdenklich den Kopf. »Sie mochte es noch nie, die zweite Geige zu spielen. Vielleicht dachte sie auch, sie mit Eric zu sehen würde mich eifersüchtig machen.« Er lachte. »Tut es aber nicht, ganz im Gegenteil. Wie dem auch sei, ich hatte immer das Gefühl, dass sie diejenige war, die Ihre Grand-mère dazu überredet hat, in Champvert zu bleiben. Je weiter entfernt Ihre Grand-mère von Paris war, desto näher konnte Amélie mir kommen. Aber ich habe ihre Annäherungsversuche abgeblockt.«

Auch ich wollte mich so fern von ihr halten wie nur möglich. Das war verrückt. Ich erschauderte. Wenigstens wusste ich jetzt, womit ich konfrontiert war.

»Sophie, es bringt nichts, um den heißen Brei herumzureden«, sagte O'Shea. »Es gibt etwas Wichtiges, das du wissen solltest.«

Was denn jetzt schon wieder?

»Das Cendrillon Paris wird top mit oder ohne Amélie, und wir wollen, dass du es führst«, sagte er und umfasste sein Glas mit seinen Riesenpranken. »Deshalb bleibe ich auch.«

»Wir?«, hakte ich nach.

»Amélie ist nicht die Investorin, sondern Nicolas. Monsieur de la Barguelonne senior hat dieses Jahr das Heft an Nicolas übergeben. Ich bin mir ziemlich sicher, dass Amélie nichts davon weiß.«

So viele Geheimnisse. So viele unredliche Winkelzüge. Ich fühlte mich manipuliert. Wie sollte ich der Konkurrenz stets eine Nasenlänge voraus sein, wenn ich gerade erst die Regeln lernte?

O'Shea öffnete eine zweite Flasche Wein. Wir prosteten einander zu und sahen uns in die Augen. »Tu mir einen Gefallen und antworte nicht gleich. Denk einfach über unser Angebot nach. Abgesehen von ein paar Stammgerichten, hättest du die Kontrolle über die Speisekarte«, erklärte O'Shea. »Wie du weißt, können sich Dinge ändern, wenn man es am wenigsten erwartet.«

Völlig verwirrt, nahm ich mein Glas und trank aus. In meinem Kopf herrschte ein einziges Durcheinander.

Guter Rat war teuer. Ich brauchte Antworten. Ob auch in Grand-mères Pariser Wohnung ein Tagebuch versteckt war? Sobald O'Shea und Jean-Jacques die Wohnung verlassen hatten, rannte ich zu Grand-mères Wandschrank und hüpfte auf dem Holzboden wie ein Känguru im Koffeinrausch. Wie erhofft, hob sich ein Brett. Ich setzte mich auf den Boden und legte es beiseite. Da lag es: ein ledergebundenes Tagebuch mit einem roten Bändchen umwickelt. Meine Hände zitterten, als ich es aus seinem Versteck nahm. Bevor ich es aufschlug, kam die Katze ins Zimmer geschlichen.

»Bist du bereit?«, fragte ich Étoile und sah in ihr gesundes Auge. Sie blinzelte. »Ich weiß nicht, was ich in diesem Buch finden werde.«

Étoile rollte sich auf meinem Schoß zusammen, und ich las.

Grand-mères schöne, schnörkelige Handschrift erschütterte mich bis ins Mark. Die Einträge waren kurz und gelinde gesagt überwältigend. Mein Atem ging schwer, während ich las.

Céleste hat Sophie mit nach New York genommen. Sie will nicht einmal mit mir reden. Ich habe es versucht, und wie ich es versucht habe, aber sie lässt mich einfach nicht an sich heran. Weiß sie nicht, dass ich sie liebe und dass ich ihr vergebe, dass sie mich mit meiner lieben Sophie verlassen hat? Bin ich so eine schreckliche Mutter?
Pierre ist an einem Herzinfarkt gestorben. Mein Herz schmerzt. Mir ist bewusst geworden, dass ich ihn geliebt habe, auch wenn unsere Ehe arrangiert war. Mir bleibt nur noch das Château.
Da ich außer Clothilde und Bernard niemanden mehr in meinem Leben habe, habe ich trotz meines Alters

beschlossen, meinen Träumen zu folgen. Ich werde zwei Jahre lang die Cordon Bleu besuchen und Meisterköchin werden. Meine Welt dreht sich um den Gedanken, die Seelen der Menschen zu nähren, indem ich mit Liebe koche. Ich habe auf der Île Saint-Louis eine herrliche Zweitwohnung gekauft. Eines Tages wird diese Wohnung zum Erbe meiner lieben Sophie gehören. Ich hoffe doch, sie wiederzusehen. Und zwar schon bald.

Die Cordon Bleu ist ein wahr gewordener Traum. Ich vergöttere unseren Professor, Jean-Jacques Gaston. Aber eine meiner Klassenkameradinnen, Amélie Durand, ist mir verhasst. Sie neidet mir mein Talent und die Aufmerksamkeit, die ich von unserem hochverehrten Chef bekomme.

Ich habe jetzt einen Geliebten. Er gibt mir das Gefühl, eine Frau zu sein wie eine errötende Braut. Er ist zehn Jahre jünger als ich. Es ist mir peinlich zuzugeben, dass ich das intime Zusammensein mit Pierre nie richtig genossen habe. Ich bin Katholikin, und wir haben das ganze Fortpflanzungstheater durchexerziert. Jean-Jacques bereitet mir solche Lust, dass ich befürchte, den Kopf zu verlieren. Ich sollte das nicht tun. Aber ich kann nicht anders. Ich habe mich noch nie so lebendig gefühlt.

Jean-Jacques will, dass ich Frankreich verlasse und mit ihm nach Boston gehe, um mit ihm gemeinsam ein Restaurant zu gründen. Er will seine Kochkunst nach Amerika bringen, seine Träume leben, nach den Michelin-Sternen greifen. Obwohl sein Angebot verlockend ist und seine Bitten beharrlich sind, kann ich nicht gehen. Ich muss zurück nach Champvert. Ich muss eine Zukunft für meine Familie und all die anderen Menschen aufbauen, die von mir abhängig sind. Ich werde ihn leidenschaftlich vermissen. Und ich werde unsere zwei gemeinsamen Jahre in meinen Erinnerungen bewahren wie kostbare Juwelen. Aber ich folge meinem Traum, nicht seinem.

Ich nahm mir einen Moment Zeit zum Durchatmen und schlug das Tagebuch zu. Die Katze sprang mit einem überraschten Miauen von meinem Schoß. Das war viel zu verdauen. Ich verstaute das Buch wieder in seinem Versteck und lief auf und ab, bis ich schließlich zur Dachterrasse hinaufstieg. Tränen strömten mir über die Wangen. Wenn ich das Leben im Château schon für kompliziert gehalten hatte, so war das nichts gegen das, was ich in Paris erlebte, und gegen die Worte, die ich soeben gelesen hatte.

Warum war ich immer noch so besessen von der Verheißung der Sterne? Weil ich sie nicht hatte? Ich war mir nicht so sicher, ob ich sie überhaupt noch wollte. Nicht, wenn das hieß, sich mit Leuten wie Amélie und Nicolas de la Barguelonne abgeben zu müssen, deren moralischer Kompass derart aus dem Gleichgewicht geraten war. Es war das genaue Gegenteil dessen, was ich von Grand-mère gelernt hatte.

Meine Grand-mère hatte es geliebt, ein gastliches Haus zu führen, und ihre Liebe durch Essen zum Ausdruck gebracht. Bei dieser Clique hier war keine Liebe zu spüren, nur Verrat. Ich befühlte die Sterne an der Halskette, die Rémi mir zum Geburtstag geschenkt hatte. Ich war nicht käuflich. Und wenn ich die Sterne bekäme, wenn sie für mich bestimmt wären, dann würden sie meinem Restaurant in Champvert verliehen.

Grand-mères Tagebucheinträge beschrieben ihre Leidenschaft für Jean-Jacques detailliert, und trotzdem hatte sie ihre Gefühle ignoriert. Vielleicht sollten mich ihre intimsten Gedanken warnen, nicht die gleichen Fehler zu begehen wie sie. Aber ich war ziellos gewesen, und ich hatte keine Landkarte, die mich hätte leiten können. Ein Navi sagt dem Herzen nicht, wohin es gehen soll, und ich wollte endlich auf meines hören. Ich verspürte eine noch größere Liebe und tiefere Verbindung zu meiner Grand-mère als je zuvor.

Als Rémi mich gefragt hatte, was ich mir wünschte, hatte ich ihm geantwortet, dass ich Liebe wollte. Dass ich Erfolg wollte. Und dass sich niemand zwischen mich und meine Träume stellen sollte. Ich hatte ihm auch gesagt, dass ich nach Paris führe, und nicht auf ihn gehört, als er mich warnte, dass dies keine gute Idee sei. Wenn ich nach Champvert zurückkäme, würde ich ihm sagen, dass er recht gehabt hatte – mit allem, nicht nur wegen Paris, sondern auch damit, dass er mich nach meinem Sturz zum Arzt hatte bringen wollen.

Trotz allem war Paris eine gute Idee gewesen, ich hatte nur wenige Stunden fern vom Château gebraucht, um mir über meine Gefühle klar zu werden. Ich hatte meine Antwort. Ich würde der Liebe nicht den Rücken kehren, wie Grand-mère es getan hatte. Und ich fühlte mich ganz sicher nicht ans Château gekettet. Tatsächlich wollte ich sogar so schnell wie möglich dorthin zurück.

Ich würde Rémi Dupont, meine Jugendliebe, heiraten. Ich würde Lola eine gute Stiefmutter sein. Ich würde mein kulinarisches Narrativ schreiben und nicht der Geschichte eines anderen folgen, wenn ich meine eigene kreieren konnte. Das war mein Leben, und ich war jetzt zu hundert Prozent dabei.

Bevor ich in einen Schlaf voller wirrer Albträume von Amélies wütenden Blicken, Nicolas' sexuellen Anspielungen und Sorgen über meinen fehlenden Geschmacks- und Geruchssinn fiel, simste ich Rémi.

Ich vermisse dich.

Dann rollte ich mich mit Étoile und Grand-mères Schürze auf dem Bett zusammen und hoffte, dass ihre Courage wirklich in mir weiterlebte, denn ich würde eine Menge davon benötigen, um die nächsten qualvollen Tage zu überstehen.

17

Die Galaüberraschungen

Der Freitagmorgen brachte einen unerwarteten Vorteil mit sich. Amélie würde ihre Gerichte mit Jean-Jacques Gaston in einer der anderen Küchen des Musée d'Orsay zubereiten, sodass ich Seite an Seite mit O'Shea kochen konnte. Ich stieß einen Seufzer der Erleichterung aus. Ich musste nicht mit dem Miststück Eric zurechtkommen oder einen Eiertanz um die Psychopathin Amélie aufführen. Ich konnte mich konzentrieren. Ich wies unsere eifrige Brigade aus ehemaligen Le-Cordon-Bleu-Studenten ein und machte sie mit den Zutaten für das Hauptgericht bekannt. Auch wenn Séb und ich uns gemeinsam darum kümmern würden – er würde die Meeresfrüchte auf der Grillplatte zubereiten, während ich den Fond für den Pot-au-feu de la mer übernahm –, gab es noch genug für unsere siebenköpfige Gruppe zu tun. Séb führte unser Team in den Kühlraum. Eine halbe Stunde später kam er wieder heraus.

»Nicht sauer sein, Chefin«, bat er und zog eine schuldbewusste Grimasse. »Aber drei Mitglieder unserer Brigade sind gerade gegangen.«

»Warum?«, fragte ich entgeistert.

Er ließ den Kopf hängen. »Kann sein, dass ich sie bedroht habe.«

»Noch mal, Sie haben sie bedroht?«

»Tja, sie haben getuschelt. Ich hab das Wort ›versalzen‹ verstanden und Hauptgericht. Ich hab vielleicht keine Adleraugen, aber ein Gehör wie eine Fledermaus. Sie hatten recht, Chefin.«

Ich wollte nicht recht haben. Empörung durchströmte meine Adern. Dahinter steckte bestimmt Amélie. Sie hatte sie wahrscheinlich bestochen. Mit zitternder Hand gab ich Séb ein Zeichen fortzufahren.

»Ich bin explodiert. Ich habe geschrien: ›Wenn irgendwer in diesem Team auch nur darüber nachdenkt, mit unseren Gerichten herumzupfuschen, hänge ich ihn an den Fußknöcheln auf, schlitze ihm die Kehle auf und verfüttere ihn an die Wildschweine!‹« Er hielt schwer atmend inne. »Ich habe auf die zwei Übeltäter gedeutet und ihnen gesagt, dass sie sich vom Acker machen sollen. zusammen mit denjenigen, die sich noch mit uns anlegen wollen oder die auf irgendjemandes Gehaltsliste stehen.«

»Drei sind gegangen?«, fragte ich nicht gerade überrascht.

»Oui«, sagte er naserümpfend. »Tut mir leid.«

Ich klopfte ihm auf den Rücken. »Das braucht es nicht. Sie haben das Richtige getan. Wir kommen auch so klar. Und ich denke, Sie bekommen eine tüchtige Weihnachtszulage.«

»Danke, Chefin«, erwiderte er erleichtert seufzend.

»Ich danke Ihnen«, erwiderte ich. »Aber die anderen müssen wir trotzdem im Auge behalten.«

Séb ließ seine Muskeln spielen. Er war wie ein Panzer gebaut, was mir vorher nicht aufgefallen war. »Ja, ich weiß. Aber ich glaube, die haben jetzt ein bisschen Angst vor mir.« Er reichte mir einen Langustenschwanz. »Immerhin sehen die Meeresfrüchte gut aus. Sie haben keinen Mist bestellt.«

»Séb?«

»Ja?«

»*Merci*«, sagte ich. »Sie sind sehr loyal. Ich weiß nicht, was ich ohne Sie tun würde.«

Er zuckte mit den Achseln. »Wir alle sind Ihnen gegenüber loyal«, erklärte er. »Und wir haben ein gutes Stück Arbeit vor uns. Jetzt noch mehr, wo wir nur eine halbe Brigade haben.«

»Wir schaffen das«, sagte ich zuversichtlich, und er zwinkerte mir zu.

Während ich den Langustenschwanz inspizierte, kam O'Shea zu mir. Er gluckste. »Ah, Sophie, du bist der Grund, warum ich zum Bœuf en croûte degradiert wurde und Jean-Jacques zum Lamm«, sagte er. »Dein Pot-au-feu de la mer klingt höchst interessant. Ich kann es kaum erwarten zu sehen, was du vorhast.«

»Chef«, rief ich lächelnd. »Sie sind derjenige, der mich zur Fischexpertin gemacht hat. Das Rezept ist mir einfach zugeflogen.«

Glücklicherweise hatten Phillipa und ich das Rezept noch vor meinem Sturz vom Baum, nach dem ich meine Sinne verloren hatte, ausprobiert.

Er legte mir die Hände auf die Schultern und drückte sie väterlich. »Nenn mich Dan. Wir sind jetzt ebenbürtig.«

»Klar«, schnaubte ich verächtlich. »Sie sind ein Sterne-koch, ein Meister Ihres Fachs.«

»Wenn du nach Paris kommst, werden dir die Sterne direkt in den Schoß fallen.« Seine Augen bekamen Fält-chen, als er lächelte. »Hast du über unser Angebot nach-gedacht?«

Das hatte ich. Aber ich wollte ihm nicht sagen, dass meine Antwort »Nie im Leben« lautete. Das Letzte, was ich gebrauchen konnte, war einer seiner Wutanfälle in die-sen angespannten Tagen. »Ich denke darüber nach«, wich ich aus, »aber ich brauche mehr Zeit, um mir über die logis-tischen Aspekte klar zu werden.«

»Denk nicht zu lange nach«, bat er. »Wir haben schon einen Standort im 16. Arrondissement gefunden. Wir hät-ten deine Antwort lieber früher als später.«

»Ich verstehe«, sagte ich. »Lassen Sie mich nur diese Veranstaltung durchstehen, dann informiere ich Sie über meine Entscheidung.«

Ein Flüstern streifte meine Ohrmuscheln. »Wie geht's meinem Lieblingskochstar?«

Als ich mich abrupt umdrehte, stand Nicolas, verlegen lächelnd und wieder mal im Designeranzug mit einem frischen weißen Hemd, vor mir. Er begrüßte O'Shea per Handschlag. »Hat sie Ihnen eine Antwort gegeben?«

»Noch nicht«, sagte ich gereizt. »Und bitte sprechen Sie nicht in der dritten Person über mich, wenn ich direkt vor Ihnen stehe.«

Nicolas machte große Augen. »Sie ist resolut. Deshalb mag ich sie«, sagte er.

»Allerdings«, stimmte O'Shea zu.

Ich schlug mit der Hand auf den Zubereitungstisch. »Ich bin anwesend.«

O'Shea lachte laut. »Sophie, wir ziehen dich nur auf. Wo ist dein Humor geblieben?«

In Champvert, dachte ich, bei Rémi, Jane und Phillipa. Nicolas' Blick schweifte über mein Gesicht und meinen Körper hinunter. Ich fühlte mich belästigt. Nackt. »Wir brauchen bis Sonntag eine Antwort«, sagte er und strich mit dem Finger über meinen Arm.

»Dann eben am Sonntag«, erwiderte ich scharf. »Aber jetzt muss ich mein Team für Ihre Gala anlernen.«

»Dann freue ich mich auf Sonntag«, sagte er. »Und auf morgen Abend. Ich kann es nicht erwarten, Sie zu kosten.«

Das hatte er jetzt nicht gesagt.

»Sie meinen sicher meine Gerichte«, bemerkte ich empört.

»*Bien sûr*«, flötete er. »Was hätte ich sonst gemeint haben können?« Er wandte sich zum Gehen, blieb aber nach ein paar Schritten stehen. »An Ihrer Stelle würde ich in die andere Küche spurten und nachsehen, was Amélie und Eric im Schilde führen.«

»Warum?«

»Sie werden schon sehen«, sagte er und verließ den Raum.

Ich sah O'Shea fest in die Augen. »Kommen Sie mit?«

»Nein. Es sei denn, du willst, dass ich diesen Drecksack mit bloßen Händen umbringe«, knurrte er böse. »Ich halte mich so weit von ihm fern, wie ich nur kann.«

»Ja, wahrscheinlich haben Sie recht«, sagte ich. »Aber ich gehe. Vielleicht trete ich ihm in die Eier.«

»Schneid sie ihm besser gleich ab«, murmelte O'Shea. »Wenn er überhaupt welche hat.«

Bevor ich losstürmte, um meinem Erzfeind entgegenzutreten, begab ich mich in den Kühlraum und beauftragte Séb, unserem Team zu zeigen, wie sie die Feigen zubereiten sollten. Dann trottete ich langsam aus der Tür zu den Stufen, die nach oben zu den anderen Küchen führten. Leicht desorientiert, fand ich mich in einem der Museumscafés wieder. Eine riesige eiserne Uhr mit Glasfenstern zog meine Aufmerksamkeit auf sich. Der Himmel war wolkenlos, und Paris erstreckte sich vor mir: die Seine, der Louvre, das Riesenrad, der Jardin des Tuileries und in der Ferne die tortenartige Basilika Sacré-Cœur.

Ich hätte von Ehrfurcht ergriffen sein sollen – von der Schönheit, von der Architektur, von der Geschichte. War ich aber nicht. Mir schwirrte der Kopf von Erics Hinterhältigkeit, Amélies indirekten Drohungen und Nicolas' unverhohlenen sexuellen Anspielungen. Sie alle hatten eines gemeinsam: Sie wollten das bekommen, was sie sich in den Kopf gesetzt hatten, egal, ob sie dabei Menschen verletzten, und ungeachtet der Konsequenzen. Natürlich erwog ich, so weit von Paris wegzulaufen, wie ich nur konnte, aber ich durfte diese Menschen nicht gewinnen lassen. Ich war Sophie Valroux. Und ich wusste *genau*, was ich wollte.

Dann merkte ich, dass ich mich verlaufen hatte. Ich trat zu einem Angestellten, einem älteren Mann mit gütigen Augen.

»*Bonjour*. Ich suche Amélie Durand, eine der Küchenchefs der Gala.«

»Oh, ich fürchte, Sie sind im falschen Stockwerk. Die Küche, in der sie arbeitet, ist im Erdgeschoss.«

»*Merci*«, sagte ich. »*Bonne journée.*«

»Ihnen auch«, erwiderte er.

Der Weg ins Erdgeschoss dauerte ewig, weil ich die Treppe regelrecht hinunterschlich und einen Fuß zaghaft vor den anderen setzte, damit ich keinen Sturz riskierte. Aus Angst vor Amélies und Erics Intrigen raste mein Herz. Schließlich schaffte ich es an mein Ziel, ohne mir den Hals zu brechen. Es war, als würde mich eine unsichtbare Kraft direkt in ihre Küche ziehen.

Jean-Jacques kam auf mich zu, und wir tauschten *bises*.

»Ich freue mich sehr, Sie zu sehen, Sophie«, sagte er und hielt ein Messer hoch. »Aber ich bin gerade dabei, meine Leihbrigade anzulernen. Sagen wir einfach, da gibt es viel anzulernen. Können wir uns später unterhalten?«

»Sehr gern«, sagte ich und blickte mich suchend in der Küche um, während er sich wieder an die Arbeit machte.

Auf einem Zubereitungstisch stand Amélies und Erics Dorade samt einem Süßkartoffelpüree und geschmortem Kohl, mit essbaren Blüten garniert. Nur: Es war nicht ihr Rezept, es war meins. Letztes Jahr hatte Eric einen Feinschmeckerspion zum Château geschickt, um meine Rezepte zu klauen, weil er ein talentloser Schwachkopf ohne eigene Kreativität war.

Amélie nahm mich zur Kenntnis, und ich ballte die Fäuste, als sie arrogant ihre spitze Nase hob. »Sophie, was verschafft uns die Ehre?«, fragte sie affektiert. »Sollten Sie nicht in Ihrer Küche sein und Ihre Brigade anlernen?«

Ich schäumte vor Wut. Mit zitterndem Finger zeigte

ich auf den Teller. »Warum bereiten Sie für die Gala *mein* Rezept zu?«

Amélie schenkte mir ein falsches Lächeln. »Aber das ist nicht Ihr Rezept. Es ist Erics, und es ist ganz fabelhaft. Einer der Gründe, warum ich ihn als meinen Chef de Cuisine eingestellt habe.«

»Dann haben Sie den falschen Koch eingestellt«, erwiderte ich schneidend.

Eric verschränkte die Arme vor der Brust. »Sophie, du musst deinen Neid in den Griff bekommen. Ich habe es aus eigener Kraft geschafft. War nicht auf dieser noblen Kochschule, zu der ich nur zugelassen wurde, weil Verwandte ihre Beziehungen haben spielen lassen.« Er bleckte die Zähne. »Und das ist nicht dein Rezept, sondern meins.«

Am liebsten hätte ich den beiden in ihre selbstgefälligen Visagen geschlagen. Ich musste mich zusammenreißen, um nichts Scharfes zu erwidern. Aber ich hatte eine Idee.

»Ach nein?«, fragte ich, und die folgenden Worte sprudelten aus meinem Mund, ohne dass ich es verhindern konnte: »Dann lass es mich probieren.«

Ich bereute diese grottenschlechte Idee sofort.

Amélie hielt mir eine Gabel hin. »Nur zu«, forderte sie mich auf.

Statt ihr damit in den Kopf zu stechen, versenkte ich die Gabel in den drei Schichten aus Zutaten und führte eine beträchtliche Portion an meinen Mund. Während ich kaute, umspielte ein triumphierendes Lächeln meine Lippen. Erics Neuschaffung meines Rezepts hinterließ ein so schlechtes, so schauderhaftes Gefühl auf meiner Zunge, dass ich nicht glauben konnte, dass die zwei auch nur in Betracht zogen, irgendjemandem dieses Durcheinander aus pappiger Konsistenz zu servieren. Étoile hätte es vielleicht geschmeckt, sie war eine Straßenkatze. Doch mein Bauchgefühl sagte mir, dass diese Katastrophe zum menschlichen Verzehr nicht geeignet war. Ich sah den beiden in die Augen und sagte: »Ihr habt so recht. Das ähnelt meinem Rezept nicht im Geringsten. Überhaupt nicht.«

»Es ist viel besser«, behauptete Eric und legte den Arm um Amélie. »Ich wusste es.«

Sie küsste ihn auf die Wange. »Natürlich ist es das, *ma chérie*.«

Nennen Sie es den sechsten Sinn, wie Phillipa, aber jetzt wusste ich, wie Nicolas' Plan für Amélie aussah: Er wollte sie in die Selbstzerstörung treiben. Schlechtes Essen. Und ein böser Junge als Chefkoch. Doch abgesehen von dem Versuch, mich dazu zu überreden, im Cendrillon Paris zu kochen, wusste ich noch nicht, was Nicolas' wahre Absichten waren.

Der Samstag war hektisch und total verrückt. Die zwei Brigaden in der Küche, O'Sheas und meine, hackten, schnitten und schwitzten Saucen an wie methodische hyperaktive Roboter, während wir die Grundlagen für unsere *plats principaux* und für alle anderen Gerichte für die Gala vorbereiteten.

Séb wischte sich den Schweiß von der Stirn, während er den *plancha* anwarf. »Ich wünschte, wir wären im Château und könnten in den See springen.«

»Ich auch«, pflichtete ich ihm bei. »Glauben Sie mir. Ich

freue mich schon auf Montag. Ich kann es kaum erwarten, hier rauszukommen.«

Er nickte zustimmend. »Paris war nicht das, was ich mir vorgestellt hatte.«

Ich lachte. »Das ist eine gewaltige Untertreibung.«

Um fünf Uhr war es Zeit für unser Familienessen. Wir waren sechs Leute in unserem Team, O'Shea und seine Helfer waren zu fünft. Jean-Jacques betrat unsere Küche, gefolgt von zwei überraschenden und äußerst unliebsamen Gästen: Eric und Amélie.

Amélie zuckte mit den Achseln, als ich sie fragend ansah. »Was ist? Sie haben unseres probiert. Jetzt wollen wir Ihres kosten, Sophie. Das ist nur fair«, sagte sie. »Aber wahrscheinlich haben Sie Angst, dass Ihr Gericht nicht an unseres herankommt. Ich würde es Ihnen nicht verübeln. Schließlich hat es einen Grund, dass ich drei Sterne habe.«

Wahrscheinlich bestach sie die Jury. »Setzen Sie sich doch, Chefin. Ich hoffe sehr, dass mein Gericht so gut ist, wie Ihres es war«, sagte ich mit vor Sarkasmus triefender Stimme.

»Ich falle vor Vorfreude in Ohnmacht«, flötete Amélie. »Sie haben meine Neugier geweckt.«

Wir versammelten uns alle um den Zubereitungstisch. Ich registrierte, dass Erics Hand an ihrem dürren Arsch hinaufglitt. Ekelhaft. Ich bedeutete Séb mit einem Nicken, vier Teller anzurichten, und stellte sie vor Eric, Amélie, Jean-Jacques und O'Shea.

»Sophie, das ist wahre Kunst«, schwärmte O'Shea. »Ich habe dein Talent wirklich unterschätzt.«

»Ich stimme zu«, sagte Jean-Jacques. »Ich habe noch nie etwas Kreativeres und Schöneres gesehen.«

Eric schnalzte sarkastisch mit der Zunge. O'Shea knallte Gabel und Löffel hin und ging Eric an die Gurgel. Eric würgte und hustete, während die Brigademitglieder aus der Cordon Bleu sich bemühten, die zwei zu trennen. Als es ihnen endlich gelang, sank Eric keuchend zu Boden.

O'Shea war vor Wut außer sich. Die Hände auf die Knie gestützt, keuchte er: »Verzieh dich aus dieser Küche. Sofort. Sonst bring ich dich um. Ich mein's ernst.«

Eric rappelte sich auf und wich mit kapitulierend erhobenen Händen zurück. Wir alle sahen ungläubig zu, wie Amélie, Eric völlig ignorierend, ihren Löffel in die Schüssel mit meinem Pot-auf-feu de la mer tauchte. Sie hob ihn an ihren Mund. Kostete. Ihre Augen verdrehten sich, als würde sie in völliger Ekstase ertrinken. Dann tupfte sie sich mit einer Serviette die Lippen ab.

»Ich … ich hatte etwas anderes erwartet«, sagte sie mit stockender Stimme.

Sie wurde kreidebleich und hastete mit Eric im Schlepptau aus der Küche. Unsere Brigademitglieder standen wie unter Schock da und flüsterten miteinander. O'Shea hatte wieder eine normale Gesichtsfarbe. Er sagte: »Entschuldigung, Sophie. Du weißt ja, was für ein Hitzkopf ich bin.«

Allerdings. Mit seinen Wutausbrüchen kannte ich mich aus, er hatte mir einst damit gedroht, mich wie ein Schwein auszunehmen.

»Ist schon gut«, sagte ich und stemmte die Hände in die Hüften. »Ich hab es genossen. Diesmal war es absolut vonnöten. Und Ihre Wut galt ja nicht mir. Jetzt probieren Sie mein Gericht.«

»Ich kann es kaum erwarten«, sagte Jean-Jacques und führte einen Löffel voll an seine Lippen. Er schloss genüsslich die Augen, legte den Kopf in den Nacken und seufzte. »Es schmeckt sogar noch besser, als es aussieht.«

Während Séb die restlichen Mitarbeiter bediente, sagte O'Shea kein Wort mehr, er aß wie ein ausgehungertes Tier und stöhnte auf, als er fertig war. »Sophie, du hast mich übertroffen. Süß. Säuerlich. Bitter. Pikant. Salzig. Wie schaffst du es, all diese Aromen zusammenzubringen, ohne dass sie einander überlagern?«

Gelobt seien die Küchengötter! Ich lächelte. Ich hatte es geschafft. Am liebsten hätte ich mich selbst abgeklatscht, doch das hätte merkwürdig ausgesehen – abgesehen davon, dass ich es ja hasste. Trotzdem tat ich es in Gedanken.

»Ich weiß nicht«, erwiderte ich und atmete tief durch. »Vermutlich liegt es daran, dass ich mit Liebe und Gefühl koche.«

»Das hast du nicht bei mir oder in deiner noblen Kochschule gelernt«, sagte er. »Wo dann?«

Ich schlang die Arme um mich. »Bei meiner Grand-mère.«

»Sie war dir eine gute Lehrerin. Diese essbaren Blüten … Was ist das? Sie haben eine gurkenartige Schärfe, die perfekte Ergänzung«, lobte Jean-Jacques.

»Boretsch«, erklärte ich. »Wir bauen sie am Château an, weil sie Bienen anlocken.«

O'Shea umarmte mich mit einer Wärme, die ich bei ihm noch nie erlebt hatte. »Bist du bereit, diesen Abend hinter dich zu bringen, damit du nach Hause gehen kannst?«

»Nach Hause?«

»Ich bin nicht blind, Sophie. Du hast das Zeug dazu, es allein zu schaffen. Du brauchst mich nicht. Und du brauchst Paris nicht.« Er räusperte sich. »Ich weiß, deine Antwort auf unseren Vorschlag lautet Nein. Tu mir nur einen Gefallen und sag es Nicolas noch nicht.«

Ich erwiderte seinen stolzen Blick. »Das werde ich nicht. Ich habe gehört, niemand schlägt einem Monsieur de la Barguelonne etwas ab.«

O'Shea warf den Kopf in den Nacken und lachte auf. »Nur gut, dass die Zicke Amélie kein *richtiges* Familienmitglied ist.«

18

Sous les étoiles

Irgendwie gelang es mir, trotz aller Belastungen, trotz aller unschöner Vorfälle, die Veranstaltung mit Séb und der Unterstützung unserer Leihbrigade durchzuziehen – alle achtzig Gerichte perfekt angerichtet und serviert, alle *apéros* herumgereicht, ohne einen Sabotageakt. Am liebsten hätte ich mich eingeigelt, doch der Abend war noch nicht vorbei. Noch nicht. Ich musste mich nach dem Dessert blicken lassen, sonst würde ich den Zorn der Familie de la Barguelonne auf mich ziehen.

Wie stilvoll, sich in einer öffentlichen Toilette der Kochklamotten zu entledigen und in ein Ballkleid zu steigen. Zumindest war Gästen an diesem Abend der Zutritt verboten. Ich nahm meinen Kleidersack und meine Handtasche. Bevor ich in mein grünes Ballkleid schlüpfte und mich in einen anderen Menschen verwandelte, dankte ich meiner Brigade.

»Sie waren heute Abend alle fantastisch. Alles lief reibungslos, was ich von einer Brigade, mit der ich noch nie gearbeitet habe, nicht erwartet hätte. Wir haben es geschafft«, freute ich mich. »*Merci. Merci beaucoup.* Ich hoffe, ich war nicht zu streng mit Ihnen.«

Mein Team strahlte vor Dankbarkeit. »Nein, wir danken

Ihnen, Chefin«, rief jemand. »Es war eine unglaubliche Erfahrung. Wir haben mit der Besten gekocht. Ich glaube, wir haben alle viel gelernt, mehr als wir uns erhofft hatten.«

»Tut uns leid, dass drei von uns Ihnen böse mitgespielt haben«, meinte ein anderer.

»Keine Sorge«, antwortete ich grinsend. »Wir haben sie in flagranti ertappt. Ich melde den Vorfall der Cordon Bleu, dann können sie sich glücklich schätzen, wenn sie noch in einem Fast-Food-Restaurant arbeiten dürfen.«

»Legen Sie sich nie mit meiner Chefin Sophie an«, scherzte Séb.

Ich stemmte die Hände in die Hüften und zog eine Augenbraue hoch. »Nur allzu wahr. Meine Messer sind immer gewetzt«, drohte ich, worauf lautes Gelächter folgte. »Und jetzt raus mit Ihnen. Gehen Sie etwas trinken. Sie haben es sich verdient.«

Ich verabschiedete mich mit Wangenküsschen von allen, bevor sie, bis auf Séb und O'Shea, gingen.

»Séb«, sagte ich zu ihm. »Sie haben es heute Abend gerockt. Danke, dass Sie mir den Rücken freigehalten haben. Ich muss jetzt noch ein bisschen rumhüpfen wie ein dressierter Tanzaffe. Wir sehen uns morgen früh.« Ich küsste ihn auf die Wange und reichte ihm die Schlüssel zu Grand-mères Wohnung. »*À demain*. Und das mit der Zulage war ernst gemeint.«

Séb verschwand mit einem breiten Lächeln aus der Küche.

O'Shea kam auf mich zu. »Ich kann das Ende dieses Abends nicht erwarten.«

»Dann sind wir schon zwei«, erwiderte ich trocken.

»Warum machen Sie bei diesem Event mit? Sie sind auf die Anerkennung nicht angewiesen. Ist es wegen Nicolas?«

»Nee«, sagte er und zuckte mit seinen riesigen Schultern. »Ich hab's für Olivier gemacht, seinen Vater. Er und ich kennen uns seit Langem.«

»Wirklich?«, fragte ich überrascht.

»Ja«, bestätigte O'Shea. »Und er weiß, was Loyalität heißt.« O'Shea legte die Hand auf meine Schulter. »Sophie, du brauchst dir keine Sorgen zu machen.«

Total aufgedonnert mit Ballkleid, Stöckelschuhen und einer Smaragdkette meiner Grand-mère um den Hals, die auf meiner Brust lastete wie ein Gewicht, machte ich mich auf den Weg zur Party. Ich fühlte mich so unbehaglich und wünschte mir mehr als alles andere, Jeans und einen Pferdeschwanz zu tragen, statt der strengen Hochsteckfrisur, von der ich Kopfschmerzen bekam. Warum war ich nicht im heimischen Champvert geblieben, umgeben von Menschen, die ich aufrichtig liebte?

Ich wollte nicht sofort auf die Tanzveranstaltung gehen. Ich brauchte Zeit für mich, um ein bisschen zu verschnaufen. Zu meiner Überraschung setzte sich ein Mann neben mich auf die Stufe. Er war korpulent, trug sicher den edelsten Anzug, der für Geld zu haben war, und in seinem Mundwinkel steckte eine halb gerauchte Zigarre.

»Stört es Sie, wenn ich ein bisschen paffe?«, fragte er.

»Tun Sie sich keinen Zwang an«, sagte ich und fläzte mich auf die Treppe. »Ich tue es auch nicht.«

Er lachte und steckte sich den Stumpen an. »Dieser Abend war total verrückt. Genau wie Ihr Gericht. Amélie war ziemlich wütend auf mich, weil ich mir Ihres bestellt habe. Es hat all meine Erwartungen übertroffen.«

»*Merci beaucoup*«, erwiderte ich, plötzlich erneut angespannt. »Sind Sie Monsieur de la Barguelonne senior?«

»Das sagt man mir zumindest.«

»Ich bin Sophie«, stellte ich mich vor.

»Ich weiß genau, wer Sie sind. Und bitte nennen Sie mich Olivier. Sie sind eine sehr talentierte Köchin. Ich sehe für Sie eine glänzende Zukunft voraus. Tun Sie mir nur den Gefallen und bleiben Sie sich treu. Lassen Sie sich von niemandem zu etwas zwingen, das Sie nicht wollen. Ich habe gehört, mein Sohn hat Sie unter Druck gesetzt, nach Paris zu ziehen. Wenn das Ihr Wunsch ist, tun Sie es unter allen Umständen.« Er paffte an seiner Zigarre und stieß gemächlich den Rauch aus. »Aber wenn nicht, folgen Sie Ihrem Herzen.« Ein verruchtes Lachen eine Treppenflucht über uns unterbrach unser Gespräch, es hallte im Treppenhaus wider. Ein Kichern. Ein Stöhnen. Olivier tippte die Asche in ein Silberdöschen, das er aus seiner Hosentasche gezogen hatte, und legte den Zeigefinger an die Lippen. »Still. Das Lachen kenne ich«, flüsterte er.

»Eric, nicht hier, wir werden noch erwischt«, ertönte Amélies affektierte Stimme.

»Aber ich kann die Finger nicht von dir lassen«, stieß er hervor.

Oliviers Gesicht lief rot an. Ich saß stocksteif da.

Noch ein Stöhnen. Keuchen. Ich stand auf, um zu gehen.

Olivier hielt mich am Handgelenk fest und sah mir in die Augen. »Gleich Montag früh lasse ich ihr die Scheidungspapiere zustellen.«

»Die sind schon vorbereitet?«, fragte ich entgeistert. Die Worte purzelten von selbst aus meinem Mund. Das ging mich ja nichts an.

»Und ob. Zum Glück hat sie einen hieb- und stichfesten Ehevertrag unterschrieben. Sie bekommt keinen Heller.« Er paffte wieder an seiner Zigarre, während ich mich geschockt wieder hinsetzte. »Ich hatte schon länger Zweifel an ihrer Treue, wollte es aber nicht wahrhaben. Doch jetzt habe ich den Beweis, den ich brauche, um diese sehr harte Entscheidung in die Tat umzusetzen. Sie hat es mir leicht gemacht. Verdammt, Nicolas hat mich gewarnt. Ich habe nicht auf ihn gehört.«

Tja, jetzt hörten wir es beide.

»Ich weiß nicht, was ich sagen soll«, murmelte ich verlegen.

»Ich schon«, entgegnete Olivier. »Ich lasse Sie morgen mit dem Flieger zurück nach Champvert bringen. Ein Abendessen im Durand wird es nicht mehr geben. Auch an keinem Abend danach. Ich schließe das Restaurant.«

»Das können Sie?«

»Klar«, sagte er müde. »Was glauben Sie, wer ihr Geldgeber war?« Er hielt inne und tätschelte meine Hand. »Sie sollten auf die Party gehen.«

Schritte klackerten. Eine Tür fiel ins Schloss. Das Schäferstündchen war zum Glück zu Ende. Olivier schüttelte angewidert den Kopf.

»Geht es Ihnen gut?«, fragte ich. Ich wollte ihn nicht allein lassen.

»Vielleicht sollte ich mir reiflich überlegen, wen ich als Nächstes heirate«, versuchte er zu scherzen. »Aber, ja, ich fange mich schon wieder.« Er lachte traurig. »Sophie, gehen Sie. Sorgen Sie sich nicht um mich, *ma chérie*. Die Welt wartet auf Sie. Paris wartet auf Sie.«

Erschüttert stand ich auf und strich mein Kleid glatt. »Darf ich ehrlich zu Ihnen sein?«, fragte ich.

»Nach allem, was wir gerade gehört und besprochen haben, wünsche ich mir nichts als Ehrlichkeit.«

»Ich mag Paris nicht so sehr. All diese Halsabschneidermachenschaften«, erklärte ich erschaudernd. »Ehrlich, ich kann es kaum erwarten, zurück nach Champvert zu kommen. Mein Leben ist dort, bei den Menschen, die mich lieben und unterstützen.«

»Ich kann es Ihnen nicht verübeln«, sagte er. »Meine Familie stammt auch aus dem Süden, aus der Provence. Ich vermisse mein Geburtshaus jeden Tag.«

»Warum gehen Sie nicht zurück?«, fragte ich erstaunt.

»Weil ich nicht kann. Nicht im Moment. Ich muss noch ein Geschäft führen. Menschen zählen auf mich.«

Das konnte ich nachvollziehen. »Ich dachte, Sie hätten alles an Nicolas übergeben?«

»Wer hat Ihnen das gesagt?«

»O'Shea«, sagte ich.

»Sophie, ich bin vielleicht alt, aber noch nicht tot. Ich bin erst sechzig. Es stimmt, dass ich Nicolas ein bisschen mehr Spielraum gegeben habe, aber vor allem, um zu sehen, wie er damit umgeht. Es ist eine Probezeit. Ob er die besteht oder nicht, hängt von ihm ab.« Olivier seufzte. »Ich begleite Sie noch in den Salon. Sie, meine Liebe, haben Ihre Probezeit bestanden.«

Dieser Abend wurde immer heftiger.

Hocherhobenen Hauptes betrat ich an Oliviers Seite den *salle des fêtes*. Nicolas, der gar nicht wahrnahm, dass sein Vater sich bei mir untergehakt hatte, kam angerannt und führte mich auf eine provisorische Bühne. Der Raum, voller Sternenzauber, funkelte. Leider wies Nicolas mir den Platz neben Amélie an.

Amélie flüsterte: »Für eine Primadonna hätte ich Sie nicht gehalten. Aber ich muss mich getäuscht haben. Wir warten übrigens schon seit fünf Minuten auf Sie.«

Nicolas schlang den Arm um meine Taille und flüsterte: »Stiefmutter, sie ist das Warten wert. Vielleicht hättest du dir mehr Zeit nehmen sollen, um dich zurechtzumachen? Dein Lippenstift ist verschmiert.«

Amélie fasste sich mit einem faltigen, zitternden Finger an ihre schmalen Lippen. Ich drehte den Kopf weg, wünschte, ich hätte übernatürliche Kräfte und könnte Amélie direkt in die Sternennacht beamen.

Jemand reichte Nicolas ein Mikrofon. Amélie setzte ein uninspiriertes Lächeln auf. Ihre Augen waren völlig ausdruckslos. Ich bemerkte erst, dass Nicolas' schweißnasse Hand meine ergriff, als es zu spät war, er ließ sie nicht wieder los.

»*Merci*, dass Sie uns an diesem Abend voller Magie, Kunst und kulinarischer Leckerbissen beehrt haben. Ich hoffe, Sie haben sich Van Goghs *Sternennacht* gut angeschaut.« Er zeigte mit dem Mikro in der Hand auf das Gemälde. »Und, was noch wichtiger ist, ich hoffe, Sie haben Ihr Abendessen genossen.«

Applaus.

»Wie Sie wissen, sind Sie heute Abend von vier der besten Meisterköche und -köchinnen der Welt bekocht worden, von denen drei mit Michelin-Sternen ausgezeichnet sind.« Er ließ meine Hand los. Endlich. »Sie wissen, was wir hier gleich machen, nicht?«

Applaus.

»Ich hoffe, das Angebot des *apéro dînatoire* hat Ihren Erwartungen entsprochen«, sagte er.

Stürmischer Applaus.

»Diejenigen von Ihnen, die Chef O'Sheas Bœuf en croûte genossen haben: Lassen Sie es mich hören.«

Stürmischer Applaus. O'Shea verbeugte sich.

»Und was halten Sie von Chef Gastons Lamm?«

Stürmischer Applaus.

»Was ist mit dem Doradenfilet meiner Stiefmutter?«

Höflicher Applaus.

Was war das denn? *Die Tribute von Panem*? Nur dass Chefköche einander den Garaus machten … Ich konzentrierte mich auf die Menschenmenge, suchte nach Olivier und fand ihn inmitten der Pariser Oberschicht. Er lächelte nicht, was ich ihm nicht verübeln konnte, nicht nach dem, was er mit angehört hatte. Mein Blick suchte den Raum ab und fand Eric. Er flirtete mit einer wunderschönen Japanerin in einem roten Kimono. Ich erkannte sie – Ayasa Watanabe, die berühmte Spitzenköchin aus Tokio, die für French Fusion bekannt war. Selbst ich spürte die Kälte, die an Amélies Rücken heraufkroch.

»Jammerschade«, fuhr Nicolas fort. Wieder nahm er meine Hand. »Und was halten Sie von Chefköchin Valroux' äußerst kreativer Version des Pot-au-feu de la mer?«

Donnernder Applaus. Die Gäste sprangen von ihren

Stühlen auf. Ich griff mir ans Herz. Der Saal vibrierte vor Rufen der Begeisterung.

»Das reinste Kunstwerk. Genial.«

»Keine Ahnung, wie Sie sich all diese Aromen unterworfen haben.«

»Das war der beste Fischtopf, den ich in meinem Leben gegessen habe. Und ich bin siebzig.«

»Sie ist die ohne Stern? Das ist eine Farce.«

Amélies Blick brannte sich in meinen. Mit jedem Atemzug strömte sie Hass aus. Das konnte passieren, wenn einem seine Pläne, jemanden zu vernichten, um die Ohren flogen. Und man zusätzlich in flagranti erwischt wurde. Doch von Oliviers Absichten ahnte sie noch nichts.

Game over, Amélie.

Nicolas räusperte sich. »Liebe Gäste der Pariser Küche, ich habe exzellente Neuigkeiten. Madame Valroux, Verzeihung, Chefin Valroux de la Tour de Champvert, wird sich uns bald in Paris in dem Restaurant, in das ich investiere, anschließen.« Er nickte O'Shea zu. »Sie wird das Cendrillon Paris führen.«

Stürmischer Applaus.

Was sollte das? Wie konnte er es wagen? Ich hatte ihm noch keine Antwort gegeben. Er versuchte, mir vor versammeltem Publikum mein Leben wegzunehmen. Glaubte er wirklich, ich würde Ja sagen? Ich kochte vor Fassungslosigkeit.

Bevor ich flüchten konnte, legte Nicolas seine Hand um meine Taille und küsste mich. Als ich mich von seinem Griff zu befreien versuchte, zog er mich noch enger an sich. Kameras klickten. Blitzlichter leuchteten auf. Endlich ließ er mich los und sprach wieder ins Mikrofon. »Ich habe mich in diese wunderschöne Köchin verliebt. Und ich glaube, Sie hat sich ebenfalls verliebt.«

Applaus.

O'Shea warf mir einen Blick zu und formte mit den Lippen: »Damit habe ich nichts zu tun.«

Angewidert wischte ich mir mit dem Handrücken die Lippen ab. Wie konnte er es wagen! Ich wünschte, ich hätte meine Messer dabei. Er hatte mich vor fünfhundert Gästen missbraucht. Und sie applaudierten ihm auch noch.

»Ich fasse es nicht«, zischte ich ihm zu.

Blitzgewitter. Nicolas' Augen bekamen Knitterfalten, als er mir das Mikrofon reichte. Ich nahm das eine Fünkchen Selbstbeherrschung, das mir noch blieb, zusammen und sagte: »*Merci*. Ich freue mich, dass Ihnen das, was wir zu Ihrem kulinarischen Genuss zubereitet haben, gemundet hat. Aber für mich ist es Zeit zu gehen. Ich bin eine sehr müde Köchin. Genießen Sie den Rest des Abends. *Merci. Merci beaucoup.*«

Nicolas hielt mich am Handgelenk fest. »Der Abend fängt gerade erst an«, sagte er mit drohendem Unterton. »Sie können jetzt nicht gehen.«

»Und ob ich das kann«, beharrte ich und schüttelte seine Hand ab. »Und wenn Sie mich noch einmal anfassen, dann …«

»Dann was?«, fragte er herausfordernd.

Ich verschränkte die Arme vor der Brust und sah ihn mit zusammengekniffenen Augen an. Ich hatte keine Angst vor diesem aufgeblasenen Schnösel oder vor den Konsequenzen, die es nach sich ziehen könnte, sich ihm zu widersetzen. Mein Leben war im Château, nicht in Paris. Er hatte keine Macht über mich. Und ganz offensichtlich hatte ich mich vor der Pariser High Society bewährt.

»Wenn Sie nicht wollen, dass ich eine Szene mache, gehen Sie mir verdammt noch mal aus dem Weg.«

Er trat beiseite und grinste boshaft. »Wie Sie wünschen«, erwiderte er mit einer übertriebenen Verbeugung.

Mit unerschütterlicher Entschlossenheit lief ich verkrampft lächelnd durch die Menschenmenge, schüttelte Hände, sagte *merci* zu den Lobeshymnen und versuchte, den Kameras auszuweichen. Sobald ich den Ausgang erreichte, rannte ich los wie Aschenputtel von dem Ball, bevor die Uhr Mitternacht schlug. Leider gab es keinen Märchenprinzen, der mich rettete, und ich verlor auch keinen Schuh, ich verlor den Halt, mein Kleid verfing sich in meinem Absatz, und ich stürzte die Treppe hinunter.

Und die Sterne, die Nicolas mir versprochen hatte?

Ich sah sie – sie zischten in grellem Licht an mir vorbei, strudelten und wirbelten wie auf Van Goghs Gemälde. Und dann sah ich nichts mehr. Nur Finsternis.

III
HERBST

Kochen ist wie Liebe. Man sollte sich mit Leib
und Seele darauf einlassen oder gar nicht.

HARRIET VAN HORNE

19

Kein Geschmack, keine Verirrung

Ich kam in einem weißen Raum wieder zu mir. Über mir schwebte ein breites, rotbärtiges Gesicht – O'Sheas. Ich brauchte einen Moment, um mich zu orientieren, während Bilder der Gala vor meinem geistigen Auge aufleuchteten wie eine albtraumhafte Diashow: die Essensvorbereitungen, Amélie im Treppenhaus mit Eric, Nicolas' widerwärtiger Kuss und die Falle, die er mir vor der Pariser High Society gestellt hatte, sodass ich aus der Nummer nicht mehr herauskam. Verwirrt darüber, warum ich in einem Krankenhausbett lag, rieb ich mir die Augen.

»Was ist passiert?«, fragte ich. »Bin ich überfallen worden?«

»Du bist gestürzt. Du hast ein Schädel-Hirn-Trauma«, sagte O'Shea.

Vielleicht hatte ich schon immer einen Dachschaden gehabt. Das würde erklären, warum ich mich mit Nicolas de la Barguelonne und seiner psychopathischen Stiefmutter eingelassen hatte. Ich nahm meine Umgebung in mich auf, das Licht, das durch die Fenster fiel. »Wie spät ist es?«

»Sieben Uhr morgens«, sagte O'Shea.

»Waren Sie die ganze Nacht hier?«, fragte ich, als mir sein derangierter Smoking auffiel.

»Jap«, sagte er und zeigte auf einen Stuhl in der Ecke. »Ich wollte für dich da sein, wenn du aufwachst. Du bist für mich wie ein Familienmitglied. Und ich war besorgt.«

Mein Magen knurrte. »Ich bin am Verhungern. Ich hab gestern Abend nichts gegessen.«

»Ich besorge dir was«, versprach er und sprang auf. »Das Schwesternzimmer ist direkt vor der Tür.«

»Danke, Dan«, sagte ich und setzte mich im Bett auf. Es war sehr merkwürdig, meinen ehemaligen Boss beim Vornamen zu nennen.

Mein Kleid hing am Türrahmen. Ich trug ein hellblaues Krankenhaushemd mit kleinen weißen Häschen darauf. Ich erschauderte. Ich hasste alles an Krankenhäusern – die Sterilität und dass man manchmal nicht lebend wieder herauskam. Ich wollte so schnell wie möglich wieder nach Hause. Vielleicht könnte ich Grand-mère nacheifern und mich selbst entlassen. Nur war ich mit der flotten rückenfreien Lazarettklamotte leider nicht dem Anlass entsprechend gekleidet.

Während ich auf O'Sheas Rückkehr wartete, hoffte ich, dass dieser zweite Sturz mich vielleicht von meinem Problem geheilt hätte. Ungeduldig trommelte ich mit den Fingern auf der Bettdecke und dachte an Gerüche.

Nach kurzer Zeit betrat O'Shea den Raum mit einem Croissant und Saft. Er zog das Tablett am Nachttisch heraus und stellte mir beides hin.

»Feinschmeckermäßiger wird's nicht. Sorry.«

Ich stürzte mich auf das Croissant und spuckte meinen

Bissen wieder aus. »Bäh! Das ist superfade. Es schmeckt nach Pappe.« Ich spülte die Krümel mit dem Saft herunter. »Und der Orangensaft? Er hat keinen Geschmack. Das könnte genauso gut Wasser sein.«

Ich zog eine Grimasse. Mein Magen krampfte sich zusammen. Ich fing O'Sheas Blick auf und hätte ihm am liebsten gebeichtet, was geschehen war, doch die Worte wollten nicht kommen. Er hatte mich auf der Gala als ebenbürtig angesehen und sollte den Respekt vor mir nicht wieder verlieren.

O'Shea zuckte mit den Achseln. »Das ist Krankenhausfraß. Der muss fade schmecken«, erklärte er, und in mir wallte Hoffnung auf. »Wir besorgen dir etwas Gehaltvolleres, wenn du entlassen wirst. Ich könnte für dich kochen.«

Mein Herz sprühte Funken. »Danke. Ich muss hier raus, je früher desto besser. Aber das da kann ich nicht anziehen«, sagte ich und deutete auf das Ballkleid.

»Keine Sorge«, beruhigte mich O'Shea. »Ich habe dein Handy gefunden und Séb angerufen. Er bringt dir etwas.«

Dan war für mich da gewesen. Ich wollte mich bei ihm revanchieren. Köche hielten zusammen wie Pech und Schwefel.

»Danke«, sagte ich und rieb mir meine pochenden Schläfen. »Und da Sie schon wissen, dass ich zu Ihrem Angebot, das Cendrillon Paris zu leiten, ganz klar Nein sage, kann ich Ihnen jemanden empfehlen, der diese Herausforderung gern annehmen würde.«

»Wenn du jetzt Eric sagst, verlässt du dieses Krankenhaus nicht lebend«, knurrte er scherzhaft.

»Himmel, nein, Eric doch nicht. Meine Freundin Monica.

Wir haben gemeinsam das CIA besucht, und sie ist eine Sterneköchin, die nach neuen Gelegenheiten sucht. Sie ist absolut brillant, sie hat das Feigenrezept entwickelt.«

O'Shea leckte sich die Lippen. »Neben deinem märchenhaften Gericht habe ich die ganze Nacht von diesen Feigen geträumt.« Er seufzte. »Wenn die Empfehlung von dir kommt, ziehe ich die Kandidatin ernsthaft in Erwägung.«

Eine Stunde später gab mir ein Arzt seine Zustimmung, das Krankenhaus zu verlassen, und riet mir, gegen die Kopfschmerzen Ibuprofen zu nehmen, am Tag nicht mehr als drei Mal. Séb begleitete mich zurück in Grand-mères Wohnung, damit wir vor dem Heimflug unsere Sachen zusammenpacken konnten. Um unsere Küchenutensilien würde sich das Museumspersonal kümmern, ein Van würde sie zum Flughafen schaffen. Séb und ich setzten uns ins Wohnzimmer und entspannten uns. Mein Magen knurrte wieder.

»Hunger, Chefin?«, fragte Séb.

»Ich bin am Verhungern«, gab ich zu. »Krankenhausessen ist furchtbar.«

»Was wollen Sie denn? Ich mache Ihnen etwas.«

»Egal was, ehrlich.«

Als Séb von der Couch aufsprang, hüpfte Étoile auf meinen Schoß, kuschelte sich ein und schnurrte. Voller Vorfreude auf die Heimreise, streichelte ich ihren kleinen Körper. Ich hoffte inständig, dass ich durch den Sturz meinen Geschmacks- und Geruchssinn wiedererlangen würde.

»Nehmen Sie die Katze wirklich mit nach Champvert?«, fragte Séb.

»Sieht es so aus, als hätte ich eine Wahl?«, fragte ich. »Zwischen uns existiert eine Verbindung, ein Band. Ich würde sie niemals zurücklassen. Außerdem hat sie mir gesagt, dass sie nicht in Paris leben will.«

»Wie Sie meinen. Ich bin gleich wieder da.« Er wackelte mit dem Hintern. »In null Komma nichts.«

»Haben Sie diesen Ausdruck von Marie aufgeschnappt?«

»Ja«, sagte er.

Während Séb in der Küche werkelte, ließ mich das Klappern von Töpfen und Pfannen aufhorchen. Ein Rührbesen. Das Klicken der Gasflamme. Hackgeräusche. Ich schnupperte, konnte aber nicht herausfinden, wonach es roch. Nichts. Ich roch nichts. Vielleicht hatte Séb die Abzugshaube eingeschaltet. Ich machte es mir mit Étoile auf der Couch gemütlich und schloss die Augen, um mich zu konzentrieren. Immer noch nichts.

Zehn Minuten später erschien Séb mit einem Teller Dillrührei und frisch aufgeschnittenem Obst. »Lassen Sie es sich schmecken«, sagte er und stellte das Essen auf den Wohnzimmertisch.

»Wollen Sie nichts essen?«

»Ich hab schon. Das ist für Sie«, sagte er. »Oder wollen Sie lieber im Esszimmer speisen?«

»Auf keinen Fall«, erwiderte ich und versank in der bequemen Couch, immer noch hoffend, dass der zweite Sturz meine Sinne wiedererweckt hätte. »Ich sitze gut hier.«

Ich nahm die Gabel in die Hand und hielt mir einen Bissen Rührei unter die Nase. Kein Geruch. Ich nahm einen Bissen, kaute. Kein Geschmack. Diese Eier waren genauso fade wie die Krankenhauscroissants. Aber wie konnte das sein? Ich sah doch den Dill und den frisch gemahlenen Pfeffer.

»Stimmt was nicht, Chefin?«, fragte Séb und beäugte mich misstrauisch. »Ich kann Ihnen was anderes machen, wenn Sie wollen.«

»Nein, es ist perfekt«, log ich und aß noch einen Happen. »Köstlich.«

Ich schob mir ein Orangenstückchen in den Mund. Der Saft glitt über meine Zunge, doch kein Zitrusgeschmack kitzelte meine Geschmacksknospen. Ich aß eine Kiwischeibe. Ein Scheibchen Apfel. Nichts schmeckte süß, ich hatte einen metallischen Geschmack im Mund. Ich holte tief durch die Nase Luft, registrierte jedoch nur etwas Verbranntes und den Geruch fauler Eier. Ich war schwer enttäuscht. Der Sturz hatte mich nicht geheilt. Ich schmeckte und roch immer noch nichts.

Ich sprang auf. »Séb, danke für das Frühstück. Es war sehr lecker«, sagte ich mit einer Stimme, die schriller war als beabsichtigt.

»Ihr Gesichtsausdruck sagt das Gegenteil«, stellte er mit besorgter Miene fest. »Es hat Ihnen nicht geschmeckt.«

»Doch«, beteuerte ich. »Ich bin nur müde. Erschöpft. Und kann es nicht erwarten, wieder nach Hause zu kommen. Ich muss meine Sachen zusammenpacken.«

Benommen stolperte ich hinauf in Grand-mères Suite. Ich stützte mich mit den Händen an den Wänden ab, um nicht erneut zu fallen. Mein Herz schlug so heftig, dass ich fürchtete, es würde mir aus der Brust springen. Mein Gehirn war total überlastet. Genau wie ich. Ich wollte nur zurück nach Champvert und Rémi die Wahrheit sagen.

Eine Lüge zu leben war anstrengend, vor allem, wenn es für den Rest meines Lebens so bliebe.

Während ich zusammenpackte, steckte ich ein paar Jugendfotos von Grand-mère in meine Tasche, verstaute sie sicher zwischen meinen Kleidern. Jetzt war sie wenigstens bei mir.

Séb und ich verabschiedeten uns von Marianne und dankten ihr für ihre Dienste und ihre Liebenswürdigkeit. Ich steckte ihr einen Umschlag mit einigen hundert Euro zu, die Rückerstattung für Étoiles Zubehör und die Tierarztrechnung sowie ein paar Extrascheine als Ausdruck meiner Wertschätzung.

»Wir sehen uns hoffentlich wieder«, sagte Marianne. Sie steckte den Umschlag in ihre Handtasche, ohne hineinzusehen.

Ich brachte es nicht übers Herz, ihr zu sagen, dass ich Paris für lange Zeit meiden würde, dass mir sogar der Gedanke gekommen war, die Wohnung zu verkaufen. Paris hatte in meinem Mund einen schalen Geschmack hinterlassen – ach nein, ich schmeckte ja nichts. Ich drückte den Rücken durch. Doch ich hielt an den Erinnerungen an Grand-mère fest und verspürte den Wunsch, wieder herzukommen – allerdings zu meinen Bedingungen.

»*Merci*, Marianne«, sagte ich. »*Pour tout.*«

»Sehr gern«, sagte sie.

Der Chauffeur hielt und lud unser Gepäck in den Kofferraum. Es war nur noch eine Frage der Zeit, bis ich wieder zu Hause wäre, wo ich hingehörte. Ich freute mich darauf, mich im Hammam-Spa zu entspannen und Rémi und Lola zu sehen. Der Eiffelturm geriet aus dem Blickfeld. Ich seufzte und tätschelte Sébs Hand.

»Entschuldigen Sie, dass ich Ihnen diesen ganzen Mist zugemutet habe«, sagte ich. »Es war nicht das, was ich mir vorgestellt hatte.«

»Ach, es war nicht so übel. Nur heiß und echt durchgeknallt«, sagte er. »Ich bin ein Landmensch, glaube ich.«

»Ich auch«, pflichtete ich ihm bei. »Das Leben in der Großstadt wird überbewertet.«

»Dann ziehen Sie nicht nach Paris, wie dieser Typ behauptet hat? Ich habe ein Gespräch zwischen ihm und O'Shea mitgehört.«

»Machen Sie Witze?«, fragte ich entgeistert. »Auf keinen Fall.«

Séb machte es sich bequem. »Gott sei Dank. Ich hab es kurz mit der Angst zu tun bekommen.«

Als der Wagen am Flugplatz hielt, begrüßte Nadeem Séb und mich. »*Bonjour*, Sophie und Séb. Die anderen zwei Passagiere sind schon da«, sagte er. »Wir warten nur noch auf einen.«

Ich erschauderte. Wenn Amélie oder Eric in diesem Flieger säßen, würde mich ein Herzinfarkt dahinraffen.

»Welche anderen Passagiere?«, hakte ich nach.

»Die Ostküstenköche«, erklärte er. »Wir setzen zuerst Sie ab und fliegen dann nach New York und Boston.«

»Oh, oh, oh«, sagte ich mit einem Seufzer der Erleichterung. Meine Mitpassagiere waren Menschen, denen ich vertraute.

»Machen Sie es sich bequem«, bat Nadeem, »ich kümmere mich um Ihr Gepäck.«

Er griff nach der Katzentransporttasche.

»Nein, das ist Sonderfracht«, sagte ich. »Meine Katze. Mit ihr komme ich klar.«

»Ich erinnere mich nicht, dass Sie eine Katze mit nach Paris genommen haben«, sagte Nadeem verdutzt.

»Habe ich auch nicht«, erwiderte ich und stieg die Treppe hinauf. »Aber ich nehme eine mit nach Champvert.«

Als ich eintrat, sprangen O'Shea und Jean-Jacques besorgt von ihren Plätzen auf und bombardierten mich mit Fragen.

»Geht es dir gut?«

»Tut Ihnen der Kopf weh?«

»Können wir dir etwas besorgen?«

»Sie sehen ein bisschen blass aus.«

»Immer mit der Ruhe«, beschwichtigte ich sie. »Mir geht's gut. Und blass bin ich immer.«

»Stimmt«, meinte O'Shea.

Étoile stieß ein merkwürdiges Miauen aus.

»Was haben Sie in Ihrer Tragetasche?«, fragte Jean-Jacques.

»Sophie hat eine hässliche Katze aufgetan«, erklärte Séb.

»Reagier nicht auf ihn«, flüsterte ich Étoile zu. Ich blickte zu Séb auf. »Sie sollten hören, was sie über Sie sagt.«

Er grinste.

Wir machten es uns auf unseren Plätzen gemütlich, auf der Couch und in den Plüschsesseln. Da ich wegen Étoile keine Probleme bekommen wollte, ließ ich sie in der Katzentransporttasche und öffnete nur den Reißverschluss ein Stückchen, sodass ich die Hand hineinstecken und ihr süßes kleines Köpfchen streicheln konnte. Ihr Schnurren wirkte beruhigend auf mich.

Jean-Jacques umklammerte meine andere Hand. »Ich bin wahnsinnig stolz auf Sie. Und ich weiß, Ihre Grand-mère wäre noch stolzer. Das Gericht, das Sie kreiert haben, war unglaublich.« Er legte die Hand aufs Herz. »Jetzt weiß ich einmal mehr, warum sie Champvert nicht verlassen hat, um mit mir fortzugehen. Sie sagte mir, sie wolle eine Welt für Sie erschaffen.« Er schniefte, und ihm kamen die Tränen. »Sie wissen hoffentlich, wie sehr sie Sie geliebt hat.«

Ich wich seinem Blick aus. Ich wollte nicht weinen. Mein Herz schlug mit so viel Stolz auf das Imperium, das meine Grand-mère aufgebaut hatte. Für mich. Sie hatte mir das persönlich gesagt. Und dass es auch für sie selbst gewesen war. Durch sie konnte nun auch ich meinen Traum ver-wirklichen. Ich musste es tun.

»Ich weiß, wie sehr sie mich geliebt hat«, versicherte ich ihm schniefend.

Jean-Jacques lachte. »Wissen Sie, wie hart sie in der Cordon Bleu gearbeitet hat? Sie hat sich nichts bieten las-sen, von niemandem. Diese Frau ist sich und ihrer Sache treu geblieben, deshalb habe ich sie so geliebt.« Er nahm meine Hand in seine Hände und hielt sie fest. »Ich sehe so viel von ihr in Ihnen. Bitte halten Sie an Ihren Überzeu-gungen fest.«

»Das tue ich«, versprach ich. »Ich bin ihr ähnlicher, als mir klar war.«

Wir saßen eine Weile schweigend da.

Nicolas kam auf uns zu. Er musste der zusätzliche

Fluggast sein, auf den wir noch gewartet hatten, jetzt fiel es mir wieder ein. »Worüber sprechen Sie? Hoffentlich über Amélies Niedergang.« Er lachte boshaft. »Sophie, Sie haben das Spiel perfekt gespielt.«

Er glaubte also wirklich, mit dem Leben von Menschen zu spielen sei ein Spaß. Nun, mit meinem würde er nicht spielen.

»Mein Vater reicht morgen die Scheidung ein. Und er macht ihr Restaurant dicht. Ich weiß nicht, wie Sie es geschafft haben, dass er endlich erkannt hat, was für eine boshafte, betrügerische Frau sie ist.«

»Ihr Vater und ich haben sie im Treppenhaus ertappt. Das war nicht geplant«, erklärte ich.

»Was haben Sie mit meinem Vater im Treppenhaus gemacht?«, fragte er mit misstrauisch zusammengekniffenen Augen. »Wollen Sie seine nächste Ehefrau werden?«

Dieser Mann war unglaublich distanzlos. Mir war klar, dass ich ihm keine Erklärung schuldig war, gab dann aber doch eine ab. »Nein, ich hab mich dort nur etwas ausgeruht, und er hat sich mit seiner Zigarre zu mir gesetzt. Daran war nichts Anrüchiges.«

Er griff in seine Tasche und knallte eine Schachtel auf den Tisch. »Das ist für Sie.«

»Glauben Sie mir, ich will nichts von Ihnen«, wehrte ich ab.

»Das ist nicht von mir, sondern von meinem Vater«, erklärte er. »Und was soll das heißen? Ich lege Ihnen die Welt zu Füßen.« Nicolas setzte sich neben mich, zu dicht. Ich schnupperte. Ich hätte sein penetrantes Eau de Cologne riechen müssen. Fehlanzeige. Seine Knie berührten meine.

Ich drehte mich von ihm weg. »Soll die Flugbegleiterin eine Flasche Schampus öffnen, damit wir feiern können?«

»Nein, danke«, sagte ich kalt. »Es gibt absolut nichts zu feiern.« Ich stand auf, um mich umzusetzen.

»Nehmen Sie Platz«, sagte er. »Schnallen Sie sich an und genießen Sie den Flug. Ich glaube, Sie schulden mir eine Antwort. Stellen Sie sich nur vor, wir könnten ein Traumpaar sein.«

»Nein«, sagte ich laut und unmissverständlich und verschränkte die Arme vor der Brust. »Das ist meine Antwort.«

Nicolas zuckte zurück. »Was meinen Sie mit nein? Ich biete Ihnen eine einmalige Gelegenheit.«

Er war daran gewöhnt, alles zu bekommen, was er wollte. Nun, ich gehörte nicht dazu.

»Das heißt, ich ziehe nicht nach Paris. Ich arbeite nicht für Sie oder Ihre Familie. Ich bleibe in Champvert, wo ich mir meine *eigenen* Gelegenheiten schaffen werde.« Am liebsten hätte ich noch »Sie frauenverachtender, verwöhnter Fatzke« drangehängt, aber ich bewahrte die Fassung.

»Dann steige ich aus dem Cendrillon Paris aus«, drohte er, seine Augen brannten sich in O'Sheas. »Sie haben mir versprochen, dass sie Teil der Abmachung ist. Und das ist sie nicht.«

»Ich bin noch anwesend«, sagte ich aufgebracht. »Hören Sie auf, in der dritten Person von mir zu sprechen.«

O'Shea zuckte mit seinen Riesenschultern. Er beugte sich vor und erwiderte Nicolas' Blick. »Nur gut, dass Ihr Vater hinter meinem Restaurant steht.«

»Wovon sprechen Sie? *Ich* bin jetzt für den Familienbesitz zuständig.«

»Nicht mehr«, widersprach O'Shea. »Er hat mich heute Morgen angerufen. Sie sind nicht mehr zurechnungsfähig, deshalb hat er Ihnen die Vollmacht wieder abgenommen.«

Nicolas sprang auf, schlug mit der Faust gegen den Fernsehbildschirm und zertrümmerte ihn. Einen solchen Tobsuchtsanfall hatte ich noch nie erlebt. Er musste sediert werden, und zwar schnell, bevor er das ganze Flugzeug demolierte. Wenn ich daran dachte, dass ich Rémi für kindisch gehalten hatte … Verglichen mit diesem Widerling war Rémi ein echter Mann. Nicolas war vergiftet durch sein verwöhntes Leben und manipulativ, er übernahm keinerlei Verantwortung für sein Handeln.

Er machte einen Schritt auf mich zu, doch Séb trat zwischen uns und streckte die Brust heraus wie ein Pfau, der sein Revier verteidigt. »Ich bin Träger des schwarzen Gürtels und Kickboxer«, drohte er und ließ seine Muskeln spielen. »Halten Sie sich zurück. Andernfalls …«

Noch etwas, das ich über Séb nicht gewusst hatte, nämlich dass er nicht nur loyal war, sondern auch Mumm hatte. Stolz stieg in mir auf. Er konnte kochen wie ein Profi und hielt mir den Rücken frei.

»Sie legen sich mit dem Falschen an«, knurrte Nicolas.

»Nein, das tun *Sie*«, erwiderte Séb ungerührt. »Sophie will Sie nicht. Und sie will auch Paris nicht. Ich glaube nicht, dass es dazu noch mehr zu sagen gibt.«

Nicolas stürmte zur Tür, blieb stehen und stützte sich keuchend am Türrahmen ab.

»Sie gehen?«, fragte ich und stieß einen erleichterten Seufzer aus.

Ich hätte mir nicht vorstellen können, auch nur eine

Minute länger so nah bei ihm zu sitzen, von dem einstündigen Flug ganz zu schweigen.

Er drehte sich um. »Sie sind erledigt.«

Ich richtete mich zu voller Größe auf. Ich wollte nicht nachgeben und ihn die Oberhand gewinnen lassen, indem ich mich von ihm, seinem Reichtum und seiner Macht einschüchtern ließ. Vermögend war ich selbst, und mächtiger wurde ich auch – zumindest in kulinarischen Kreisen.

»Da wäre ich mir nicht so sicher«, sagte ich. »Ich fange gerade erst an.«

»Sie kleine Schlampe«, beschimpfte er mich. »Das vergesse ich Ihnen nie.«

Während Nicolas die Treppe hinunterstapfte, flüsterte O'Shea: »Wer zum Teufel sollst du sein?«

Ich zitterte am ganzen Körper. Mir tat der Kopf weh. Sogar meine Haare schmerzten. Doch in dem Moment wusste ich, wer ich war.

»Auf keinen Fall eine kleine Schlampe. Ich bin eine furchtlose Frau«, erwiderte ich achselzuckend. »Mir fehlt nur noch der Superwoman-Umhang.«

Jean-Jacques lachte leise. »Ich glaube nicht, dass Nicolas es je mit Leuten wie den sturen, feurigen Frauen aus der Familie Valroux de la Tour de Champvert zu tun hatte.«

Als wir uns nach dem Drama wieder beruhigt hatten, deutete O'Shea auf die kleine Schachtel auf dem Tisch. »Willst du sie nicht öffnen?«

Ich tat es mit zitternden Händen. Die beiliegende Nachricht, die ich vorlas, lautete:

Madame Valroux,

anbei ein paar kleine Zeichen meiner Wertschätzung. Danke, dass Sie Sie selbst geblieben sind – und danke für Ihre Ehrlichkeit. Tun Sie mir bitte den Gefallen und folgen Sie Ihren Träumen. Schwingen Sie sich mit den Libellen und den Schmetterlingen in die Höhe. (Ja, ich habe meine Hausaufgaben gemacht.) Und sorgen Sie sich nicht wegen Nicolas. Ich habe schon mit O'Shea gesprochen. Es ist alles geregelt und läuft nach Plan.

Cordialement
Olivier de la Barguelonne

Ich fing O'Sheas Blick auf. »Sie wussten davon?«

»Ja«, bestätigte O'Shea. »Als ich aus dem Krankenhaus kam, habe ich Olivier angerufen. Wir machen seit Jahren mit ihm Geschäfte. Ich hab dir ja gesagt, er weiß, was Loyalität ist.«

»Wir?«, hakte ich nach.

»Er war auch beim Le Homard der Hauptinvestor«, erklärte Jean-Jacques. »Ihre Grand-mère kannte Olivier durch mich. Er liebte ihr Temperament und ihre Kochkunst. Machen Sie sich wegen seines verzogenen Rotzbengels keine Sorgen. Er macht immer Probleme.«

»Jetzt öffne endlich die Schachtel«, drängte O'Shea und zeigte darauf.

Meine Finger tasteten durch dickes Seidenpapier. Darin lagen eine Diamant-, eine Rubin- und eine Saphirbrosche –

eine Libelle, ein Schmetterling und eine mit drei Sternen –, jedes Schmuckstück fantastischer und aufwendiger gefertigt als das andere. Die bunten Facetten funkelten im Sonnenlicht und hüpften an den Wänden wie ein verrücktes Kaleidoskop.

»O mein Gott«, schwärmte ich. »Die kann ich nicht annehmen.«

O'Shea lachte. »In dem Fall finde ich, dass es in Ordnung geht, einem Monsieur de la Barguelonne nichts abzuschlagen.«

Recht hatte er. Ich steckte die Schachtel in meine Handtasche.

Nadeem betrat die Kabine. »Bitte schnallen Sie sich an. Wir stehen kurz vor dem Abflug.« Wie ein Ninja verschwand er wieder. Ich wusste ehrlich nicht, wohin – das Flugzeug war riesig.

»Wollt ihr zwei nicht mit zum Château kommen?«, fragte ich. »Ich kann den Kontakt herstellen. Ich kenne die Besitzerin. Und, Chef, ich meine Dan, Sie könnten gleich Monica kennenlernen.«

O'Shea machte es sich in seinem Sessel bequem und faltete seine Riesenpranken. »So gern ich das auch täte, ich kann nicht. Wie du weißt, sind es nur noch wenige Monate, bis Michelin seinen neuen New Yorker Michelin-Führer herausgibt. Ich muss das Cendrillon NY in der Spur halten. Aber ich kann Monica nach New York einfliegen lassen und sie in einem Hotel unterbringen, wenn sie an einem Treffen interessiert ist.«

»Sie hoffen auf den dritten Stern«, stellte ich fest, und er nickte. Ich konnte es ihm nicht verübeln. Er hatte sein

Leben lang hart dafür gearbeitet. »Jean-Jacques, was ist mit Ihnen?«

Er ließ den Kopf hängen. »Ich habe so viele Jahre versucht, Odette zu vergessen«, sagte er leise. »Sie zu sehen hat all meine Gefühle wieder zurückgebracht. Es tut mir leid, Sophie. Im Moment kann ich noch nicht. Aber eines Tages, wenn ich dazu bereit bin, würde ich sehr gern die Seite an ihr sehen, die ich nicht kannte.«

»Ich verstehe«, sagte ich. »Ich mache selbst diese emotionale Achterbahnfahrt durch.«

O'Shea lachte, während das Flugzeug abhob. »Und dann musstest du dich noch mit Nicolas und Amélie rumärgern.« Er tätschelte meine Hand. »Du bist wirklich unglaublich, Sophie.«

»Vielleicht«, erwiderte ich mit belegter Stimme.

Ich versuchte, mich selbst davon zu überzeugen, dass ich noch immer furchtlos war. Doch momentan hatte ich die Hosen gestrichen voll. Vielleicht hatte Nicolas recht gehabt. Vielleicht war ich erledigt.

20

Außer Gefecht

Ich hatte erwartet, Rémi gleich bei meiner Ankunft zu sehen, dass er mich in die Arme nahm und durch die Luft schwang, mich küsste und mir sagte, wie sehr er mich vermisst hatte. Ich war aufgeregt, ihm von meiner Entscheidung zu erzählen, dass ich den Hochzeitstermin festlegen wollte, und zwar schon bald. Ich war bereit, ihm alles zu erzählen, ihn um Hilfe zu bitten. Stattdessen erwartete mich mein Vater auf der Vordertreppe.

»Der Sonntagslunch hat gerade begonnen«, sagte mein Vater. »Willst du hingehen?«

Ich war völlig erschöpft und wollte mich nur von dem Pariser Albtraum erholen. »Nein«, sagte ich. »Ich glaube, diesmal muss ich passen.«

Während der Chauffeur und Séb den Van ausluden, half mein Vater mir, mein Gepäck auf mein Zimmer zu tragen.

»Danke, Papa«, sagte ich.

»Du weißt nicht, wie stolz es mich macht, wenn du das sagst.« Mein Vater küsste mich auf die Stirn und wandte sich zur Tür. »Ich kann es nicht erwarten, alles über Paris zu erfahren. Aber schlaf dich erst mal aus.«

Das hatte ich wirklich nötig. Nach dem Auspacken kroch

ich ins Bett und stellte erst jetzt fest, dass in meinem Zimmer mehrere Rosensträuße standen. Rémi musste meine Antwort vorausgeahnt haben. Ach, süßer Rémi. Ich wollte ihn sehen, konnte mich aber nicht rühren. Mein Kopf wurde schwerer. Mir fielen die Augen zu. Étoile rollte sich neben mir zusammen, und während ich sie streichelte, schlief ich ein, glücklich, zu Hause in Champvert zu sein und Rémi und meine Freundinnen wiederzusehen.

Eine Hand fuhr durch meine Haare. Unter den wachsamen Blicken von Phillipa, Marie, Monica und Jane setzte ich mich auf.

»Séb hat uns erzählt, was passiert ist«, begrüßte mich Jane und setzte sich auf meine Bettkante.

»Was für ein Mist, Sophie«, sagte Phillipa. »Das ist totale Scheiße. Aber du musst uns die ganze Geschichte erzählen, damit wir dir helfen können.«

Étoile sprang auf Maries Schoß. »Ich wusste nicht, dass du eine Katze hast«, sagte sie überrascht.

»Hatte ich auch nicht«, erklärte ich. »Sie ist das einzig Gute, was sich aus der Sache mit Paris ergeben hat.«

»Hast du sie gekidnappt?«, fragte Marie.

Ich wischte mir den Schlaf aus den Augen. »Gewissermaßen«, räumte ich ein. »Aber sie hat mein Herz gestohlen.«

Jane zog eine Grimasse. »Genug von der Katze. Erzähl uns, was passiert ist. Wir bringen das in Ordnung.«

Ich erzählte ihnen alles – dass Amélie eine Fehde gegen Grand-mère geführt hatte, weil sie das Herz eines Mannes erobert hatte, den Amélie begehrte, dass sie neidisch auf unsere Familie war, dass Nicolas sich wie eine verwöhnte Göre aufführte, weil er nicht bekommen würde, was er wollte, und zwar mich, dass Olivier gemeinsam mit O'Shea und Jean-Jacques eingeschritten war, und dass Eric wieder in Erscheinung getreten war. Das Einzige, was ich ausließ, war die Tatsache, dass ich nichts riechen oder schmecken konnte. Das brauchte niemand zu wissen. Nicht, bevor ich wusste, was los war, und ich mit Rémi gesprochen hatte.

»Der Idiot war auch da? In Paris? Und du hast uns nicht gesimst?«, kreischte Phillipa. »Was hast du dir dabei gedacht?«

»Ich wollte ihm aus dem Weg gehen, besonders nachdem er und Amélie der Öffentlichkeit mein Doradenfilet präsentiert haben.« Ich steckte mir den Finger in den Hals und tat so, als müsste ich mich übergeben. »Natürlich war es nicht mein Rezept. Und sie hat mit ihm gevögelt.«

»Nein!«, stieß Monica ungläubig hervor.

»Doch«, bestätigte ich erschaudernd. »Monsieur de la Barguelonne und ich haben sie ertappt, besser gesagt sie im Treppenhaus belauscht. Er reicht die Scheidung ein und schließt das Durand, was das für Amélie bedeutet, daran mag ich gar nicht denken. Ich bin mir ziemlich sicher, dass Eric sie jetzt, wo er sie nicht mehr braucht, sitzen lässt. Ich hab gesehen, wie er auf der Gala Ayasa Watanabe angemacht hat. Hoffentlich ist sie schlau genug, einen weiten Bogen um ihn zu schlagen.«

Jane beugte sich neugierig vor. »Moment. Was war das mit Grand-mère Odettes Liebesleben?«

Als ich von ihrer Beziehung zu Jean-Jacques berichtete, schlug sich Jane die Hände vors Gesicht und ließ sich stöhnend auf mein Bett fallen. »Ach du liebe Güte. Ich fasse es nicht. Wie schön für sie.«

Ganz meine Meinung. Bei dem Gedanken, dass sie außerhalb der Küche noch ein Leben gehabt hatte, grinste ich wie ein Honigkuchenpferd. Doch dann wurde ich wieder ernst. Mein Kopf hämmerte.

»Alles in Ordnung?«, fragte Phillipa. »Séb hat uns erzählt, du bist böse gestürzt.«

»Nur eine leichte Gehirnerschütterung. Ich bin anscheinend auf der Treppe gestolpert. Du weißt ja, wie ungeschickt ich bin«, sagte ich düster. »Aber bis auf ein paar blaue Flecke geht es mir gut.«

Eine Riesenlüge. Mir ging es alles andere als gut. Wir verstummten.

»Was für ein verdammter Mist«, fluchte Jane. Sie stand auf und lief auf und ab. »Die Familie de la Barguelonne ist sehr mächtig. Ich würde nur ungern in ihre Schusslinie geraten. Sind wir das?«

Ich schüttelte den Kopf und deutete auf meine Handtasche. »Schau da hinein. Ein Geschenk und eine Nachricht von Olivier. Er übernimmt die Führung seiner Firma wieder, befreit sich von Amélie und beschränkt Nicolas' Macht vorerst.«

Jane stürzte zu meiner Handtasche und zog die Schachtel heraus. Marie und Phillipa sahen ihr über die Schulter, während sie die Nachricht las und den Deckel abhob. »Wow«, staunte Jane und betrachtete die Broschen. »Ich glaube, du hast einen Verehrer. Puh. Ich kann mir nicht vorstellen, mich mit denen anzulegen.«

»Dann ziehst du also nicht nach Paris?«, fragte Phillipa.

»Ich glaube nicht, dass ich das noch einmal durchstehe. Zuerst hat O'Shea dich mit New York gelockt, und jetzt das.«

Ich stieß hervor: »Willst du mich verulken? Dieser arrogante Hund hat mir vor versammelter Mannschaft Worte in den Mund gelegt, die ich nie gesagt habe. Ich hatte sein Angebot abgelehnt.« Als sich mein Herzrasen wieder legte, huschte mein Blick zu Monica. »Aber ich hab O'Shea gesagt, dass du vielleicht interessiert wärst, wenn er dir ein wenig kreative Freiheit zugesteht.«

Monica hob den Kopf. »Wirklich?«

»Jap.«

»Ist dieser Nicolas daran beteiligt?«

»Nee. Nicht mehr«, versicherte ich ihr. »Aber sein Vater. Das ist ein Netter. Und O'Shea? Na ja, er ist halt O'Shea. Er hat ein aufbrausendes Temperament, aber ein Herz aus Gold.«

»Ich weiß nicht, Sophie«, sagte sie sichtlich unbehaglich. »Das würde bedeuten, von hier wegzugehen. Und Champvert wächst mir langsam ans Herz.«

Ich wusste, dass Monica etwas anderes brauchte. Ich merkte ihr an, dass es sie juckte, ins Großstadtleben zurückzukehren. Ich wollte nicht, dass sie ging, vor allem, weil ich sie jetzt mehr als je zuvor brauchte, aber ich musste den Tatsachen ins Auge sehen. Wir waren aus demselben Holz geschnitzt, hatten die gleichen Träume. Meine ließen sich hier in Champvert verwirklichen, ihre anderswo. Sie musste ihre kulinarischen Flügel ausbreiten und fliegen.

»Wegzugehen hieße aber, dass du deine eigene Küche hättest«, erklärte ich. »Gewissermaßen. Ein paar der Rezepte O'Sheas müsstest du buchstabengetreu befolgen.

Aber nachdem er deine Feigen gekostet hat, lässt er dir wahrscheinlich völlig freie Hand. Hast du Interesse?«

Sie schluckte heftig. »Ist es schrecklich von mir, wenn ich Ja sage?«

Ich umarmte sie. »Nein.«

»Dann ja«, sagte sie lachend. »Aber wenn es nicht hinhaut …«

»Dann wärst du hier im Handumdrehen wieder willkommen«, versicherte ich ihr und tätschelte ihr den Rücken. »Ich sage O'Shea Bescheid. Er zahlt dir ein Ticket nach New York und bringt dich während der Probezeit in einem Hotel unter.«

Sie ließen sich zu mir aufs Bett fallen, die Zehen zur Decke gestreckt. Marie sprach als Erste. »Hey«, sagte sie mit zusammengezogenen Augenbrauen. »Wie fanden sie meine Desserts?«

Scheiße. Ich hatte keine Ahnung. »Ich hab meine Aschenputtel-fällt-die-Treppe-runter-Nummer abgezogen, bevor die Sprache darauf kam. Aber es steht bestimmt in den Zeitungen. Ich bin mir sicher, dass alle sie phänomenal fanden. Wie sollte es anders sein?«

Jane zog ihr Handy heraus, stopfte sich ein Kissen in den Rücken und tippte darauf herum. »Ich hab's«, verkündete sie. »*Von Sophie Valroux' genialem Gericht einmal abgesehen, kam ein weiterer Höhepunkt des Abends, als die Desserts ihrer Konditorin Marie Moreau präsentiert wurden. In Übereinstimmung mit dem Thema* Sous les étoiles *waren diese Galaxietorten himmlisch – sie schmeckten so magisch, wie sie aussahen. Dieser wählerische Gastronomiekritiker erwartet Erstaunliches vom Château de Champvert und seinem Res-*

taurant Les Libellules.« Jane knallte ihr Handy aufs Bett. »Unser Schicksal ist besiegelt. Wir sind Gold wert.«

Ich schluckte. Gold wert – wenn ich meine Sinne zurückerlangte. Ich nieste, ein gutes Zeichen. Die Ursache: die vielen Rosensträuße. Ich deutete auf sie. »Woher kommen die? War das Rémi?«

Jane schürzte die Lippen. »Ich weiß nicht. Sie müssen heute Morgen gekommen sein. Wahrscheinlich hat der Zimmerservice sie zu dir hochgebracht.«

Ich hüpfte vom Bett und zog eine Karte aus einem der Sträuße. Sie war von Nicolas, und darauf stand: *Ich kann es nicht erwarten, Geschäfte mit Ihnen zu machen, meine schöne Köchin. Wir heben die Welt aus den Angeln. Ich denke immer noch an unseren Kuss.*

Nicolas

Er hatte es nicht lassen können, diesen widerwärtigen Übergriff zu erwähnen, bei dem sich mir der Magen umgedreht hatte. Die Rosen hatte er offenbar vor seinem Ausraster im Flieger losgeschickt. Ich ließ die Karte auf den Boden fallen. »Bäh, sie sind von dem Pariser Mistkerl. Wer hilft mir dabei, die Rosenblätter abzuzupfen?«

Bald tanzten wir fünf in einem Gestöber aus roten Blütenblättern. Sie schwebten in der Luft wie kleine teuflische Wolken. Wir verhielten uns wie Wahnsinnige. Anscheinend war ich nicht die Einzige, die sich abreagieren musste.

Mit Lachtränen in den Augen, packte mich Phillipa an den Schultern. »Die Zimmermädchen werden stinksauer sein.«

»Die machen bei mir nicht sauber«, sagte ich. »Das tue ich selbst.«

»Du siehst erschöpft aus. Wo ist das Kleid?«, fragte Jane, und ich deutete mit dem Kopf auf den Koffer. Sie zog den Reißverschluss auf und holte das Kleid heraus, das ich in der Eile nur zusammengerollt und hineingestopft hatte, statt es in den dafür vorgesehenen Kleidersack zu hängen. Jane glättete den Stoff und hängte das Kleid auf. »Du solltest es wirklich pfleglicher behandeln.«

»Und dich selbst auch«, bemerkte Phillipa mit einem besorgten Nicken.

Untertreibung des Jahres.

Jane packte weiter für mich aus und legte Kleidungsstücke für den Wäscheservice beiseite – ein Vorteil, wenn man Haushaltspersonal hatte und nicht bügeln konnte. Als sie Grand-mères Mohnblumenschürze herauszog, machte sie große Augen. Sie roch daran und atmete den Duft ein.

»Sie hatte noch eine?«

»Ja«, bestätigte ich. »Aber diese Schürze bleibt in meinem Zimmer.«

Jane blinzelte mir zu und hängte sie an die Innenseite meiner Tür. »Gut so?«

»Ja«, sagte ich. »Perfekt.«

»Apropos perfekt, ich habe eine Idee. Mädelsabend«, sagte Phillipa. »Nur wir. Und eine Menge Martinis.«

Marie, Jane und Monica jauchzten zustimmend.

Ich wollte nirgends hingehen. Ich nahm Étoile hoch. »Wie wär's mit morgen Abend? Ich sollte wirklich erst Zeit mit Rémi verbringen.«

»Och«, sagte Phillipa enttäuscht. »Jetzt wirst du eine von *denen*.«

»Nein, ich bin nur eine von denen, die sich jetzt wieder

aufs Ohr legen müssen«, sagte ich gähnend. »Ihr Mädels solltet zurück zum Sonntagslunch gehen.«

»Stimmt«, sagte Jane achselzuckend. »Der Schein muss gewahrt werden. Und da du ganz offensichtlich vorhast, nicht hinzugehen, bleibt es an uns hängen.«

Ein Knallen. Meine Schlafzimmertür krachte gegen die Wand und riss mich unsanft aus dem Schlaf. Étoile miaute.

Rémi zeigt auf sie. »Was zum Teufel ist das?«, fragte er.

»Meine Katze«, sagte ich und gähnte.

»Wenn du es sagst«, erwiderte er. »Gott, ist die hässlich. Ich fasse es nicht, Sophie.«

»Das ist nur eine Katze.«

Sein Gesicht lief rot an, er ballte die Fäuste. Weshalb machte die Katze ihn so zornig?

»Ich spreche nicht von deiner dummen Katze. Ich spreche von Paris, und was du getan hast.«

»Ich hab nichts getan«, protestierte ich und setzte mich kerzengerade auf. »Ich hab gekocht und konnte es nicht erwarten, hierher zu dir zurückzukommen. Um dir meine Antwort mitzuteilen.« Ich hielt inne. »Rémi Dupont, *je t'aime avec tout mon cœur*: Ich bin bereit, einen Hochzeitstermin festzulegen. Mehr als alles auf der Welt möchte ich dich heiraten, und zwar bald.«

Ich sprang aus dem Bett und erwartete, dass er mich in seine Arme schließen und küssen würde. Stattdessen wich er zurück und funkelte mich an. »Nun, meine Antwort lautet *non*. Ich werde dich nicht heiraten.« In seinem Blick lag so viel Feuer, dass ich zu verbrennen glaubte. Meine Beine waren kurz davor, unter mir nachzugeben. Was war sein

Problem? Woher kam dieser Sinneswandel? Ich bekam meine Antwort, als er sein Handy aus der Tasche zog, eine Seite öffnete und es mir vor die Nase hielt. »Erklär mir das.«

Ich nahm sein Handy und setzte mich zurück auf mein Bett. Die Schlagzeile des Artikels lautete: *NICOLAS DE LA BARGUELONNE GIBT FÜR DIE HEISSE KÖCHIN SOPHIE VALROUX SEINE MODELS AUF.* Das dem Text beigefügte Foto zeigte Nicolas und mich beim Knutschen. Ich erschauderte bei dem Gedanken, wie ekelhaft und abstoßend seine nassen Lippen gewesen waren.

»Herrgott, Rémi«, schimpfte ich. »Ich habe ihn nicht geküsst. Er hat mich geküsst.«

»Fotos sprechen tausend Worte«, behauptete er. »Verdammt. Du bist nur wenige Tage weg von hier, und schon fällst du in die Arme eines anderen Mannes. Ich hab dir ja gesagt, dass das passieren würde. Und ich hatte recht. Hast du mit ihm geschlafen?«

»Nein!«, wehrte ich entsetzt ab und zuckte zusammen. Wie konnte Rémi so etwas von mir denken? Ich liebte ihn. »Ich verabscheue diesen wehleidigen Jammerlappen. Er hat mir den Kuss *aufgezwungen*.«

Seine Wangen wurden feuerrot. Er schnaubte verächtlich. »Aufgezwungen sieht das nicht aus.«

»War es aber. Und ich bin auch nicht in seine Arme gefallen, sondern die Treppe runter. Als ich im Anschluss daran aus dem Saal gerannt bin.«

Rémi verstummte. Er starrte mich an und verdaute, was ich gesagt hatte. »Ist alles in Ordnung? Hast du dich ernsthaft verletzt?«

»Nein«, sagte ich. Mir stiegen Tränen in die Augen.

»Du hast mir das Herz gebrochen, Sophie«, widersprach er, blickte zu Boden und raufte sich die Haare. »Was hat das zu bedeuten, dass du nach Paris ziehen und das Cendrillon übernehmen willst?«

Meine Schultern versteiften sich. Ich spie die Worte förmlich aus. »Nur zu deiner Information, ich habe das Angebot abgelehnt.«

»In dem Artikel steht etwas anderes.«

Ich konnte nicht fassen, dass er einem Artikel aus der Boulevardpresse mehr Glauben schenkte als mir. Ich hatte geglaubt, diese Auseinandersetzungen lägen hinter uns. Darin hatte ich mich wohl geirrt.

»Dann solltest du nicht alles glauben, was du liest«, zischte ich. Irgendwas stimmte nicht. Rémi las keine Klatschblätter. Ich traute Nicolas alles zu. Dieses kaltherzige Miststück wollte mich fertigmachen. Ich war stinksauer. »Wer hat dir den Artikel geschickt?«

»Niemand. Ich habe deinen Namen und das Château auf Google Alerts«, erklärte er. »Das hat dein Vater für mich eingerichtet.«

»Du hast ihn nicht von Nicolas bekommen?«

»Warum sollte er mir etwas schicken?«

»Weil er ein hinterhältiger, berechnender Hosenscheißer ist, der daran gewöhnt ist zu bekommen, was er will«, stieß ich hervor. »Er hat mir eine Falle gestellt. Amélie hat Eric angeheuert. Sie haben auf der Gala mein Doradenfilet präsentiert. Du erinnerst dich? Er hatte mir das Rezept gestohlen. Und ja, du hattest recht. Paris war eine grottenschlechte Idee. Du darfst nicht wütend auf mich sein«, bat ich mit zitternder Unterlippe. »Du musst mir glauben. Gib mir die Chance, alles zu erklären.«

Rémi ballte die Fäuste. »Erklären? Ich kann dich nicht mal ansehen, von zuhören ganz zu schweigen. Ich muss mich beruhigen und verdauen, was du mir gerade gesagt hast. Weil es verrückt ist.«

»Ich weiß, Rémi«, erwiderte ich und begann zu schluchzen. »Und es tut mir leid. Es tut mir so wahnsinnig leid.«

Rémi machte auf dem Absatz kehrt, verließ mein Zimmer und knallte auf dem Weg hinaus die Tür zu. Ungläubig starrte ich ihm hinterher. Dann riss ich den Verlobungsring von meinem Finger und warf ihn quer durchs Zimmer.

Ich setzte mich eine Weile auf den Fenstersitz und zog die Knie an meine Brust, während ich auf die Gäste unten herunterblickte, die noch die Feierlichkeiten des sonntäglichen Mittagessens genossen. Mir schwirrte der Kopf. Ich biss mir so fest auf die Innenseiten der Wangen, dass es blutete. Ich hatte meine Grand-mère verloren. Ich hatte meine Sinne eingebüßt. Und nun hatte ich auch noch Rémi verloren.

Nachdem ich mir das Gesicht gewaschen und mir die Haare zusammengebunden hatte, zog ich mir rasch eines von Grand-mères Chanel-Kostümen an. Dann rannte ich die Treppe hinunter, aus der Küche heraus und steuerte schnurstracks auf Gustave zu, der zwar nicht mehr offiziell für uns arbeitete, aber zum Sonntagslunch kam, wann immer er die Zeit fand.

»Gustave«, rief ich und vergaß jeden ärztlichen Rat. »Rück den Pastis raus.«

21

Stolpern und hinfallen

Der schlimmste Kater überhaupt tobte in meinem Oberstübchen.

Als ich am nächsten Tag aufwachte, konnte ich mich zuerst nicht mehr an die Ereignisse des Vortages erinnern, bis sie eines nach dem anderen vor meinen Augen aufblitzten, vor allem mein Streit mit Rémi und – du meine Güte, der Pastis, der gottverdammte Pastis. Offenbar hatte ich viel zu viel davon genossen, vor allem wenn man bedachte, dass ich bis auf Janes Martinis nur selten Hochprozentiges trank. Hatte ich mit den Gästen getanzt? Gelallt? War ich gestolpert? Vielleicht sogar hingefallen? Sicherlich. Ich fragte mich, wer mich nach oben in meine Suite gebracht hatte, mich ausgezogen und in mein Nachthemd gesteckt hatte.

Aus dem Salon ertönte ein Schnarchen. Ich schlich mich aus dem Bett und fand Phillipa und Jane auf der Ausziehcouch schlafend vor. Jane stieß beim Ausatmen merkwürdige Schnaufer aus. Ich stieß gegen einen Nachttisch und weckte sie beide.

Phillipa murmelte: »Gut. Du lebst noch. Wir haben uns große Sorgen um dich gemacht.«

Jane fixierte mich streng. »Nein, Phillipa vielleicht, aber ich nicht. Was zum Teufel ist los mit dir? Da kannst dich vor den Gästen nicht so aufführen.«

Die Rückblenden in meinem Kopf waren also real. Mist.

»Ich hatte einen Ausraster?«, fragte ich entsetzt. »Dann sag mir lieber nicht, was ich angestellt habe.«

»Und ob ich das tue«, schimpfte Jane und setzte sich auf. »Denn das darf nie wieder vorkommen. Twerke niemals im Chanel-Rock. Denn du bist dabei hingefallen. Mehrfach.«

Ich betrachtete meine zerschrammten Knie. Die Beweislast war erdrückend. Leugnen unmöglich.

»Die Knie heilen wieder, aber dein Rock ist ruiniert«, meinte Jane düster. »Ich schau mal, ob ich ihn wieder in Ordnung bringen kann.«

»Danke«, sagte ich und setzte mich zu ihnen auf die Ausziehcouch.

Phillipa gab mir einen Klaps auf die Hand. »Bist du bereit, uns zu erzählen, was los ist? Denn so kannst du nicht weitermachen.«

»Können wir die Schuld nicht einfach auf Gustave und seinen Pastis schieben?«, fragte ich mit pochendem Schädel.

Die Zwillinge zogen synchron die Augenbrauen hoch.

»Na schön«, kapitulierte ich und erzählte ihnen von meinem Streit mit Rémi. Ich erzählte ihnen von meiner Trauer, die mich in Wellen überkam. Dass Paris mich verstört hatte. Aber dass ich meinen Geruchs- und Geschmackssinn verloren hatte, verschwieg ich.

»Dass du über Rémi verärgert bist, verstehe ich. Das wäre ich auch. Ich hätte mit ihm Schluss gemacht«, sagte

Jane erschaudernd. »Paris mag ein Horrortrip gewesen sein, aber du hast dich vor den Gästen betrunken. Versteh mich nicht falsch – ich betrinke mich auch gern von Zeit zu Zeit, aber nie in Gegenwart der Gäste. Niemals.«

»Wenn du dich gehen lassen willst, sind wir für dich da«, versprach Phillipa. »Mädelsabend.« Sie seufzte. »Sonntags oder montags.«

Ich fühlte mich schrecklich. Schämte mich. Hatte Schuldgefühle. »Glaubt ihr, ich hab alles vermasselt?«

»Nein«, erwiderte Jane. »Die Gäste haben deine merkwürdige Tanznummer sogar witzig gefunden. Die Hälfte hat gleich wieder fürs nächste Jahr gebucht.«

»Wirklich?«

»Ja«, antwortete Jane lachend. »Stell dir nur vor. Ich sorge mich nur um die Presse. Hoffentlich kriegt sie nicht Wind davon. Falls doch, gebe ich mir alle Mühe, das Problem im Keim zu ersticken. Aber wer weiß? Vielleicht wäre es sogar gut fürs Château. Wie es so schön heißt: Jede Presse ist gute Presse.«

»Was täte ich nur ohne dich?«, fragte ich.

»Du würdest in einem zerrissenen Chanel-Rock schlafen«, erklärte sie und sah mich fragend an. »Also, was steht auf dem Plan?«

»Gehen wir runter in die Küche«, sagte ich. »Ich mache uns Frühstück.«

Das Château hatte eine supermoderne Kaffeemaschine, von der ich nicht wusste, wie sie funktionierte. Ich stand davor und drückte irgendwelche Knöpfe, bis Phillipa mich sanft beiseiteschob.

»Ich mach das«, sagte Phillipa. »Ich brauche einen Koffeinkick. Und ehrlich gesagt, dieses Schätzchen hat zwanzigtausend gekostet, also lass die Finger davon, wenn du keinen Plan davon hast, wie es funktioniert. Wer das Ding kaputt macht, blecht.« Sie grinste. »Ach, stimmt, sie gehört ja dir. Du kannst damit machen, was du willst.«

»Phillipa«, bat ich sie entnervt, »zeig mir einfach, wie's geht.«

Wenige Minuten später hatte ich den Dreh raus. Ich wünschte, ich hätte das Aroma riechen können. Konnte ich aber nicht. Ich trank einen Schluck und hätte ihn fast wieder ausgespuckt.

Jane und Phillipa saßen mit dem Kaffee in der Hand auf Hockern am Zubereitungstisch, während ich die Vorratsräume durchsuchte. Ich wollte das Frühstück zubereiten, an dem ich mich nach meinem totalen Ausraster in New York für Walter und Robert versucht hatte. Da es beim letzten Mal eine Riesenkatastrophe gewesen war, musste ich mir beweisen, dass ich es besser konnte.

»Was steht auf der Speisekarte, Chefin?«, fragte Phillipa neugierig.

»Wir sind jetzt Freundinnen, keine Arbeitskolleginnen. Und ich brauche dringend eine Freundin«, sagte ich peinlich berührt. Was für eine Vorgesetzte war ich überhaupt? Eine mit Einschränkungen. Mit schmerzendem Rücken – anscheinend vom Twerken –, bückte ich mich, um eine Pfanne aus einem der Regale zu nehmen. »Bitte sprich mich nur bei der Arbeit mit Chefin an.«

»Geht in Ordnung. Was steht auf der Speisekarte, Dancing Queen?«, erwiderte sie.

Mit der Pfanne in der Hand, richtete ich mich wieder auf. »Sehr witzig.«

»Und?«, hakte Phillipa nach.

»Zu eurem Gaumenschmaus besteht das heutige Menü aus Œufs cocotte mit frischem Schnittlauch und Speck und Rosmarinkartoffeln, in Trüffelöl knusprig gebraten.«

»Klingt lecker«, sagte Phillipa voller Vorfreude. »Brauchst du meine Hilfe?«

»Nein«, wehrte ich ab. »Ich muss das als Wiedergutmachung für euch Mädels machen, weil ich mich schrecklich benommen habe, und für die Küchengötter.«

»Küchengötter?«, fragte Phillipa verständnislos.

Ich zwinkerte ihr zu. »Und Küchengöttinnen. Glaub mir, sie existieren.«

»Ich finde, ein Mimosa wäre angebracht«, sagte Jane mit einem unerwarteten Schnauben. »Sophie sieht aus, als könnte sie einen gebrauchen. Wie wär's mit einem kleinen Katercocktail?«

Ich warf ihr einen Blick über die Schulter zu. »Dann mach dich nützlich und schenk uns einen ein.«

»Klar, bin schon dabei«, sagte sie. »Mit frischem Orangensaft.«

Jane stand auf und presste Orangen aus, in weniger als zwei Minuten hätte der Raum in einen süßen Zitrusdunst eingehüllt sein müssen. Aber ich roch nichts, auch nicht, als ich die Kräuter hackte.

Phillipa schnupperte. »Es duftet himmlisch«, sagte sie.

»Gut«, erwiderte ich voller Sorge um mich.

Während Jane und Phillipa mich darüber ins Bild setzten, was im Château passiert war, als ich in meinem Pariser

Albtraum festgesessen hatte, kochte ich. Eine halbe Stunde später war das Frühstück fertig, die Kartoffeln golden, die Eier in der richtigen Konsistenz. Wir setzten uns mit unseren Mimosas hin und aßen schweigend. Ich freute mich, sagen zu können, dass ich es nicht vermasselt hatte. Das wusste ich, weil Jane und Phillipa ihre Portionen gierig verschlangen.

»Hör zu«, sagte Jane, als wir fertig waren, »wenn du weinen musst, kannst du das ruhig tun. Wirf mit Gegenständen um dich, meinetwegen. Nur tanz nicht wieder vor den Gästen und raste nie mehr vor ihnen aus.«

Ich sah Jane von der Seite an. »War es so schlimm?«

Phillipa nickte. »Ich fürchte, schlimmer als schlimm«, sagte sie und rümpfte die Nase.

Leider hatte irgendein Gast meinen betrunkenen Zustand festgehalten und die Fotos auf Twitter gepostet. Ich fand mich in einem Mediengewitter unter dem Motto *Die vielen Gesichter der Spitzenköchin Sophie Valroux* wieder. Bilder von mir mit verkrampftem Lächeln, beim Twerken im zerfetzten Chanel-Rock. Fotos, auf denen ich sonst was tat. Doch obwohl es superpeinlich war und es ein paar böse Kommentare gab, aufgrund derer ich mir am liebsten bis in alle Ewigkeit die Decke über den Kopf gezogen hätte, schluckte die Öffentlichkeit es und sprang mir bei So profitierten wir am Ende sogar von der schlechten Presse.

Lasst Chefin Sophie in Ruhe. Sie ist menschlich und keine divenhafte, arrogante Köchin mit Starallüren.

Wer noch keins von Chefin Sophies Gerichten genossen hat, hat nicht gelebt.

Sie hat die Sau rausgelassen. Na und? Ich bin Koch und weiß, dass es in der Küche wie im Dampfdrucktopf zugehen kann.

Trotz der großen Unterstützung war ich am Boden zerstört.

Seit meiner Rückkehr aus Paris war eine Woche vergangen. Rémi mied mich wie die Pest und nahm nicht an den Familienessen teil. Ich vermisste ihn so sehr, dass es mir im Herzen weh tat. Ich betete jede Nacht zu Grand-mère, zu den Küchengöttern und -göttinnen, zu jeder höheren Macht, die mir zuhörte: *Bitte gebt mir meinen Geschmackssinn zurück. Und bei der Gelegenheit helft mir gleich auch, mich mit Rémi zu versöhnen.*

Ich flüchtete mich in die Küche und versuchte, mein Leben wieder in den Griff zu bekommen. Phillipa und ich probierten ein neues Rezept aus – karamellisierter Rosenkohl mit Walnüssen und krossen Speckstückchen –, als sie sich mit der brodelnden Pfanne in der Hand unvermittelt umdrehte, sodass heißes Entenfett auf den Fußboden kleckerte. Ich rutschte auf dem Fett aus, und, um das Drama perfekt zu machen, rastete im nächsten Moment aus.

»Was soll das, Phillipa?«, schrie ich. »Ich dachte, du wüsstest, wie man sich in der Küche verhält.«

Phillipa stand nur mit gesenktem Kopf da und stammelte: »Ent… entschuldige vielmals, Sophie. Das … das war ein Versehen.«

»Ein Versehen?«

Ich konnte mich nicht kontrollieren. Was war nur mit mir los? Ich fühlte mich schrecklich. Ich hatte mir selbst das

Versprechen gegeben, meine Angestellten mit Respekt und Liebenswürdigkeit zu behandeln. Doch hier stand ich nun und führte mich gegenüber einer meiner engsten Freundinnen wie ein verabscheuungswürdiges Scheusal auf.

Phillipas blassblaue Augen verdüsterten sich, als zögen an einem einst sonnigen Himmel Gewitterwolken auf. Ich sah ihr an, dass sie sich schlecht fühlte. Aber ich fühlte mich noch schlechter.

»Es tut mir sehr leid, Sophie«, entschuldigte sich Phillipa, deren Stimme mit dem starken englischen Akzent vor Schmerz und Sorge troff. »Ich gebe mir alle Mühe. Das tue ich wirklich. Ich versuche mitzuhalten, aber manchmal habe ich das Gefühl, dass ich es nicht schaffe. Und du? Irgendetwas ist im Busch, das du mir nicht erzählst. Das ist keine Trauer. Und es geht nicht nur um Rémi. Wer bist du zurzeit? Ich hab viele deiner Sophies kennengelernt.«

»Nennst du mich verrückt?«

Sie hatte jedes Recht, mich für irre zu halten.

»Hör zu, ich bin immer für dich da. Selbst wenn du dich so entsetzlich verhältst wie eben«, sagte Phillipa. »Das weißt du doch, oder?«

»Entschuldige. Du hast recht. Ich bin so eine schlechte Freundin«, sagte ich und versuchte die Situation zu retten. »Wenigstens ist die Kanalisation wieder in Ordnung. Da stürz ich mich am besten gleich rein.«

Phillipa brach in Gelächter aus. »Bitte nicht! Das wäre so eine Sauerei.«

»Tut mir leid«, entschuldigte ich mich erneut. »Tut mir so leid.«

»Hör auf, dich zu entschuldigen, und sag mir, was mit

dir nicht stimmt«, bat sie mich besorgt. »Seit du wieder da bist, bist du nicht du selbst. Und wenn ich ehrlich sein soll, hast du dich in der Zeit davor auch schon sehr merkwürdig verhalten. Sag es mir. Ich kann es verkraften.«

Ich hatte eindeutig zu viele Baustellen. Ich rieb mir mit den Fingerspitzen die Augen. Der Saft von der Zwiebel, die ich gerade geschnitten hatte, brannte.

Ich musste jemandem die schreckliche Wahrheit anvertrauen. Phillipa wäre bitter enttäuscht von mir, würde vielleicht sogar allen Respekt vor mir verlieren. Wie konnte sie eine Köchin bewundern, die eigentlich gar nicht mehr kochen konnte? Aber sie hatte mir schon früher in schwierigen Situationen beigestanden, selbst als sie mich noch gar nicht richtig gekannt hatte. Ich vertraute ihr. Ich musste mein Herz öffnen. Ich war bereit, das Risiko einzugehen.

Ich sah in Phillipas große Augen. »Du musst mir versprechen, das, was ich dir gleich erzähle, keinem weiterzusagen, schon gar nicht deiner Schwester oder Rémi.«

Sie bedeutete mir mit einer Geste, dass ihre Lippen versiegelt waren.

Ich holte tief Luft. »Seit einem Sturz vor ein paar Monaten beim Kirschenpflücken mit Rémi und Lola schmecke und rieche ich nichts mehr. Und ich glaube, der Sturz von der Treppe in Paris hat es noch schlimmer gemacht.«

Phillipas Augen spiegelten ihr Entsetzen wider. Sie sah mich ratlos an. »Was meinst du damit, du kannst nichts mehr riechen oder schmecken? Du bist Köchin, natürlich kannst du das.«

»Nein«, widersprach ich. »Nichts.«

Sie hob einen Finger. »Moment mal. Du kochst schon

seit Monaten in diesem Zustand? Und hast keinem etwas gesagt?«

»Seit Monaten«, bestätigte ich und ließ den Kopf hängen. »Natürlich verdienst du es total, und ich hatte es sowieso vor, aber deshalb habe ich dir auch damals mehr Verantwortung übertragen. Und ich bin heilfroh darüber, denn du bist großartig.«

Sie schnappte nach Luft. »Warst du beim Arzt?«

»Abgesehen von meinem Krankenhausaufenthalt nicht.«

»Warum?«

»Ich dachte, das Problem würde sich von selbst lösen«, sagte ich. »Aber das tut es nicht.«

Phillipa hüpfte von ihrem Hocker. »Warte hier. Ich bin gleich wieder da.«

Sie kramte im Trockenlager herum und kam mit einigen Sachen zurück, die Monica ins Château mitgebracht hatte – verschiedene scharfe Saucen und ein Glas mit eingelegten Chilis, unterschiedliche Konfitüren des Châteaus.

»Koste das«, forderte sie mich auf und reichte mir die scharfe Sauce.

Ich nahm einen Riesenschluck davon. »Nichts.«

Sie nahm mir die Flasche wieder ab und trank ein winziges Schlückchen. Ihre Augen tränten. Sie keuchte, wischte sich mit den Fingern die Zunge ab und rannte an die Spüle, um Wasser direkt aus dem Hahn zu trinken. »Mein Mund brennt. Steht in Flammen. Verdammt, ist das Zeug scharf. Und du schmeckst wirklich nichts?«

Ich konnte ihr nicht in die Augen sehen. »Nee. *Nada*.«

»Das ist übel, Sophie«, sagte sie mit zitternder Stimme.

Sie legte liebevoll die Hand auf meinen Rücken. »Wir lassen uns was einfallen. Versprochen.«

Aber manchmal brachen Menschen ihre Versprechen. Wie Rémi, der mir gesagt hatte, dass wir über alles reden könnten. Nein, Rémi konnte mich nicht einmal mehr ansehen. Ich litt nicht nur unter dem Verlust meiner Sinne, sondern auch an einem gebrochenen Herzen.

22

Wo Fett spritzt, da ist auch Feuer

An den darauffolgenden Tagen war der Abendservice superstressig, eine Katastrophe folgte der nächsten. Entenfett spritzte auf den Boden. Die Flammen unserer flambierten Gerichte schlugen so hoch, dass die Küche beinahe in Flammen aufgegangen wäre. Séb rutschte aus und schlug mit dem Kopf auf eine Arbeitsplatte. Zum Glück hatte er sich nicht ernsthaft verletzt, er wischte sich nur das Blut von der Stirn, verband die Wunde und kochte weiter, was typisch für ihn war. Irgendwie stellten wir uns den Katastrophen entgegen.

Eines Abends jedoch kamen die Serviererinnen permanent in die Küche geeilt und brachten Essen zurück, das wir neu zubereiten mussten.

»Der Gast sagt, das Kaninchen ist versalzen.«

»Die Ente schmeckt fade.«

»Die Kartoffeln sind nur halb gar.«

Die Beschwerden rissen nicht ab. Und das war alles meine Schuld. Ich konnte mein Team nicht mehr anführen, nicht mit gebrochenem Herzen, nicht nach dem Totalverlust meiner Kochmagie. Sie alle spürten, dass etwas nicht stimmte. Ich merkte es an den seltsamen Blicken, vor allem von Clothilde und der Grand-maman-Brigade. Wenn eine von uns ausfiel, sank das ganze Schiff mit ihr.

Clothilde tippte mir auf die Schulter. »Vielleicht solltest du dich etwas ausruhen, *ma puce*«, schlug sie vor. »Paris scheint dich sehr strapaziert zu haben. Und von deinem Sturz musst du dich auch noch erholen. Wir kommen eine Weile ohne dich klar.«

Ich sah Clothilde in die Augen. »Mir geht's gut«, beharrte ich mit zu viel Nachdruck. »Ich muss mich nur wieder eingewöhnen. Mehr nicht. Du brauchst dich um mich nicht zu sorgen.«

Sie kniff mir in die Wange. »Ich weiß, Liebes. Aber ich tu's.«

Als Clothilde zurück an ihre Kochstation ging, fing ich Phillipas Blick auf und flüsterte ihr zu: »Du musst mein Geschmackssinn sein. Ich versuche, aus dem Gedächtnis zu kochen. Aber ich kann's nicht.«

Mein Herz raste vor Panik. Ich zitterte am ganzen Körper.

»Ich stehe hinter dir«, versicherte sie mir. »Schau doch, was du für mich getan hast.«

»Dir das Leben zur Hölle gemacht?«

Sie stieß mich mit der Hüfte an. »Du hast mir alles gegeben: den Traum, zu einer Spitzenköchin zu werden wie du. Mit meiner Lebensgefährtin zusammenarbeiten. Ach, und die tolle Halskette. Keine Ahnung, zu welcher Gelegenheit ich sie tragen kann, aber ich liebe sie.« Sie tauchte einen Löffel in die Tomatenmarinade, die ich gerade zubereitet hatte, und verzog das Gesicht. »Zu viel Ingwer. Ich mache sie neu. Nenn mir die genauen Angaben.«

»O Gott«, sagte ich und kniff die Augen zu. »Das ist schlimmer als ein Albtraum.«

»Ich wecke dich daraus auf.« Sie schüttelte mich sanft. »Gehen wir alle Gänge durch. Aus der Nummer kommst du nicht mehr raus. Ich bin für dich da.«

Seite an Seite arbeiteten Phillipa und ich systematisch, ich bereitete vor und versuchte, mit meinem Herzen zu kochen, Phillipa schmeckte ab.

Marie kam von ihrer Kochstation zu uns. »Chefin, es tut mir so leid. Ich kann mir kaum vorstellen, was du durchmachst.«

Ich biss die Zähne zusammen, Phillipa zog eine Grimasse. »Was ist? Sieh mich nicht so an«, sagte sie defensiv. »Dass ich es Marie nicht erzählen darf, hast du nicht gesagt. Und wir sprechen über alles. Das machen Paare in Beziehungen eben.«

Ich schmollte. Ich hatte seit über einer Woche nicht mehr mit Rémi gesprochen, und der Gedanke versetzte meinem Herzen einen Stich.

»Wenigstens hatten wir keine Beschwerden wegen der Desserts. *Merci*, Marie. Aber bitte zu niemandem sonst ein Wort, schon gar nicht Jane gegenüber. Wenn sich herumspricht, dass ich nicht die Köchin bin, für die ich gehalten werde, dass ich nicht mal mehr schmecken kann, könnte es für das Château das Aus bedeuten.«

»Ich schweige wie ein Grab«, versprach Phillipa.

»Ich auch«, versicherte Marie.

In dem Moment kam Jane in die Küche gerannt, sie stürmte direkt auf uns zu. »Was zum Teufel geht hier vor? In all meinen Jahren hier hatten wir nie Beschwerden von den Gästen. Ich musste mindestens zwanzig Gerichte gratis ausgeben, und das Château ist kein Wohlfahrtsverband.«

Ihre Hände zitterten. Sie sah mir in die Augen. »Versuchst du uns zu sabotieren, Sophie?«

Ich konnte Jane kaum in die Augen sehen. Aber ich musste es. »Nein«, setzte ich an. »Ich habe …«

»Sie hat mir mehr Spielraum und Verantwortung gegeben«, unterbrach mich Phillipa. »Es ist meine Schuld. Teil meiner Ausbildung. Und wie kannst du es wagen, so mit deiner Chefin zu sprechen? Das ist nicht dein Château. Du bist hier nur angestellt.«

Dass Phillipa Jane die Stirn bot, hatte ich noch nie erlebt. Hier veränderte sich so einiges. Und anscheinend nicht zum Besseren. Der Stress in der Küche und die begangenen Fehler lasteten wie ein tonnenschweres Gewicht auf meinen schmalen Schultern.

»Dann hast du noch viel zu lernen, Schwesterherz. Das Maß ist voll«, schimpfte Jane und wedelte mit dem Zeigefinger. »Nicht noch ein Essensmalheur!«

Als Jane auf dem Absatz kehrtmachte, stiegen mir Tränen in die Augen. »Phillipa, das musstest du nicht tun«, sagte ich.

Sie legte die Hand auf meinen Rücken. »Doch. Und denk an Regel Nummer eins: In der Küche wird nicht geweint.«

»Diese Regel breche ich ständig«, sagte ich, rannte zum Dienstboteneingang und ließ mich zu Boden sinken.

Phillipa folgte mir auf den Fersen.

»Und das aus gutem Grund.« Sie hockte sich neben mich, streichelte mir über den Kopf. »Sophie, ich weiß nicht, wie ich mit all dem umgegangen wäre, was du

durchgemacht hast. Aber du hast es geschafft. Du bist eine
Überlebenskünstlerin. Du bist tatsächlich furchtlos. Und
ehrlich gesagt, ohne zu rührselig zu werden, du bist mein
Vorbild.«

Ich sah auf. Mein tränenverschleierter Blick traf ihren.

»Tolles Vorbild. Ich bin eine totale Chaotin.«

»Wir sind alle auf die eine oder andere Art Chaoten.
Aber Chaos kann beseitigt werden«, erklärte sie bestimmt.

»Weißt du, wie lange ich gebraucht habe, um Jane und meinen Eltern zu sagen, dass ich lesbisch bin? Ich sag's dir. Es
hat ewig gedauert. Denn ich wusste schon mit zwölf, dass
ich anders bin. Und als ich es ihnen endlich gesagt habe,
habe ich damit gerechnet, dass sie mich rausschmeißen.
Aber das haben sie nicht. Ich hatte viel zu lange alles in
mich hineingefressen, und das hätte mich fast umgebracht.
Tatsächlich habe ich Akzeptanz gefunden. Du musst deine
Gefühle mit uns teilen.«

»Dir ist schon klar, dass ich Menschen nicht gern vertraue«, sagte ich beschämt und ließ die Schultern hängen.

»Ich weiß. Aber mir kannst du vertrauen. Erzähl mir einfach immer alles«, bat sie. »Wir finden eine Lösung.«

»Jane ist echt sauer auf dich«, sagte ich.

»Sie kommt drüber weg«, meinte sie achselzuckend.
»Wir sind Schwestern. Und auf dich ist sie auch sauer.«

Ich schnäuzte mir die Nase. »Ehrlich, Phillipa, ich weiß
nicht. Ich hab das Gefühl, alles verloren zu haben.«

»Nein«, widersprach sie. »Du hast doch mich. Wenn du
mir vertraust.«

»Das tue ich«, beteuerte ich.

»So gehört sich das.« Sie stand auf, hielt mir die Hand

hin. »Jetzt komm. Ich weiß, dass deine Sinne zurückkommen werden.«

»Wie kannst du dir so sicher sein?«

Sie tippte sich zwei Mal mit dem Zeigefinger an den Kopf. »Hast du schon vergessen? Ich habe einen sechsten Sinn.«

Ich nahm ihre Hand, und sie zog mich hoch, meine Furcht konnte ich dennoch nicht unterdrücken.

In der Nacht darauf klopfte es an meiner Tür. Ich sah auf die Uhr, es war kurz nach Mitternacht. Was für ein Problem musste ich jetzt wieder lösen? Ein Abwasserproblem? Ein verloren gegangener Patissier? Ein *sanglier*-Angriff? Werft mich einfach den Wildschweinen zum Fraß vor, dachte ich verzweifelt. Es klopfte energischer.

»Herein«, rief ich und schnappte überrascht nach Luft, als Rémi in mein Zimmer trat.

Am liebsten wäre ich zu ihm gerannt und hätte ihn umarmt, doch ich rührte mich nicht von meinem Fenstersitz weg und zog die Knie an die Brust. Da ich nicht hatte schlafen können, hatte ich zu den Sternen gesehen und mir etwas gewünscht.

Rémi setzte sich auf mein Bett. »Wir müssen reden«, sagte er.

»Stimmt«, bestätigte ich und nickte. »Das müssen wir unbedingt. Du bist mir aus dem Weg gegangen.«

»Ich bin dir nicht aus dem Weg gegangen«, widersprach er und wich meinem Blick aus. »Ich brauchte nur Zeit, um mich zu beruhigen. Ich war wirklich außer mir, Sophie. Das bin ich immer noch.«

»Auf *mich* solltest du nicht wütend sein«, verteidigte ich mich, plötzlich am ganzen Körper zitternd. »Ich hab nichts getan.«

Er ließ die Schultern hängen. »Du hast den Typen wirklich nicht geküsst?«

»Ich hab dir doch gesagt, dass Nicolas mir diesen Kuss aufgezwungen hat«, erklärte ich und knetete die Hände. »Paris war tatsächlich eine ganz furchtbare Idee. Ich wünschte, ich wäre nie gefahren. Das hab ich dir doch schon erklärt. Paris war ein Albtraum.«

Sein Blick erhellte sich, und er sah mir in die Augen, legte den Kopf schief.

»Erzähl mir alles«, bat er, stand auf und setzte sich neben mich auf den Fenstersitz. Er nahm meine Hände. »Und ich meine wirklich alles.«

Also tat ich das. Ich erzählte ihm von Amélies Rachefeldzug. Ich erzählte ihm, dass Grand-mère eine andere Seite gehabt hatte, von der wir nichts wussten. Ich erzählte ihm von O'Sheas Angebot, und dass es mich nicht einmal in Versuchung geführt hatte. Er legte den Arm um mich und zog mich an sich. Ich schmiegte mich an seinen Hals und versuchte, seinen Geruch einzuatmen. Nichts. Ich erzählte ihm alles – außer, dass ich weder schmecken noch riechen konnte. Ich hatte nicht den Mut dazu. Mir lief eine Träne über die Wange. Rémi wischte sie fort.

»Also nichts mit Paris?«, fragte er.

»Rémi! Wie oft soll ich es noch erklären? Mein Leben spielt sich hier ab. Ich war so aufgeregt, zurück nach Champvert zu kommen, um dir zu sagen, dass ich endlich bereit bin, mein Leben mit dir zu teilen«, sagte ich.

Er legte die Hand auf sein Herz. »Du hast es also ernst gemeint, als du sagtest, dass du mich liebst und bereit bist, einen Hochzeitstermin festzulegen?«

Ich kroch auf seinen Schoß. Ich sah ihm in die Augen. »Todernst.«

»Es tut mir leid, dass ich an dir gezweifelt habe, Sophie. Und wenn ich diesen Nicolas de la Barguelonne jemals treffe, rechne ich mit ihm ab. Ich habe Schuldgefühle, weil ich nicht da war, um dich zu beschützen.«

»Ich brauche keinen Schutz«, protestierte ich.

»Doch«, beharrte er. »Das tun wir alle manchmal. Sogar ich. Und du, Sophie, bringst meine Schwächen zum Vorschein, weil ich dich so verdammt sehr liebe.«

»Ich liebe dich auch, Rémi. Die meiste Zeit jedenfalls«, scherzte ich. »Aber du darfst nicht einfach weglaufen, wenn ich mit dir reden will.«

»Entschuldige, Sophie«, sagte er und schloss die Augen. »Ich liebe dich einfach so sehr.«

Ich streichelte sein stoppeliges Kinn. Erleichterung übermannte mich. »Ich liebe dich auch.«

Er schlang die Arme um meine Taille und zog mich an sich. Zuerst berührten sich unsere Lippen nur sacht, doch dann wurden unsere Münder gieriger – als wären wir am Verhungern, ein leidenschaftliches und drängendes Verlangen. Unsere Hände erforschten unsere Rücken, wir hielten uns fest. Ich schmiegte mich in seine Arme, an seine Brust. Schauder ließen meinen ganzen Körper erbeben, und er stöhnte auf. Normalerweise waren unsere Küsse köstlich, doch ich konnte die Pfefferminze in seinem Atem nicht schmecken und seinen Zitrusduft nicht riechen. Ich entzog mich ihm.

Rémi sah mich neugierig an. »Stimmt etwas nicht?«, fragte er besorgt. Er legte die Stirn in Falten und schüttelte ungläubig den Kopf.

»Es ist nicht, was du denkst.« Mein Kinn zitterte. »Erinnerst du dich an meinen Sturz, als wir Kirschen gepflückt haben? Etwas ... irgendetwas ist mit mir passiert.« Ich atmete zitternd ein. »Ich kann nichts mehr riechen und nichts mehr schmecken – nicht einmal deine Küsse. Mein größter Albtraum ist wahr geworden. Mein Sturz in Paris hat es vielleicht sogar noch schlimmer gemacht.«

»Und du hast es mir nicht gesagt?«, fragte er entgeistert. »Ich dachte, wir sind ein Paar und reden über alles.«

Ich begann zu schluchzen, und Rémi schlang wieder die Arme um mich und hielt mich fest. Ich schmiegte mich an seinen Hals, Tränen liefen mir über die Wangen. »Ich kann nicht einmal dich riechen«, sagte ich, und meine Brust zog sich, wie von einem Schraubstock zusammengedrückt, zusammen. »Dabei liebe ich deinen Geruch so sehr.«

Rémi streichelte mein Kinn. »Ich bringe dich gleich morgen früh zum Arzt. Wir gehen der Sache auf den Grund. Bis dahin versuch zu schlafen.« Er küsste mir die Tränen fort.

»Bleibst du?«

»Natürlich«, sagte er.

Rémi hob mich von seinem Schoß, stand auf und legte mich behutsam aufs Bett. Er zog mich eng an seine Brust und streichelte mir sanft übers Haar, bis ich zu weinen aufhörte und in seinen Armen einschlief.

Der Arzt stellte mir ein paar Fragen, überprüfte meinen Blutdruck und schickte mich zum MRT. Die Diagnose:

mögliches Schädelhirntrauma. Bis auf das Überwachen meines Blutdrucks konnte man nichts tun, es gab kein Heilmittel für dieses beängstigende, Übelkeit hervorrufende Dilemma. Wir würden abwarten müssen, ob mein Geruchs- und Geschmackssinn mit der Zeit wiederkehren würden. Das konnte bis zu einem Jahr dauern.

Auf der Heimfahrt nahm Rémi meine Hand, ich starrte mit leerem Blick aus dem Fenster.

»Das ist ein solcher Albtraum«, sagte ich.

»Denk positiv. Du wirst im Nu wieder riechen und schmecken können«, redete er mir gut zu.

Ich war mir dessen nicht so sicher. Meine Träume vom Kochen würde ich vielleicht für immer in den Wind schreiben müssen. Ich sackte in mich zusammen, stemmte die Knie gegen das Armaturenbrett und rieb mir den Nacken.

»Wie soll ich je wieder kochen, wenn ich nichts schmecke?«

»Bis dein Geschmack wiederkommt, hast du mich«, versprach er. Ich zog eine Grimasse. »Wem hast du es noch erzählt?«, fragte Rémi.

»Nur Phillipa«, sagte ich.

»Vor mir?«

»Zwischen uns herrschte Funkstille«, sagte ich entschuldigend und zog die Nase kraus. »Du bist mir aus dem Weg gegangen, quasi vor mir weggelaufen.«

Er drückte meine Hand. »Meine Unbeherrschtheit war ein Fehler. Ich werde nie wieder vor dir davonlaufen.«

»Das ist gut«, erwiderte ich. »Denn ich brauche dich wirklich. Mehr denn je.«

Ein Lächeln ließ seine Augen erstrahlen. »Hast du gerade gesagt, dass du mich brauchst?«

»Ja«, bestätigte ich und rechnete mit einer zweideutigen Bemerkung, wie damals, als Gustave verschwunden war.

Stattdessen sagte Rémi: »Sophie, das ist ein Meilenstein für dich. Ich dachte, du brauchtest niemanden, und gebraucht zu werden ist ein schönes Gefühl. Ich brauche dich auch.«

Ich lachte. »Du brauchst eine totale Chaotin?«

»*Oui*«, sagte er. »Die heißeste Chaotin, die ich je geliebt habe.«

Ich sah in Rémis süße, liebevolle Augen und dachte an seine Worte im Restaurant Georgette Blanc: Träume verändern sich. Ich hoffte es so sehr.

23

Das ergibt Sinn

Monicas Abreise nach New York stand unmittelbar bevor, sie würde O'Shea von ihrer Kochkunst überzeugen müssen. Die Mädels und ich warteten in der Auffahrt auf sie. Da sie durch ihre Arbeit im Château wusste, wie beschäftigt wir waren, hatte sie darauf bestanden, ein Taxi zu nehmen, damit wir unseren vermeintlich freien Tag genießen konnten. Sie warf einen letzten Blick auf das Château und die Außenanlagen.

»Ich hasse Abschiede«, sagte Monica mit versagender Stimme. »Keine Tränen. Regel Nummer eins. Und ich weiß, dass wir nicht in der Küche sind. Ich … wollte mich nur bei euch bedanken, dass ihr mich in Champvert willkommen geheißen habt.«

Ich ergriff Monicas Hände. »Bald trägst du im Cendrillon gläserne Pantoffeln.«

»Ich verstehe nicht.«

»Cendrillon heißt auf Französisch Aschenputtel. Der gläserne Pantoffel wird dir gehören.«

Monica stiegen nun doch Tränen in die Augen. »Mein ehemaliges Restaurant hieß El Colibrí.« Ihre Lippen bebten. »Ich habe das Restaurant nach dem Vogel benannt, zu dem ich eine spirituelle Verbindung verspüre. Das hat mir mein Exmann weggenommen.«

»Und jetzt fängst du von vorn an«, sagte ich. »Ich weiß, es ist hart. Ich habe Ähnliches durchgemacht. Aber du schaffst das.«

Da stand ich nun und munterte sie auf, obwohl ich selbst immer noch niedergeschlagen war und mich fragte, ob ich je wieder kochen könnte. Monica ahnte nichts von meinem Gefühlschaos, und dabei wollte ich es bewenden lassen. Wenn sie wüsste, dass mir das Wasser bis zum Halse stand, würde sie wahrscheinlich bleiben. Jetzt würde zumindest sie ihren Träumen folgen, und ich hatte nicht vor, sie davon abzuhalten.

»Es tut mir sehr leid, dass wir anfangs so streng mit dir waren«, entschuldigte sich Phillipa.

»Ich mache euch keinen Vorwurf«, antwortete Monica. »Ihr wolltet nur Sophie beschützen.« Sie atmete tief durch. »Mein Aufenthalt hier hat mir gezeigt, was wahre Freundschaft ist. Diese Lektion werde ich nie vergessen.«

Mein Blick fiel auf ihren Koffer. »Moment mal, du hattest drei Koffer dabei. Was ist mit den anderen? Willst du deine Zutaten und deine Küchenutensilien nicht mitnehmen?«

»Das gehört jetzt alles dir«, sagte sie. »Genau wie das Feigenrezept. Ich schicke dir noch mehr geräucherte Jalapeños, wenn du sie brauchst. Mein Geschenk an dich.«

»Das musst du nicht machen«, sagte ich.

»Doch«, beharrte sie. »Du hast mir eine zweite Chance gegeben, als ich sie brauchte, Sophie. Ich werde dich wirklich vermissen. Danke für alles.«

»Wenn das mit O'Shea nicht klappt, komm hierher zurück«, bat ich. Ich schluckte und dachte: *Weil du vielleicht übernehmen musst.* »Und wenn es klappt und du in Paris eine Bleibe suchst, kannst du dich in der Wohnung meiner Grand-mère häuslich einrichten.«

»Das ist ein sehr großzügiges Angebot, aber ich möchte es allein schaffen«, wehrte sie ab.

»Dann bleib dort, bis du deine eigene Wohnung findest«, schlug ich vor. »Marianne, die sich darum kümmert, gibt dir eins unserer Gästezimmer. Grand-mères Suite wird mir vorbehalten bleiben. Du könntest es gelegentlich mit Personal von hier zu tun haben, ich habe allen angeboten, dort für einen Kurztrip zu übernachten – als Zulage quasi.«

Sie lächelte. »Keine schlechte Idee. Vielleicht komme ich darauf zurück.«

»Wenn du die Wohnung siehst, wirst du nicht mehr wegwollen«, schwärmte Jane. »Sie ist einfach fantastisch.«

Das Taxi hielt. »Ich muss los, bevor ich in Tränen ausbreche«, sagte Monica und umarmte mich fest. »Noch mal danke für alles.«

»Nein, danke dir, *Süße*«, sagte ich, und wir grinsten.

Monica sprang auf den Rücksitz. Tränen liefen ihr über die Wangen. Das Taxi glitt die lange Auffahrt hinunter. Marie, Phillipa, Jane und ich winkten und warfen ihr Kusshände nach, bis sie nicht mehr zu sehen war.

»Das war traurig«, meinte Marie und ließ eine rosa Kaugummiblase platzen. »Und was machen wir jetzt?«

Ich überlegte. Ich wollte mich von der Küche fernhalten, und es gab etwas, das ich schon lange hatte miterleben wollen, etwas, das mich von meinen Problemen ablenken würde.

»Wein lesen«, verkündete ich und verlagerte mein Gewicht von einem Fuß auf den anderen.

»Das ist harte Arbeit«, protestierte Jane.

»Ich weiß«, sagte ich. »Aber ich war nie zu dieser Jahreszeit hier. Und sollte ich nicht alles über das Château wissen?«

»Du hast gewonnen«, gab Jane nach. »Gehen wir.«

Die Ernte war in vollem Gang. An den in regelmäßigen Abständen gepflanzten Weinstöcken glänzten pralle violette und grüne Trauben. Als Teil des Château-Erlebnisses pflückten neben den Saisonarbeitern auch einige Gäste diese Prachtexemplare per Hand und kamen in den Genuss eines nicht enden wollenden Vorrats an Gratiswein, während sie etwas über den Gärungsprozess lernten – ein Gewinn für alle Seiten.

Als Bernard uns kommen sah, rannte er uns mit der Leseschere in der Hand entgegen. Er trug einen Strohschlapphut, ein graues T-Shirt, eine schmutzstarrende Latzhose und im Gesicht ein breites Lächeln. »Wollt ihr Schönheiten etwa mitmachen?«

Jane deutete gespielt verärgert auf mich. »Ihre Idee.«

Bernard strahlte. »Wunderbar! Wunderbar! Folgt mir, damit ich euch mit Körben und Scheren ausstatten kann.«

Mit unseren Werkzeugen in der Hand und Kiepen auf dem Rücken, brachte uns Bernard zu einer Rebstockreihe und demonstrierte uns die Schnitttechnik. »Nehmt eine Traubenrispe in die Hand und schneidet vorsichtig die ganze Rispe vom Stock ab. Achtet darauf, dabei weder den Rebstock noch die Rispe zu beschädigen. Wenn eure Körbe voll sind, bringt sie zum Sortiertisch. Und pflückt keine schlechten oder beschädigten Rispen. Alles klar?«

»Alles klar«, sagten wir im Chor.

Bevor er ging, küsste mich Bernard auf die Wange. »Dein Grand-père wäre sehr stolz auf dich.«

Ich hatte meinen Grand-père nie kennengelernt und kannte nur Geschichten von ihm. Er war gestorben, kurz nachdem meine Mutter mich mit nach New York genommen hatte. Ich wusste nur, dass er ein allseits respektierter Mann war und allen Dorfbewohnern von Champvert geholfen hatte. Er hatte dieses ganz eigene Universum aufgebaut, das meine Grand-mère vervollkommnet hatte. Und was für ein wunderbares Leben es gewesen war! Meine Grand-mère hatte ihre Träume wirklich ausgelebt.

Wir vier begaben uns daran, die Reben abzuschneiden, während die Sonne uns auf die Köpfe knallte. Als unsere Körbe voll waren, wischte Jane sich den Schweiß von der Stirn.

»Das war nicht gerade das, was ich mir für meine wenigen freien Stunden vorgestellt hatte. Ich schlage vor, wir bringen die Trauben zum Sortiertisch, und dann springen wir in den Pool.«

Marie jauchzte zustimmend. »Ich schwitze tierisch. Und mein Rücken schmerzt.«

Phillipa pflückte eine Traube von einer Rispe und schob sie mir in den Mund. Ich kaute und riss die Augen weit auf, schwelgte in dem Gefühl, wie der Saft mir klebrig und süß über die Zunge lief. Mein Herz sprühte Funken. Einen Moment lang stand ich völlig regungslos da, und dann rannte ich im Kreis und sprang in die Luft.

»O mein Gott. O mein Gott. Süß, süß, süß! Das ist unglaublich! Süß!«

Ich hörte auf herumzuhüpfen, und drehte mich zu meinen Freundinnen um. Dümmlich lächelnd, nahm ich noch eine Traube, verlor mich in ihrem Duft und schob sie mir in den Mund.

Jane stemmte die Hände in die Hüften und beäugte mich neugierig. »Was ist los? Du verhältst dich merkwürdig. Als hättest du noch nie eine Traube gekostet.«

»Das ist nicht irgendeine Traube«, rief ich mit unbändiger Begeisterung. »Es ist verdammt noch mal die beste Traube, die ich je gegessen habe.«

»Wirklich?«, juchzte Phillipa. »Wirklich?«

»Ja«, schrie ich.

Sie umarmte mich und flüsterte mir ins Ohr: »Ich hab's dir doch gesagt.«

Phillipa sprang mit mir und wirbelte mich herum. Ein älteres Paar mit Strohhüten lugte neugierig über die nächste Weinstockreihe.

Jane kniff die Augen zusammen. »Okay, ihr zwei seid total durchgeknallt. Was um alles in der Welt geht hier vor? Diese Reaktion ist nicht normal. Sie ist regelrecht bizarr. Und Sophie, du musst mit dem Tanzen aufhören, bevor du wieder hinfällst.«

In dem Punkt hatte sie recht. Das Letzte, was ich brauchte, war noch eine Kopfverletzung.

»Ich warte auf eine Erklärung«, sagte Jane streng.

Phillipa und ich wechselten einen nervösen Blick, während Jane ungeduldig mit dem Fuß wippte. Marie ließ erneut eine Kaugummiblase platzen.

»Na schön«, sagte ich mit einem verlegenen Lächeln. Ich
kam nicht dagegen an. »Nach meinem Sturz habe ich meinen Geruchs- und Geschmackssinn vollständig verloren.
Bis auf Phillipa habe ich es keinem erzählt. Und jetzt ist
beides wieder da!«

»Was?«, fragte Jane fassungslos. »Das ist ja entsetzlich.
Ich kann mir nicht annähernd vorstellen, was du durchgemacht hast. Du musst ausgerastet sein.«

»Bin ich auch«, murmelte ich.

Jane sah mich eindringlich an. »Das ist nicht nur entsetzlich, sondern sehr ernst. Und du hättest es mir sagen
müssen. Ich erinnere mich mit Grauen an den Abend, als
etliche Gerichte nicht so geschmeckt haben, wie wir es von
dir gewohnt sind. Gäste haben ihr Essen zurückgehen lassen, weil es versalzen war.« Sie hob die Stimme. »Und das
ist noch nie vorgekommen. Nicht hier.«

»Entschuldige, Jane«, sagte ich schuldbewusst. »Ich
wollte es dir sagen. Aber es durfte niemand wissen. Ich
hatte gehofft, dass sich alles wieder einspielen würde. Und
das ist ja jetzt auch passiert.«

»Phillipa hast du es erzählt«, schmollte sie.

»Ich brauchte sie, damit sie für mich riecht und schmeckt,
vor allem an dem Abend, als das Essen zurückging.«

»*Mir* hättest du es auch sagen müssen«, zischte Jane und
stürmte davon. Kurz darauf blieb sie stehen, drehte sich
um und rief: »Worauf wartest du noch? Schwing deinen
Hintern her und komm mit. Wir gehen in die Küche. Du
kannst vielleicht Süß erkennen, aber was ist mit den anderen Geschmacksrichtungen?«

Phillipa, Marie und ich setzten uns an den Tisch, während Jane mir verschiedene Gewürze zum Probieren gab, Kräuter und Monicas scharfe Sauce. Sie schraubte den Deckel der Aprikosenkonfitüre ab, tauchte einen Löffel hinein, nahm eine beträchtliche Portion heraus und hielt sie mir vor den Mund wie eine Mutter, die ein Kleinkind füttert.

»Iss das«, befahl sie, und ich gehorchte. »Und?«

»Süß«, sagte ich und leckte mir die Lippen.

»Nichts Saures?«

»Nein. Nur süß.«

»Es müsste auch sauer schmecken. Oder zumindest säuerlich«, sagte sie. Sie öffnete ein Glas mit Cornichons, kleinen französischen Essiggurken, und stellte es vor mich. »Schau mich nicht so an. Nun probier schon.«

Ich nahm eine Gabel, spießte ein Gürkchen auf und aß es. Nichts. Kein Geschmack. Mist. Jane stellte mir ein Lebensmittel nach dem anderen hin. Als Nächstes kam Fleur de Sel. Nichts. Zitronenschale, die bitter sein sollte, aber ich schmeckte nichts. Zum Schluss reichte Jane mir eine Feige. Ich biss hinein und schwelgte in ihrer Konsistenz und ihrem Geschmack.

»Süß«, sagte ich niedergeschlagen. Ich konnte nur süße Geschmacksrichtungen schmecken, dabei war Herzhaftes zu schmecken für meine Arbeit viel wichtiger.

Phillipa legte mir die Hand auf die Schulter. »Du wirst ganz bestimmt nach und nach alles andere auch wieder schmecken.«

»Besser wär's«, unkte Jane. »Sonst kannst du die Küche nicht mehr leiten. Das ist dir doch klar, oder?«

Natürlich. Ich hatte mich viel zu sehr auf Phillipa ver-

347

lassen. Und das war ihr gegenüber nicht fair. Doch endlich schien es, als käme mein Leben wieder in die richtige Bahn – ein kleiner Erfolg nach dem anderen. Rémi und ich hatten uns versöhnt. Ich konnte schmecken – wenigstens süß. Ich legte den Kopf in den Nacken und dankte den Küchengöttern, dass sie einen Teil meiner Gebete erhört hatten.

»Ich weiß«, sagte ich leise. »Gib mir nur noch ein bisschen Zeit.«

»Natürlich ist es dein Château, nicht meins«, erwiderte sie. »Bis wir wissen, was los ist und du deine Sinne zurückerlangst, dürfen wir es keinem sagen. Kein Sterbenswörtchen. Wenn das rauskommt, sind wir erledigt.«

»Genau«, sagte Phillipa trotzig. »Was Sophie von Anfang an vorhatte. Damit du nicht sauer auf uns sein kannst.«

»Ich sage niemandem etwas«, versicherte Marie.

»Sophie, Phillipa«, sagte Jane. »Ich hoffe, euch beiden ist klar, dass Dinge zu verheimlichen genauso schlimm ist, wie zu lügen. Ich bin im Moment auf keine von euch gut zu sprechen, aber ich komme drüber weg. Haltet mich in Zukunft auf dem Laufenden. Wir sitzen alle im selben Boot.« Sie strich sich die Haare zurück. »Ich muss ein paar Gäste auschecken, und dann bin ich mit Loïc verabredet.« Jane machte auf dem Absatz kehrt und stieß mit Rémi zusammen. »Entschuldige, ich hab dich nicht gesehen«, sagte sie.

Rémi steuerte zielstrebig auf mich zu. »Was hat sie?«, fragte er.

Phillipa und Marie warfen mir einen besorgten Blick zu und verdünnisierten sich aus der Küche.

»Jane ist sauer, weil ich ihr nicht erzählt habe, dass ich meinen Geschmacks- und Geruchssinn verloren habe. Kein Grund zur Sorge.« Ich lächelte. »Ich habe heute süß geschmeckt, sonst leider nicht viel.«

Er ließ sein strahlendes Lächeln aufleuchten. »Ich helfe dir gern dabei, deine Sinne zu finden, Sophie«, sagte er mit schalkhaft funkelnden Augen. Unsere Blicke trafen sich, und wir küssten uns. Unsere Zungen erkundeten einander.

»Wie hat das geschmeckt?«, fragte er und löste sich von mir.

»Süß«, sagte ich und fuhr mit den Händen an seinem Rücken hinunter. »Sehr süß.«

»Ich muss rüber ins Papillon Sauvage zum Mittagsservice«, sagte er und entzog sich mir. »Wir müssen eh hiermit aufhören, bevor ich dich auf den Küchentresen werfe. Du hast heute Abend frei. Kann ich bei dir vorbeikommen? Gegen sieben?«

»Klar«, sagte ich.

Er zwinkerte mir zu, was ich sehr sexy fand. »Zieh dir was Hübsches an, aber es muss auch praktisch sein«, bat er. »Ich hab was geplant.«

Als er aus der Küche lief, rief ich ihm nach: »Rémi, wie du dich vielleicht erinnerst, ich bin kein Fan von Überraschungen.«

Während er verschwand, hallten seine Worte im Flur wider. »Diese wird dir gefallen.«

Was meinte er bloß mit praktisch? Und was hatte er geplant?

24

Liebesknoten

Um Punkt sieben klopfte Rémi an meine Tür und trat ein. Seinem Wunsch entsprechend, mir etwas Praktisches anzuziehen, trug ich mein marineblaues Hemdblusenkleid und Ballerinas. Rémi sagte kein Wort, sondern stand nur da und starrte mich an. Ich bekam Komplexe.

»Ist dieses Outfit okay? Ich meine, praktischer geht's nicht«, sagte ich zaghaft. »Oder soll ich lieber Jeans anziehen?«

»Es ist perfekt. Und du bist perfekt«, sagte er und trommelte mit den Fingern auf seinen Schenkeln.

»Trotz all meiner Unzulänglichkeiten?«, fragte ich nervös. Was um alles in der Welt hatte er vor? Er verhielt sich so merkwürdig.

»Jede einzelne davon, dein selbstironischer Humor eingeschlossen«, sagte er. »Komm, ich will dir etwas zeigen.«

»Was denn? Hast du die Küche umgeräumt, ohne mich zu fragen?«, wollte ich wissen, legte mein Buch beiseite und hüpfte vom Fenstersitz.

»Nein, nichts dergleichen. Ich würde mir den Zorn der schnell aufbrausenden Sophie nur ungern zuziehen wollen.«

»Was ist dann deine Überraschung?«

»Wenn ich es dir verrate, ist es keine Überraschung mehr«, sagte er und nahm meine Hand. Schweigend führte er mich in den dritten Stock und blieb stehen. Er zog eine Leiter von der Decke. »Hochklettern«, befahl er.

»Da hoch?«

»Keine Sorge, du Tollpatsch«, scherzte er. »Ich bin direkt hinter dir. Du kannst nicht fallen.«

»Wohin führt die Leiter?«, fragte ich nervös. »Zum Dachboden?«

»Aufs Dach.«

»Aufs Dach?«, plapperte ich ihm nach.

»Hör auf, Fragen zu stellen, Sophie, geh einfach.«

»Du willst nur unter mein Kleid linsen«, versuchte ich mich an einem wenig überzeugenden Witz.

»Daran hab ich gar nicht gedacht. Aber jetzt, wo du es sagst, das ist ein echter Bonus.«

Ich sah ihn gespielt böse an. Er bedeutete mir, endlich hochzusteigen. Zur Sicherheit schleuderte ich meine Schuhe von mir und legte meine Hände auf eine der Sprossen. »Los«, kommandierte Rémi.

Als ich oben ankam, war ich mir nicht sicher, wo ich mich befand. Überall um mich herum funkelten winzige Weihnachtslichter, auf dem flachen Teil des Daches war eine Decke ausgebreitet. In einem Kübel war eine Flasche des châteaueigenen Schaumweins kaltgestellt, nach der Méthode Ancestrale, also auf altertümliche Art gekeltert. Eine Silberschale war mit Obst gefüllt. Wilder Klatschmohn lag überall verstreut. Wo hatte er den zu dieser Jahreszeit her? Rémi führte mich zu der Decke.

Wir saßen eine Weile nur da und sahen hinauf zum Himmel.

»Was führst du im Schilde?«, fragte ich. Mir war nicht klar gewesen, dass er so romantisch war.

»Ich weiß, du denkst immer noch an deine Sterne, Sophie.« Er lächelte sein fantastisches Lächeln und zeigte zum Himmel. »Jetzt bringe ich sie dir wieder näher. Zusammen mit mir.«

Er zog mich an sich, um mich zu küssen, und wir machten es uns auf der Decke bequem, hielten Händchen und blickten zu den Sternen. Mein Kopf ruhte an seiner Brust, sodass ich seinen Herzschlag hörte.

»Wir machen das zu einem Erfolg, nicht wahr?«, flüsterte er, und wir setzten uns beide auf.

Ich war bereit, mich zu tausend Prozent in diese Beziehung zu stürzen. In der Hoffnung, einen sexy Schmollmund zu ziehen, schob ich meine Unterlippe vor. »Was glaubst du denn?«

Er kniff verschmitzt die Augen zusammen und zog eine kleine Samtschachtel hervor. Als er sie aufklappte, kam ein wunderschöner zweikarätiger Diamantring mit kleinen Diamanten in Pavé-Fassung zum Vorschein.

»Ähm … das ist nicht Grand-mères Ring«, sagte ich, nach Luft ringend.

Er lachte leise. »Der war nicht auffindbar. An deinem Finger ist er jedenfalls nicht mehr seit einiger Zeit.«

Ich ließ beschämt den Kopf hängen. »Das tut mir sehr leid. Ich könnte ihn nach unserem Streit vom Finger gezogen und durchs Zimmer geworfen haben«, murmelte ich. »Er liegt irgendwo dort. Ich hab ihn bisher noch nicht gefunden, aber bei der nächsten Putzaktion werde ich jede Ecke gründlich absuchen.« Ich fing seinen amüsierten Blick auf. »Du hättest mir keinen anderen kaufen müssen.«

Er nahm meine Hand. »Was redest du da? Bist du etwa von dem hier enttäuscht?«

»Nein«, ruderte ich zurück. »Natürlich nicht.«

»Ich weiß. Ich kenne dich. Jeden wunderschönen Zentimeter von dir. Dieser Ring hat meiner Mutter gehört. Ich wollte, dass du ein Stück von ihr bekommst«, sagte er, und seine Augen trübten sich. »Nun, Sophie Valroux, meine schöne, sexy Chefköchin vom Château de Champvert, Liebe meines Lebens, die Frau, die mich auf Trab hält und mich total in den Wahnsinn treibt, können wir es endlich offiziell machen?« Ich verstummte. »Sophie, ich mache dir zum dritten Mal einen Antrag. Und du sagst nichts.«

Ich legte den Kopf schief. »Bist du dir sicher, dass du das willst? Dass du mich willst?«

»Ich war mir im ganzen Leben noch nie einer Sache sicherer«, beteuerte er. »Lass uns den Rest unseres Lebens gemeinsam aufbauen, einen Stein nach dem anderen.«

»Wenn du es so formulierst«, sagte ich, während mir Tränen über die Wangen liefen, »lautet meine Antwort Ja. Ja, ja, ja, du bist mein Herz, Rémi Dupont.«

Nachdem er mir den Ring an den Finger gesteckt hatte und ich ihn im Mondlicht bewunderte, kam mir eine Idee. »Was hältst du von einer Doppelhochzeit?«, fragte ich. »An Heiligabend? Mit Walter und Robert?«

»Sie heiraten hier?«, fragte er.

»Hab ich dir das nicht erzählt?«

353

Er lachte. »Nein, hast du nicht«, antwortete er. »Aber du sagst es mir ja jetzt.«

»Warte einen Moment«, bat ich, da mir noch etwas einfiel. »Wir sollten Lola um Erlaubnis bitten«, fuhr ich fort. »Immerhin heirate ich sie auch.«

»Ich kann es nicht erwarten, dieses neue Kapitel mit dir zu beginnen.« Er küsste meine Fingerknöchel, und seine Augen leuchteten auf. »Darf ich dich trotzdem noch Chefin nennen?«

Ich warf ihm einen gespielt entsetzten Blick zu. Meine Augen funkelten. Ich war bereit. Ich wollte ihn. Ich wollte mich bei ihm fallen lassen. Ich wollte alles, sogar die Kontrolle verlieren. Ich war eine Frau mit Bedürfnissen, und er brachte das Animalische in mir zum Vorschein, es war Zeit, es zuzulassen.

»Nur im Bett«, sagte ich, stand auf und strich mein Kleid glatt. »Gehen wir.«

Rémi schnappte überrascht nach Luft. »Meinst du das ernst, Sophie? Geht dir das nicht zu schnell?«

»Ich bin es leid, es langsam angehen zu lassen«, verkündete ich achselzuckend. »Dafür ist das Leben zu kurz.«

»Sophie«, sagte er. »Ich werde mir die Zeit nehmen.« Er seufzte schwer. »Aber nicht heute Abend.«

Mir blieb das Herz stehen. Ich hatte mich ihm gerade ganz und gar angeboten, und er sagte Nein?

»Was? Warum?«

»Glaub mir, ich will dich wirklich sofort, aber ich habe keine Kondome dabei«, erwiderte er, schwer atmend.

»Ich schon. In meiner Nachttischschublade«, sagte ich und sah seinen schockierten Gesichtsausdruck. »Guck nicht so überrascht. Ich denke schon länger daran, über dich herzufallen. Und womöglich habe ich in einer Apotheke in Paris eine Schachtel gekauft, als mir klar wurde, wie sehr ich dich liebe und mit dir zusammen sein will.« Ich nahm lächelnd seine Hände. »Ich begehre dich so sehr.«

»Oh, *mon Dieu*, ich dich auch«, sagte er und raufte sich die Haare. »So sehr.«

Nachdem ich es sicher die Leiter hinuntergeschafft hatte, gingen wir Hand in Hand in meine Suite. Wir schlossen die Tür, und er zog mich an sich. Sein Geruch beruhigte mich. Da dämmerte es mir.

»Ré … Rémi«, stammelte ich vor Glück, »ich kann … ich kann dich riechen …« Mir schossen Tränen in die Augen.

»Ich hab dir doch gesagt, ich helfe dir beim Finden deiner Sinne«, sagte er. Er liebkoste meinen Hals, fasste mir ins Haar und küsste mich so leidenschaftlich, als hätten wir uns jahrelang nicht gesehen. »Das wollte ich schon den ganzen Tag tun, das ganze Jahr, mein ganzes Leben«, sagte er und strich mit den Fingern an meinem Rücken auf und ab, als spielte er Klavier.

Er zog mich aufs Bett, und während er mein Kleid aufknöpfte, verteilte er Küsse auf meinem Körper, beginnend an meiner Schulter, dann weiter zu meiner Brust bis zu meinen Innenschenkeln. Ich stöhnte, als er mir den Slip auszog. Geschickt hakte er meinen BH auf und fuhr mit den Händen über meine nackten Brüste. Die Luft war erfüllt von meinen leisen Seufzern.

»*Mon Dieu*«, stöhnte er leise, während seine Hände

jeden Zentimeter meines Körpers erforschten. »Du bist so verdammt schön.«

»Hör nicht auf«, bat ich, während mein Körper vor Verlangen pulsierte.

Er küsste meinen Hals. »Ich muss mich ausziehen.«

»Ich helfe dir«, sagte ich, löste seinen Gürtel und ließ ihn auf den Boden fallen. Dann fing ich an, sein Hemd aufzuknöpfen, fuhr dabei mit den Fingern über seine Brust und atmete seinen Duft ein. Sein Oberkörper, alles an ihm, war steinhart, und meine Haut kribbelte vor Lust.

Als Rémi sich aus seiner Jeans und seinen Boxershorts wand, tastete ich nach den Kondomen in meiner Schublade, und nachdem ich die Packung aufbekommen hatte, zog ich ihm ein Kondom über. Ich schlang die Beine um seine Taille und hielt mich an seinem muskulösen Rücken fest, als er in mich eindrang. Meine Schenkel zitterten, ich vergrub meine Nägel in seiner Haut. Seine karamellfarbenen Augen hielten meinen Blick, und ich stöhnte erneut. Er liebte mich langsam und leidenschaftlich. Ich schob die Hände in seine Haare und zog ihn zu einem prickelnden Kuss zu mir herunter. Mein Körper wogte, mein Rücken wölbte sich, und ich empfing jeden seiner Stöße, hungrig nach seiner Leidenschaft. Und dann sah ich die Sterne wieder, wie sie sich drehten und wirbelten, doch diesmal war es kein Sturz, sondern höchste Ekstase. Ich hatte nie einen Orgasmus gehabt, durch die Empfindungen, die sich in Wellen durch mein Innerstes bahnten, hyperventilierte ich fast.

Später lagen wir keuchend in die Laken gewickelt, und als mein Herz wieder normal schlug, sah Rémi mich voller Liebe an.

Ich versuchte, wieder zu Atem zu kommen. »Ich kann nicht glauben, dass ich so lange warten wollte.«

Er stieß ein Lachen aus. »Ich hoffe, es hat sich gelohnt.«

Zugegeben, das war der beste Sex meines Lebens gewesen. Rémi nahm sich Zeit, küsste jeden Zentimeter meines Körpers, brachte meine Beine zum Zittern und fragte mich, was mir gefiel. Er strich mit der Hand an meinem Schenkel hinauf und küsste mich auf den Hals. »Gefällt dir das?«

Und ob.

»*Je t'aime*, Sophie«, flüsterte er. »Ich kann es nicht erwarten, ein richtiges Leben mit dir zu beginnen.«

»*Je t'aime aussi*«, erwiderte ich und betrachtete den Ring an meinem Finger. Er funkelte im Mondschein, fast so wie mein Herz.

Noch vor dem Klingeln des Weckers war ich hellwach. Ich setzte mich im Bett auf und betrachtete Rémi, als wäre er ein Objektträger unter dem Mikroskop – seine gebräunte Haut in der Farbe goldenen Honigs, sein stoppeliges Kinn und seine maskuline Kiefernpartie, seine schönen bogenförmigen Lippen. Sein Atem ging sanft.

Wenn er schlief, sah er aus wie ein Teenager, süß, weich und entspannt. Seine Augenlider öffneten sich flatternd, und er sah mich an. Er zog mich zu sich und umfing mich mit seinen muskulösen Armen. Seine Haut roch wahnsinnig gut. Ich atmete ihn ein, genoss seinen Duft.

Er warf mir einen schüchternen Blick zu. »Du bist so verdammt schön.«

Meine langen schwarzen Haare mussten ein einziges

Durcheinander sein. Auch morgendlicher Mundgeruch machte mir Sorgen. »Auch am Morgen?«

»Besonders am Morgen«, beteuerte er und drückte seine Härte gegen meinen Oberschenkel. Wenn ich es mir recht überlege, solltest du nie Kleider tragen.«

»Mit meiner käseweißen Haut würde ich nur die Gäste vergraulen«, sagte ich mit einem unsicheren Lachen.

»Nicht mit deinen fantastischen grünen Augen«, widersprach er und betrachtete mein Gesicht. Dann sah er auf die Uhr. »Sosehr ich mir eine Wiederholung der letzten Nacht wünsche, ich muss zurück zu Lola.«

»Ich versteh schon«, sagte ich und schob gespielt enttäuscht meine Lippe vor.

»Sosehr ich mir auch das Gegenteil wünsche, du solltest dich ebenfalls anziehen.« Rémi stieg aus dem Bett, lief ins Bad und kam kurz darauf geduscht zurück. Während er in Jeans und T-Shirt schlüpfte, wandte er sich mir zu. »Erinnerst du dich an unseren ersten Kuss?«

»Wie könnte ich den vergessen?«, fragte ich. »Das war verdammt peinlich.«

Er lachte. »War das dein erster?«

»Es sei denn, du zählst *Bär*nard mit«, sagte ich.

»Sollte ich auf diesen Bernard eifersüchtig sein?«

Ich deutete auf das Stofftier, das auf einem der Brokatstühle saß. »Auf ihn? Auf den Bären? Er hieß nicht Bernard. Sondern *Bär*nard. Und ich werde ihn Lola schenken.«

Als wir Rémis Haus betraten, saß Lola gerade auf ihrem Kinderstuhl am Küchentisch und aß ein Croissant, das sie vor jedem Bissen in hausgemachte Erdbeermarmelade tunkte, die in einem Schüsselchen vor ihr stand. Mein Vater putzte ihr Erdbeermündchen mit einer Serviette ab. Laetitia und er waren unzertrennlich – wenn er nicht gerade an den Außenanlagen arbeitete, verbrachten sie Zeit miteinander. Liebe lag in der Luft, und ich ließ mich davon tragen.

»Papa«, rief Lola mit einem breiten Lächeln. »Tatie Sophie!«

»*Bonjour,* kleine Maus«, begrüßte Rémi sie und bückte sich zu ihr, um ihr einen Kuss zu geben. Sie legte ihre Erdbeerhände an seine Wangen.

»Ihr zwei seht aus, als wärt ihr wieder auf dem richtigen Weg«, stellte Laetitia mit einem Blick auf mich fest. »Das freut mich.«

»Mich auch.«

»Dann sind wir schon drei«, sagte Rémi. »Und wir haben sehr aufregende Neuigkeiten für euch.«

Rémi hockte sich zu Lola herunter und deutete auf mich. »Lola«, sagte er. »Wie würdest du es finden, wenn Sophie deine Maman würde?«

Laetitia schlug die Hände vor den Mund.

»Maman?«, fragte Lola. »Meine Maman?«

»*Oui*«, sagte Rémi. »Ich will Sophie heiraten. Dann wird sie deine zweite Maman.« Er sah meinen Vater an. »Natürlich nur, wenn alle damit einverstanden sind. Jean-Marc, ich möchte dich um deinen Segen bitten, Sophie zu heiraten.«

»Natürlich«, sagte mein Vater mit versagender Stimme.

Ich lächelte. »Papa, ich habe mich gefragt, ob du mich zum Altar führst.«

Jean-Marc stiegen Tränen in die Augen, genau wie Laetitia. »Ich … ich … ich könnte kein stolzerer Vater sein«, sagte er, um Worte ringend. »Nichts würde mich glücklicher machen.«

Ich küsste ihn auf die Wange. »Mich auch nicht«, sagte ich lachend. »Abgesehen von meiner Heirat mit Rémi.«

Alle Blicke richteten sich auf Lola mit ihrem marmeladenverschmierten Gesichtchen. Sie hob den Kopf und streckte die Arme nach mir aus. »Maman Sophie, nicht mehr Tatie?«, rief Lola mit einem Lächeln. Ich hob sie hoch und atmete ihren Duft ein, als sie die Ärmchen um meinen Hals schlang. »Eine *chocolat chaud,* bitte, Maman Sophie.«

Rémi schloss die Augen. Sein Mund verzog sich zu einem zufriedenen, glücklichen Lächeln.

Lola sah mit kraus gezogener Nase zu mir auf. Vielleicht war Mutter zu sein doch nicht so schwer, wie ich es mir vorgestellt hatte, denn dieses Gefühl des Glücks stellte meine Welt auf den Kopf.

»Ich denke, das bekomme ich hin«, sagte ich und grinste wie ein Honigkuchenpferd. Eigentlich bekam ich viele Dinge hin, ein wunderbares Leben eingeschlossen. »Wenn es dafür nicht noch zu früh ist.«

Rémi schlang die Arme um uns. »Zum Feiern ist es nie zu früh.«

Ich grinste. »Soll ich Walter und Robert anrufen?«

25

Ungebetene Gäste

Nach und nach kitzelten Geschmacksrichtungen meinen Gaumen – sprühten Funken in meiner kulinarischen Seele. Die Grand-maman-Brigade zuckte zusammen, wenn ich »salzig«, »süß«, »herzhaft« oder »bitter« rief, die Damen sahen sich in höchster Verwirrung um, wenn Phillipa mich fest umarmte.

Der Oktober ging in den November über. Eine kühle Brise fuhr durch die Bäume, eine willkommene Atempause von der Hitze und den Belastungen des Sommers, doch wir waren immer noch beschäftigter als je zuvor – pausenlos. Wir freuten uns alle auf die Zeit, wenn das Château seine Tore schließen würde und Rémi und ich, Walter und Robert unsere Doppelhochzeit feiern würden. Woran ich neben einer Menge anderer Details nicht gedacht hatte: Wer würde zu dieser Gelegenheit kochen, wo doch eigentlich ich zuständig wäre? Ich rief Jane und Phillipa zum Brainstorming in Grand-mères Büro.

»Ich kann an Heiligabend nicht kochen«, verkündete ich. »Neben Walters und Roberts Gästen haben wir das ganze Dorf zu der Feier da. Was würde uns ein Caterer kosten?«

Jane beugte sich zu mir vor. »Du meinst die Servicekräfte, die ich letztes Jahr engagiert habe?«

»Ja, sie auch, aber sie mussten nur bedienen«, erklärte ich. »Und du hast mich gezwungen, in meinem schicken schwarzen Kleid Austern zu öffnen.«

»Damals waren wir uns nicht gerade grün«, verteidigte sich Jane. »Jetzt bist du meine zweite verrückte Schwester.«

»Meine auch. Weshalb Clothilde, Séb, Marie und meine Wenigkeit alles deichseln werden«, versprach Phillipa.

»Aber ihr seid meine Gäste«, wandte ich ein.

»Das sind wir auch. Wir bereiten das, was möglich ist, im Voraus vor«, erklärte Phillipa. »Das ist unser Hochzeitsgeschenk für dich. Was schenkt man sonst einer Frau, die alles hat? Wir werden uns vor Liebe die Seele aus dem Leib kochen. Uns das zu verweigern ist keine Option.«

Ich lehnte mich auf dem Sofa zurück und stellte die Füße auf den Couchtisch. »Es muss so viel geplant werden. Walter und Robert haben fünfundzwanzig Gäste eingeladen, mehr als die Hälfte davon Paare, und Nicole, Walters Mutter, kommt mit ihren Lunchfreundinnen. Wir werden achtzehn Zimmer für sie brauchen. Ich habe O'Shea, Monica und Jean-Jacques Gaston eingeladen. Damit ist das Haus voll.« Mir kam ein beunruhigender Gedanke. »Und ich weiß nicht mal, was ich anziehen soll. Chanel?«

»Nein«, widersprach Jane und errötete. »Das ist dein großer Tag. Da musst du dich entsprechend kleiden.«

Ich kannte Jane. »Was hast du getan?«

»Ich hab womöglich dein Kleid entworfen. Vielleicht

ist es sogar hier. Das ist mein Hochzeitsgeschenk. Keine Widerworte!« Sie hob den Zeigefinger. »Warte. Ich bin gleich wieder da.«

Dankbar für meine Freundinnen, für mein neues, glückliches Leben, saß ich regungslos da. Phillipa nahm meine Hand und flüsterte: »Wenn du es siehst, fällst du tot um.«

Kurz darauf kam Jane mit dem Kleid zurück und hielt es mir hin, damit ich hineinschlüpfen konnte. Es war aus elfenbeinfarbener Seide mit einem Overlay aus Organza, der über der Brust gekreuzte und mit Silbersternen bestickte Stoff fiel kaskadenförmig bis auf den Boden. Das Oberteil wurde von schmalen Trägern gehalten, zwei Sterne ruhten auf meinen Schlüsselbeinen. Um die Taille war eine Seidenschleife gebunden, der tiefe Rückenausschnitt war ebenfalls mit zwei Sternen besetzt. Ich betrachtete mich im Spiegel. Die Frau, die ich darin sah, schien nicht ich zu sein, sie war schön. Bis zu diesem Moment hatte ich mich noch nie so gefühlt. Das Kleid war perfekt.

»Jane, ich weiß nicht, was ich sagen soll«, schwärmte ich und brach in Tränen aus. »Vielen Dank! Warum hast du das für mich getan?«

»Nichts zu danken. Du gehörst zur Familie. Und außerdem entwerfe ich einfach gern Kleider.« Jane legte den Kopf schief. »Was ziehst du zur standesamtlichen Trauung an?«

Daran hatte ich keinen Gedanken verschwendet. »Ich weiß nicht so recht«, sagte ich und nestelte nervös an meinem Ausschnitt.

»Das dachte ich mir«, sagte sie trocken. »Phillipa?«

Ich stand sprachlos da, als Phillipa mir ein weißes knielanges Kleid mit Dreiviertelarm hinhielt. Es hatte einen U-Boot-Ausschnitt und hinten einen tiefen V-Ausschnitt. Schlicht. Elegant.

»Das wird dir unglaublich gut stehen, Sophie.«

Jane half mir, wieder aus dem Hochzeitskleid zu steigen. Vor Aufregung zitterte ich so sehr am ganzen Körper, dass ich kaum stehen konnte. Während Jane das Kleid aufhängte, war mir Phillipa mit dem Reißverschluss des anderen Kleides behilflich.

»Die Kleider sind beide wie für dich gemacht, was sie ja auch sind. Du siehst umwerfend aus«, sagte Jane mit einem Blick über ihre Schulter.

»Sie würde auch in einem Kartoffelsack fantastisch aussehen«, befand Phillipa.

»Meine Rede«, pflichtete Jane ihr bei.

»Tja«, sagte ich und biss mir auf die Lippe. »Ich denke, es ist alles geregelt. Ich bin bereit.«

»Noch nicht ganz«, bremste mich Jane. »Phillipa, Marie und ich haben dir unsere Kleider noch nicht gezeigt. Uns war klar, dass du für so was keinen Kopf hast und uns auch nicht fragen würdest, aber du siehst deine Trauzeuginnen vor dir stehen. Außerdem hab ich für Lola ein Kleid entworfen. Sie wird dein Blumenmädchen.«

Von all der Liebe ganz schwach, sank ich zurück aufs Sofa. Ich schluchzte: »Ich hab euch so lieb, Mädels.«

»Das wissen wir«, erwiderte Phillipa. »Wir lieben dich auch.«

November war meine liebste Jahreszeit, weil so viele der Zutaten, die mich beim Kochen inspirierten, in dieser Saison im Überfluss erhältlich waren: Muscheln und Austern, aber auch verschiedene Kürbisse explodierten gleichsam in Gelb- und Orangetönen, mein früherer Angstgegner eingeschlossen: der Hokkaido-Kürbis. Ich hatte ihn zu einer Velouté verarbeitet, die ich verwürzt hatte, weil Eric mich mit einer List dazu gebracht hatte, worauf ich von O'Shea gefeuert worden war. Doch damit hatte ich inzwischen Frieden geschlossen, Eric war aus meinem Leben verschwunden. Gerüchten zufolge, lebte er jetzt in Japan und kochte für Ayasa Watanabe, mit der er auch zusammen war. Ich wünschte, ich hätte sie auf der Gala vor ihm gewarnt, aber ich war mir sicher, dass Eric eher früher als später sein wahres Gesicht zeigen würde. Loyalität war für ihn ein Fremdwort.

Doch das Aufregendste, was im Château gerade passierte, war, dass zwei meiner Lieblingszutaten – Steinpilze und Trüffel – in diesem Jahr in Hülle und Fülle vorhanden waren. Genau wie die Gäste. Wir hatten eine Auslastung von fünfundneunzig Prozent, fantastisch für Ende Herbst. Der Pool war zwar geschlossen, doch die Gäste konnten unter neuen Aktivitäten wählen: Wurfscheibenschießen oder Trüffel schnüffeln mit Rémi und seinen Trüffelhunden D'Artagnan und Aramis oder Steinpilze suchen mit Phillipa und mir.

Phillipa und ich waren soeben mit einem vollen Korb mit diesen schönen Pilzen in die Küche zurückgekehrt. Glücklich, wieder im Besitz all meiner Sinne zu sein, hielt ich mir ein erdverkrustetes Exemplar unter die Nase und atmete sein Aroma ein.

»Was willst du mit ihnen anstellen?«, fragte Phillipa.

»Etwas Traditionelles und Einfaches, damit der Geschmack der Pilze nicht verloren geht«, überlegte ich. »Poêlée de cèpes à la bordelaise?«

»Absolut köstlich«, schwärmte Phillipa. »Ich schrubbe diese Prachtexemplare ab und hole die anderen Zutaten.«

»Weißt du noch, welche wir brauchen?«

»Natürlich. Olivenöl, Butter, Knoblauch, Thymian, Lorbeerblätter, glatte Petersilie, Salz und Pfeffer«, zählte sie auf. »Mir läuft schon das Wasser im Mund zusammen.«

Phillipa begab sich daran, die Pilze zu putzen, während ich mir Handschuhe anzog, um Austern aus der Schale zu lösen. In diesem Moment kam Jane in die Küche gesaust und blieb außer Atem vor mir stehen. Sie stützte sich mit den Händen auf den Knien ab.

»Jetzt nicht ausrasten, Sophie«, bat sie.

»Was ist denn nun schon wieder? Bitte sag nicht, dass es das Abwassersystem ist.«

»Schlimmer«, sagte sie atemlos. »Wir hatten einen Check-in in letzter Minute. Es ist dieses französische Model Camille Charpentier, und ihr Begleiter ist …«

»Sag schon. Spann mich nicht auf die Folter«, bat ich.

»Der Mann, mit dem sie hier abgestiegen ist, ist Nicolas de la Barguelonne. Im ersten Moment hab ich ihn nicht erkannt, weil er eine Sonnenbrille trug. Es tut mir wahnsinnig leid.«

Ich spürte, wie mir das Blut aus dem Gesicht wich. Das Austernmesser fiel mir aus der Hand und landete klappernd auf dem Fußboden. Mein Herzschlag setzte aus.

»Können wir sie bitten, das Château zu verlassen?«

»Das wäre, wie mit bloßen Händen in ein Wespennest

zu stechen«, gab Jane zu bedenken. »Er mag aus der Firma seines Vaters verdrängt worden sein, aber er ist immer noch mächtig. Die gute Nachricht lautet: Sie bleiben nur eine Nacht.«

»Rémi könnte ihn erschießen«, wandte ich ein. »Vielleicht verlässt Nicolas das Château nicht lebend.«

Rémi, der wie gewohnt zum ungelegensten Zeitpunkt in die Küche geplatzt kam, stellte einen Sack mit Trüffeln auf die Waage.

»Wen werde ich erschießen? Und warum?«, fragte er.

»Nicolas de la Barguelonne übernachtet im Château«, erklärte ich verlegen. »Jane war erst klar, wer er ist, als er schon eingecheckt hatte.«

Rémis Brust hob und senkte sich sichtlich. Er schlug mit der Faust auf den Zubereitungstisch. »Wenn er sich dir nähert und nur ein Wort zu dir sagt, dann hast du recht, bringe ich ihn um und verfüttere seinen reichen Arsch an die *sangliers*.« Er legte die Hände auf meine Schultern. »Ich meine es ernst, Sophie. Halt dich von ihm fern.«

»Glaub mir, Rémi, ich will seine selbstgefällige Visage nie wieder sehen«, versicherte ich ihm.

»Jemand muss die ganze Zeit bei dir sein«, befahl er. »Nach allem, was er dir in Paris angetan hat, traue ich dem Kerl nicht über den Weg.«

Ich auch nicht. Ich fragte mich, was für ein Spiel Nicolas jetzt wieder spielt. So wie ich ihn und seine berechnende Art kennengelernt habe, führt diese widerliche Schlange etwas im Schilde.

»Ich bin für dich da, Sophie«, versprach Phillipa.

»Ich auch«, sagte Jane.

»Dann sind wir schon drei«, meinte Rémi und gab mir einen Kuss auf die Wange. »Versprich mir, mich zu holen, wenn er dir irgendwelchen Ärger macht. Phillipa und Jane, ihr auch.«

»Ich versprech's«, sagte ich.

Ich hob mein Austernmesser vom Boden auf, wusch es ab und hoffte, dass Nicolas es mir nicht in den Rücken rammen würde, wenn keiner hinsah. Als Rémi und Jane die Küche verließen, machten Phillipa und ich mit den Vorbereitungen weiter und planten das Abendmenü. Ich spielte mit dem Gedanken, in Erfahrung zu bringen, an welchem Tisch Nicolas sitzen würde, und ihm Abführmittel ins Essen zu mischen, denn nichts setzte einen so außer Gefecht wie explosionsartiger Durchfall. Doch wenn das herauskäme, würde das Château Schaden nehmen. Nein, ich musste ruhig bleiben und ihm aus dem Weg gehen.

Um halb acht kam Jane in die Küche. »Es ist Zeit für deine Ansprache an die Gäste«, erinnerte sie mich. »Nicolas de la Barguelonne und sein Model sitzen am Tisch beim Kamin. Ich empfehle dir sehr, keinen Blickkontakt zu ihm herzustellen. Die zwei können die Hände nicht voneinander lassen, sie bereiten einigen Gästen großes Unbehagen. Ich habe gehört, sie hätten sich im Hammam-Spa unfassbar benommen.«

Allein schon beim Gedanken an Nicolas und seinen erzwungenen Kuss drehte sich mir der Magen um. Nein, meiner geistigen und körperlichen Gesundheit zuliebe musste ich mich um die Rede herumdrücken.

»Haben Gäste eingecheckt, die noch nie bei uns waren?«

»Abgesehen von den beiden nicht«, erklärte Jane. »Aber da sind zwei Restaurantgäste, auf die ich dich gestern Abend schon hingewiesen habe. Sie verhalten sich ein bisschen merkwürdig. Glaubst du, sie könnten von Michelin sein?«

»Ich hab genauso wenig Ahnung wie du«, sagte ich.

Auch wenn Restaurantprüfer kein Besteck auf den Boden fallen ließen wie im Film, so unterschied sich ihr Verhalten doch von dem normaler Restaurantbesucher. Oft waren es gut gekleidete Herren Mitte dreißig oder Anfang vierzig, manchmal mit weiblicher Begleitung. Normalerweise ging einer zur Bar und bestellte sich ein Getränk, während er auf den anderen wartete. Wenn sie Platz genommen hatten, bestellte einer das Degustationsmenü und der andere à la carte und dazu eine halbe Flasche Wein.

»Was willst du jetzt machen?«, fragte Jane.

Ich überlegte kurz. »Du und Phillipa, ihr werdet die Honneurs machen und irgendeine Entschuldigung erfinden, warum ich es heute Abend nicht schaffe zu reden. Vielleicht möchte ich diese Ehre meinem wichtigsten Brigademitglied überlassen, um es an meiner Freude teilhaben zu lassen.«

»Ach, Sophie, ich bin nicht gut im R… Reden«, stammelte Phillipa. »Ich halte das für keine gute Idee. Ich bleib lieber im Hintergrund …«

»Phillipa, heute Abend stehst du an vorderster Front«, befahl Jane. »Das ist die einzige Lösung. Ich bin an deiner Seite und helfe dir, wenn du den Faden verlierst «

Phillipa grummelte leise vor sich hin. »Na schön, ich mach's. Aber du schuldest mir einen Gefallen, Sophie.«

»Ich schulde dir mehr als nur einen Gefallen«, sagte ich augenzwinkernd. »Jane, wann checken sie aus?« Wenn Nicolas weg war, würde ich den Zimmerservice beauftragen, das Zimmer, in dem die Schlange übernachtet hatte, zu desinfizieren – wenn er es nicht schon während eines seiner Tobsuchtsanfälle demoliert hätte.

»Gegen Mittag, glaube ich«, sagte sie.

»Dann nehmen sie nicht am Sonntagslunch teil?«

»Ich glaube nicht«, meinte sie. »Aber man kann nie wissen. Pläne können sich ändern.«

Ich schaffte es durch den Abend, ohne Nicolas zu begegnen, indem ich in der Küche den Kopf einzog. Nach dem Service brachte mich Rémi in meine Suite. Er hakte sich bei mir unter, während wir die Dienstbotentreppe hinaufstiegen.

»So weit, so gut?«, fragte er. »Keine Probleme mit unserem speziellen Gast?«

»Nee«, sagte ich. »Die Küche ist für Gäste tabu. Séb hat die Tür wie ein bissiger Hund bewacht. Wie lief's bei dir?«

»Ich habe mich auch von allen ferngehalten«, erklärte er. »Und nur damit du es weißt, ich hab meine Flinten weggeschlossen.«

Wir blieben mitten auf der Treppe stehen. Rémi legte seine Stirn an meine. Ich schlang die Arme um seine Taille. »Bleibst du heute Nacht bei mir?«

»Ja«, sagte er. »Laetitia und Jean-Marc passen auf Lola auf. Ich muss nur morgen früh zurück, bevor sie aufwacht.«

In der Beziehung hatten wir Glück. Normalerweise brachte Rémi Lola gegen halb sieben, kurz vor der Weinprobe, ins Bett, was allen eine Menge Privatsphäre ermöglichte. Lola wachte üblicherweise nicht vor sieben Uhr morgens auf. Mich störte das frühe Aufstehen nicht, nicht wenn ich meine Nächte in Rémis Armen verbringen konnte. Manchmal liebten wir uns leidenschaftlich und hatten himmlischen Sex. Doch an diesem Abend schliefen wir sofort vor Erschöpfung ein.

Am Morgen küsste mich Rémi zart auf die Lippen, und ich rieb mir den Schlaf aus den Augen.

»Wir sehen uns später«, sagte er. »Falls du zum Lunch kommst.«

»Ich komme, aber erst ein bisschen später«, erklärte ich. »Jane hat gesagt, der Mistkerl checkt um die Mittagszeit aus. Ich halte mich hier versteckt, bis die Luft rein ist.«

»Gute Idee. Ich bin froh, wenn das Wochenende vorbei und er weg ist. *Je t'aime*«, sagte er und warf mir eine Kusshand zu.

»*Je t'aime aussi*«, erwiderte ich, und die Augen fielen mir wieder zu.

Zwei Stunden später wachte ich auf und machte mich für den Tag zurecht. Es war Ende November, und dies war der letzte Sonntagslunch der Saison. Nachdem ich in aller Ruhe geduscht hatte, setzte ich mich ans Fenster, streichelte Étoile und sah dem Personal beim Aufbauen zu. Mit Adleraugen hielt ich nach Nicolas Ausschau. Rémi bediente den Grill, der genesene Gustave neben ihm bellte Befehle und nippte an einem Pastis. Unser Plan? Jane würde mir ein Zeichen geben, sobald Nicolas und sein Supermodel des Tages auscheckten.

Gegen halb eins wedelten Jane und Phillipa mit den

Armen, um mich darauf aufmerksam zu machen, dass die Luft rein war. Ich setzte Étoile auf das Kissen auf meinem Fenstersitz, klopfte die Katzenhaare von meinem Chanel-Kostüm und hüpfte mit einem Seufzer der Erleichterung die Treppe hinunter. Sobald ich einen Fuß auf die Terrasse setzte, tippte mir jemand auf den Rücken.

»Da ist ja meine Lieblingsköchin«, hörte ich eine Männerstimme. »Wir haben uns schon gefragt, wo Sie waren.«

Erschreckt drehte ich mich um und sah Nicolas und seine Begleiterin vor mir stehen. Camille Charpentier trug ein Kleid, das so durchscheinend war, dass man ihre Brustwarzen sehen konnte. Er trug einen Designeranzug, ein arrogantes Lächeln und sein widerliches Eau de Cologne, das so vorherrschend war, dass ich wünschte, mein Geruchssinn wäre nicht zurückgekehrt.

»Ich dachte, Sie hätten ausgecheckt«, sagte ich.

»Was? Abreisen, ohne Sie gesehen zu haben? Unser Wagen wartet in der Einfahrt.«

»Warum zum Teufel sind Sie hier?«, fragte ich unfreundlich.

Er schürzte die Lippen und zuckte nonchalant mit den Achseln. »Ich wollte sehen, warum jemand so dumm ist, mir eine Abfuhr zu erteilen.« Er ließ den Blick über das Gelände und das Château schweifen. »Verstehen Sie mich nicht falsch, dieses Landleben habe ich mir anders vorgestellt, aber in Paris hätten Sie mehr erreichen können.«

Camille Charpentier musterte mich von oben bis unten und wandte sich an Nicolas. »Ihr Essen ist wirklich köstlich.«

»Danke«, sagte ich und wandte mich zum Gehen. »Entschuldigen Sie mich. Ich muss mich unter die Gäste mischen.«

Nicolas hielt mich mit seiner feuchten Hand am Handgelenk fest. »Lassen Sie mich ausreden. Ich will in das Château investieren«, verkündete er. »Und in Sie. Sie erinnern sich? Am Schluss bekomme ich immer, was ich will.«

Seine Selbstüberschätzung war einfach unglaublich.

»Das Château ist ein Familienunternehmen«, erwiderte ich kalt und riss mich von ihm los. »Fassen Sie mich nicht an! Meine Antwort lautet Nein. Ich bin nicht käuflich.«

»Aber Sie haben gar keine Familie mehr«, sagte Nicolas und zog süffisant eine Augenbraue hoch.

Die nächsten Momente verschwammen zu einem einzigen verworrenen Traumbild. Eine Faust, die Nicolas' Nase traf. Ein Knacken. Blut, das auf Camille Charpentiers Kleid spritzte. Rémi, der den Arm um mich legte. Jane, Phillipa und Marie, die angerannt kamen, um zu sehen, was passiert war. Klickende Kameras. Ein Albtraum.

»Dies ist Privateigentum. Sie sind nicht mehr Gäste des Châteaus. Gehen Sie sofort«, befahl Rémi, als Nicolas sich wieder vom Boden aufrappelte. »Und halten Sie sich sehr weit von meiner Verlobten fern, sonst bekommen Sie es noch ganz anders mit mir zu tun.«

Jane, Marie und Phillipa flankierten mich, und Phillipa zischte Nicolas zu: »Sie irren. Sophie hat sehr wohl eine Familie. Sie hat uns alle. Und ihren Vater.«

Ich konnte mir ein Lächeln nicht verkneifen. Was Phillipa sagte, stimmte. Ich hatte all das.

»Er hat mir die Nase gebrochen«, rief Nicolas erbost, der sich ans Gesicht fasste, während Blut durch seine Finger sickerte. »Ich werde Anzeige gegen Sie erstatten, gegen euch alle, ihr Miststücke.«

»Nur zu«, sagte Rémi ungerührt. »Wir sind vielleicht nicht so reich wie Sie, aber so schlecht stehen wir nicht da. Sie können versuchen, uns zu vernichten, aber wenn Sie Sophie so gut kennen wie ich, dann wissen Sie, dass sie zurückschlägt. Und zwar kräftig. Glauben Sie mir. Nichts, weder Sie noch ich noch sonst jemand, wird ihr im Weg stehen. Sie sind der Einzige, der einen Ruf zu verlieren hat, aber nach allem, was ich gelesen habe, halten die meisten Sie jetzt schon für den Abschaum der Menschheit.«

Camille Charpentier wandte sich zum Gehen. »Ich bin dann mal weg.« Sie blieb noch einmal stehen und sah über ihre Schulter. »Entschuldigen Sie, Sophie. Ich hätte es wissen müssen. Kleiner Schwanz, kleiner Geist.«

»Mein Schwanz ist nicht klein«, brüllte Nicolas und lief rot an vor Wut.

Die Gäste des Sonntagslunchs schlugen die Hände vor ihre Münder. Ich kam mir vor wie der Star in einem zweitklassigen Film.

»Und ob er das ist«, rief Camille. »Du denkst damit. Jetzt bring mich zurück nach Paris, damit ich dich endlich loswerden kann. Es sei denn, du willst, dass mein Instagram-Account durch die Decke geht. Vergiss nicht, ich hab Aufnahmen von deinem ...«

Nicolas rannte hinter Camille her. »Diese Fotos sind privat.«

Camille stemmte die Hände in ihre dürren Hüften. »Vorläufig«, drohte sie.

Ich hatte Camille Charpentier unterschätzt. Sie war kein

hirntotes Model. Sie war unerschütterlich selbstbewusst. Während sie das Château verließen, rief Nicolas ihr Unflätigkeiten hinterher. Wir fünf standen eine Weile regungslos und völlig entgeistert da, während uns das aufgeregte Geplapper der Gäste und Dorfbewohner in den Ohren klang. Jane sprach ein paar erklärende, entschuldigende Worte. Ich war ihr sehr dankbar dafür, dass sie es immer wieder schaffte, uns zu retten, wenn unser Ruf drohte, ruiniert zu werden.

Rémi fand als Erster von uns anderen die Sprache wieder. »*Mon Dieu*, ihm eine reinzuhauen war ein tolles Gefühl.«

»Ich wünschte, ich hätte es getan«, sagte ich.

Rémi rieb sich die Fingerknöchel. »Nein, du kämpfst mit anderen Mitteln«, sagte er. »Ich weiß, dass du mich nicht als Beschützer brauchst, aber ich werde immer für dich da sein.«

Ich küsste ihn.

»Glaubst du, wir sind mit dieser verkorksten Familie fertig?«, fragte ich.

Jane kam zurück und grinste auf meine Frage hin. »Bestimmt, und das sollten wir feiern. Schaumwein gefällig?«

Nach dieser abgefahrenen Szene brauchte ich etwas Stärkeres. »Nein«, erwiderte ich. »Monica hat eine Flasche exzellenten Tequila hiergelassen.«

Jane fing meinen Blick auf. »Aber nicht wieder tanzen, Sophie …«

Rémi fiel ihr ins Wort. »Keine Sorge, Jane. Ich passe auf sie auf. Und sie hat was Stärkeres verdient.« Er zog mich an sich und küsste mich. »Mir ist egal, ob die Leute zusehen. *Je t'aime*, Sophie Valroux.«

In dem Moment war ich umgeben von den Menschen, die mich so sahen, wie ich war, und mich so akzeptierten, selbst wenn ich mich vor Selbstzweifeln zerfleischte. Grand-mère wäre stolz auf mich gewesen. Ich schloss die Augen und spürte ihren Geist, sah eine Libelle über meinen Kopf fliegen und wusste: Sie ist hier bei mir.

IV

WINTER

Das einzige echte Hindernis ist Versagensangst. Beim
Kochen braucht man totale Kaltschnäuzigkeit.

JULIA CHILD

26

Hört die Hochzeitsglocken klingen

Mitte Dezember schloss das Château für die Öffentlichkeit die Pforten. Das hieß: Keine Gäste und kein Kochen mehr – nur Freiheit. Lange Schäferstündchen mit Rémi, Chillen mit meinen Freundinnen und letzte Planungen für die Doppelhochzeit an Heiligabend. Von Nicolas de la Barguelonne mit seinen Einschüchterungstaktiken hatten wir nichts mehr gehört, keins der Fotos, die Gäste von der unschönen Szene geschossen hatten, war an die Öffentlichkeit geraten. Und abgesehen von ein paar Boulevardblättern, die ihre Scheidung und die Schließung ihres Restaurants aufgriffen, gab es auch keine Neuigkeiten von Amélie. Das Leben war großartig.

Walter und Robert wollten ihrer Verbindung ein wenig Zauber verleihen, indem sie der nichtssagenden Zeremonie auf dem sterilen New Yorker Standesamt eine wunderbare Feier im Château folgen ließen. Aufgrund der Gesetze und unendlich komplizierter Bürokratie konnten sie in Frankreich nicht offiziell den Bund fürs Leben schließen, es sei denn, einer von ihnen zog hierher und wurde französischer Staatsbürger. Doch das kam für keinen von beiden infrage. Rémi und ich würden unsere Beziehung im Rathaus von

Champvert legitimieren, eine Zeremonie, die notwendig war, damit unsere Ehe von der französischen Regierung anerkannt wurde. Diese Prozedur sowie die kirchliche Trauung in der Kirche von Champvert wollten wir auf den Kreis unserer engsten Freunde beschränken, und so legten wir den Termin auf den Tag vor der großen gemeinsamen Feier.

Das weiß bestäubte Schlossgelände wirkte märchenhaft wie in einer der hübschesten Schneekugeln, die man sich nur vorstellen konnte. Es war zwar paradox, da die meisten Menschen im Frühjahr oder im Sommer aufblühten, doch auf mich wirkte der Winter belebend. Das gefrorene Laub zerbröselte und raschelte unter meinen Füßen, und mit jedem meiner Schritte erwachte meine Seele mehr zum Leben. Ich war ein Genussmensch und wollte jeden Moment auskosten.

In den Kaminen des Châteaus flackerten orangefarbene Flammen, und auch ich brannte vor Glück, meine Sinne zurückzuhaben und vor allem darüber, Rémi an meiner Seite zu haben. Ich sah Lola zu, die auf dem Fußboden in ihren Malbüchern malte, und küsste Rémi auf die Wange.

»Ich muss los«, verkündete ich und wischte mir die Hände an meiner Jeans ab. »Kommst du mit?«

»Wohin?«, sagte er erstaunt.

»Zum Weihnachtsmarkt natürlich, und du bringst mich hin«, erklärte ich. »Ich muss die Zutaten für die Desserts abholen. Und ich dachte, Lola könnte *Père Noël* besuchen.«

Lola machte große Augen. Sie flüsterte: »Père Noël«, sprang auf und tanzte vor Freude.

»Fahren wir«, sagte Rémi lachend. »Ich hole unsere Mäntel.«

Phillipa, Marie und Jane hielten uns auf. »Wir kommen mit!«

»Das ist der reinste Familienausflug«, sagte ich lächelnd.

»Aber ich dachte, du magst den Markt nicht, Jane.«

Sie zog eine Schnute. »Was soll ich sagen? Ich bin ein anderer Mensch geworden.« Sie grinste. »Dank dir. Und dank Loïc.«

»Veränderung ist etwas Gutes«, erklärte ich. »Glaub mir, ich weiß es.«

Nach dem Weihnachtsmarktbesuch entspannte ich mich mit Phillipa, Jane und Marie. Wir sanken ins warme Wasser des Jacuzzi und ließen uns von den Wasserstrahlen den Rücken massieren. Grand-mère hatte die gesamte untere Etage in ein Hammam-Spa verwandeln lassen, mit gemusterten blauen, grünen und elfenbeinfarbenen marokkanischen Fliesen, zwei kleinen Pools, dem blubbernden Jacuzzi und privaten Räumen, die vor Orchideen überquollen und mit Massagetischen ausgestattet waren. Palmen verliehen dem Bereich ein tropisches Ambiente. Außerhalb der Saison konnte unser Hotelpersonal ein Stück dieses Paradieses genießen.

»O mein Gott«, rief Marie seufzend. »Diese Auszeit habe ich gebraucht. Wann machen wir noch mal wieder auf?«

»Im April«, erwiderte Jane.

»Und was mache ich bis dahin?«, fragte Marie.

»Was du willst«, sagte ich.

»Kann ich im Uhrenturm wohnen bleiben?«, fragte Marie.

»Na klar«, versicherte ich ihr. »Du hast einen Vollzeitarbeitsvertrag.«

Marie seufzte erleichtert. »Gott sei Dank, denn ich kann sonst nirgends hin.«

»Ich leiste dir Gesellschaft«, versprach Phillipa. »So gern ich meine Eltern habe, ich sehe sie oft genug. Ich bleibe auch hier. Vielleicht können wir ein paar Ausflüge machen und mehr von Frankreich sehen.«

Marie griff nach Phillipas Hand. »Das wäre fantastisch.«

»Sophie, willst du eine Junggesellinnenparty?«, fragte Jane und wackelte vielsagend mit den Augenbrauen. »Das wäre ein Spaß.«

»Nur, wenn auch die Grand-maman-Brigade eingeladen wird«, witzelte ich, und Jane bespritzte mich. »Ernsthaft, ich will kein Remmidemmi. Warum sehen wir das nicht als Junggesellinnenabschied?«

»Das hier gerade?«, fragte Phillipa.

»Ja«, sagte ich.

Die drei Mädels flüsterten miteinander, stiegen aus dem Jacuzzi und griffen nach ihren Handtüchern. »Warte hier«, befahl Jane. »Wir sind gleich wieder da.«

Sie verschwanden, während ich mich fragte, was sie im Schilde führten. Ich schloss die Augen, ließ die Anspannung der vergangenen Monate von den Wasserstrahlen fortspülen und bemerkte gar nicht, dass Rémi sich neben mir ins Wasser gleiten ließ. Er zog mich auf seinen Schoß und knabberte an meinem Ohr.

»Ich hatte gehofft, dich hier zu finden«, raunte er mir zu und drückte mir einen köstlichen Kuss auf die Lippen.

»Hast du eine Orange gegessen?«, fragte ich.

»Ja«, bestätigte er. »Ich habe vergessen, wie empfindlich dein Geschmackssinn neuerdings ist.«

»Ich bin heilfroh, ihn zurückzuhaben. Denn du schmeckst traumhaft«, sagte ich, und wir küssten uns richtig.

Bevor es zu heiß hergehen konnte, kamen Phillipa, Jane und Marie zurück, sie brachten eine hübsch verpackte Geschenkbox und ein paar Flaschen Château-Schaumwein mit.

Jane stellte die Box ab und stemmte die Hände in die Hüften. »Rémi, du musst gehen«, befahl sie und zeigte zur Tür.

Er runzelte die Stirn. »Warum? Ich will Zeit mit meiner Zukünftigen verbringen.«

»Nach der Hochzeit hast du sie ganz für dich. Aber jetzt gehört sie uns. Wir feiern ihren Junggesellinnenabschied. Da sind keine Verlobten oder sonstige Männer zugelassen.«

Ich krabbelte lachend von Rémis Schoß. »Du hast gehört, was Jane sagt. Geh jetzt«, sagte ich energisch. »Das ist mein Begräbnis als junges Mädchen.«

Seine Brust hob und senkte sich. »Na schön«, erwiderte er seufzend, küsste mich und stieg aus dem Jacuzzi. »Übertreibt es nur nicht.«

»Bis morgen«, flötete ich.

Als er ging, sprang Marie zur Musikanlage und drehte Britney Spears Song *Till the World Ends* laut. »Wir haben dir eine Playlist zusammengestellt«, sagte sie und wackelte mit den Hüften. »Jetzt spring raus und pack dein Geschenk aus.«

»Nicht springen. Und auch nicht tanzen«, bat Jane mich inständig. »Das Letzte, was wir brauchen, ist, dass du vor der Hochzeit noch hinfällst und dir etwas brichst.«

Meine Tollpatschigkeit würde mir ein Leben lang nachhängen. Genau wie der Tag, an dem ich getwerkt hatte.

»Und wenn ich nur meine Schultern bewege?«, fragte ich, als ich vorsichtig aus dem Wasser stieg. Ich tanzte unbeholfen den Shimmy. »So etwa?«

Phillipa prustete los, während ich nach einem Handtuch griff und mich abtrocknete. Sie reichte mir einen Umschlag. »Nur gut, dass das Reinigungspersonal gesammelt hat, um dir Tanzstunden zu spendieren.«

In weniger als zwei Sekunden hatte Phillipa mir einen Schleier mit dem aus Glitzersteinen bestehenden Schriftzug *ZUKÜNFTIGE BRAUT* aufgesetzt und mir eine lächerliche Schärpe übergeworfen. Jane öffnete eine Flasche Schaumwein und schenkte uns ein, während Marie mich zu einer der Liegen führte. Wir setzten uns und stießen an. Die Musik wechselte von Britney zu *It's the End of the World as We Know It* von R. E. M. Die Thematik der Playlist war unschwer zu erkennen.

»Jetzt hock nicht nur, bis über beide Ohren grinsend, da«, drängte Jane und ließ die Geschenkbox in meinen Schoß plumpsen. »Pack endlich aus.«

Ich riss das Geschenkpapier ab, und zum Vorschein kam eine Schachtel mit dem Schriftzug des edelsten Dessous-Herstellers in Frankreich und der Aufschrift *Tentations*. Ich legte den Deckel beiseite und fand einen Bodysuit mit weißer Spitze darin, dazu passend Spitzen-BH und Spitzenhöschen samt einem Strumpfgürtelset und ein erotisches schwarzes Babydoll mit aufgestickten rosa Blumen.

»Du wirst eine echt sexy Braut«, schwärmte Jane. »Der Bodysuit ist für die standesamtliche Trauung. Das andere, nun ja, für die Feier. Rémi darf es vorher nicht sehen. Versteck es.«

Schweigend strich ich mit den Fingern über die zarte Spitze, während mir Tränen des Glücks über die Wangen liefen.

»Gefällt dir unser Geschenk nicht?«, fragte Phillipa beunruhigt.

»Ich liebe es«, sagte ich und küsste sie alle auf die Wangen. »Ihr habt viel zu viel für mich getan.«

Marie hob ihr Glas. »Auf dich! Sexy bis ans Lebensende.«

»Warte. Das war noch nicht alles.«

Phillipa reichte mir die Saphirkette, die ich ihr geschenkt hatte.

Verwirrt sah ich sie an. »Aber die habe ich doch dir geschenkt.«

»Ja, ich weiß. Ich hab ja auch nicht gesagt, dass ich sie dir *zurück*gebe. Es ist nur eine Leihgabe«, sagte Phillipa grinsend. »Ich glaube, es ist Zeit für eine Gruppenumarmung.«

Wir standen alle vier auf, nahmen uns in die Arme und drückten uns. »*Merci*«, sagte ich. »Für alles.«

Lucky Star von Madonna dröhnte aus den Lautsprechern, und wir sangen mit. Das letzte Mal, als ich das Lied gehört hatte, war mein Leben in sich zusammengefallen. Doch diesmal wusste ich, dass alles gut laufen würde Das tat es jetzt schon. Ich wartete nicht mehr auf die nächste Katastrophe. Das Einzige, was mir Sorgen bereitete, war, dass ich noch nie auf einer Hochzeit gewesen war, ganz zu schweigen davon, eine geplant zu haben. Die Musik wechselte zu einem langsameren Song, den ich nicht kannte. Wir setzten uns wieder, und Jane schenkte uns nach.

»Halten wir die Party in Schwung«, sagte sie.

»Apropos Partys, ich weiß nicht, was man für eine Hochzeit noch alles braucht«, sagte ich. »Was ist mit Blumen?«

»Schon geregelt«, antwortete Jane.

»Giveaways für die Gäste? Und die Dorfbewohner? Und das Personal?«

»Ich hab wunderschöne silberne Libellenbriefbeschwerer gefunden.« Wie aus dem Nichts zog Jane einen hervor und legte ihn mir in die Hand. »Wie findest du den? Wir brauchen ungefähr zweihundert. Soll ich bestellen?«

»Das wäre wunderbar«, erwiderte ich. »Ich weiß nicht, was ich ohne dich täte.«

»Wir wissen auch nicht, was wir ohne dich täten«, entgegnete Phillipa.

Im Laufe der folgenden Woche liefen die Vorbereitungen für die Hochzeitsfeier an Heiligabend auf Hochtouren. Rémi stellte einen neun Meter hohen Weihnachtsbaum im Eingangsbereich auf, stieg auf die Leiter und schmückte ihn mit Lichtern, während ich ihm heimlich auf den Po starrte. Wir aßen gemeinsam zu Abend, schliefen aber nicht zusammen, da ich die Vorfreude auf die Hochzeitsnacht steigern wollte. Er war nicht allzu glücklich darüber, willigte aber ein. Irgendwann nahm er mich beiseite.

»Wohin soll unsere Hochzeitsreise eigentlich gehen?«, fragte er.

Ich hatte noch nicht darüber nachgedacht. »Wohin du willst«, sagte ich.

Ich freute mich auf einen besonderen Urlaub. Paris zählte für meine Begriffe definitiv nicht dazu.

»Ich hab da ein paar Ideen. Wir sollten irgendwohin, wo

es warm ist. An einen Ort, an dem wir keine Kleider brauchen«, sagte er.

»Das wäre ein Traum«, schwärmte ich.

»Weißt du was? Deine Idee, bis zur Hochzeit enthaltsam zu sein, treibt mich in den Wahnsinn.«

»Es sind nur noch sechs Tage«, tröstete ich ihn und klimperte mit den Wimpern. »Dann gehöre ich ganz dir.«

»Das werden die längsten sechs Tage meines Lebens.«

Lola kam zu uns gelaufen, gefolgt von Laetitia und meinem Vater. Lola zog an meinem Rock. »Wenn du und Papa heiratet, bist du dann wirklich meine Maman?«

Ich hob Lola hoch. »Ja, dann bin ich deine Stief-Maman.«

Obwohl sie mit dem Begriff sicher noch nichts anfangen konnte, nickte sie glücklich. Dann schlang sie ihre Ärmchen um meinen Hals und drückte mich. Ich atmete ihren Kleinkindduft ein.

»Maman«, sagte sie. »*Je t'aime.*«

»*Je t'aime aussi, ma petite puce*«, erwiderte ich.

Laetitias Blick verschleierte sich vor Tränen, doch sie lächelte dankbar. Zu wissen, dass ihre Enkeltochter in guten Händen war, bedeutete ihr viel. Bevor sie die Fassung verlor, räusperte sie sich.

»Rémi, Sophie«, sagte sie feierlich, »wir haben gehört, wie ihr über eure Flitterwochen gesprochen habt, und mussten einschreiten, bevor ihr selbst aktiv werdet. Hoffentlich sind euch die Seychellen recht, denn die Reise ist schon gebucht.«

Wir verstummten vor Verblüffung. Mir kam der Text von Julien Dorés Song *Paris-Seychelles* in den Sinn. Ich stellte mir vor, wie ich mit riesigen Meeresschildkröten im kristallklaren Wasser schwamm, wie wir uns am Strand unter einer Palme liebten, die Meeresbrise im Haar und den Duft von Kokosnussöl in der Nase.

»Das ist zu viel, Laetitia«, protestierte Rémi. »Ich zahle es euch zurück.«

Mein Vater schlug ihm auf den Arm. »Nein, das wirst du nicht. Vergiss nicht, dass Sophie meine Tochter ist. Und ich will das für euch beide tun.«

Ich setzte Lola wieder ab und küsste meinen Vater auf die Wange. »Danke, Papa.«

Seine Augen wurden feucht. »Du bist eine wunderbare Tochter. Und du machst mich sehr stolz. Du bist so gütig und talentiert.«

»Vergiss nicht, dass du mich gezeugt hast«, scherzte ich und drückte seine Schulter. Ich drehte mich zu Laetitia und umarmte sie.

Lolas Patschhändchen griff nach meiner Hand. Sie zeigte auf den Weihnachtsbaum und dann auf die Schachteln mit dem Weihnachtsschmuck. Ich verstand ihren Wink.

»Möchtest du beim Schmücken helfen?«, fragte ich.

»Hmmm«, sagte sie.

»Warte kurz«, bat ich und suchte eine Playlist mit Weihnachtsliedern auf meinem Handy. Schon bald wurden wir in den Zauber der Weihnachtszeit gezogen, und das Château funkelte vor wunderschönem Schmuck und Lichtern. Und als ob mein Glück noch nicht vollkommen gewesen wäre, begann es zu schneien. All diese Magie – dieses Château, diese Familie, dieses Leben und diese Liebe – gehörte mir. Während ich eine gläserne Libelle an den Baum hängte, spürte ich einmal mehr, wie die innere

Stärke meiner Großmutter mich durchströmte. Ihr Vermächtnis, alles, was sie mir beigebracht hatte, würde in mir weiterleben. Ich hatte geglaubt, nichts davon verdient zu haben, doch ich hatte gelernt, dass jeder Mensch Liebe verdiente – sogar ich.

27

Sternenregen

Am Tag vor Heiligabend kam Jane gegen neun Uhr morgens mit dem Festnetztelefon in mein Zimmer. »Sophie, ein Anruf für dich«, sagte sie.

Ich hatte mit Étoile in meinen Armen schön gemütlich ausgeschlafen. Die ganze Saison über für das Château zu kochen war so unendlich kräfteraubend gewesen, dass ich wochenlang hätte schlafen können. Phillipa hatte mich einmal damit getröstet, dass ich Winterschlaf halten könne, und genau das hatte ich vor, zumindest noch ein paar Stunden. Ich wollte an meinem Hochzeitstag erfrischt, lebendig und wach sein.

»Kannst du nicht fragen, was der Anrufer will? Ich rufe später zurück.«

Jane schüttelte den Kopf. Ihre Augen waren weit aufgerissen, sie hielt die Hand vor die Sprechmuschel und flüsterte: »Du solltest besser rangehen. Es ist Michelin.«

Im Nu saß ich kerzengerade da. An Schlaf war nicht mehr zu denken. Étoile sprang miauend vom Bett.

»Was?«

Ich wollte mir keine falschen Hoffnungen machen. Das konnten gute Nachrichten für das Libellules oder schlechte

Nachrichten für das Papillon Sauvage sein. Wahrscheinlich schlechte Nachrichten, dachte ich und krallte mich ans Bettlaken.

»Du hast mich schon verstanden«, erwiderte Jane und drückte mir den Hörer in die Hand.

Sie ließ sich auf meiner Bettkante nieder, während ich versuchte, die Sprache wiederzufinden.

»*Bonjour*«, meldete ich mich in dem Bemühen, mich an meinen vollen Namen zu erinnern. »Hier spricht Sophie Valroux de la Tour de Champvert.«

»*Bonjour*, Madame, hier ist Monsieur Dubois von Michelin.«

Mein Herz hämmerte. Mir schnürte sich die Kehle zu. Es gelang mir, ein »*Oui*« zu piepsen.

»Ich bedaure, Sie kurz vor Weihnachten zu belästigen, aber Sie wissen vielleicht, dass im Januar die französische Version des roten Michelin-Führers herauskommt.«

»*Oui*«, erwiderte ich, außerstande, mehr als ein Wort hervorzubringen. Ich fing mich wieder, setzte mich aufrechter hin und hoffte, dass ich nicht zu laut atmete. »Hat Ihr Anruf etwas mit dem Papillon Sauvage und seinem Bib-Gourmand-Status zu tun?«

Jane lehnte sich zu mir herüber, um das Gespräch mitzuhören. Ich hielt mit einer Hand das Telefon umklammert, mit der anderen ihre Hand.

»*Non*«, sagte er. »Das ist ein Höflichkeitsanruf wegen Ihres anderen Restaurants, dem Libellules.« Er hielt inne, und ich glaubte, einen Herzinfarkt zu bekommen. »Es freut mich, Ihnen mitteilen zu können, dass Sie auf der Rising-Star-Liste stehen, und bin hocherfreut, Sie in der Michelin-

Familie willkommen heißen zu dürfen. Les Libellules hat seinen ersten Stern bekommen.«

O mein Gott. Ab jetzt gehörte ich zu dem einen Prozent weiblicher Spitzenköche, die mit einem Stern ausgezeichnet waren. Ich hatte meinen Traum verwirklicht. Ich ließ Janes Hand los, um den Schrei zu ersticken, der mir entfahren wollte. Grand-mère hatte recht gehabt. Die Sterne fielen mir wie von selbst in den Schoß. Jane dämpfte ihren Freudenschrei, indem sie ihr Gesicht in einem meiner Kissen vergrub.

»Madame, sind Sie noch dran?«, fragte er.

»Ja, ich bin hier«, antwortete ich mit zitternder Stimme.

»*Merci.* Ich bin unendlich dankbar. Einen Stern zu bekommen ist seit Langem mein Traum.«

Monsieur Dubois lachte leise. »Manchmal werden Träume wahr. Frohe Weihnachten, und schöne, freudvolle Festtage.«

»*Merci*«, sagte ich noch einmal. »Danke gleichfalls und auch Ihnen ein schönes Weihnachtsfest.«

Er beendete das Gespräch. Jane ließ sich rückwärts auf mein Bett fallen und strampelte vor Aufregung. Wir kreischten so laut, dass Étoile sich unter dem Bett versteckte.

»Ich kann es nicht glauben! Ich kann es nicht glauben!«, rief ich.

»Glaub's lieber«, sagte Jane.

Phillipa und Marie kamen in mein Zimmer gerannt. »Was ist hier los?«, fragte Phillipa entgeistert. »Stimmt was nicht? Wir haben Schreie gehört. Geht es euch gut? Ist jemand gestorben?«

»Niemand ist gestorben«, beruhigte Jane sie. »Sophie hat gerade erfahren, dass sie ihren ersten Michelin-Stern bekommen hat.«

Mehr schrille Freudenschreie hallten durchs Haus. Wir hielten uns an den Händen und hüpften auf meinem Bett im Kreis, bis wir außer Atem waren.

»Einer erledigt, bleiben noch zwei«, stellte ich fest. »Und diesen verrückten Traum hab ich mit euch an meiner Seite verwirklicht.«

Walter, Robert, Walters Mutter Nicole und ihre Lunch-Ladys trafen im Château ein, gefolgt von O'Shea, Jean-Jacques Gaston und Monica. Während die Taxifahrer das Gepäck ausluden, führte Rémi alle in den Salon, wo Jane, Phillipa, Marie und ich sie mit Schaumwein und Appetit-anregern erwarteten.

Nicole hakte sich bei mir unter und flüsterte: »Ich wünschte wirklich, Walter hätte dich geheiratet, aber Robert wächst mir langsam ans Herz. Er hat einen groß-artigen Sinn für Mode, wenn man seine albernen Ascot-Krawatten ignoriert.«

Sie und ihre Lunch-Ladys trugen Kaschmirpullis mit Perlenketten zu knielangen Röcken, sie hatten sogar alle fast die gleiche Frisur.

»Das hab ich gehört, Mom«, sagte Walter grinsend. »Das Château sieht hervorragend aus, Sophie. Genau wie du. Ich hab dich so sehr vermisst.«

Walter hatte sich für seinen konservativen und doch modischen Anwaltsstil entschieden. Er trug einen Anzug mit Hosenträgern und das für ihn typische Façonnable-

Hemd. Mein Blick huschte zu Robert. Er war genauso gekleidet, bis auf eine Ascot-Krawatte mit Weihnachtsmotiv. Ich vermisste meine sonntäglichen Treffen mit Walter. Wir waren gemeinsam ins Kino gegangen, um uns französische Filme anzusehen, oder hatten bei ihm zu Hause mit einem Glas Rotwein gechillt und Édith Piaf und Nina Simone gehört. Nachdem ich seinen Vorschlag angenommen hatte, mich als seine Verlobte auszugeben, um seine Mutter auf die falsche Fährte zu locken, und bei ihm eingezogen war, war unsere Freundschaft enger geworden. Doch jetzt war alles anders. Wir lebten beide unser Leben ganz offen.

Ich lächelte. »Ich dich auch.«

»Bist du bereit für den Hafen der Ehe?«, fragte er.

»Klar«, beteuerte ich. »Tut mir leid, dass ich eure Feier gekapert habe.«

»Das macht den Tag einfach noch schöner«, sagte Robert, der sich an uns herangeschlichen hatte.

»Ich kann nicht fassen, wie sich alles verändert hat«, staunte ich. »Es ist verrückt.«

»Aber auf gute Art und Weise«, sagte Robert und küsste mich auf die Wange. »Und wir haben es alle verdient.«

Während eine unserer Servicekräfte eine Flasche öffnete und die Gäste bediente, kam Monica zu uns, und ich stellte sie meinen Freunden vor. Ich erklärte ihnen, dass wir unsere Differenzen beigelegt hatten und wie sehr sie mir geholfen hatte.

Ich grinste. »Alles gut mit O'Shea?«

»Wir hatten unsere Momente, und er ist ein paarmal ausgerastet, aber es ist alles unter Kontrolle, und wir haben

uns geeinigt«, berichtete sie und umarmte mich. »Noch
mal danke. Für alles. Ich ziehe in ein paar Monaten nach
Paris. Dann sind wir näher beieinander.«

Bevor wir anstießen, trudelten auch O'Shea und Jean-
Jacques zum Fest der Liebe ein.

»Ich komme mir vor wie ein stolzer Vater, Sophie«, sagte
O'Shea mit stockender Stimme.

»Danke für die Einladung«, sagte Jean-Jacques und
schluckte. »Ich spüre Odettes Geist, und hierherzukommen erinnert mich daran, dass es besser ist, einmal geliebt
zu haben, als überhaupt nicht.«

»Sie hat Sie auch geliebt«, versicherte ich ihm und nahm
seine Hand in meine.

Er lächelte wehmütig. »Ich weiß«, sagte er leise. »Sie hat
Sie in mein Leben gebracht. Ich freue mich so sehr für Sie
und über Ihren Stern. *Santé*«, prostete er mir zu, und wir
stießen alle an.

Nachdem ich die Runde gemacht hatte, sah ich auf die
Uhr. »Entschuldigt mich. Ich muss mich fürs Standesamt
zurechtmachen. Unsere Hausangestellten bringen euch
auf eure Zimmer. Die Wagen zum Rathaus fahren pünktlich um sechzehn Uhr ab. *Merci*.«

Phillipa und Jane folgten mir aus dem Salon. Als wir in
den Fahrstuhl traten, quietschte Jane: »Das ist so aufregend. Ich liebe Hochzeiten!«

Neben der Gästeschar erwarteten Laetitia, Lola, Clothilde,
Bernard, Séb, die Grand-maman-Brigade und natürlich
Rémi meine Ankunft im Rathaus. Offenbar waren sogar
Gustave und Inès zugegen, wie ich durch eine SMS von

Phillipa erfuhr. Seltsamerweise hatte Gustave keine Flasche dabei. Ich hatte beschlossen, mein weißes Kleid zusätzlich zu Phillipas geliehener Kette mit der Diamantennadel mit den drei Sternen zu verschönern, die Olivier mir geschenkt hatte. Jane gab meinem Make-up und meinen Haaren den letzten Schliff, die zu einem lockeren Chignon frisiert waren – was für ein Glück, dass ich so eine modebegeisterte Freundin hatte.

Als der Wagen sich dem Rathaus näherte, wurde ich nervös. Ich tat es wirklich. Ich heiratete Rémi, meine Jugendliebe.

Mein Vater nahm meine Hand. »Du siehst wunderschön aus, Sophie.«

»Ich bin ein bisschen nervös«, sagte ich mit pochendem Herzen.

»Das ist verständlich. Das ist ein Tag, der dein Leben verändert«, meinte er. »Einfach nur atmen.«

Wir standen in der Tür, und ich linste über die Schulter meines Vaters. Unser korpulenter Bürgermeister mit dem walrossartigen Schnurrbart trug einen marineblauen Anzug mit einer blau-weiß-roten Schärpe. Er stand hinter einem großen Holztisch, Rémi gegenüber, der auf der anderen Seite auf einem Stuhl saß. Am Arm meines Vaters genoss ich meinen großen Auftritt und nahm meinen Platz neben Rémi ein. Rémi sah in seinem strahlend weißen Hemd und einem maßgeschneiderten schwarzen Anzug besonders gut aus. Er lächelte sein Grübchenlächeln und ließ seine schönen weißen Zähne aufblitzen. Seine Augen sprühten Funken vor Glück. Wir hielten uns an den Händen, während die Gäste ein Foto nach dem anderen mach-

ten und der Bürgermeister aus dem Code civil las. Bald
darauf unterschrieben Rémi und ich im Familienstamm-
buch, in das mein Vater und Laetitia, unsere Trauzeugen,
ebenfalls ihre Unterschrift setzten. Ich warf einen Blick
über meine Schulter. Phillipa, Jane, Marie und Clothilde
weinten vor Rührung.

»Sie können jetzt die Ringe tauschen«, sagte der Bürgermeister.

Meine Augen weiteten sich vor Entsetzen. Ringe? Ich
hatte nicht daran gedacht, welche zu besorgen. Natürlich
brauchten wir Trauringe. Schließlich heirateten wir gerade.
Ich warf Rémi einen panischen Blick zu. Er zwinkerte und
zog eine Schachtel aus seiner Tasche, öffnete sie und stellte
sie auf den Tisch. In schwarzen Samt gebettet, lagen darin
zwei Platinringe. Rémi nickte mir zu. Ich hielt ihm meine
linke Hand hin. Rémi schob mir den Ehering vor meinen
Verlobungsring an den Finger, und ich tat das Gleiche für
ihn.

»Sie können die Braut jetzt küssen«, sagte der Bürgermeister, und Rémi zog mich an sich und küsste mich leidenschaftlich. Alle Anwesenden jubelten.

Lola kam zu uns gerannt. »Maman, Papa«, rief sie, und
mein Herz schlug höher. »Ich habe Hunger!«

Alle lachten.

»*Ma puce*«, sagte Rémi und hob Lola hoch. »Bald bekommst du etwas zu essen.«

Rémi, ein gläubiger Katholik (bis auf seine Sünden im
Bett, womit ich ihn oft aufzog), wollte, dass unsere Ehe
nicht nur vor dem Staat, sondern auch vor Gott Bestand
hatte. Daher überquerten unsere rund fünfundzwanzig

Gäste die Straße, wo Pfarrer Toussaint bei Glockengeläut vor der kleinen Steinkirche auf uns wartete. Als ich die Kirche betrat, spürte ich die Gegenwart meiner Grand-mère. Etwas sagte mir, dass sie überglücklich war. Genau wie ich.

In Rémis Arme geschmiegt, wachte ich früh auf.

Die kleine Feier vom Vortag würde harmlos sein gegen das, was wir für diesen freudvollen Heiligabend geplant hatten. Der Bürgermeister und Pfarrer Toussaint würden für die geladenen Gäste eine kurze Zeremonie durchführen, gefolgt von einem Buffet, Cocktails, Musik und Tanz. Ich hätte wieder einschlummern können, war aber zu aufgeregt.

Rémi zog mich fester an sich. »*Bonjour*, meine Kleine«, flüsterte er träge. »*Je t'aime.*«

Ich kuschelte mich in seine Arme. »Guten Morgen, mein lieber Ehemann.«

»Wir müssen über etwas Wichtiges reden«, verkündete er.

O nein, dachte ich. Was war jetzt wieder los? Ich setzte mich auf. Mein Rücken kribbelte vor Unbehagen. »Was denn?«

»Wo willst du wohnen? Bei mir oder im Château?«

Ich seufzte erleichtert. Die Frage war leicht zu beantworten. Ich fühlte mich in Rémis bezauberndem Haus wohler und hätte dort mehr Distanz zur Arbeit.

»Bei dir«, sagte ich prompt.

»Gut«, erwiderte er. »Auf diese Antwort hatte ich gehofft. Ich habe mit Laetitia darüber gesprochen, und sie ist bereit auszuziehen, um uns Freiraum zu geben. Natürlich kümmert sie sich trotzdem weiter um Lola, während wir arbeiten.«

»Wo würde sie denn hinziehen?«

»Zu deinem Vater«, erklärte er.

»Im Uhrenturm ist nicht genug Platz für beide. Das wäre ihnen gegenüber nicht fair. Sie hätten nicht genügend Rückzugsmöglichkeiten, weil Jane, Phillipa und Marie auch dort wohnen«, überlegte ich. Mir kam eine Idee. »Und wenn sie in Grand-mères Suite zögen? Sie steht doch leer. Meine Räumlichkeiten könnten wir für Notfälle behalten.«

»Bist du dir sicher?«, fragte er überrascht. »Ich dachte, du wolltest ihre Erinnerung bewahren und ihre Suite wie einen Schrein behüten.«

Ich biss mir auf die Unterlippe. »Ich will mich auf die Zukunft konzentrieren«, sagte ich. »Grand-mère lebt in meinen Erinnerungen und auf meinen Fotos weiter, nicht in ein paar Zimmern.« Ich schmiegte mich in seine Arme. »Aber wir bringen die Erinnerungsstücke, die mir wichtig sind, in meine Suite.«

»Das ist eine gute Idee«, sagte er genau in dem Moment, als Étoile aufs Bett sprang und sich auf meinen Beinen niederließ. Rémi deutete auf sie. »Aber was machen wir mit deiner Katze? D'Artagnan und Aramis ...«

»Wir überlegen uns was«, versprach ich.

Ich wollte gerade aus dem Bett krabbeln, als Rémi mich zurückzog und sich auf mich rollte. »Nicht so schnell, meine schöne Gattin ...«

28

Einstimmung auf Weihnachten

*W*ährend das Personal alles für den Abend vorbereitete, wogte das Château in Wellen des Wahn- und Frohsinns. Walters und Roberts Gäste hatten das Hammam-Spa übernommen, sie boten Nicole und ihren Lunch-Ladys einen ergötzlichen Anblick. Gegen elf Uhr vormittags schlich ich mich in die Küche. Bei Phillipa und dem Rest der Brigade lief alles wie am Schnürchen, sie schnippelten, schnetzelten und schälten. Ich fühlte mich nutzlos.

»Was kann ich tun?«, fragte ich.

»Nichts«, sagte Phillipa streng und zeigte auf die Tür. »Raus aus der Küche.«

»Bitte, gebt mir was zu tun«, flehte ich.

»Entspann dich«, erwiderte sie ungerührt. »Das ist ein Befehl. Ich hab heute hier das Sagen.«

Ich überflog die Gerichte fürs Heiligabendbuffet, das in Phillipas Handschrift auf der Tafel stand.

WEIHNACHTSBUFFET

FOIE GRAS MIT KARAMELLISIERTEN ÄPFELN
Lachs mit Zitrone, Gurke und Dill, serviert
auf kleinen runden Toastscheiben

ESCARGOTS DE BOURGOGNE
Austern auf dreierlei Art ...
... mit einer Mignonette-Sauce
... mit Kirschpaprika und Apfelweinessig
... mit Pernod deglaciert, serviert mit Spinat,
Kirschpaprika und Speckstreifen

SOPHIES SCHARFE LANGOUSTE À L'ARMORICAINE

KRABBEN UND GARNELEN MIT EINEM SAFRAN-AIOLI-DIP

MIESMUSCHELN A LA PLANCHA MIT CHORIZO

EINE AUSWAHL AN KÄSESPEZIALITÄTEN DES CHÂTEAUS

DESSERT
Bûche de Noël

MARIES HOCHZEITSTORTE

Phillipa hatte das traditionelle Heiligabendbuffet des Châteaus fast beibehalten. Bestimmt konnte ich bei meinen scharfen *langoustes à l'armoricaine* helfen. Ich ignorierte Phillipas Befehl und begab mich zum Kühlraum, wo ich in Monica hineinlief.

»Was machst du denn hier? Du bist doch Gast.«

»Ich helfe aus, Süße«, erklärte Monica und scheuchte mich zurück in die Küche. »Ich bin nicht diejenige, die heute Abend ihre Hochzeit feiert.«

Monica hakte sich bei mir unter, und wir gingen lachend zurück in die Küche.

Marie stellte sich vor ihre Kochstation und verbarg ihre Kreation. »Also wirklich, Sophie, es bringt megagroßes Pech, die Hochzeitstorte zu sehen, bevor sie präsentiert wird.«

Ich verkniff mir ein Lachen. »Da hast du was falsch verstanden. Wenn der Bräutigam die Braut vor der Feier im Hochzeitskleid sieht, bringt das Unglück.«

Sie zuckte mit den Achseln. »Dann ist es ein französischer Aberglaube. Und deiner ein amerikanischer. Wir haben alles im Griff. Geh ins Spa oder was weiß ich.«

»Kann ich nicht«, klagte ich. »Walter und seine Sippschaft haben es in Beschlag genommen. Da kann ich nicht entspannen.«

Meine drei Freundinnen zeigten auf die Tür. »Raus«, riefen sie.

»Na schön«, erwiderte ich beleidigt und machte mich auf den Weg.

Ich fragte mich, was ich in den nächsten sechs Stunden mit mir anfangen sollte. Seufzend stieg ich die Treppe hinauf und ging in meine Suite, wo ich mich auf mein Bett fallen ließ. Étoile gesellte sich zu mir. Ich starrte an die Decke und dachte an meine Grand-mère, meine Mutter und an die Liebe, bis ich eindöste.

Gegen vier platzten Jane, Phillipa und Marie in unterschiedlich geschnittenen smaragdgrünen Seidenkleidern in mein Zimmer. Phillipa rüttelte mich an der Schulter.

»Aufstehen, Schlafmütze! Du hast zwei Stunden, um dich fertigzumachen, und wir würden gern noch ein paar Fotos schießen.«

»Fotos?«, fragte ich.

»Ja, ich habe eine Fotografin engagiert«, klärte Jane mich auf. »Hier ist sie. Und lern deine Frisörin kennen.«

»Tut mir leid. Ich bin wirklich fest eingeschlafen«, murmelte ich, stand auf und begrüßte die beiden, die in meinem Salon auf mich warteten.

»Kein Wunder. Hier geht's zu wie im Taubenschlag«, sagte die Fotografin und beäugte die Schachtel mit meinen Dessous auf dem Toilettentisch. »Okay, Prinzessin, stehen Sie auf, duschen Sie rasch und schlüpfen Sie in Ihre sexy Unterwäsche. Wir machen ein Boudoir-Shooting.«

Die Frisörin rieb sich entzückt die Hände »Ich kann es kaum erwarten, Sie wunderhübsch zu machen. Schaut euch nur ihre Haare an.«

Eine gute Stunde lang brauchte die Frisörin, um mich zu verschönern. Sie wand meine Haare zu einer lockeren Hochsteckfrisur und steckte kleine weiße Rosen und Schleierkraut hinein, während die Fotografin jeden Schritt mit ihrer Kamera festhielt. Schließlich half mir Jane in das Kleid.

»Wow«, stieß Phillipa hervor und starrte mich bewundernd an. »Du siehst absolut umwerfend aus. Wie vom Himmel gefallen.«

Alle nickten zustimmend.

Ich legte die Halskette an, die Rémi mir geschenkt hatte. Dann betrachtete ich mich prüfend im Ganzkörperspiegel. Was ich sah, schockierte mich. In diesem herrlichen Kleid mit den funkelnden Silbersternen kam ich mir vor, als würde auch ich erstrahlen, so als hätte ich mich aus einer Raupe in einen Schmetterling verwandelt. In dem Moment glaubte ich, mein Totem gefunden zu haben – Le Papillon Sauvage, das war ich. Ob Grand-mère das geplant hatte?

»Du hast es weit gebracht, mein Schatz«, sagte Phillipa.

»Weißt du was?«, entgegnete ich. »Du hast recht.«

Bevor mein Vater kam, um mich nach unten zu geleiten, machte die Fotografin eine Menge Fotos von den Mädels und mir und Großaufnahmen aller Details, zum Beispiel meiner Schuhe. Es klopfte. Jane stürzte zur Tür, öffnete sie und nahm eine große Schachtel entgegen.

»Dein Strauß ist da. Und unsere Sträußchen.«

»Ich hoffe, er gefällt dir«, sagte Jane.

Ich sah in die Schachtel und war von der Pracht und Schönheit überwältigt: ein Bouquet aus weißen Rosen und Lilien, geschmückt mit schimmernden Kiefernzapfen und erdigem Grün für mich und kleinere Versionen für meine Freundinnen. Ich legte die Hand auf mein Herz.

»Was ist?«, fragte Jane. »Ich hab doch gesagt, ich kümmere mich um Blumen. Lola wird aus einem silbernen Körbchen weiße Rosenblütenblätter streuen.«

»Warst du in einem früheren Leben Hochzeitsplanerin?«, scherzte Marie.

Jane grinste. »Das war ich tatsächlich. Deshalb hat Sophies Grand-mère mich ursprünglich eingestellt.«

»Meine Schwester ist eine Frau mit vielen Talenten«, erklärte Phillipa.

»Und ob sie das ist«, bekräftigte ich und umarmte Jane. »Danke. Du hast diesen Abend gerade noch spezieller gemacht.«

»Gehört alles zum Château-Erlebnis«, sagte Jane, und ich biss mir auf die Lippe.

Phillipa stupste mich an. »Jetzt werd nicht rührselig. Du ruinierst dir noch dein Make-up.«

Lola kam ins Zimmer gestürmt, gefolgt von meinem Vater. Sie trug ein weißes Tüllkleid, dessen Oberteil mit Seidenblumen verziert war. Mein Vater sah in seinem schwarzen Smoking mit seinen graumelierten Haaren elegant aus. Lola kam zu mir gerannt, nahm meine Hand und sah bewundernd zu mir auf.

»Maman«, sagte sie, hielt den Saum ihres Kleidchens hoch und wiegte ihre kleinen Hüften von einer Seite zur anderen. »Ich bin eine Prinzessin, genau wie du.«

Ich ging in die Hocke, um mit ihr auf Augenhöhe zu sein. Nein, der Gedanke ans Muttersein machte mir keine Angst mehr. Lola war ein Engel, und ich würde ihr eine gute Mutter sein. Ich küsste sie auf die Wange.

»Du bist *ma princesse*.«

Die Kamera der Fotografin klickte.

Mein Vater legte die Hand auf sein Herz. »Sophie, *ma chérie*, du siehst wunderschön aus. Ich finde keine Worte, um meine Gefühle auszudrücken.« Er schluckte vor Rührung. »Ich habe mir geschworen, nicht zu weinen.«

Eine Träne lief ihm über die Wange. Ich trat zu ihm und wischte sie ihm fort. Einen Moment lang sahen wir uns nur lächelnd in die Augen.

»Bist du bereit für den großen Auftritt?«, fragte er dann, und ich nickte.

»Ich gehe mit Lola runter«, verkündete Jane und reichte Lola das Körbchen mit den Rosenblütenblättern. »Phillipa und Marie gehen hinter uns. Dann kommst du mit deinem Dad. In Ordnung?«

»Ja«, stimmte ich zu.

Ich vernahm die wunderschönen Harfenklänge von Pachelbels Kanon in D-Dur. Sie hallten durch das Château.

»Woher kommt diese Musik?«, fragte ich erstaunt.

»Ich hab ein Streicherquartett und eine Harfenistin engagiert«, informierte mich Jane.

Natürlich hatte sie das. Jane vergaß niemals auch nur das kleinste Detail.

»Es ist so weit«, erklärte Phillipa und reichte mir meinen Brautstrauß.

Wir begaben uns zur Treppe, wo ich mich bei meinem Vater unterhakte. Mit Janes Hilfe streute Lola die Blumenblütenblätter, sie schwebten zu Boden. Marie und Phillipa folgten ihr. Mein Vater nickte mir zu. Ein Raunen ging durchs Treppenhaus, als ich meinen großen Auftritt hatte. Rémi stand ungläubig da und lächelte sein köstliches Lächeln. Walter und Robert formten mit den Lippen »Wow!«, als mein Vater meine Hand in Rémis legte.

»Gib auf sie acht«, bat mein Vater.

»Das werde ich«, versprach Rémi sichtlich stolz.

Unsere Blicke trafen sich. Er sah in seinem Smoking so sexy aus.

Auf dem letzten Treppenabsatz begann die kleine private Zeremonie. Rémi und ich standen vor Pfarrer Toussaint, Walter und Robert vor dem Bürgermeister. Während ich in Rémis liebevolle Augen sah, verging die Zeit so schnell, dass es mir vorkam, als wäre es vorbei, bevor es begonnen hatte. Die Gäste jubelten.

»Küssen, küssen, küssen!«, skandierten sie, also beugte Rémi sich zu mir herunter und küsste mich. Walter und Robert küssten sich ebenfalls.

Walter fing meinen Blick auf. »Meine Freunde singen in einem Chor«, erklärte er. »Wir haben dieses Lied für dich ausgesucht. Auf deine Sterne, Sophie.«

Als der Applaus abebbte, setzte die Musik ein – zuerst die Harfenistin, dann die Geigen und der Cellist. Walters und Roberts Freunde gruppierten sich und sangen mehrstimmig. Der Song, *A Sky Full of Stars* von Coldplay, hatte eine so faszinierende Wirkung, dass es mir kalt über den Rücken lief. Rémi legte meinen Strauß auf den Boden, wirbelte mich herum und presste seinen Körper an meinen. Und nachdem ich aus Angst vor einem Sturz meine hochhackigen Schuhe weggekickt hatte, tanzten wir zum ersten Mal als Ehepaar.

Im Château glänzten die Weihnachtslichter, am Baum flackerten die Kerzen. Die Servierkräfte öffneten den Schaumwein und bedienten die Gäste. Jemand drückte mir ein Glas in die Hand. Jane reichte mir ein Mikrofon. Ich hatte nicht daran gedacht, eine Rede vorzubereiten, aber nervös war ich nicht. Wie beim Kochen wollte ich auf mein Herz hören.

»Ich danke euch allen, dass ihr hergekommen seid, um gleich zwei Eheschließungen und Heiligabend zu feiern«, begann ich und räusperte mich. »Heute Abend feiern wir die Liebe«, fuhr ich fort. »Ich bin gesegnet, so viele Freunde – alte und neue – hier zu haben, die diesen Zauber gemeinsam mit uns erleben. Wie ihr wisst, ist das ein ganz besonderer Abend. Wir trinken auch auf meine besten Freunde Walter und Robert. Gratulation zu eurer Hochzeit. Möge das Leben euch alles schenken, was ihr euch je gewünscht habt.« Ich wartete, bis der Applaus abebbte. Das letzte Mal, als ich vor so großem Publikum eine Rede gehalten hatte, war auf Grand-mères Beerdigung gewesen. »Apropos Liebe, jemand Wichtiges fehlt heute Abend, aber ich glaube daran, dass sie im Geiste bei uns ist und in mir weiterlebt.« Ich hob mein Glas. »Auf Grand-mère Odette. Ich hoffe, ich habe dich stolz gemacht. Deine Lehren haben mein Herz für die Liebe geöffnet. Ohne dich hätte ich nichts von dem, was ich heute habe – die zwei Lieben meines Lebens, Rémi und das Kochen.« Ein paar Leute schniefen. Einige wischten sich Tränen aus den Augen. »Es ist Zeit zu essen, zu trinken und fröhlich zu sein«, rief ich. »Aber bevor es losgeht, muss ich noch etwas tun. Alle ledigen Frauen, bitte tretet unten an die Treppe.« Ich reichte Rémi mein Glas, hob meinen Brautstrauß auf und drehte mich mit dem Rücken zu den Gästen. »Seid ihr bereit?«

»*Oui.*«

Ich warf den Strauß und drehte mich gerade rechtzeitig

wieder um, um zu sehen, wie die Frauen hochsprangen und Laetitia ihn auffing, wie ich gehofft hatte. Ich hatte gesehen, wo sie stand, und etwas nachgeholfen. Ich lächelte Laetitia an.

»Ich hoffe, wir feiern im Château in naher Zukunft eine weitere Hochzeit«, sagte ich. Rémi reichte mir mein Glas, und ich hob es feierlich. Ich ließ den Blick über die lächelnden Gäste schweifen und suchte Blickkontakt zu allen wichtigen Menschen in meinem Leben. »Amüsiert euch. Das Buffet ist eröffnet. Frohe Weihnachten!«

Erneut Applaus. Das Klirren von Champagnergläsern. Rémi zog mich wieder an sich, um mich zu küssen.

»*Je t'aime*, Sophie«, sagte er. »Du bist wirklich eine unglaubliche Frau.«

Ich lächelte. »Ich freue mich schon sehr auf unsere Hochzeitsreise.«

Bevor er antworten konnte, erregte Marie meine Aufmerksamkeit. Sie rollte einen mit Blumen und weißen Schleifen dekorierten Servierwagen mit ihrem Meisterwerk herein. Rémi und ich stiegen die Treppe hinunter. Die fünfstöckige Torte war eine Nachbildung meines Kleides, mit Silberfäden aus Zuckerguss und Sternen dekoriert, von weißen Rosen gekrönt genau wie meine Frisur.

Ich wandte mich an Marie. »Ich hab noch nie etwas Schöneres gesehen.«

»Ich schon«, entgegnete Marie. »Dich.«

»Ich schließe mich dieser Meinung an«, sagte Rémi.

Ich lächelte. »Kommt schon, gehen wir was essen.«

Wegen all der Gäste, die um unsere Aufmerksamkeit wetteiferten und uns auf die Wangen küssten, dauerte es eine gute Stunde, bis Rémi und ich es ans Buffet schafften. Alle wollten ein Stück von uns, und das war für mich okay, denn Weihnachten war das Fest des Gebens, und ich war überglücklich.

Mein Blick fiel auf die gläserne Libelle, die am Baum glitzerte. »Danke, Grand-mère, danke, Rémi, und danke, meine Freunde«, flüsterte ich. »Dafür, dass ihr mir die Augen für meine Träume geöffnet habt.«

EPILOG
C'est la vie

Zwei Tage nach Weihnachten flogen Rémi und ich auf die Seychellen. Auch wenn wir etwas Regen hatten, war die Reise traumhaft. Meine Überlegung, dass Rémi und ich vor unserer Ehe zusammen in den Urlaub fahren sollten, um uns richtig kennenzulernen, war albern gewesen. Wenn man wusste, dass man verliebt war, dann wusste man es eben. Und genau wie dem kristallklarer Wasser, in dem ich schwamm, gab ich mich der Liebe mit jedem Tag mehr hin. Kurz nach Neujahr kehrten wir ins Château zurück, gewöhnten uns wieder ein und schafften meine Sachen zu Rémi, während Laetitias und Jean-Marcs Habseligkeiten in Grand-mères Suite gebracht wurden. Étoile zog bei ihnen ein und bekam einen neuen Fensterplatz, und ich erhielt Besuchsrecht.

Kurz vor dem Valentinstag, ich bereitete gerade mit Lola an meiner Seite das Mittagessen für alle vor, betraten Phillipa und Jane die Küche.

»Seit deiner Hochzeit sehe ich dich überhaupt nicht mehr«, beklagte sich Phillipa und stellte einen Korb mit getrocknetem Lavendel auf den Zubereitungstisch. Sie reichte Lola ein paar Zweiglein.

»Was? Wir sehen uns quasi jeden Tag«, verteidigte ich mich.

»Ich weiß. Aber es ist jetzt anders. Wir kochen nicht mehr so viel zusammen. Umarmung?«, fragte sie, und ich kam ihrer Bitte nach. »Ach, du bist inzwischen so gut darin.«

»Was soll ich sagen? Ich hatte eine ausgezeichnete Lehrerin«, sagte ich, bevor ich zum Mülleimer stürzte und mich übergab.

Phillipa rieb mir den Rücken. Lola kam zu mir und hielt mir den Lavendel unter die Nase, worauf ich noch mehr würgen musste.

»Bist du krank?«, fragte Jane besorgt.

»Nein, ich glaube, dass der Stress und die Erschöpfung mich jetzt einholen.«

Jane lotste mich zu einem Hocker und reichte mir ein Glas Wasser. »Mir ist aufgefallen, wie du die Nase gerümpft hast, als Lola dir den Lavendel hingehalten hat. Seit wann magst du Lavendelduft nicht mehr?«

»Ich glaube nicht, dass sie krank oder gestresst ist. Ich glaube, es ist etwas anderes«, bemerkte Phillipa. »Ich wollte nichts sagen, aber du leidest seit einiger Zeit unter Stimmungsschwankungen. Weißt du noch, dass du gestern völlig grundlos in Tränen ausgebrochen bist? Und du hast dich übergeben, nachdem du dein eigenes Gericht gekostet hast, das absolut perfekt war.«

»Worauf willst du hinaus?«

»Vielleicht bist du schwanger«, sagte sie.

»Unmöglich«, erwiderte ich.

»Wirklich?«, fragten die Zwillinge im Chor.

Ich biss mir nachdenklich auf die Lippe. Ich konnte mich absolut nicht daran erinnern, wann ich das letzte Mal meine Tage gehabt hatte. War das über einen Monat her? Ich führte nicht gerade Buch darüber. Rémi und ich waren äußerst vorsichtig gewesen und hatten Kondome benutzt. Ich riss die Augen weit auf. Außer ... In einer Nacht auf den Seychellen hatten wir uns bei Vollmond unter freiem Himmel am Strand geliebt.

»O mein Gott!«, rief ich. »Du könntest recht haben. Was soll ich jetzt tun?«

»Ich fahr schnell in die Apotheke und hole einen Test«, rief Jane und stürzte zur Tür hinaus.

Phillipa quatschte pausenlos darüber, wie aufregend das war, Lola sah verständnislos von einem zum anderen, und ich saß wie betäubt da und fragte mich, wie ich das hatte zulassen können. Was sollte ich jetzt machen? Wie sollte ich ein Baby und die Leitung eines Sternerestaurants unter einen Hut bringen? Ich hatte schon kaum Zeit für mich selbst. Außerdem war ich völlig unerfahren. Und wie würde Lola es finden, zur großen Schwester zu werden?

Eine halbe Stunde später starrten Phillipa, Jane und ich mit weit aufgerissenen Augen auf die zwei pinkfarbenen Linien des Teststreifens. Doch während meine Freundinnen vor Aufregung kreischten, wurde ich blass vor Angst. Ich hätte verzückt sein sollen, aber ich war es nicht.

»Jane und Phillipa, könnt ihr auf Lola aufpassen? Ich brauche frische Luft«, sagte ich.

Ohne eine Antwort abzuwarten, stürmte ich zur Hintertür hinaus und rannte runter zum Fluss. Nach einer Weile hörte ich das Laub rascheln. Mit rot geweinten Augen drehte ich mich um. Mein Vater kam, mit einem Korb in der Hand, auf mich zu.

»Sophie, was ist los? Weinst du?«

»Ja«, räumte ich ein. Es hatte keinen Sinn, es verbergen zu wollen.

»Ist zwischen dir und Rémi alles in Ordnung?«

»Natürlich, Papa. Aber es ist der falsche Zeitpunkt …«

»Wofür?«

»Um schwanger zu werden.« Ich strich mit der Hand über meinen noch flachen Bauch. »Aber das bin ich. Schwanger.«

»Ich verstehe«, erwiderte er. »Was das anbelangt, ist der Zeitpunkt selten der richtige. Wann wäre er denn perfekt für dich?«

»Keine Ahnung.«

Mein Vater rutschte zu mir ans Ufer herunter und setzte sich neben mich. Er legte den Arm um meine Schultern. »Sophie, mein Rat an dich lautet, dich auf das Gute in deinem Leben zu konzentrieren. Deine Augen leuchten auf, wenn du in der Küche bist … und wenn du Rémi und Lola siehst. So wie meine Augen aufleuchten, wenn ich dich sehe. Ich bin der stolzeste Vater auf der Welt.«

»Ich weiß immer noch nicht, ob ich eine gute Mutter sein werde.« Da. Ich brach wieder in Tränen aus und zog die Knie an die Brust.

»Du schlägst dich mit Lola ziemlich gut. Sie vergöttert dich«, erklärte er. »Und sieh dir nur an, was im Château los ist. Du hast vom ersten Moment an das Ruder übernommen. Du bist der Liebling der Medien, und es wird immer besser. Ein Kind wird es nicht schlechter machen.«

»Schon, aber wenn ich den Druck nicht aushalte?«

»Das wirst du, wenn du immer eins nach dem anderen erledigst. Du hast so viele Menschen um dich, die dir helfen werden. Du stehst nicht allein da«, redete er mir gut zu und machte eine ausladende Handbewegung. »Du, *ma chérie*, verdienst jedes Fünkchen Glück.«

Ich senkte den Kopf. »Ich bin angeblich furchtlos«, murmelte ich. »Aber eigentlich bin ich das gar nicht. Ich bin nur ich.«

»Was beweist, dass du auch nur ein Mensch bist. Es ist in Ordnung, sich verletzlich zu fühlen, wenn es um Herzensangelegenheiten und ums Muttersein geht, und du hast jedes Recht, Angst zu haben«, sagte er. »Weißt du, wie beängstigend es damals für mich war, hierherzukommen und dich zu treffen?« Mein Vater hielt sich die Augen zu. »Und jetzt nennst du mich Papa. In der Vergangenheit war ich nie für dich da. Vielleicht verdiene ich diese Anrede nicht.«

»Und ob du das tust, Papa«, widersprach ich und wischte mir die Tränen weg. »Du wusstest nicht, wo ich war. Und jetzt bist du für mich da.«

»Und du wirst für Rémi, Lola und dein neues Baby da sein, vor allem wenn du ihnen die Liebe, die Güte und die Versöhnlichkeit zuteilwerden lässt, die du mir gegenüber gezeigt hast.«

Ich schloss die Augen, während Rémi uns eilig zum Arzt fuhr. Der Wagen schlängelte sich über die kurvenreichen Landstraßen. Als wir parkten, waren meine Beine wie gelähmt. Rémi hielt mir die Hand hin und half mir vom Beifahrersitz.

»Sophie, ich bin auch nervös.«

Er begleitete mich ins Wartezimmer, und nach einer qualvollen halbstündigen Wartezeit führte uns Dr. Marchand ins Untersuchungszimmer. Nachdem sie uns ein paar Fragen gestellt und meine Versichertenkarte entgegengenommen hatte, winkte sie mich zur Untersuchungsliege. Ich legte mich darauf und zog meine Hemdbluse hoch. Dr. Marchand trug etwas Gel auf und setzte den Scanner auf meinen Bauch. Rémi drückte meine Hand, wir hielten beide den Atem an.

»Sehr schön«, sagte die Ärztin. »Da ist er, der Fötus. Sie müssten in der sechsten Woche sein.« Meine Blicke huschten zum Bildschirm. Dr. Marchand drehte an einem Knopf des Ultraschallgeräts. »Und wir haben schon einen fetalen Herzschlag.« Sie legte den Scanner weg und sah mich an. »Nach meinen Berechnungen haben Sie Anfang Januar empfangen. Somit wird sie oder er Ende September zur Welt kommen.«

Plötzlich wurde meine Angst von einer überwältigenden Freude verdrängt. Ich würde für Lola und dieses Baby eine *richtige* Mutter sein. Ich würde alles in meiner Macht Stehende tun, um meine Kinder zu beschützen und ihnen beizubringen, was ich über die Liebe und das Leben gelernt hatte. Und das Kochen.

»Ich werde Papa«, sagte Rémi glücklich und drückte fest meine Hand.

»Zum zweiten Mal«, erinnerte ich ihn. »Ich finde, ich sollte Lola noch vor der Geburt des Babys adoptieren, damit sie nicht eifersüchtig aufeinander sind, wenn sie älter werden.« Ich hielt inne. »Wenn dir das recht ist.«

In Rémis Augen glänzten Tränen, was der endgültige Beweis dafür war, dass er menschlich, liebevoll, einfühlsam und gütig war.

»Du machst mich zum glücklichsten Mann auf der Welt«, sagte er.

Dr. Marchand reichte mir einen Ausdruck. »Keine Meeresfrüchte. Gemüse gründlich waschen, Obst schälen. Kein rohes oder halb gares Fleisch. Und halten Sie sich von Katzen fern.«

»Katzen?«, fragte ich verständnislos.

Sie nickte. »Die meisten Französinnen sind gegen Toxoplasmose immun, eine Infektion, die durch Parasiten übertragen wird, die in Katzenkot zu finden sind, und die sich mit etwas so Simplen wie einem Kratzer verbreiten kann. Aber als Amerikanerin müssen Sie umso vorsichtiger sein.«

Ich streichelte meinen Bauch. Arme Étoile. Mein kleines Fellknäuel würde mich fast acht Monate lang nicht zu sehen bekommen. Aber zumindest wäre sie von Liebe umgeben.

Rémi drückte meine Hand. »Ich kann nicht glauben, dass das hier gerade passiert«, sagte er.

»So ist es aber«, versicherte ich ihm. »Auf das nächste Kapitel unseres Lebens.«

»Schauen wir noch mal nach und machen ein paar Aufnahmen für Sie«, sagte Dr. Marchand und setzte den Scanner wieder auf meinen Bauch. Dann schnappte sie nach Luft. »Na, was haben wir denn hier? Entschuldigen Sie vielmals. Ich hab da etwas übersehen. Er oder sie muss sich gerade versteckt haben.« Sie lächelte. »Zwillinge.«

Oh. Meine. Sterne. Mein Leben würde sich verändern –

von Grund auf. Doch nach allem, was ich durchgemacht hatte, sagte ich mir, dass ich bereit dafür war.

Ich hatte so viel durchgemacht. Ich hatte meine Mutter verloren. Ich hatte meine Arbeit verloren. Ich hatte meine Großmutter verloren. Aber ich hatte auch viel gewonnen, einschließlich eines Michelin-Sterns. Seltsam, dieser Traum war mir jetzt, wo ich so viel mehr hatte, nicht mehr so wichtig. Ich hatte eine große Familie und Freunde, und sie liebten mich. Ein Gefühl unglaublichen Glücks erfasste mich, und ich würde es nicht mehr loslassen. Ich sah in Rémis tränenfeuchte Augen.

»Weißt du was?«, fragte ich.

»Was?«

»Du hattest recht mit den Träumen«, sagte ich und küsste seine Hand.

»Denkst du an deine Sterne?«, fragte er. »Und dass diese Schwangerschaft vielleicht deine Pläne durcheinanderbringt?«

»Nein, die Sterne sind mir nicht mehr wichtig«, erwiderte ich lächelnd. »Ich denke daran, dass du gesagt hast, dass Träume sich verändern können. Ich denke an unsere Familie, an eine glänzende Zukunft und an uns.«

Der Frühling, die Jahreszeit der Erneuerung, würde bald Einzug halten, und ich war bereit für dieses neue, wilde, wunderbare Leben.

Sophies Rezepte

*L*iebe Leser*in,

wie Jacques Pépin schon sagte: *Kochen ist die Kunst des Anpassens*. Bitte denken Sie daran, dass jeder Herd, jeder Ofen andere Temperaturen hat, und würzen Sie nach Ihrem Geschmack.

Ich hoffe, die Rezepte, die ich für Sie ausgesucht habe, gefallen Ihnen. An alle Vegetarier*innen und Veganer*innen auf der Welt: Einige dieser Gerichte können entsprechend Ihrer Diäteinschränkungen abgewandelt werden. Lassen Sie das Fleisch weg, ersetzen Sie Hühnerbrühe durch Gemüsebrühe, benutzen Sie mehr Olivenöl statt Butter usw. Denken Sie daran, Rezepte sind nur Leitlinien, Sie können sie sich zu eigen machen.

Wenn Sie Gäste haben, bereiten Sie alles, was möglich ist, im Voraus vor. Diese Lektion habe ich von der Besten gelernt – meiner Grand-mère. Gemüse wie Zwiebeln und Paprika kann man auch vorgeschnitten im Laden kaufen, was zeitsparend ist. In Frankreich und in meiner Küche ist das jedoch keine Option.

Und schließlich, zur Erinnerung, in Frankreich besteht ein Essen aus fünf Gängen: einem *apéro*, dem *entrée*, also einer kleinen Vorspeise, der *plat principal*, dem Hauptgericht, dem Käse- oder Salatgang und dem Dessert.

Die besten Wünsche, *bon appétit* und viele *bisous*

Chefköchin Sophie

L'AMUSE-BOUCHE (APÉRO)

Monicas gefüllte Jalapeño-Feigen in einem Mantel aus luftgetrocknetem Rohschinken, serviert mit einer Kakao-Chilipuder-Balsamico-Glace

Für 8–16 Personen

Vorbereitungszeit: 10 Minuten

Kochzeit: 3–4 Minuten für die Feigen, 7 Minuten für die Glace

Ruhezeit: 10 Minuten für die Glace

ZUTATEN:

1 Tasse Balsamico-Essig

8 frische Feigen

200 g geräucherte Jalapeños

3–4 Scheiben luftgetrockneter Rohschinken

Natives Olivenöl extra

1 Esslöffel Butter

½ Esslöffel Kakaopulver

1 Teelöffel Chilipuder

Frisch gemahlener Pfeffer

ZUBEREITUNG:

Den Essig in einen kleinen Topf gießen und bei großer Hitze etwa 5 bis 7 Minuten zu einer sirupartigen Konsistenz einkochen. Die Hitze reduzieren und warmhalten.

Die Feigen entstielen und halbieren. Mit einem Messer in der Mitte leicht einritzen. Die geräucherten Jalapeños in etwa ein Zentimeter kleine Stückchen schneiden und in die Feigen stecken. Den luftgetrockneten Rohschinken längs in vier Teile schneiden. Jede gefüllte Feigenhälfte mit einem schmalen Schinkenstreifen umwickeln, mit einem Zahnstocher fixieren.

Einen Schuss Olivenöl und ein kleines Stückchen Butter in einer großen Bratpfanne bei mittlerer Temperatur erhitzen. Die umwickelten Feigen pro Seite etwa 2-3 Minuten anbraten, bis der Schinken golden ist. Aus der Pfanne nehmen und auf einen Teller legen.

Wenn die Balsamico-Glace auf Raumtemperatur abgekühlt ist, den Kakao und das Chilipuder dazugeben und gut verrühren. Mit einem kleinen Löffel die Feigen im Schinkenmantel damit beträufeln. Mit frisch gemahlenem Pfeffer bestreuen und servieren.

L'ENTRÉE

Velouté d'artichaut
(Cremige Artischockensuppe)

Für 6 Personen
Vorbereitungszeit: 60 Minuten
Kochzeit: 50 Minuten

ZUTATEN:

6 große Artischocken

Saft von 2 Zitronen (getrennt)

Salz

Natives Olivenöl extra

1 Teelöffel fein gehackter Knoblauch

1 Teelöffel fein gehackter Ingwer

3 Schalotten, geschält und in Scheiben geschritten

1 Karotte, geschält und in Scheiben geschnitten

1 Stange Staudensellerie, in Würfel geschnitten

1 Lauchstange, in Scheiben geschnitten

¼ Tasse trockenen Weißwein

4½–5 Tassen Gemüsebrühe

2 Bouquets garnis (Lorbeerblätter und Thymianzweige)

¾ Tasse Crème fraîche oder Crème double

½ Teelöffel Safran (auf Wunsch)

1 Esslöffel Butter

1 Esslöffel Mehl

1 Dose Miniartischockenherzen in Wasser

Paprika

Fleur de sel

Frisch gemahlener Pfeffer

1 Bündchen frischer Estragon

ZUBEREITUNG:

Eine große Schüssel mit Wasser füllen. Den Saft einer Zitrone und zwei Prisen Salz hineingeben. Die Stile der Artischocken entfernen und sie mit der Unterseite nach unten in die Schüssel legen. Die härteren Blätter entfernen*, die weicheren herausziehen und mit einem kleinen Löffel das faserige Heu vom Artischockenboden entfernen.

2–3 Esslöffel Olivenöl auf mittlerer Temperatur erhitzen. Ingwer- und Knoblauch hineingeben und wenden, bis sie sich golden verfärben und duften. Die Schalotten hinzugeben, garen, bis sie weich sind, gefolgt von den weichen Artischockenblättern, dem Sellerie und den Karotten. Unter Rühren weitere 3–4 Minuten garen. Den Lauch hinzugeben. Unter gelegentlichem Umrühren weitere 10 Minuten garen. Etwas Salz, frisch gemahlenen Pfeffer und die Bouquets garnis dazugeben. Den Wein, den restlichen Zitronensaft und die Gemüsebrühe hineingießen. Aufkochen lassen und bei geringer Hitze 25 Minuten köcheln lassen.

Den Topf vom Herd nehmen. Die zwei Bouquets garnis vorsichtig mit einer Küchenzange entfernen. Den Topfinhalt mit einem Pürierstab pürieren. Den Topf zurück auf den Herd stellen und die Crème fraîche unterrühren. Wenn Sie eine sämigere Velouté wünschen, vermengen Sie

---

* Wenn Sie die härteren Blätter der Artischocken aufbewahrt haben, dünsten Sie sie, bis sie butterweich sind, und servieren Sie sie mit einem Dip Ihrer Wahl.

Mehl und Butter in einer kleinen Schüssel. Unterrühren, bis die Butter geschmolzen ist. In kleinen Schüsseln servieren. In der Mitte je ein Miniartischockenherz platzieren. Mit einer Prise Paprika, frisch gemahlenem Pfeffer und dem Estragon garnieren. Mit Baguette servieren.

LE PLAT PRINCIPAL I

Couscous mit Backpflaumen, Aprikosen und eingelegten Zitronen, dazu Gemüse, garniert mit gerösteten Mandelsplittern

Für 6 Personen
Vorbereitungszeit: 35 Minuten
Kochzeit: 1 Stunde

ZUTATEN:

Natives Olivenöl extra

1 Esslöffel fein gehackter Knoblauch

1 Esslöffel fein gehackter Ingwer

1 rote oder gelbe Zwiebel, grob geschnitten

3 Karotten, geschält und geviertelt

1 Tasse Kartoffeln, geschält und in Würfel geschnitten

1 mittelgroße Rübe, geschält und in Würfel geschnitten

1 kleine Aubergine, in Würfel geschnitten

1 rote Paprika, entkernt und gewürfelt

1 gelbe Paprika, entkernt und gewürfelt

¾ Tasse würfelig geschnittener Sellerie

6–8 Artischockenböden, geviertelt

1 Esslöffel Ras el-Hanout

1 Esslöffel Kakaopuder

1 Esslöffel gemahlener Ingwer

½ Esslöffel gemahlener Zimt

½ Esslöffel gemahlener Kurkuma

½ Esslöffel gemahlener Kreuzkümmel

2 Teelöffel Chilipulver

1 Esslöffel Tomatenmark

8 Flaschentomaten, geschält und grob geschnitten

3½–4 Tassen Gemüsebrühe

1 mittelgroße Zucchini, der Länge nach halbiert und in Halbkreise geschnitten

1 Tasse frische französische grüne Bohnen, die Enden gekappt und halbiert

1–1½ Tassen Kichererbsen

1 Tasse Oliven

1 Tasse Backpflaumen

1 Tasse getrocknete Aprikosen

¾ Tasse Sultaninen

1½–2 Esslöffel Butter

1 Tasse gestiftelte Mandeln

Salz

Frisch gemahlener Pfeffer

Harissa

600 g Couscous, fein oder mittel

Gemüsebrühe

½ Tasse eingelegte Zitronen (Rezept folgt)

1 Tasse gehackte Petersilie oder Koriander

ZUBEREITUNG:

Alle Zutaten wie angegeben vorbereitet bereitlegen. 2–3 Esslöffel Olivenöl in einem großen Topf erhitzen. Knoblauch und Ingwer hinzufügen. Etwa eine Minute garen, bis es duftet. Die Zwiebeln hinzugeben, garen, bis sie weich sind, gefolgt von den Karotten-, Kartoffel-, Rüben-, Auberginen-, Paprika- und Selleriestückchen sowie den geviertelten Artischockenböden. Einen großzügigen Schuss Olivenöl hinzugeben, verrühren und etwa 10–15 Minuten kochen.

Alle Gewürze, das Tomatenmark, die geschälten Flaschentomaten und die Gemüsebrühe hinzugeben. Rühren und aufkochen lassen. Zucchini, grüne Bohnen, Kichererbsen und Oliven hinzugeben, gefolgt von den Backpflaumen, Aprikosen und Sultaninen. Den Topf abdecken und bei geringer Hitze 30–40 Minuten köcheln lassen.

1 ½–2 Esslöffel Butter in einer Pfanne zergehen lassen. Die Mandeln dazugeben, leicht schwenken, bis sie golden sind. Beiseitestellen.

Für das Couscous: Nach Packungsanweisung zubereiten, doch statt Wasser Gemüsebrühe nehmen. Mit gerösteten Mandelsplittern, gehackter Petersilie und eingelegten Zitronen garniert auf Teller geben. In einer kleinen Schale Brühe mit dem Harissa verrühren, samt Salz und Pfeffer auf den Tisch stellen, damit Ihre Gäste, Ihre Familie und Sie das Gemüse nach Ihrem individuellen Geschmack würzen können.

ANMERKUNG:
Statt mit Couscous mit Pasta oder Reis servieren oder als Beilage zu Lamm oder Hähnchen.

Eingelegte Zitronen:

Ergibt etwa 1 ½ Tassen
Vorbereitungszeit: 10 Minuten
Ruhezeit: 12–24 Stunden

ZUTATEN:

8–10 Zitronen

Saft einer Zitrone

2½ Esslöffel Salz

5 Esslöffel Zucker

1 Zweig frischer Rosmarin (auf Wunsch)

ZUBEREITUNG:

Die Zitronen gründlich waschen, in dünne Scheiben schneiden und vierteln. Die Zitronenscheiben mit Salz, Zucker und Zitronensaft in einer Schüssel schwenken. Die Mischung mit einem Zweig Rosmarin (wenn gewünscht) in ein Einmachglas füllen. Das Glas mindestens 12 Stunden in den Kühlschrank stellen.

Anmerkung: Am Vortag zubereiten, die eingelegten Zitronen schmecken auch zu Salaten großartig und halten sich zwei Wochen im Kühlschrank.

PLAT PRINCIPAL II

Lammkeule, serviert mit einem Rotwein-Schalotten-Sud, als Beilage Kartoffel-Millefeuilles (Rezept folgt)

Für 6 Personen
Vorbereitungszeit: 10 Minuten
Kochzeit: 45–55 Minuten
Ruhezeit: 15 Minuten

ZUTATEN:

3 große rote Zwiebeln, geschält, halbiert

2 mittelgroße Karotten, geschält

1 (3½–4 Pfund) Lammkeule mit Knochen

Natives Olivenöl extra

12 Knoblauchzehen, geschält: 5 längs in Scheibchen schneiden, die restlichen ganz lassen

10–12 Nelken

1–1½ Esslöffel Fleur de sel oder koscheres Salz

Frisch gemahlener Pfeffer

1–2 Lorbeerblätter

1 Hand voll Rosmarinnadeln

3–4 Schalotten, geschält und in Scheiben geschnitten

1 Knoblauchzehe, geschält und fein gehackt

½ Esslöffel brauner Zucker

1¾ Tassen Rotwein

1½ Tassen flüssiges Bratenfett (siehe Rezept unten)

½ Bouillonwürfel (nach Bedarf)

½–1 Esslöffel Butter

½–1 Esslöffel Mehl

ZUBEREITUNG:

Ofen auf 180° Celsius vorheizen. Zwiebeln, Karotten und den Knoblauch in einen Bräter geben. Die Lammkeule darauf betten und mit einem Messer alle drei bis fünf Zentimeter einschneiden. Das Lamm mit reichlich Olivenöl einreiben und die Knoblauchscheibchen in die Einschnitte stecken. Nach Belieben mit Salz und Pfeffer einreiben. Dann den Rosmarin über das Lamm streuen und die ganzen Knoblauchzehen zum Gemüse geben. Das Gemüse mit etwas Wasser angießen. Den Bräter in den Ofen stellen und 45–55 Minuten backen. Das Lamm ist innen *à point*, wenn die Temperatur 60° Celsius beträgt. Das Lamm auf ein Schneidebrett legen, zum Warmhalten mit Alufolie bedecken und den Rotwein-Schalotten-Sud zubereiten.

Dafür das Gemüse und die Knoblauchzehen aus dem Bräter nehmen und beiseitestellen. Einen Schuss Öl in eine Pfanne geben und auf mittlerer Temperatur erhitzen. Das Gemüse zum Warmhalten hineingeben. Das Bratfett mit dem Rosmarin aus dem Bräter in einen Messbecher gießen, was idealerweise 1 ½ Tassen Flüssigkeit ergibt. Wenn nicht, Wasser und einen halben Bouillonwürfel hinzugeben.

3 Esslöffel Olivenöl in einen Saucentopf geben, bei mittlerer Temperatur erhitzen. Die Schalotten darin dünsten, bis sie weich sind. Die Knoblauchzehen hinzufügen, den Wein dazugeben, aufkochen und 15–20 Minuten simmern lassen. Der Sud ist fertig, wenn der Wein verkocht ist. Wenn er nicht sämig genug ist, vermengen Sie die Butter

mit dem Mehl und geben Sie sie hinzu und rühren Sie, bis sie sich aufgelöst hat. Den Sud in eine Sauciere füllen und das Gemüse auf einem Servierteller anrichten. Das Lamm am Tisch tranchieren und servieren!

BEILAGE

Millefeuilles de pommes de terre mit Rucola und Tomaten

Für 6 Personen
Vorbereitungszeit: 20 Minuten
Kochzeit: 25–30 Minuten

ZUTATEN:

10–12 mittelgroße rote Kartoffeln, geschält und halbiert

125 Gramm gesalzene Butter, ausgelassen

1 Esslöffel Kräuter der Provence

¾ Tasse geriebener Gruyère

1 Esslöffel gehackter Knoblauch (nach Belieben)

½ Esslöffel Salz

Frisch gemahlener Pfeffer

1 Teelöffel gemahlener Muskat

¼ Tasse Crème fraîche oder Crème double

6–8 Schnittlauchröhrchen zum Garnieren, in 5 Zentimeter lange Stücke geschnitten

6 Portionen Rucola

12 Cherrytomaten, halbiert

ZITRONEN-KNOBLAUCH-SENF-VINAIGRETTE:

Saft einer Zitrone

1 Esslöffel Dijon-Senf

1 große Schalotte, geschält und fein gewürfelt

1 Knoblauchzehe, geschält und fein gehackt

½ Tasse natives Olivenöl extra (bei Bedarf mehr)

1–2 Prisen Fleur de sel oder koscheres Salz

ZUBEREITUNG:

Den Ofen auf 180° Celsius vorheizen. Währenddessen die geschälten und halbierten Kartoffeln in feine Scheiben hobeln. In eine Schüssel die Hälfte der ausgelassenen Butter geben, dazu die Kräuter der Provence, den Käse, den Muskat, den Knoblauch (wenn gewünscht) sowie nach Belieben Salz und frisch gemahlenen Pfeffer, gefolgt von der Crème fraîche. Gut mit den Kartoffelscheiben vermischen. Die Mulden einer Muffinform mit Butter einfetten. Die Kartoffelmasse in die Muffinformen füllen und leicht andrücken. 25–30 Minuten backen.

Währenddessen das Dressing zubereiten. Alle Zutaten vermengen und verquirlen. So viel Olivenöl hinzugeben, bis die gewünschte Konsistenz erreicht ist. Nach Belieben mit Salz und Pfeffer würzen.

Wenn die Kartoffeln golden sind, aus dem Ofen nehmen und 5 Minuten abkühlen lassen. Mit einem großen Suppenlöffel aus den Mulden nehmen und auf das Salatbett aus Rucola und Cherrytomaten legen. Den Rest der ausgelassenen Butter mit dem Pinsel auf die Kartoffelmasse auftragen. Den Salat mit dem Dressing beträufeln. Mit Schnittlauch garnieren.

ANMERKUNG:

Da nur selten zwei Öfen zur Verfügung stehen, schlage ich vor, die Kartoffeln einen Tag im Voraus zuzubereiten, sie in der Muffinform zu belassen und im Kühlschrank aufzube-

wahren. Wenn das Lamm fertig ist, die Hitze auf etwa 90°
Celsius reduzieren und wieder aufwärmen. Diese Kartof-
felbeilage eignet sich wunderbar für jedes Festtagsmenü!

KÄSEGANG

Bei einem traditionellen französischen Mahl wird der Käsegang zwischen dem Hauptgericht und dem Dessert serviert.
Da er recht spät kommt, sollte der Fokus auf der Qualität
des Käses liegen, nicht auf der Quantität (vor allem, wenn
Sie noch Appetit für das Dessert lassen wollen).

Es reicht, vier bis fünf Käsesorten auf einem Küchenbrett,
mit Früchten der Saison wie Trauben, Apfelscheibchen,
Johannisbeeren oder mit Granatapfelkernen garniert, zu
arrangieren und mit frischem Baguette zu servieren. Man
kann einen einfachen grünen Salat mit Vinaigrette dazu
anbieten, was den Käse verträglicher macht.

Wenn Sie den Käse schneiden, achten Sie darauf, jedem
Gast die gleiche Menge an Rinde zuzuteilen. Niemand
möchte mit einer Menge Rinde und sehr wenig Teig (so
wird das Käseinnere genannt) abgespeist werden! Die folgenden Käsesorten sind meine und Sophies Favoriten aus
Südwestfrankreich, die Sie im Château de Champvert serviert bekommen könnten:

Ziegenkäse: Rocamadour AOP

Diese Ziegenmilchkäsescheibchen sind für ihre samtwei-
che Rinde, die auf der Zunge zergehende Konsistenz und
ihren frischen, nussigen Geschmack bekannt. Sie werden

seit mehr als sechshundert Jahren vorwiegend im Département Lot hergestellt, wo sich die Stadt Rocamadour befindet. Der Rocamadour gehört zu den Käsespezialitäten Südwestfrankreichs, die *cabécous* genannt werden, was auf Okzitanisch »kleine Ziegenkäse« heißt. In diesem Teil Frankreichs war Okzitanisch einst die vorherrschende Sprache. Dieser milde, junge Käse wird nicht oft exportiert, also halten Sie Ausschau nach einem anderen cremigen Ziegenkäse.

Tomme de Brebis: Ossau-Iraty AOP

Im Französischen ist *tomme* ein Sammelbegriff für runde, flache Räder, also ist *tomme de brebis* ein Rad aus Schafsmilchkäse. Halbfester Käse dieser Art ist südlich und südwestlich von Toulouse in den Pyrenäen verbreitet, die die Trennlinie zwischen Frankreich und Spanien bilden. Der berühmteste dieser Käse ist der Ossau-Iraty, benannt nach dem Ossau-Tal in Béarn und dem Buchenwald von Iraty im Baskenland. Diesen Käse gibt es in mehreren Varianten, deren unterschiedliche Symbole in die Rinde eingeprägt sind! Der exklusivste nennt sich *fermier* (hergestellt auf *einem* Bauernhof, nur aus Milch von Tieren dieses Bauernhofs) und hat einen nach vorne schauenden Widderkopf aufgeprägt. Ossau-Iraty, der in Käsefabriken aus Milch von diversen Bauernhöfen hergestellt wird, trägt einen Widderkopf im Profil. Egal, welche Sorte man ergattert, mit seinem halbfesten Teig und dem süßen, nussigen Geschmack wird dieser Käse bei jedem Gast garantiert zum Riesenerfolg.

Rohmilchkäse: Cantal AOP

Vor mehr als zweitausend Jahren, als die Römer nordöstlich des heutigen Toulouse durch die gebirgige Auvergne-Region marschierten, trafen sie die Gallier an, die den Käse herstellten, der später nach dem Département, in dem er produziert wurde, Cantal genannt werden sollte. Manche behaupten sogar, dass die Römer die Technik der Cantal-Herstellung an die Einwohner der Britischen Inseln weitergaben, wo sie sich im Laufe von etwa tausend Jahren zur Technik der Herstellung von Cheddar-Käse weiterentwickelte. Die großen, zylindrischen Cantal-Räder können bis zu fünfundvierzig Kilo wiegen, weshalb sie waagerecht in Hälften geteilt werden, bevor sie zu kleineren Stückchen geschnitten werden. Den Cantal mit seinem buttrig gelben Teig gibt es in verschiedenen Altersklassen: *jeune* (jung, 1-2 Monate alt mit mildem, buttrigem Geschmack), *entre doux* (mittelalt, 3-7 Monate alt und mit der Zeit intensiver werdend, mit einem komplexeren nussigen Geschmack) und *vieux* (alt, mindestens 8 Monate alt, kräftig).

Blauschimmelkäse: Roquefort AOP

Dieser salzige, cremige Blauschimmelkäse aus Schafsmilch wird als König der Käsesorten bezeichnet und herrscht seit Jahrhunderten über die Käseplatten. Um den Namen Roquefort rechtmäßig zu tragen, muss dieser Käse in Höhlen unter den felsigen Berghängen reifen, die die Stadt Roquefort-sur-Soulzon in Südfrankreich umgeben. In diesen Höhlen ließ der Legende nach einst ein Hirtenjunge

einen Teil seines Mittagessens zurück – Brot und etwas
frischen Ziegenmilchkäse –, nachdem er von einer Schaf-
hirtin abgelenkt worden war. Als er Wochen später zurückkam, stellte er fest, dass das Brot Schimmel angesetzt hatte,
der auf den Käse übergegangen war. So wurden die Höhlen als idealer Reifungsort für den Käse entdeckt. Wenn
Ihnen der strenge, salzige Blauschimmelkäse zu stark ist,
probieren Sie ihn auf mit Butter oder Honig bestrichenem
Baguette, das mildert die Intensität ab.

Anmerkung: Wenn auf einen Käsenamen die Buchstaben
AOP folgen – *Appellation d'Origine Protégée* –, heißt das, dass
dem Käse eine geschützte Ursprungsbezeichnung verliehen
wurde. Dieses System schützt traditionelle Käsesorten (und
andere landwirtschaftliche Erzeugnisse wie Wein), indem
Bestimmungen festgelegt werden, denen entsprochen werden muss, damit ein Produkt einen bestimmten Namen tragen darf. Die Vorschriften beinhalten die geographischen
Grenzen für die Milch- und Käseproduktion, die Rasse der
Tiere, die die Milch produzieren dürfen, welches Futter sie
bekommen, wie viel Platz und wie viel Zeit auf der Weide
erforderlich ist, sowie Käseproduktionstechniken und
-standards, manchmal sogar die Jahreszeit, in der der Käse
hergestellt werden muss. All diese Faktoren tragen zur französischen Philosophie des *terroir* bei, dem Gedanken, dass
der Ort, an dem etwas produziert wird, und die Traditionen und Techniken bei der Herstellung des Produktes aufs
Engste mit dem Geschmack verbunden sind.

AMITIÉS

Jessica Hammer, Taste of Toulouse

LE DESSERT

Gustaves flambierte Cognac-Erdbeer-Crêpes, serviert mit Schlagsahne und Schokoladensauce

Für 12 Personen
Vorbereitungszeit: 40 Minuten
Kochzeit: 30 Minuten
Ruhezeit: ½ Stunde bis 45 Minuten

ZUTATEN:

Für die Schlagsahne:
2 Tassen kalte Crème double
1 Tasse Mascarpone
Mark einer Vanilleschote oder ½ Esslöffel Vanilleextrakt
¼ Tasse Kristallzucker oder Vanillezucker

FÜR DEN CRÊPE-TEIG:

2 Tassen Mehl
1 ½ Tassen Milch
¼ Teelöffel Salz
Mark einer Vanilleschote oder ½ Esslöffel Vanilleextrakt
3 große Eier
4 Esslöffel zerlassene Butter
Pflanzenöl

FÜR DIE SCHOKOLADENSAUCE:

200 Gramm dunkle Blockschokolade (70 % Kakao)

¾ Tasse Milch

2 Esslöffel Crème double

¼ Tasse Zucker

2 ½ Esslöffel Butter

1 Teelöffel Chilipuder*

Mark einer Vanilleschote

1 Esslöffel Grand Marnier oder Armagnac (nach Belieben)

FÜR DIE ERDBEEREN:

1½–2 Pfund frische Erdbeeren, geputzt und halbiert

½ Tasse Armagnac oder Cognac

ZUBEREITUNG:

Zutaten für die Schlagsahne in einer Schüssel vermengen. Mit einem Handmixer etwa 3 Minuten auf mittlerer Stufe verquirlen, bis sich steife Spitzen bilden. Abschmecken, bis die gewünschte Süße erzielt ist. Schüssel abdecken und bis zur Verwendung im Kühlschrank aufbewahren. Die Schlagsahne ist bis zu 24 Stunden haltbar.

Für die Crêpes Mehl, Milch und Salz in einer mittelgroßen Rührschüssel vermengen. In einer getrennten Schüssel die Eier verquirlen, bis sie schaumig sind. Die Eimasse nach und nach unter die Mehlmischung heben, Butter hinzugeben und zu einem glatten Teig verschlagen. Er sollte relativ flüssig sein. Die Schüssel in den Kühlschrank stellen und 30–45 Minuten ruhen lassen.

Die Schokolade auseinanderbrechen und mit einem Messer zerkleinern. Die Bröckchen in eine hitzebeständige Schüssel geben. Die Schüssel in einen Topf mit leicht simmerndem Wasser stellen, die Schokolade unter Rühren langsam schmelzen lassen. Vom Herd nehmen. Milch, Sahne und Zucker sowie die anderen Zutaten in einer Stielkasserolle vermengen. Aufkochen lassen, dann langsam über die geschmolzene Schokolade gießen. Die Mixtur in einen Topf füllen und unter Rühren noch einmal kurz aufkochen lassen. Den Herd ausschalten und stückchenweise die Butter einquirlen. Warm servieren.

Nach der Ruhezeit den Teig aus dem Kühlschrank nehmen und mit einem Rührbesen schlagen. Ist er zu zähflüssig, etwas mehr Milch hinzufügen. Den Boden einer antihaftbeschichteten Pfanne von zirka 30 Zentimeter Durchmesser dünn mit Pflanzenöl bestreichen und die Pfanne bei mittlerer Temperatur erhitzen. Sobald sie heiß ist, eine Kelle Teig hineingießen. Die Pfanne rasch schwenken, damit sich der Teig regelmäßig verteilt, und zurück auf den Herd stellen. Wenn die Ränder leicht gebräunt sind, mit einem Pfannenheber ablösen und wenden. Noch etwa eine Minute backen. Den Crêpe auf einen vorgewärmten Teller legen, mit einem Geschirrtuch bedecken und weiterbacken. Mit den folgenden genauso verfahren, bis der Teig aufgebraucht ist.

Die Schokoladensauce auf niedriger Stufe wieder erhitzen. Zum Flambieren der Erdbeeren (nicht die Dunstabzugshaube dabei einschalten) eine große antihaftbeschichtete Pfanne auf mittlerer Stufe erhitzen. Die gewaschenen Erdbeeren mit Küchenpapier abtupfen und in der Pfanne 1–2 Minuten erwärmen. Den Cognac über die Erdbeeren gießen und sofort ein entzündetes Streichholz an den Cognac halten. Die Flammen werden nach 5-10 Sekunden hochschlagen und wieder ausgehen. Wenn Sie sich beim Flambieren unwohl fühlen, wärmen Sie die Erdbeeren einfach im Cognac auf.

Legen Sie einen Crêpe auf einen Teller. Nehmen Sie einen großen Löffel Erdbeeren und verteilen Sie sie gleichmäßig in der Mitte. Schlagen Sie beide Seiten des Crêpe zur Mitte ein, sodass die Erdbeeren bedeckt sind. Mit einem kleinen Löffel die Schokoladensauce über den Crêpe träufeln. Mit einem Klacks Sahne garnieren. Sofort servieren. Wiederholen.

Anmerkung: Wenn Sie die Schokoladensauce im Voraus zubereiten, bewahren Sie sie in einem Glasbehälter mit Deckel auf. Zum Wiedererwärmen stellen Sie den Glasbehälter in eine Schüssel (Mikrowelle) oder in einen Topf (Herd), der etwa 2½ Zentimeter mit Wasser gefüllt ist. Erhitzen, bis die Sauce warm und geschmolzen ist! Die Sauce sollte sich etwa eine Woche lang im Kühlschrank halten.

Danksagung

*U*nd wieder brauchte ich eine ganze Brigade, um dieses Buch zu schreiben. Ich bin all den Menschen unendlich dankbar, die mir dabei geholfen haben, die Geschichte zu der zu machen, die sie heute ist.

Danke an meine Agentinnen, Kimberly Witherspoon für ihre Hilfe und Jessica Mileo für ihr sehr ausführliches redaktionelles Feedback. Danke für eure Liebenswürdigkeit, euren Rat und eure Geduld.

Danke an meine fantastische und herzensgute Lektorin Cindy Hwang. Die Zusammenarbeit mit ihr und der Berkley-Familie war eine unglaubliche Erfahrung und ein wahr gewordener Traum. Zu dieser Familie: Danke an Cindys unglaubliche Assistentin Angela Kim, Korrektorin der Extraklasse Angelina Krahn, an das fabelhafte Publicity- und Marketing-Team, bestehend aus Tara O'Connor und Jessica Plummer, Page-Designerin Alison Cnockaert und an die wunderbare Coverdesignerin Eileen Carey. Ihr seid alle über die Pflicht hinausgegangen. Der Prozess, das Buch auf den Markt zu bringen, war fantastisch.

Ein riesengroßes *merci* geht an meine Armee aus Souschefs – meine Testleserinnen Lainey Cameron, Valerie Hilal, Leslie Ficcaglia, Jo Maeder, Emily Monaco, Elizabeth Penney und Barbara Conrey. Eure Rückmeldungen waren von unschätzbarem Wert. Und danke an die 2020s Debut Group für eure Liebe und Unterstützung. Danke an meine Freundin und Käsekennerin von Taste of Toulouse für die Anmerkungen zur Käseverkostung. Und danke an all meine Freund*innen, die mich auf diesem Weg begleitet haben, vor allem an Tracey Biesterfeldt, Oksana Ritchie und Jennifer Kincaid.

Merci an Dominique Crenn, der ersten Frau in den USA, der drei Michelin-Sterne verliehen wurden. Ich applaudiere Ihnen. Sie sind wirklich beeindruckend und eine Inspiration.

Ich möchte meiner Familie danken: meinen Eltern Anne und Tony, meiner Schwester Jessica, meinen Stiefkindern Max und Elvire und meinem französischen Ehemann, Jean-Luc. Danke, dass ihr alle Gerichte, die ich ausprobiert habe, anstandslos gegessen habt. Ich glaube, sie waren nicht allzu schlecht. Danke, dass ihr für mich da seid – immer. *Je vous aime. Beaucoup! Beaucoup! Beaucoup*!

Und zum Schluss möchte ich Ihnen, liebe Leser*innen, dafür danken, dass Sie sich für dieses Buch entschieden haben. *Merci! Merci beaucoup! Merci mille fois!*

Samantha (Sam) Vérant ist reisesüchtig, eine selbst ernannte Weinkennerin und eine wild entschlossene, wenn auch gelegentlich unkonventionelle französische Hobbyköchin. Sie lebt in Südwestfrankreich, wo sie mit einem attraktiven französischen Raketentechniker verheiratet ist, den sie schon 1989 kennengelernt, aber zwanzig Jahre lang ignoriert hatte, dazu ist sie Stiefmutter zweier unglaublicher Kinder sowie Adoptivmutter einer lächerlich anbetungswürdigen französischen Katze. Wenn sie nicht von der Provence bis in die Pyrenäen trekkt oder ihre innere Julia Child annimmt, gibt sich Sam allergrößte Mühe, die gefürchteten französischen Konjugationen zu lernen.

Ein Chateau inmitten malerischer Weinberge, eine Sterneköchin mit großen Plänen, eine alte Liebe und die Chance auf ein neues Glück ...

448 Seiten. ISBN 978-3-7341-1005-4

Sophies großer Traum ist es, ein Restaurant mit Michelin-Stern zu führen. Die Sommer bei ihrer französischen Großmutter, die ihr den Zauber des Kochens, der Geschmäcker und der Düfte beigebracht hat, haben sie schon in ihrer Kindheit dazu inspiriert. Doch als Sophie unerwartet ihren Job als Köchin verliert, zerplatzt der Traum. Noch dazu erreicht sie die Nachricht, dass ihre Großmutter erkrankt ist. Sofort reist Sophie nach Frankreich, wo sie nicht nur das Château mit den beiden Restaurants vor der Schließung bewahren muss, sondern auch eine alte Liebe wiedertrifft. Sophie erkennt, sie muss nun fest an sich selbst glauben, um nicht nur ihren Weg, sondern auch die große Liebe zu finden.

Lesen Sie mehr unter: **www.blanvalet.de**

Launische Operndiva trifft auf ehrgeizigen Football-Star – erst fliegen die Fetzen, dann fliegen die Funken!

480 Seiten. ISBN 978-3-7341-1120-4

Thaddeus Walker Bowman Owens ist der Ersatz-Quarterback der Chicago Stars, Teamplayer, gelegentliches Unterwäschemodel und ein Mann mit einer geringen Toleranz gegenüber Diven. Olivia Shore ist internationaler Opernsuperstar, eine Diva mit einer Leidenschaft für Perfektion, dem Verlangen nach Gerechtigkeit und einem monumentalen Groll gegen egoistische, anspruchslose Sportler. Und doch haben sich beide dazu verpflichtet, gemeinsam auf eine landesweite Werbetour für eine Luxusuhrenmarke zu gehen. Während die Stimmung anfangs eisig ist und eher die Fetzen fliegen, kommen beide nicht umhin zu merken, dass aus Fetzen immer mehr Funken werden …

Lesen Sie mehr unter: **www.blanvalet.de**

Wo die Walnussbäume wachsen, werden alle Wünsche wahr!

448 Seiten. ISBN 978-3-7341-0977-5

Victoria führt ein erfülltes Leben auf ihrer geliebten Walnussfarm, die schon seit Generationen im Besitz ihrer Familie ist. Seit ihre Mutter verstarb und ihre ältere Schwester Abigail – schon immer eine Rebellin – die Familie verließ, ist es allerdings an ihr allein, die Farm über Wasser zu halten, was sich nicht immer leicht gestaltet. Und dann steht plötzlich Abigail wieder vor der Tür, an der Hand ihre kleine Tochter, die bezaubernde Bella. Doch schon bald fliegen zwischen den Schwestern wieder die Fetzen – und Abigail verschwindet – ohne Bella. Victorias einziger Lichtblick: Liam Sanders, der auf der idyllischen Walnussfarm für seinen neuen Roman recherchieren will – und der ihr Herz dazu bringt, ein paar ganz ungewohnte Sprünge zu machen …

Lesen Sie mehr unter: **www.blanvalet.de**